Un purgatoire

Du même auteur

Aux Éditions LOGIQUES,

Les Bouquets de noces, roman,
1995

Les Parapluies du diable, roman,
1993

Chez d'autres éditeurs,

Au fil des sentiments… mes plus beaux billets, Vol. 1,
Le Manuscrit, 1985

Pour un peu d'espoir… mes plus beaux billets, Vol. 2,
Le Manuscrit, 1986

Un journaliste à Hollywood, récit,
Le Manuscrit, 1987

Les chemins de la vie… mes plus beaux billets, Vol. 3,
Le Manuscrit, 1989

Adèle et Amélie, roman,
De Mortagne, 1990

Le partage du cœur… mes plus beaux billets, Vol. 4,
Québécor, 1992

Denis Monette

Un purgatoire

ROMAN

Les Éditions
LOGIQUES

Données de catalogage avant publication (Canada)

Denis Monette
   Un purgatoire

   ISBN 2-89381-312-7

PS8576.04546P87 1996   C843' .54   C96-940196-5
PS9576.04546P87 1996
PQ3919.2.M66P87 1996

Logiques est une maison d'édition agréée par les organismes d'État responsables de la culture et des communications.

Toute ressemblance avec des personnes vivantes ou ayant existé, des lieux ou des événements actuels ou passés, est pure coïncidence.

Révision linguistique: Bianca Côté, Claude Herdhuin
Mise en pages: Martin Gascon
Graphisme de la couverture: Gaston Dugas
Photo de la couverture: Richard Sowersby, Rex Features Ltd. -London,
                        Pono Press Internationale
Photo de l'auteur: Jean Langevin

Distribution au Canada:
Logidisque inc., 1225, rue de Condé, Montréal (Québec) H3K 2E4
Téléphone: (514) 933-2225 • Télécopieur: (514) 933-2182

Distribution en France:
Librairie du Québec, 30, rue Gay Lussac, 75005 Paris
Téléphone: (33) 1 43 54 49 02 • Télécopieur: (33) 1 43 54 39 15

Distribution en Belgique:
Vander Éditeur, avenue des Volontaires, 321, 13-1150 Bruxelles
Téléphone: (32-2) 762-9804 • Télécopieur: (32-2) 762-0662

Distribution en Suisse:
Diffusion Transat s.a., route des Jeunes, 4 ter C.P. 125, 1211 Genève 26
Téléphone: (022) 342-7740 • Télécopieur: (022) 343-4646

Les Éditions LOGIQUES
1247, rue de Condé, Montréal (Québec) H3K 2E4
Téléphone: (514) 933-2225 • Télécopieur: (514) 933-3949

Les Éditions LOGIQUES / Bureau de Paris, 110, rue du Bac, 75007 Paris
Téléphone: (33) 1 42 84 14 52 • Télécopieur: (33) 1 45 48 80 16

Un purgatoire

© Les Éditions LOGIQUES inc., 1996
Dépôt légal: Premier trimestre 1996
Bibliothèque nationale du Québec
Bibliothèque nationale du Canada

ISBN 2-89381-312-7
LX-383

À Micheline

Prologue

L undi, 29 août 1994. Robert Landreau, au volant de sa voiture, se dirigeait vers son bureau situé au centre-ville. Ce même bureau où, depuis trente ans, avec des collègues courtiers en placements, il œuvrait pour le confort des mieux nantis, sans trop se soucier de la pauvreté qui sévissait dans le monde comme dans certains quartiers démunis de Montréal. Parce que Robert, fils unique d'un pharmacien maintenant décédé, n'avait jamais connu la misère. Son père aurait souhaité que, tout comme lui, son fiston s'intéresse aux médicaments et aux ordonnances mais le garçon de jadis, qui était porté davantage sur les voitures et les filles que vers les hautes études, comptait faire son chemin dans la vie avec le minimum d'instruction requis. Diplômé d'un *Business College*, il occupa par la suite des emplois divers, au grand désespoir du paternel qui, faute de relève, s'était vu forcé de vendre son commerce à l'âge de la retraite. Madame Landreau mère, prénommée Gervaise, avait couvé ce fils unique comme une poule le fait d'un œuf. Héritière de son mari, au décès de ce dernier, c'est elle qui avait accordé à son fils la somme nécessaire pour l'ouverture de son bureau. Robert Landreau, courtier en valeurs, s'était associé avec Jean Dubord, un ami de collège. Avec quelques notions de base, ces autodidactes, pigeant de gauche à droite les dernières informations, avaient réussi avec le temps à s'octroyer les certificats nécessaires pour faire de *Landreau et Dubord* une agence de placements prospère. Et, dame Landreau, devenue octogénaire, vivant dans un immeuble pour personnes âgées à l'aise, comblait encore son fiston de son affection et de ses dons. Largesses qui venaient des bénéfices reçus de ses investissements par les bons soins de son fils.

Au volant de sa BMW, Robert Landreau, bel homme aux tempes grises, vociférait contre le temps tout en s'allumant une cigarette. «Déjà frais, ça sent l'automne», marmonnait-il, en écoutant à la radio d'une oreille distraite, une chanson de Joe Bocan. «Quelle affluence, c'est pire qu'à New York», songeait-il, quand la sonnerie de son cellulaire se fit entendre.

– Oui, allô?
– Monsieur Landreau?
– Oui, c'est moi…
– Ici Danielle Lecours, la secrétaire du docteur Laurent.
– Ah! Bonjour, vous allez bien?
– Très bien, merci. Même avec ce temps frais. Pas facile pour un lundi.
– Que me vaut cet appel matinal, madame Lecours?
– Le docteur Laurent a reçu tous les résultats de vos examens et il aimerait vous voir le plus tôt possible.
– Bonnes nouvelles, j'espère? Alors, on fixe un rendez-vous?
– C'est que… Vous serait-il possible de passer ce matin?
– Ce matin? Je suis en direction du bureau. Ça ne pourrait pas attendre à demain?
– Sans doute, mais s'il vous était possible de venir immédiatement…

– Mon Dieu… Suis-je en danger de mort? ricana le quinquagénaire.

– Sûrement pas, monsieur Landreau, mais le docteur Laurent m'a priée d'insister.

– Allons donc, passez-le moi ce cher Pierre. Je brasse des affaires, moi!

– Il est en consultation en ce moment. Remarquez que ça peut attendre à demain à moins qu'en fin d'après-midi…

Robert Landreau était perplexe. De blagueur, il devint nerveux, pensif, angoissé. Son ami Pierre ne le pressait pas en vain. Ils se connaissaient depuis des années. Pierre savait à quel point Robert était affairé.

– Vous êtes toujours là, monsieur Landreau?

Sortant de sa torpeur, déguisant son anxiété, l'homme d'affaires lui répondit:

– Dites-lui que j'arrive. Je fais demi-tour et je devrais être là dans vingt minutes tout au plus.

– D'accord, monsieur Landreau. On vous attend.

Après un virage en U non permis, l'homme, le pied sur l'accélérateur, inquiet, changea sa trajectoire tout en composant d'une main le numéro de son bureau.

– Allô, Léonne? Ici Robert Landreau. Dites à Jean que je rentre plus tard. J'ai un rendez-vous imprévu. Annulez mon dîner avec Bob Kelsey. J'ai bien peur de ne pas être là à temps.

D'un trait, sans même demander à la réceptionniste comment elle allait. Lui, si galant, si courtois, devenu expéditif en un instant. Robert avait subi une batterie de tests dans les semaines précédentes. Il ressentait une douleur au thorax, il toussait, il craignait pour le cœur. Affaibli, il avait fait un effort pour passer le week-end en villégiature avec Solange. Sans lui dire que ça n'allait pas en prétextant que sa toux était due aux allergies du mois d'août. Dans cette auberge, il avait dormi. Plus que d'habitude. Il avait peu mangé, moins que de coutume. Il avait fait honneur au vin rouge et, à l'insu de sa femme, usé de sédatifs qui, selon lui, enrayaient le mal, la toux… et les inconvénients. Il n'avait pas été dans son assiette. Au point que Solange lui avait demandé:

– Qu'est-ce que tu as? On dirait que ça ne va pas…

– Non, non, rien. Je travaille trop, je me repose…

Une réponse évasive, la même depuis trente ans quand sa femme tentait de lui être d'un appui. Il avait subi cette batterie de tests sans le lui dire. Sans même en parler à ses enfants ni à sa mère. À l'insu de tous pour ne pas les inquiéter. À l'insu de l'humanité, comme d'habitude, pour être seul à régler tout problème. D'affaires… comme de santé.

L'homme n'attendit pas dans la petite salle bondée de patients. Dès qu'une personne sortit, la secrétaire lui fit signe d'entrer au détriment d'une dame âgée qui s'était écriée: «Allons donc, je suis ici depuis plus d'une heure, moi!» Ce à quoi madame Lecours avait répondu: «C'est une urgence, madame.» Robert Landreau était stoïque. Une urgence? Avait-elle utilisé ce terme pour calmer la vieille dame? Était-ce vraiment grave? Il fit mine de rien même si un nœud s'était noué dans sa poitrine. Il était nerveux, voire anxieux, mais, pour le cacher, c'est en blaguant maladroitement qu'il apostropha son médecin.

– Dis donc, Pierre, c'est pas l'andropause, au moins?

Le docteur Laurent affichait un air grave. Puis, s'efforçant de sourire, il indiqua un fauteuil à son patient tout en lui disant:

– Non, Robert, pas d'andropause, c'est autre chose.

– Bon, qu'y a-t-il? Va droit au but, ne prends pas de détour. Toi, tu ne m'as pas fait venir ici pour m'informer de mon taux de cholestérol.

Le docteur prit place dans son fauteuil, une pile de documents devant lui. Mal à l'aise, il ne savait comment aborder le sujet, lui qui, pourtant…

– J'ai reçu tes résultats, Robert. Pas reluisants, je t'avoue…

– Bon, assez, sois direct. C'est le cœur, n'est-ce pas?

– Non, Robert… un cancer.

Un choc! Si fort, que le médecin remarqua que la main de son patient se mit à trembler. Robert, bouche bée, les yeux fixés sur le docteur, ne pouvait émettre un son. Puis, prenant une grande respiration, s'efforçant d'être calme, il demanda sans afficher la moindre émotion:

– Les poumons? L'estomac…

– Non, Robert, c'est généralisé. Je m'excuse d'être radical, de ne pas prendre de détour, mais je me dois de te mettre en face de la réalité.

Robert Landreau était cloué sur sa chaise. Deux ou trois gouttes de sueur perlaient sur son front. Il se contenait mais combien difficilement.

– Généralisé, murmura-t-il, ce qui veut dire inopérable?

Le médecin hocha la tête avec une vive compassion dans les yeux. Robert, face au cruel diagnostic, se leva, mit ses mains dans ses poches, fixa le plafond et demanda à son médecin et ami:

– J'en ai pour combien de temps, Pierre?

– Écoute, avec la chimiothérapie, les traitements…

Robert l'interrompit brusquement.

– Non. Nonobstant tout ça, j'en ai pour combien de temps, Pierre?

– Quelle question! Pourquoi parler de temps quand il existe d'autres possibilités…

– Je n'y tiens pas! trancha sèchement Robert. Des traitements qui vont me faire souffrir, me prolonger de quelques mois? Non, pas moi. Partir avec la tête d'un mort vivant, merci pour moi. Je ne suis pas médecin, Pierre, mais un cancer généralisé, ce n'est pas un cancer du sein chez la femme. Je regrette, mais je ne me soumettrai pas à ces traitements. Je ne veux pas me voir dans le miroir avec une casquette sur la tête, chauve, les joues creuses, osseuses. Non, Pierre, sois honnête et épargne-moi cette humiliation.

– Allons donc! La science fait parfois des miracles…

– Parfois comme tu dis, pas dans mon cas, Pierre, et ça, tu le sais. Ne me donne pas de faux espoirs, ne me leurre pas.

– Mais Robert, tant qu'il y a de la vie…

– Il y a de l'espoir, je connais la rengaine. L'espoir d'être prolongé, de souffrir plus longtemps, de servir de cobaye pour la recherche puis, de crever au bout de son souffle. Je te le dis, je te l'affirme, je ne veux pas de ces traitements, quitte à t'en signer un refus sur-le-champ. Dis-moi juste, honnêtement, combien il me reste de temps sans le moindre traitement?

– Qu'en sais-je… six mois, huit mois? Mais si seulement tu voulais faire confiance. On parle de vie et de mort, Robert, c'est très sérieux.

Robert releva la tête, fixa le médecin droit dans les yeux et répliqua:

– On n'a guère de regard sur sa naissance, puis-je en avoir un sur ma mort, Pierre?

– Bien sûr, mais…

– Non, écoute-moi bien. J'ai cinquante-sept ans, j'ai vécu à mon gré, j'ai festoyé, j'ai élevé mes enfants, et là, je suis malade, usé. J'ai mal depuis des mois, Pierre. Je ne m'en plaignais pas, mais je savais que le bout de la corde s'en venait. Quand je suis venu te voir, c'était pour le savoir. Je croyais que c'était le cœur, c'est un cancer. L'un ou l'autre, qu'importe, je savais que je ne vivrais pas jusqu'à cent ans…

– Oui, mais cinquante-sept ans, c'est jeune, Robert, tu es en pleine force de l'âge… As-tu seulement songé à ta femme, à tes enfants?

– Je n'ai fait que ça toute ma vie, Pierre. Et là, tu me parles de sursis… Peux-tu seulement me garantir que ta chimiothérapie va me sauver?

– Pas te le garantir, mais…

Robert ne le laissa pas poursuivre.

– Alors, laisse-moi mourir! Ne t'avise pas de me prolonger pour me faire souffrir davantage. Ne me fais pas subir ce que tant d'autres ont enduré de trop. C'est mon choix, Pierre! Et, entre amis, ne me fais pas ce que je ne te ferais pas.

Le docteur Laurent baissa la tête et se contenta de murmurer:

– En tant que médecin, il est de mon devoir…

– Oublie le devoir et pense à l'homme, Pierre. N'insiste surtout pas. Laisse-moi m'arranger avec ce qui reste de ma vie. Laisse-moi au moins ce privilège. La seule chose que je te demande, c'est de ne pas me laisser souffrir. C'est chez moi que je veux mourir, pas ailleurs. Tu comprends? Respecte au moins ce choix, ce droit que j'ai sur ma vie.

– Ta vie t'appartient, Robert, mais à ton âge…

– Ne t'en fais pas, elle est bien remplie. J'ai pris les bouchées doubles, j'ai travaillé comme un fou, j'ai eu du plaisir, de l'amour… J'ai l'impression d'avoir vécu quatre-vingts ans, Pierre. Je n'ai rien laissé passer, j'ai vécu avec le pied sur l'accélérateur. Laisse-moi m'arranger avec la fin, laisse-moi prendre les derniers milles en main.

Robert se leva, refusa de regarder les radiographies et d'écouter les boniments. Losqu'il fut prêt à partir, son médecin lui demanda:

– Tu ne vas pas commettre une bêtise, toi!

– Ne t'en fais pas, je ne suis pas suicidaire. Je n'en aurais pas le courage.

– Alors, que vas-tu faire? Pas te tuer au travail, j'espère…

– Non, fini pour moi. Je rentre chez moi, Pierre, je prends des vacances. Une année sabbatique, quoi!

– Et Solange? Tu te charges de lui annoncer…

– Quand le temps viendra, pas pour l'instant.

– Tu sais, Robert, pour les traitements, il est peut-être encore temps…

Robert Landreau fronça les sourcils et lui répondit:

– Non, c'est réglé, n'en parlons plus. Je ne changerai pas d'idée. Je tiens à partir dans la dignité. Est-ce trop demander?

Robert sortit en trombe du bureau de Pierre Laurent sans même saluer madame Lecours qui n'insista pas, connaissant la gravité de son état. La vieille dame à qui c'était le tour, maugréa en se levant, sans savoir que «l'urgence» qui l'avait précédée était extrême.

Au volant de sa voiture, Robert Landreau s'alluma une cigarette; les yeux dans le vide, il croyait à peine ce qu'il venait d'entendre. Comme s'il avait rêvé, comme si le face à face n'avait été qu'un mirage. Et pourtant, la vérité était là, toute nue devant lui. Parti de chez lui avec l'idée de brasser des affaires, de planifier des escapades, il en était, quelques heures plus tard, à voir à l'horizon le granit d'une pierre tombale. Il n'était plus en forme depuis quelque temps. Ces vertiges, ces nausées qu'il avait cachés à sa femme le rendaient perplexe, mais, comme tout bon vivant, il avait pensé que la chaleur de l'été, le stress… Or, le diagnostic lui avait été livré comme un jugement. Condamné! Condamné à mort sans le moindre plaidoyer. Non, la vie n'était pas injuste, songea-t-il, elle n'était qu'absurde. Tous ces efforts, tous ces sacrifices, toutes ces années pour apprendre en quelques instants que le rideau tombait, c'était insensé. Ridicule même pour celui qui avait vécu sans prendre le temps de vivre. Que les affaires, que la bonne chère, que le devoir accompli sans les joies simples de la vie. Les yeux fermés, il revoyait le visage de son aînée, Claudie, et une larme coula sur sa joue. Son fils, Stéphane, sa benjamine, Mylène? Une vision passagère, mais pas comme «sa» Claudie. Pas comme sa «p'tite» comme il l'avait toujours surnommée. Pas comme celle qu'il avait choyée comme pour pallier le fait d'être un homme malheureux. Que sa Claudie, celle qui l'avait toujours tenu en vie. Celle pour qui il avait sacrifié jadis des romans d'amour éphémères. Que Claudie, sa perle, son adorée, qu'un jeune homme lui avait ravie. Il n'avait jamais aimé Jean-Yves, il n'avait jamais accepté que ce freluquet lui vole son trésor en l'épousant. Et ce, malgré le petit-fils que le jeune couple lui avait donné. Il subissait Jean-Yves, il le supportait, pour ne pas perdre Claudie. Pour qu'une part du cœur de sa fille soit encore à lui.

Sortant brusquement de sa rêverie, happant son téléphone cellulaire, Robert ne se rendit pas compte que, dans ce bref film en images, il n'avait pas vu le visage de sa femme. Solange qui, depuis trente ans, le soutenait. Solange qui, depuis toujours, se taisait.

– Allô, Léonne? Dites, Jean est là?

– Non, monsieur Landreau, monsieur Dubord ne sera là qu'à treize heures.

– Bon, voici ce que vous allez faire. Demandez à Jean de venir me rejoindre au bar de l'Auberge des Gouverneurs à seize heures. Dites-lui que c'est important, très important.

– L'Auberge de la rue…

– Vous n'avez pas à préciser. Jean sait où me trouver.

– J'ai des messages pour vous, monsieur Landreau.

– Désolé, je n'ai pas le temps. Je les prendrai plus tard.

Et Robert avait raccroché. Sans même un mot de plus à la brave réceptionniste qui en était restée abasourdie. Sans même apprendre que, parmi ses messages, l'un venait de sa femme. Il avait raccroché, comme pour couper court et net avec toute forme d'existence.

Désemparé, secoué, encore sous l'effet du choc, Robert s'était rendu au petit bar de l'auberge où, tant de fois, il avait fait la bombe avec des amis, des filles de passage, des clients. Son second chez-soi, comme le lui avait répété maintes fois Solange. Fidèle à ses habitudes, Robert n'y dérogeait guère. Les mêmes restaurants, les mêmes hôtels ou presque, à moins qu'un endroit acculé à la faillite ferme ses portes et le force à en dénicher un autre. Simone, attachée à ses clients, lui avait demandé:

– Ça ne va pas, monsieur Landreau? Vous semblez songeur aujourd'hui…

Tiré de sa rêverie, l'homme lui avait répondu:

– Non, non, je n'ai que les affaires dans la tête. Je prendrais bien un autre *Johnny Walker* sur glace.

Le même scotch depuis trente ans! Le petit bar était désert, car, à l'heure où les clients mangeaient, Robert était le seul qui buvait. Non pour se saouler, mais pour oublier, pour noyer le marasme qui l'étouffait. Il n'avait rien voulu manger. L'estomac en compote, rien n'aurait passé. C'est lentement, à très petites gorgées, qu'il vida son troisième verre de scotch. Au moment même où, plus tôt que prévu, Jean Dubord fit son entrée.

– Tiens, te voilà, toi! Sais-tu que tu m'inquiètes? «C'est important, très important», m'a dit Léonne. Quelque chose ne va pas?

– Prends au moins la peine de t'asseoir, de lui dire poliment Robert.

– Vous prenez un verre, monsieur Dubord?

– Bah… oui, la même chose que mon ami. Avec soda, Simone.

Les deux hommes se regardaient. Visiblement ému, Robert ne savait par où commencer.

– Tu as l'air tout drôle, toi. Mais enfin… qu'est-ce qui ne va pas?

Robert avala une gorgée, déposa son verre et lui annonça sans ménagement:

– Je vais mourir, Jean. J'en ai pour six ou huit mois.

L'autre était resté bouche ouverte, suspendu aux lèvres de son collègue. Et Robert de lui raconter sa visite médicale, le diagnostic, les symptômes qu'il cachait depuis des mois, le début du mal enduré en silence, et la fin imminente à laquelle il était condamné. Jean Dubord était peiné, vraiment peiné. Après toutes ces années ensemble, un tel aveu lui crevait le cœur. C'était comme si tout s'effondrait pour lui.

– Mais, tu ne vas pas te laisser avoir comme ça? Avec des traitements…

– Je les ai refusés, Jean; je ne veux pas d'un sursis. Je ne veux pas subir ce martyre et mourir quand même.

– Voyons donc! On en sauve plusieurs, tu sais…

– Pas des cancers généralisés, Jean. Le foie, les poumons, l'estomac, les reins, c'est répandu partout, mon vieux. Je n'ai aucune chance.

– Bien, moi, je m'accrocherais quand même à ce dernier espoir.

— Libre à toi, pas moi. Et c'est moi qui suis atteint, Jean, pas toi.

— Tu ne vas tout de même pas te laisser mourir?

— Je VAIS mourir, Jean, c'est différent. La mort est là, tout près. Que veux-tu que je fasse? Je l'envisage avec sang-froid, c'est tout.

Ils causèrent pendant des heures et Dubord finit par être d'accord avec son partenaire. Il était vrai, qu'à sa place, il aurait fait le même choix. Bref, il comprenait… et il compatissait. Il avait toujours été entendu que le premier qui se verrait forcé de quitter vendrait sa part à l'autre. Et comme l'un et l'autre avait les moyens de racheter l'autre, le pacte avait été vite conclu. *Landreau et Dubord* allaient se dissocier pour ne faire de l'entreprise que celle de *Jean Dubord Inc.* Ils burent un dernier verre et, c'est avec des larmes dans les yeux que Dubord étreignit son collègue dans ses bras. Avec des «sois courageux» et «garde confiance», comme pour faire une sorte de mise en scène pour leur séparation. À peine remis du choc, tous deux se remémoraient les belles années. Au moment de partir, Dubord de s'enquérir:

— Et Solange… Elle sait?

— Non, pas encore. Je vais prétexter de longues vacances, je ne veux rien lui dire pour l'instant. Elle est si émotive…

— Et tes enfants, Robert? Tu comptes les mettre au courant?

— Claudie, sans doute, mais un peu plus tard. Pour ce qui est des deux autres, Solange s'en chargera quand viendra l'heure.

— Je n'arrive pas encore à le croire. Et dire que la semaine dernière, tu semblais si en forme. Comme c'est sournois, ce truc-là.

— Tu te trompes, je n'étais pas en forme. J'ai fait semblant de l'être ces derniers mois, mais je savais que ça n'allait pas. J'ai pris mon courage à deux mains pour aller consulter. J'avais peur que ce soit grave et, tu vois, mon intuition ne m'a pas trompé.

– Mais, que vas-tu faire de ton temps? Un petit voyage, peut-être?

– Avec Solange? Non, oublie ça. Notre dernier week-end lui a presque mis la puce à l'oreille. Non, Jean, je vais rester chez moi et vivre au gré des jours. Je vais tenter le plus possible de souffrir en silence jusqu'à ce que ça devienne évident. Tu sais, j'ai du rattrapage à faire avec ma famille. Je n'ai guère été là toutes ces années. Je vois même rarement mon petit-fils.

Jean le regardait comme s'il l'avait devant les yeux pour la dernière fois.

– Je ne le crois pas encore. Pas toi, à cinquante-sept ans…

– T'en fais pas, vieux, il y en a qui partent à trente ans. De plus, je voudrais te demander une faveur si tu le peux.

– Bien sûr, tout ce que tu voudras.

– Ne m'appelle pas, ne viens pas, laisse-moi être seul pour un bout de temps. Je te ferai signe quand j'aurai besoin de toi.

C'est d'un pas lent que Robert emprunta la petite allée de sa luxueuse résidence de Vimont. Aussitôt rentré, sa femme lui cria:

– Déjà toi? J'ai préparé un bœuf bourguignon si tu as en envie.

– Non, je n'ai pas faim. J'ai pris un gros dîner.

– Où étais-tu? Je t'ai cherché toute la journée…

– En réunion avec Jean et des clients. Que me voulais-tu?

– Te dire que ta mère voulait venir samedi et que j'avais l'intention d'inviter Claudie, Jean-Yves et le petit.

– Ah, non, pas ça! Pas cette semaine, Solange. Je suis fatigué.

– Mais, ce n'est pas demain la veille… On n'est que lundi aujourd'hui.

— Une autre fois, tu veux bien? Dis à ma mère que je ne serai pas là. Trouve une excuse, mais j'ai besoin de paix autour de moi.

— Dis donc, ça va, toi? Tu es de mauvaise humeur, tu as mauvaise mine…

— S'il te plaît, Solange, ne me questionne pas. Ce n'est pas le moment.

— Comme si ça l'avait été une seule fois en trente ans!

Solange s'était rendu compte qu'il avait pris quelques verres. Son haleine le trahissait. Mylène qui habitait encore sous le toit familial arrivait à son tour.

— Bonjour maman. Tiens, déjà là, papa?

Robert ne répondit pas. Le nez dans un journal, la tête ailleurs. Puis, alors qu'elles étaient là, toutes deux dans la même pièce, il lança:

— Je prends un long congé. Au moins six mois pour me reposer. Je n'irai nulle part, je vais rester ici. Et ça commence dès ce soir.

— Comment ça? demanda sa femme, un congé de quoi?

— T'en fais pas, je ne suis pas malade. Un congé de fatigue, Solange. Un homme n'a-t-il pas le droit d'être épuisé après avoir bûché pendant trente ans? Est-ce anormal de se permettre de longues vacances?

— Non, mais, avoue que ça ne te ressemble pas.

— Oui, c'est vrai, mais j'ai fini par comprendre. J'ai besoin de repos, de longues nuits de sommeil. J'ai besoin d'un plein d'essence.

— Depuis le temps que je te le dis! Mais, comme d'habitude, il fallait que ça vienne de toi. Moi, ce que je dis…

— Je connais la suite, «ça te passe dix pieds par-dessus la tête», de l'interrompre Robert. Change de rengaine. Trouve une autre formule.

– Tant qu'à parler dans le vide, je préfère me taire.

– Fais donc ça, tant qu'à dire des sottises.

– Toujours aussi charmant. Un beau congé qui m'attend.

– Libre à toi de ne pas l'endurer. Un petit voyage…

– Non, merci. J'en ai assez de partir dès que tu rentres. J'en ai assez de ces voyages que tu m'offres pour te débarrasser de moi!

– Papa, maman, vous n'allez pas recommencer? de leur crier Mylène.

Chapitre 1

Ce curieux ménage ne tournait plus rond depuis belle lurette. Après le bref «meilleur» de ce mariage, le «pire» s'était amorcé. Dès que Solange osait manifester une contrariété, son époux lui lançait: «C'est ta ménopause, ça finira par passer!» Solange de se taire, comme toujours, ou de pleurer en silence à défaut de hurler. Mylène, témoin discret, prenait la défense de sa mère en disant au paternel: «Papa, tu ne trouves pas que tu vas trop loin?» Et lui, de répondre d'un ton impatient: «Tu es pareille à elle, braillarde, incapable de te tenir sur tes jambes!» Et la benjamine se taisait de peur d'avoir à encaisser la hargne destinée à sa mère. Elle rêvait du jour où elle quitterait le toit familial, contrairement à sa mère qui, malgré tout, s'y ancrait encore. «Je reste avec lui pour les enfants», avait maintes fois répondu Solange lorsque ses sœurs l'incitaient à partir. Mais, quels enfants? Claudie était mariée, Stéphane ne vivait plus à la maison et Mylène avait vingt-deux ans. «Tu sais, maman, tu pourrais refaire ta vie…», lui avait murmuré il y a quelque temps sa Mylène adorée. Ce à quoi la mère avait répondu: «Pour ce qu'il en reste de ma vie… À mon âge… Ton père va changer, la sagesse va venir. Tout vient à point à qui sait attendre, tu sais.» Douce consolation de celle qui, jadis très belle, voyait les rides sur son visage, quelques fleurs de cimetière sur ses mains et les grands cernes noirs autour des yeux, rançon de ses nuits blanches à l'attendre.

Ils s'étaient mariés il y a trente ans. Elle, dans l'euphorie de ses vingt-sept ans, lui, sur un coup de tête du même âge. «Cette jeune fille va te faire une bonne épouse et te donner de beaux enfants», lui avait dit sa mère. Des trois sœurs Briard, Solange était la plus jolie. Fabienne, l'aînée, en voie d'être infirmière, n'avait rien pour plaire. Marielle, la plus jeune, était rousselée et sans poitrine. Très belle, la Solange, lorsque Robert la croisa du regard. Si belle, qu'il s'était demandé comment une telle femme pouvait encore être libre. Elle avait certes été courtisée, elle s'était presque fiancée, mais son cœur s'était refusé. Quand ses yeux se posèrent sur Robert Landreau, ce fut le coup de foudre. Sans le connaître, après quelques mots échangés, déjà elle l'aimait. Lui l'avait trouvée fort séduisante. Bien mise, taille fine, yeux verts, sourire pur et limpide, il eut le béguin sans songer qu'il en ferait sa femme. Très esthète, physique avant tout, il avait fréquenté des «filles de rien» comme disait sa mère, avant de rencontrer la perle. Il avait même aimé durant trois ans, une danseuse, une effeuilleuse, jusqu'à ce que ses sens soient apaisés. Et ce, au grand désespoir de sa mère, qui priait pour qu'un ange lui apparaisse.

Quelques mois de fréquentation et ils s'épousèrent un samedi de septembre, dans la plus stricte intimité. C'est Robert qui l'avait demandée en mariage. Pour se caser, pour plaire à sa mère, pour avoir l'air plus sérieux en affaires. Par crainte de la perdre, car les mâles étaient légion autour d'elle. Et parce qu'il l'aimait. À sa manière, certes, mais il l'aimait. Galopin depuis ses vingt ans, il était temps pour lui de s'assagir et fonder un foyer. Solange Briard était la femme tout indiquée. Elle avait accepté sans même y réfléchir. Il était beau, charmant, bien élevé, et il aimait rire. Bon vivant, les sorties avec lui étaient splendides. Il dansait comme un Valentino et les femmes se pâmaient devant lui. Élégant, de bonne famille, c'était le parti rêvé. Quand on avait dit à Solange qu'il avait butiné, elle avait détourné la tête comme pour ne pas entendre. Ce qui comptait, c'était l'avenir et non le passé. Ce futur qu'ils allaient bâtir ensemble, comme il l'avait tant de fois répété. Que dire de tous les présents qu'il lui avait offerts et de ces lettres enflammées qui les accompagnaient? Parce que Robert Landreau, à l'aube de la conquête, était aussi poète. Un voyage de noces précipité en Ontario, près des chutes Niagara, et elle s'était donnée à son mari… vierge. Parce que Robert, faisant outrage à sa réputation, l'avait toujours respectée. Les baisers à la dérobée, de légers touchers accidentels, mais la main n'était pas baladeuse. Pas avec celle qui allait porter son nom. Et pas, comme elle l'avait espéré, avant l'union.

Robert n'avait que sa mère et, au fil des ans, Solange perdit l'un après l'autre ses parents. Fabienne, austère, infirmière diplômée, était restée célibataire. Marielle, la benjamine, la rousselée, avait trouvé un mari beaucoup plus âgé qu'elle et donné le jour à trois enfants, deux fils et une fille.

— Allô, Claudie? C'est Mylène.
— Salut petite sœur, ça va?
— Oui, ça va, et toi?
— On ne peut mieux. Jean-Yves est encore au travail et le petit s'amuse avec un camion. J'en profite pour mettre de l'ordre, son coffre à jouets est un désastre. Avec un enfant de deux ans, un coup pendable n'attend pas l'autre.

– Tu ne t'ennuies pas à la maison? Ton travail ne te manque pas?

– Pas une seule minute! Avec Frédéric accroché à ma jupe… D'ailleurs, j'ai toujours dit que je voulais être là pour voir grandir mes enfants. C'est un peu plus corsé sur le plan financier, mais on s'en tire. Jean-Yves n'arrête pas de faire des heures supplémentaires. Il parle même d'un autre enfant…

_ Tiens! Toi qui disais après ton dur accouchement…

– Oui, oui, je sais, mais, après deux ans, ça s'oublie. Remarque que j'ai mon mot à dire, mais un enfant unique, je n'y tiens pas tellement. Dis donc, maman va bien? Tu parles tout bas…

– Oui, oui, elle va bien. Je ne parle pas fort parce que papa est là.

– Quoi? Un mardi soir? Pas de réunion d'affaires?

– Non, ni demain, ni après-demain, Claudie, papa a quitté son travail.

– Que veux-tu dire?

– Il prend une année sabbatique. De la fatigue, dit-il. Il veut se reposer. Je ne comprends pas, Claudie, maman non plus. Il y a quelque chose qui cloche dans son histoire. Et pas moyen de savoir, il est d'une impatience…

– Surprenant, en effet. Pas malade, au moins?

– Non, juste fatigué, épuisé, nous a-t-il dit, mais je me demande… Au fait, tu viens souper avec Jean-Yves et le petit, samedi?

– Jean-Yves travaille, mais je comptais m'y rendre avec Frédéric.

– Ne change surtout pas d'idée, maman compte sur toi. Tu sais, Claudie, tu es la seule qui puisse le faire parler. À toi, il s'ouvrira, il en dira davantage. Avec maman et moi, papa est une carpe. Tu es la seule à qui il se confie. Ne parle pas de notre conversation, fais comme si de rien n'était, mais questionne-le, Claudie. Si sa version reste la même, c'est qu'il est épuisé pour vrai, mais avec toi, ça me surprendrait. Tu es la seule capable d'aller chercher la vérité. Il ne te cache rien à toi. De toute façon, tu le devines. Tu as ce don que maman et moi n'avons pas.

– Je risque aussi qu'il soit impatient avec moi, n'en doute pas.

– Non, pas toi, pas avec le petit. Il retrouve le sourire dès qu'il te voit. Et, ne t'en fais pas, je n'en suis pas offusquée. Depuis le temps, tu sais… Ce qui compte pour maman, c'est de découvrir ce qu'il semble cacher.

– Elle ne lui a rien demandé?

– Elle a osé, mais tu aurais dû le voir. Il a gesticulé, je me suis interposée, mais sans rien ajouter. Un mot de plus et c'était moi qui écopais encore une fois.

– Bon, bon, j'ai compris. Dis à maman de ne pas insister, de le laisser en paix, je m'en charge. Mais, je t'avoue que je me questionne…

– Je te quitte, Claudie. Je l'entends, il s'approche.

– D'accord, petite sœur, à samedi et embrasse maman pour moi.

Samedi, 3 septembre, journée ensoleillée. Robert s'était levé tôt, avait peu déjeuné, et lisait son journal du matin sur le patio. Mauvaise nuit. Cauchemars, sueurs, il avait fixé le plafond de sa chambre. Songeur, il avait réanimé le passé, imaginé l'avenir et, tant prêt voulait-il être, il avait eu peur. Un tantinet. Cette peur que suggère le noir. Cette crainte, quand on garde tout pour soi, sans même avoir une main à tenir dans la sienne. Depuis dix ans, les Landreau faisaient chambre à part. Pour une simple remarque, un mot de trop, de la part de celle qui sans cesse se taisait. Seul dans sa nuit avec une légère poussée de fièvre, il aurait souhaité qu'elle soit là, à ses côtés, comme autrefois, mais le temps avait fait son œuvre. Solange dormait seule comme une veuve depuis nombre d'années. Inquiète, sursautant parfois dans son sommeil, mais résignée, avec au cœur depuis longtemps l'amour de ses enfants. Ce premier-né vite enterré, puis Claudie, l'adorée de son père, Stéphane, un soupir, une larme, et Mylène, sa mignonne, sa dernière, celle qui brisait les longs silences. Jolie maison que celle de Vimont. La même depuis trente ans, celle que Robert avait acquise à la sueur de son front au temps où ils s'aimaient. La maison familiale, devenue avec les ans, la plus luxueuse résidence du quartier. Foyer de pierre, piscine creusée, jardin, aire de jeux, les enfants n'avaient manqué de rien. Car Robert, piètre mari, avait tenté d'être un bon père. Surtout lorsque les enfants étaient petits et que son adorée, sa Claudie… Avant que, par dépit, ses sentiments s'étiolent pour les deux autres. Avant que Stéphane ne soit grand et que Mylène, discrètement, s'éloigne de lui. Mais, encore père, avec le même amour, la même ardeur… pour Claudie. Sa «p'tite», sa «princesse» de jadis et, depuis, la même tendresse pour ce petit dont il était grand-père. Même si, par malheur, l'enfant ressemblait à son gendre. Il avait, cependant, les doux yeux de Claudie. Et il aurait, il se l'était juré, la poigne de son grand-père.

– Tu as bien dormi?

Solange déjà coiffée, habillée, le rejoignait avec son café. Il leva à peine les yeux et marmonna:

– Oui, comme d'habitude. Que des mauvaises nouvelles dans le journal. Que des guerres! Quel monde affreux attend le petit quand il sera grand…

– Ce n'était guère mieux il y a trente ans…

– Guère mieux? Il n'y avait pas de drogues, pas autant d'immigrants. Tu vois ce qu'il a fait notre gouvernement? Il a fait fuir avec sa maudite souveraineté des Anglais qui payaient des impôts pour les remplacer par des rapaces qui viennent de partout et de surcroît sans un sou. Et des assistés sociaux qui vivent sur le bras des travailleurs! Pas besoin d'aller voir ailleurs pour comprendre pourquoi ces abrutis font des guerres. On les accueille? On va avoir leurs guerres aussi. Ici! Et dire qu'on parle encore de faire un petit pays avec ceux qui sont au pouvoir actuellement. As-tu déjà vu un cirque comme ça, toi? Les gens sont-ils aveugles? Juste à leur regarder la face…

– Allons, ne t'énerve pas. Encore levé du mauvais pied?

– Non, je suis réveillé, moi! Ce qui n'a jamais été ton cas. Ma foi, si les dames de sainte Anne existaient encore…

Solange s'était retirée. Pour ne pas en entendre davantage. Pour ne pas être responsable de tout ce qui irritait son mari dans le journal. Elle s'était éloignée sur la pointe des pieds. Jusqu'à la salle à manger. Pour boire son café et se taire. Pour voir de sa fenêtre le soleil lui sourire.

Mylène avait enfilé un short, un chandail avec écusson et avait noué ses longs cheveux blonds en une tresse qui lui tombait jusqu'à la taille. Jolie, bien tournée, tout comme sa mère au temps de ses vingt ans, elle était, néanmoins, peu portée sur les artifices, le maquillage et les bijoux. Très simple, une fille de la nature que son père taquinait parfois en l'appelant «la belle fermière». Mais sur un ton qui en disait long sur sa désapprobation. Robert Landreau avait un penchant pour les femmes… fatales. Lorsque Claudie arriva en début d'après-midi, le petit Frédéric se précipita sur les genoux de son grand-père. Robert avait retrouvé le sourire et chatouillait du pouce l'enfant qu'il appelait son «petit crapaud». Puis, levant les yeux sur sa fille aînée, il ne put s'empêcher de s'exclamer:

– Comme tu es belle! Voilà ce que j'appelle une jolie coiffure.

– Merci, papa. Comment vas-tu? lui demanda-t-elle en l'embrassant.

Robert la contemplait. Il était vrai qu'elle était belle, qu'elle était «femme», sa fille de vingt-huit ans. Sous la robe d'été moulante ceinturée à la taille avec bustier de fine dentelle, on pouvait distinguer ses charmes. Escarpins roses à talons hauts, mariés avec la robe du même ton, elle avait les ongles vernis d'un rose satin, les lèvres peintes en rose, une jolie tête brune bouclée jusqu'aux épaules. À ses oreilles, des anneaux de gitane en lucite blanc. Une fort belle femme, comme les aimait Robert dans son jeune temps. Au point qu'il lui lança devant les autres: «On dirait Rita Hayworth dans *Les Amours de Carmen*». Claudie, avait toujours été, sans qu'on insiste, très féminine depuis ses quatorze ans. Une fillette qui rêvait d'être femme. Celle qui se rendait au collège avec des talons aiguilles pendant que ses compagnes de classe s'affublaient de bottines. Celle qui surprenait les garçons de son âge par son comportement et qui attirait déjà les regards des hommes. Mais, pas vilaine pour autant, chaste et pure, sans malice, même si elle prenait plaisir à faire pâmer les hommes. Et Robert avait dépensé des fortunes pour elle. Il la choyait, il l'habillait, il ne lui refusait rien. Claudie était, à ses yeux, l'image parfaite de la jeune déesse. Et la «p'tite» avait toujours su comment faire marcher son père. Avec amour cependant, car Claudie aimait son père. Elle seule le comprenait, disait-elle. Ce qui n'indisposait pas sa mère qui n'avait de cesse de répéter: «Elle a son caractère.» pour ensuite ajouter: «Et ma sensibilité.»

– Jean-Yves n'est pas avec toi, il n'est pas venu?

– Non, papa, il travaille. Du temps supplémentaire, ce qui n'est pas de refus.

– J'espère qu'ils vont au moins lui donner congé lundi, c'est la fête du Travail.

– En effet, et nous allons passer la journée chez sa mère. Allons, Frédéric, assez, viens voir maman, grand-papa est fatigué.

– Non, non, laisse-le faire ce petit. Je le vois si peu souvent.

– Pas à partir de maintenant, si j'en juge par ton congé. Tu te reposes?

– Heu…oui. Toi, ta mère t'a parlé à ce que je vois.

Solange qui écoutait de la cuisine n'osa se montrer et Mylène en profita pour s'éloigner, pour aller arranger quelques fleurs, suivie du petit.

– Oui, comme ça, en passant. Je parlais à maman hier, et elle m'a annoncé… Dis donc, un long congé à ce que je vois.

– Heu… six mois, huit mois, un an, je ne sais pas, ça dépendra.

– De quoi? Tu es sûr que ça va, papa? J'avoue que je ne te suis pas.

Robert regarda autour de lui. Solange n'était pas en vue et Mylène s'amusait tout au fond du jardin avec le petit. Seul avec son aînée, Robert lui murmura:

– Non, non, rien de grave, Claudie, mais mieux vaut prévenir que guérir.

– Que veux-tu dire?

– J'ai vu le docteur Laurent, je suis au bout de ma corde et il m'a prescrit un long congé pour me remettre d'aplomb. Je n'ai pas voulu en parler à ta mère ni à Mylène. Tu les connais…

– Le bout de la corde, c'est le travail, papa?

– Exactement. Que le travail! J'ai trop donné, je n'ai pas été prudent. De là, le stress, l'angoisse et la proximité du *burnout*. Tu sais, c'est courant de nos jours. Mon ami Laurent m'a dit que j'étais en droite ligne pour un grave *burnout* si je n'arrêtais pas. C'est sournois, paraît-il. Et, quand on se rend là, après, c'est la déprime. J'ai pris les choses en riant, mais il était très sérieux. J'ai fini par avoir peur, j'ai parlé à Dubord, puis voilà. Je suis en repos forcé jusqu'à ce que je retrouve l'équilibre.

– Et tes sédatifs, tes calmants? Il te les a enlevés, j'espère? Savais-tu que ça peut mener à la dépression tout ce que tu prends?

– Allons, allons, c'est ça qui m'a tenu debout, Claudie. J'en avale depuis vingt ans. Et remarque que j'en prends moins depuis que je me suis enlevé le bureau de la tête. Sans stress, pas de comprimés ou si peu. Il m'en a prescrit d'autres, rien de fort, juste pour me détendre, pour dormir.

– Il sait sûrement ce qu'il fait ton ami le docteur, mais moi, les pilules, je continue à croire que ça crée une dépendance.

– Si c'était le cas pour moi, je tremblerais comme une feuille quand je serais en manque. Depuis le temps… Et puis, tu ne vas pas t'étendre sur le sujet toute la journée, non?

– Excuse-moi, papa, mais ta santé me tient à cœur. Si ton congé te sauve d'un *burnout* ou d'une dépression, c'est tout ce qui compte. Mais tu es sûr que tu vas le respecter, ce congé? Que tu ne vas pas changer d'idée dans un mois?

– Non, non, ne crains pas. Dubord est avisé. Pas même un coup de fil de lui sauf pour une signature dans un mois. Un dernier contrat à sceller. Un aller-retour, quoi! Ne t'inquiète pas, Claudie. Il est temps que ton père pense un peu à lui. Et, je t'en prie, n'en parle pas trop à ta mère. Tu la connais, un *burnout*, à ses oreilles, ça va sonner comme une maladie. Dis-lui ce que tu veux, parle de fatigue chronique, ne l'énerve pas, j'ai besoin de repos, moi.

– Tu as perdu du poids, toi. Je me trompe?

– Heu… peut-être un peu. J'ai moins d'appétit. Que veux-tu, à ne rien faire… Remarque que je commençais à prendre du ventre et ça… Les femmes n'aiment pas les ventres ronds, pas vrai?

34

Il ricanait, tentait de minimiser les choses, mais sa fille restait sérieuse:

— Pourquoi pas un peu d'exercice? Il y a un gymnase à quelques rues d'ici.

— Non, Claudie, le docteur m'a dit du repos, pas de l'exercice. Il m'a conseillé de lire, d'écouter de la musique, de dormir, de me promener un peu…

— Voilà qui ne te ressemble guère, papa, mais il a sans doute raison. Et puis, de quoi j'me mêle, après tout? s'écria-t-elle en le prenant par le cou.

Ils éclatèrent de rire et Robert de lui dire:

— De mes affaires, comme d'habitude, ma p'tite. Mais ce n'est pas d'hier et je ne t'en veux pas. Depuis que tu es haute comme ça que je t'ai sur les talons. Une vraie mouche à…. Ne me fais rien dire de pas correct, toi!

— Surtout si tu parles de moi, papa. Une abeille à miel, peut-être, mais une mouche à….. Non, que je ne t'entende plus jamais dire ça! lui cria-t-elle en lui serrant le cou de ses longs doigts remplis d'affection.

La journée s'écoula sans le moindre accroc. Robert faisait des efforts inouïs pour être de bonne compagnie. Pour Claudie. Il était fatigué, il aurait certes dormi, mais le petit Frédéric ne le quittait pas d'un pouce. À l'heure du souper, il mangea peu de peur de ne pas digérer. Claudie fut très surprise de l'entendre refuser le verre de vin qu'elle voulait lui servir: «Pas ce soir, j'ai l'estomac trop vide, ça ne passerait pas», lui avait-il répondu avec un sourire, cachant son désarroi. Pour la première fois, il souhaitait que Claudie quitte tôt avec l'enfant. Pour se réfugier dans sa chambre et dormir avant que les nausées le reprennent. Songeur, fixant parfois le plafond, il aurait tant voulu crier à son aînée le désespoir qui était sien. À elle, il n'aurait rien caché, afin de lui dire par la suite, chaque jour, à quel point il l'aimait. Le temps était précieux et Robert savait que chaque minute perdue n'allait plus revenir. Lorsque Claudie le regardait et qu'il sentait dans son regard une inquiétude, il lui souriait, faisait un effort pour jouer avec l'enfant. Pour dissimuler les doutes de sa fille chérie. Pour qu'elle ne saisisse pas dans son regard la tristesse, la peine, l'effroi.

– Frédéric ne t'épuise pas trop, papa?

– Allons donc, je ne suis pas malade, juste fatigué, Claudie. Il n'est pas facile de rester sans rien faire après avoir été si actif. C'est comme si je traversais le sevrage du *workaholic*. Je ne suis pas encore habitué à ne penser qu'à moi, qu'à mon bien-être. Il me faudra m'y adapter…

– Il en était temps, papa. À ce rythme fou, le cœur aurait pu te jouer un vilain tour.

Robert ne répondit pas tout en l'approuvant de la tête. «Si ce n'était que ça…» aurait-il voulu lui dire. Mais il lui fallait mentir, garder le silence le plus longtemps possible pour que moins long soit le tourment. Pour sa femme comme pour ses enfants. Et, surtout pour Claudie, qui verserait des larmes avant le temps. C'est ce visage heureux de sa «p'tite» qu'il voulait épargner jusqu'à la fin… ou presque. Ce sourire, cette joie de vivre, son bonheur avec Jean-Yves qui, malgré les réticences du père, rendait sa fille heureuse. Il se devait de cacher, de mentir, de nier, quitte à souffrir seul de la peine qu'il avait au cœur.

Depuis cinq jours, il se sentait emprisonné, épié, soupçonné. Solange ne le quittait pas des yeux et, chaque soir, Mylène jetait sur lui un regard de compassion sans rien lui demander. Mylène qui aurait parfois voulu causer avec lui, l'entendre lui dire: «Je t'aime», tout comme à Claudie. Et, c'était sans s'en rendre compte que le père ne lui en faisait pas l'aveu. Non pas que, dans son cœur, il n'aimait pas sa petite dernière, mais depuis le temps qu'elle était «la fille à sa mère», que Solange s'en était emparée pour en faire sa confidente, il s'était quelque peu éloigné de celle qui était le portrait tout craché de sa femme. Mylène avait repris ses cours à l'université. Elle se dirigeait vers l'enseignement, elle voulait de préférence enseigner aux enfants. Elle ne voulait pas, à l'instar de Claudie, être une petite secrétaire sous-payée qui change d'emploi comme on change de robe, jusqu'à ce qu'un mari se présente pour la faire vivre. Elle voulait prouver à son père qu'on pouvait s'instruire dans la famille et non tout laisser tomber comme l'avait fait Claudie, après deux sessions de cégep et un cours de base en informatique, histoire de pouvoir écrire à l'ordinateur. Une décision que Robert n'avait pas entravée lorsque sa «p'tite» avait exprimé son idée. Il s'était formé lui-même, en brave autodidacte, et prônait à qui voulait l'entendre, sa femme incluse, que le talent, c'était d'abord et avant tout dans la tête. Lorsque Claudie dénicha son premier emploi à l'âge de dix-huit ans, au grand désespoir de sa mère, Robert lui avait dit: «Surveille les loups, ils sont partout, ma p'tite. Belle comme tu es, ne te laisse pas avoir par les compliments d'un expert. Si un homme a trente ans, dis-toi qu'il est marié et infidèle ou divorcé. S'il est plus âgé, c'est le démon du midi qui l'assaille et tu es la proie toute désignée.» Des mises en garde comme avaient dû en recevoir de leur père toutes les belles filles que Robert avait courtisées au fil des années. Des filles qui l'avaient parfois évincé, d'autres qui avaient flanché sous le charme du séduisant homme d'affaires. À quarante-cinq ans, l'âge où l'homme se bat entre les cheveux noirs et les cheveux gris qui surgissent, Robert Landreau avait été l'amant d'une fille d'un an plus jeune que son aînée. Premier emploi, dix-sept ans, inconsciente, la frêle enfant avait succombé au charme du quadragénaire. Pour quelques mois seulement, jusqu'à ce qu'elle apprenne que le patron avait une autre flamme. Elle avait quitté son emploi en larmes. Sans chercher à nuire à l'homme qu'elle avait aimé. Sans rien dire à personne, sans même savoir, au grand soulagement de Robert, que l'aventure était en fait ce qu'on appelle, un détournement de mineure. Et c'est à ce moment, à deux pas d'un drame, qu'il avait dit à Claudie: «Prends garde aux loups, ma p'tite.»

– Que dirais-tu si j'allais louer un bon film ce soir? Mylène ne rentre pas, elle a des courses et, toi et moi…

– Je ne sais pas, Solange, j'ai envie de me coucher tôt, de dormir…

– Voyons Robert, tu as fait la sieste tout l'après-midi. Un bon film pourrait te détendre. J'avais pensé à *Remains of the Day* avec Anthony Hopkins. On dit que c'est un film…

– Non, pas lui. Je le trouve déprimant, cet acteur. Je n'aime pas ses films, ils sont tous ennuyants.

– Une comédie peut-être? Un film québécois?

– Non, je n'ai ni le cœur à rire et encore moins à m'endormir sur un film d'ici avec des longueurs et aucun dialogue. Un film de Stallone, peut-être…

– Voilà qui n'est guère reposant, tous ses films sont violents.

– Alors, laisse faire, oublie ça et loue ce que tu veux pour toi. Je suis fatigué, j'ai envie de dormir, de me coucher tôt. J'ai à récupérer, moi.

Solange préféra se taire. Elle venait de comprendre, une fois de plus, que son mari ne désirait pas passer la soirée au salon avec elle. Comme depuis toujours, lorsqu'ils se retrouvaient tous les deux et qu'il s'enfermait dans son bureau. Mais, pas de Stallone, non merci pour elle. Depuis le temps qu'il lui imposait des films d'action, de guerre ou d'horreur, elle n'allait pas plier encore une fois. Elle préférait lire ou tricoter, tout en regardant n'importe quoi en pitonnant. Elle avait encore en mémoire l'unique fois où, au cinéma, devant le film *Love Story*, il s'était levé pour aller l'attendre au fumoir. À la fin du film, alors qu'elle avait les yeux rougis par l'émotion, il lui avait lancé: «Toujours la larme à l'œil, toi. Pour des niaiseries. Pleurer pour ces mélodrames en public, ça ne fait pas sérieux. Ce n'est qu'un jeu, du cinéma, Solange.» Et pourtant, dans ce film, la jeune héroïne vivait le même drame, livrait le même combat que, sans le savoir, il allait affronter beaucoup plus tard. Un jour. Maintenant.

Robert mangea très peu. Il avait des vertiges, des nausées. Pour camoufler son embarras, il avait dit à sa femme: «Ta soupe est trop grasse.» Puis, assis au salon, s'allumant une cigarette, il aperçut leur portrait de noces en évidence sur le mur. Comme pour faire amende honorable, il lui dit:

– Sais-tu que tu avais la taille plus fine que Claudie à son âge?

– Peut-être, mais je n'avais pas encore eu d'enfants, moi.

– Ce n'est quand même pas trois enfants qui déboussolent une femme.

– Quatre, Robert, pas trois, quatre. Tu oublies Guillaume.

– Bah, si on veut…

– Si on veut? Mais je l'ai eu cet enfant et ce n'est pas parce que tu n'as jamais voulu le voir qu'il n'est pas né, ce petit.

– De l'histoire ancienne, ma femme. Tourne la page.

– Non, au contraire, parlons-en! Depuis le temps que je voulais te le dire, je n'ai jamais oublié ce rejet, ces reproches, ce supplice…

– Tu exagères, ce n'était pas le cas, j'étais bien jeune…

– Pas plus que moi, Robert! Si toi, tu peux fermer le volet, permets-moi de te dire que je n'ai jamais oublié ce coup au cœur.

– Je voulais un garçon, Solange et…

– Tu as eu un garçon! Est-ce de ma faute s'il est né difforme? Je ne l'avais pas fait seule, cet enfant! Quand on t'a appris qu'il était infirme, que ses chances de survie étaient minces, tu n'as jamais voulu le voir. C'est moi, moi seule qui l'avais dans les bras en pleurant. Il n'était pas beau à voir, crois-moi, mais il était vivant et il avait tes yeux. Je sentais ses petites mains s'accrocher à moi et, désespérément, je te cherchais des yeux. Et tu m'as rejetée tout comme lui en disant au docteur: «J'espère que vous n'allez pas tout tenter pour le sauver.»

– Allons, qu'est-ce qui te prend? Pourquoi cette attaque soudaine?

– Parce que ça fait trente ans que je l'ai sur le cœur. Parce que je n'ai jamais pu te dire ce que j'avais pu vivre. Parce que c'est moi qui me suis chargée de le faire baptiser à la pouponnière en lui donnant le prénom que nous avions choisi. Et, parce que, seule dans ma douleur, tu ne trouvais le temps que pour me téléphoner et me dire: «J'suis pas capable!» Crois-tu que j'en étais capable, moi? À chaque regard posé sur lui, je me sentais coupable. Tu désirais un garçon, un beau poupon, et ton rejet m'a fait sentir que je t'avais donné un monstre! Et tu m'as laissée seule, sans soutien, sans même me prendre dans tes bras…

– Solange, je t'en prie, tais-toi!

– Non, laisse-moi continuer, Robert. Laisse-moi aller jusqu'au bout, laisse-moi vider ce que j'ai sur le cœur depuis tant d'années. Une seule fois, la première et la dernière. Rends-moi ma paix, laisse la peine qui m'étrangle sortir de ma gorge pour que je m'en libère. Si tu savais comme je l'ai aimé «ton monstre» que je serrais sur mon cœur comme un ange. Quand il est mort, cinq jours plus tard, et que je te l'ai appris par téléphone, j'ai perçu au bout du fil, un soupir de soulagement. Je pleurais à fendre l'âme et tu n'as versé aucune larme. Pas même sur ma détresse, Robert! Dans mon état! Quelques heures plus tard, alors que je posais ma tête sur ton épaule, tu m'as dit: «Ça passera». Que ça, Robert! Mais, comme tu vois, ça n'a jamais passé. J'ai encore dans mes bras, depuis trente ans, cet enfant mort qui n'a jamais senti la présence de son père. Je l'ai enterré soutenue par ma mère et mes sœurs. Tu n'es même pas venu au cimetière, tu n'étais «pas capable» comme tu disais. Et depuis, chaque année, je dépose des fleurs sur sa pierre tombale. Sans toi, Robert! En trente ans, tu n'y as jamais mis les pieds. Guillaume repose en paix, protégé par sa mère, et sans doute conscient dans l'au-delà que sa mort a été un débarras pour son père!

– Assez, Solange! C'est assez, ça suffit! Comment oses-tu après tant d'années me jeter ce dépit en pleine face! Moi, fatigué, usé, malade…

– Malade? Tu m'en diras tant! Comme si je ne l'avais pas été, moi, lors de cette dure épreuve. Tu n'as même pas eu le cœur de me demander comment s'était déroulé l'accouchement. C'était mon premier, Robert! Mes cris, mes hurlements, c'était sans doute normal pour toi? J'ai failli y laisser ma peau et toi, blessé dans ton orgueil, tu ne pensais qu'à l'enfant difforme que tu avais engendré. Jamais je n'ai pu oublier…

À bout de nerfs, irrité par ce vieux film qu'elle déroulait avec rage, pris de vertiges, de nausées, Robert se leva d'un bond, se rendit à la toilette et dégueula sa soupe dans le bol tout en tirant la chasse pour que Solange n'entende rien. Puis, calmement, longeant le mur, il se rendit à sa chambre et s'y enferma, pendant qu'au salon, Solange, vidée elle aussi de la bile qui lui meurtrissait le foie depuis tant d'années, sanglotait. Robert s'étendit sur le lit, s'alluma une cigarette et revit malgré lui la fin du film que Solange avait fait renaître de ses cendres.

Il se souvenait très bien de la grossesse de sa femme, de sa joie à l'idée d'être père et du petit gars, qu'en silence, il espérait. Oui, un garçon, un fils, pour prendre la relève de son nom. «Guillaume Landreau», se disait-il. Quel nom pour un futur homme d'affaires. Et dans la crainte de le décevoir, Solange s'était mise en tête de lui donner un garçon. Si bien qu'elle s'en était rendue malade et que les derniers mois de sa grossesse s'écoulèrent au lit. Elle avait failli le perdre sans savoir qu'elle le… perdrait. Mort dans ses bras, ce petit être difforme, cet enfant qui n'aurait pu avoir une vie normale. Ce rejeton rejeté d'ores et déjà par son père. «Merci, mon Dieu…» avait-elle murmuré quand l'enfant avait rendu l'âme. Parce qu'elle savait que, dès lors, Robert aurait été odieux avec elle. Et que dire de l'enfant qu'il n'aurait pas voulu garder, qu'elle aurait eu à placer, dont elle aurait dû assurer la survie en quittant son mari. Ces images dans la tête d'une jeune mère, Robert ne les avait jamais vues. Et elle n'avait jamais osé les lui décrire de vive voix. De peur de le perdre. C'est à partir de ce jour qu'elle avait décidé de se taire. Ce que Robert Landreau revoyait dans ce film de sa jeunesse, c'était l'être abject qu'il avait été. Ce père sans couilles, trop lâche pour faire face à la réalité. Il revoyait son auguste personne au bout d'un fil demandant à sa femme: «Qu'est-ce qu'on va en faire?» Lui, le maître absolu, le mâle, le mari… désespéré. Il n'avait jamais dit à personne que son fils était né difforme. Son petit s'était éteint d'un arrêt cardiaque. Comme un petit oiseau frêle! Il l'avait dit sans broncher, sans pleurer, en ajoutant à l'endroit de ceux qui compatissaient: «On se reprendra.» Il avait failli perdre Solange, il le savait.

Mais, connaissant sa femme, il misait sur le temps pour qu'elle oublie, pour qu'elle n'en parle plus, pour qu'elle sourie à la vie avec un second enfant dans les bras. Et Solange s'était tue dès que son fils fut enterré. Muette à tout jamais, retenant ses larmes, gardant dans son bas-ventre les douleurs à jamais imprégnées. C'est rempli de honte et d'orgueil qu'il avait refusé d'aller au cimetière enterrer son aîné. Pour ne pas voir, dans les yeux de Solange, la haine qu'elle avait dans le cœur. Incapable d'y faire face, de s'amender, de s'excuser, il s'était abstenu, caché, enfermé, pour ne pas sentir ne serait-ce qu'une parcelle de sa culpabilité. Et si, chaque année, il n'était pas allé avec elle sur la pierre tombale de Guillaume, c'était par crainte de la voir éclater, par peur de subir le dur moment qu'elle venait enfin... de lui faire vivre. Et il ne s'était jamais rendu seul sur la tombe du petit, de peur d'entendre une voix d'enfant lui demander: «C'est toi, mon papa?»

Mylène venait de rentrer et, apercevant sa mère atterrée, les yeux rougis, les paupières gonflées, lui demanda:

– Qu'as-tu, maman? Tu as pleuré? Que s'est-il passé? Où est papa?

Solange leva les yeux sur sa fille puis, avec des larmes sur les joues, lui murmura:

– Il est dans sa chambre, il se repose, il est fatigué.

– Que s'est-il passé? Encore un mot de trop, maman?

– Si on veut, qu'importe, ça n'a pas d'importance, rien de grave.

Mylène, perplexe, déconfite devant l'air ahuri de sa mère, se rendit sur la pointe des pieds jusqu'à la chambre de son père. Deux légers coups dans la porte et...

– Papa, tu es là? Je peux entrer?

– Oui, oui, entre, je ne dors pas.

Mylène entra et vit son père, tête sur l'oreiller, une main derrière la nuque, l'autre tenant une cigarette. Les yeux dans le vide, il ne regarda pas sa fille qui, embarrassée, lui demanda timidement:

– Quelque chose qui ne va pas? Maman est dans un piètre état.

Robert leva les yeux sur elle et, calmement, lui répondit:

– Rien de sérieux, crois moi. Ta mère se défoule et c'est son droit.

– Pourtant, elle parle si peu…

– Faut croire que le fait d'être seuls tous les deux lui délie la langue… Ne t'en fais pas, Mylène, c'est normal. Ta mère n'est pas habituée à m'avoir à longueur de journée. Contrariée, sans doute…

– Allons, pas elle, tout ce qu'elle veut, c'est ton bien-être.

– Sans doute, Mylène, mais trop, peut-être. Et ce n'est pas de sa faute. Dans mon état, je perds vite patience. Mais, ne t'en fais pas, ça ira.

Chapitre 2

Mercredi, 5 octobre 1994, et le froid des derniers jours persistait. «Déjà l'automne» marmonnait Robert, qui attendait en vain l'été des Indiens. Depuis son altercation avec Solange, un froid d'une autre nature que celui de la température régnait entre les deux époux. Ils s'échangeaient les propos d'usage, mais le congé de Robert avait pris une autre tournure. Solange n'était pas revenue sur le sujet qui avait causé la brouille. Lui non plus. Et, tous deux s'étaient abstenus d'en parler aux enfants. Robert aurait certes eu à s'expliquer, à vider sa conscience, ce qu'il n'envisageait guère de faire. Solange, de son côté, quelque peu mal à l'aise d'avoir été si franche, sentait en elle, malgré un vague sentiment de regret, une délivrance. «Un poids de moins sur le cœur» se disait-elle, quand, parfois, le remords l'envahissait. Elle avait traîné ce fardeau si longtemps qu'elle ne sentait nul besoin de s'excuser de son audace. Sans toutefois en parler à Mylène. Aucun des enfants n'était au courant du tourment qui la minait depuis trente ans. Ils savaient qu'ils avaient eu un frère aîné mort-né. Étranglé par le cordon dans le ventre de leur mère. C'est tout ce que leur avait dit Solange de Guillaume, son cher trésor handicapé. De peur d'avoir à leur mettre devant les yeux l'ignominie de leur père. De peur de perdre celui qu'elle avait haï pour ensuite l'aimer de toutes ses forces. Entièrement dépendante, à sa merci, elle avait craint pour sa survie… sans lui. Comme plusieurs femmes de son époque dont le rôle était de servir, de fermer les yeux, de se taire. Avaler en silence, respirer par le nez, pour se retenir de crier. La maison, les autos, les repas, le confort, c'était lui. Et Gervaise Landreau, digne mère de son fils, était là pour le lui rappeler: «Voyez comme il vous comble, Solange. Ce ne sont pas tous les maris qui, comme lui, ont autant de cœur au ventre.» Mais la jeune femme, bonne personne, ne détestait pas sa belle-mère. Elle savait que celle-ci n'avait que ce fils et qu'il était son unique source d'affection. Seule et très à l'aise financièrement, Gervaise avait repoussé tous les prétendants dès son veuvage. Désormais, c'est pour son fils, pour lui seul, qu'elle vivait. Et c'est sans doute pourquoi Robert s'était vite casé et mis en ménage. Il voyait de loin venir le jour où sa mère serait sa croix. Tout, même le mariage, sauf ça!

Depuis «l'incident» qui l'avait vertement secoué, Robert Landreau avait décidé de s'occuper de lui-même. Le jour suivant, il avait dit à sa femme dès le déjeuner: «Ne me prépare rien. Désormais, je m'occupe de mes chaudrons.» Sur un ton ferme. Un ton qui voulait inciter sa femme au repentir. Car Robert, même malade, ne lui pardonnait pas d'avoir osé dépoussiérer cette page du passé. Ce faisant, Solange avait remué en lui la culpabilité. Lui qui, depuis le temps, avait presque tout oublié. Les journées étaient longues, monotones, sans la moindre couleur. Ce que souhaitait Robert, c'était qu'elle parte en voyage, qu'elle s'éloigne, pour qu'il puisse respirer, vomir, tousser, sans se sentir épié. Le valium qu'il prenait depuis des années était son seul remède. Solange, usant de toutes les raisons, avait tenté un certain rapprochement. Maladroitement. Un matin, alors qu'il avalait un comprimé, elle lui avait murmuré: «Tu ne devrais plus prendre ce médicament, Robert. C'est ce calmant qui te fout par terre. Plus tu en prends, plus ton humeur change. Le valium, c'est un abattoir…» Il la darda d'un tel regard qu'elle préféra se taire. Mais, en ce mercredi, la colère grondait dans sa tête. Elle en avait assez de ces journées à ne rien dire, à compter les heures, à lire, à se réfugier au sous-sol pour écouter un film à la télévision parce que «monsieur» s'était emparé du salon pour écouter ses vieux microsillons. Ceux de Ferrat, ceux des Four Aces, et surtout ceux de Dalida, sa chanteuse préférée depuis son tout premier succès. Et Solange n'était pas invitée au partage de la nostalgie. Elle qui, pourtant, avait maintes fois dansé dans les bras de Robert sur ces airs du passé. Losqu'elle montait du sous-sol, elle apercevait son mari, les yeux dans le vide, songeur, muet, et elle se disait: «Maudites pilules! Elles vont le mener à la dépression!» Pourtant, Robert en prenait depuis si longtemps. Pour oublier, pour s'évader, pour avoir le sang-froid requis pour la tromper. Il lui était même arrivé, lors de beuveries, dans son euphorie, de laisser fondre le calmant dans son scotch ou sa bière pour en redoubler l'effet. La roulette russe! Quoique Robert soit toujours sorti vivant de ce dangereux combat que se livraient l'alcool et les sédatifs. Vivant, oui, mais dans quel état. Mal dans sa peau, mal dans sa tête. Surtout lorsque dans l'engouement, il s'endormait pour se réveiller le lendemain, dépouillé de son argent. Dans une minable chambre d'hôtel, sans même se rappeler avec qui il avait passé la nuit.

– Fabienne aimerait venir souper demain. Ça te dérangerait?

L'homme sortit de son rêve, regarda sa femme et lui répondit:

– Oui, ça me dérange. Je n'ai pas le goût de voir ta sœur et l'entendre me parler de ses patients. J'ai besoin de repos, de silence.

Solange sentit la fureur lui monter jusqu'au nez, mais elle se contint.

— Pourquoi ne vas-tu pas chez elle, toi? répliqua-t-il.

— Parce que c'est moi qui l'ai invitée, Robert, pas elle. Et puis, qu'est-ce que ça peut te faire? Tu n'auras qu'à te réfugier dans ta chambre si tu ne veux pas la voir!

— Ma chambre, ma maudite chambre! Je ne suis pas en convalescence, Solange, je suis en vacances, en congé. Peux-tu faire la différence?

— Beau congé! À rien faire, rien dire, avoir l'air bête!

— Alors, sors! Va chez ta sœur, va où tu voudras, mais arrête de passer tes journées à me regarder, à me narguer, à… m'emmerder! Sors, fais quelque chose, mais laisse-moi vivre, bâtard! Tout ce que je veux, c'est la paix, la sainte paix pour six mois ou un peu plus. Est-ce si difficile à comprendre? J'ai besoin de faire le vide, de me retrouver, de décompresser, et tu me stresses, Solange! Tu passes tes journée à me dévisager jusqu'à ce que Mylène arrive. T'as sûrement mieux à faire, non? Fais un voyage…

— Encore un voyage! Tu n'as que ça dans la tête! Et si je te disais que je n'ai pas envie de partir, moi! Pour aller où? Avec qui? J'existe, je vis moi aussi, Robert. J'étais dans cette maison bien avant toi. Ça fait trente ans que j'y suis, moi! Et là, parce que «monsieur» a besoin de refaire le plein, il faudrait que je déguerpisse? Tu rentres, je sors? Remarque que c'est toujours toi qui as passé des nuits dehors, pas moi!

Le ton s'élevait, Solange fulminait et Robert, fatigué, épuisé par le branle-bas, se leva péniblement pour se réfugier… dans sa chambre. Solange reprenait son souffle, s'essuyait les yeux. Elle n'avait jamais pu subir une querelle sans pleurer. Aucun dialogue, que des mauvais échanges chaque fois qu'ils osaient se parler. Et ce, depuis nombre d'années. Et, la plupart du temps, à l'insu des enfants. Une heure s'écoula et Robert entendait, de sa chambre, sa femme dire à sa sœur de remettre sa visite, de passer une autre fois, que Robert ne «filait» pas. Puis, occupée à son ménage quotidien, elle regardait l'horloge, anticipant l'heure du retour de Mylène.

Un coup de fil de Mylène: cette dernière ne rentrait pas. Elle partait avec des compagnes de l'université, elle reviendrait tard, elle avait sa clef. Déçue, Solange n'en laissa rien paraître. «Belle soirée en perspective», maugréa-t-elle, encore sous l'effet de la colère. Elle avait soupé seule, un plat réchauffé, un café. Robert était sorti de sa chambre pour prendre une bière dans le frigo et s'installer au salon devant son bulletin de nouvelles. Pas un mot entre eux. Qu'un regard en sa direction de la part de Solange qu'il ne distingua pas. Un regard de mépris. Calé dans son fauteuil, écoutant d'une oreille les mauvaises nouvelles accompagnées d'images déprimantes, Robert était songeur. Il regrettait d'avoir été brusque, d'avoir fait pleurer sa femme qui, au fond, ne méritait pas ce dur traitement. Il était désolé, navré, repentant, mais comment le lui dire quand, depuis trente ans, il ne s'était jamais excusé de la moindre de ses erreurs. L'orgueil avait toujours eu gain de cause sur son humilité. Mais il était mal à l'aise. Il avait été injuste. Solange n'avait pas à payer le prix de son triste secret. «Si seulement elle savait, se disait-il, elle comprendrait.» Mais il ne fallait pas qu'elle sache. En la rabrouant, il l'épargnait, mais sa générosité n'allait pas de pair avec son indulgence. Il avait écouté et savait que Mylène ne rentrerait pas. Il lui fallait rompre le silence, tenter de s'amender. N'importe comment, mais réussir à lui faire oublier qu'il avait été, malgré lui, impitoyable envers elle. Il n'allait pas vivre ses derniers jours dans l'aberration en plus de la souffrance. Car, si Robert avait mal de lui faire du mal, son mal incurable prenait peu à peu de l'ampleur. Les vertiges étaient plus fréquents, les migraines se multipliaient, les nausées se succédaient, et il ressentait parfois des douleurs à la poitrine, sachant fort bien que ce n'était pas de l'angine. Robert était malade, inquiet, angoissé. Seul à connaître l'adversaire contre lequel il combattait.

— Ça va, tu peux inviter Fabienne si tu en as envie.

— Trop tard, j'ai tout annulé, lui répondit sèchement sa femme.

Ne sachant comment rapiécer l'étoffe trouée, il demanda comme ça, pour dire quelque chose:

— Des nouvelles de Claudie? Elle a téléphoné?

Exactement ce qu'il ne fallait pas demander. Au plus mauvais moment. Solange se leva, se dirigea vers lui et lui lança tel un poignard:

— Que ta Claudie! Ta p'tite! Il n'y a qu'elle dans ta vie. Les autres n'existent pas! Pourquoi ne vas-tu pas vivre avec elle, finalement?

— Voyons, qu'est-ce qui te prend?

— Ce qui me prend? Tu oses me demander ce qui me prend? Depuis qu'elle est née, tu ne vis qu'en vertu d'elle. Me prends-tu pour une folle, Robert? Penses-tu que je n'ai pas vu qu'elle avait pris toute la place?

— Tu déraisonnes, ma foi!

— Non, je vais te prouver que j'ai toute ma tête et que j'ai tout vu de ton jeu depuis qu'elle est née. C'est elle qui t'a fait oublier Guillaume, Robert! Quand elle est née, quoique tu désirais un garçon, tu étais si heureux de la voir toute ronde et en santé que tu n'en as plus vu clair. Ta p'tite! Ta chère petite juste à toi! Comme si je n'étais pas sa mère, moi! Tu l'as prise dans tes bras, tu l'as serrée sur ton cœur et, de ce jour, c'est à peine si j'ai pu l'asseoir sur mes genoux. Dès que tu rentrais, tu n'avais d'yeux que pour elle. Je n'existais plus ou presque. Et pour ajouter à ma défaite, elle te ressemblait. Tu l'as aimée ta p'tite et je ne te le reprocherais pas si tu avais aimé les autres autant qu'elle. Et ne viens pas me dire que je suis jalouse. Je l'aimais tout autant que toi, peut-être plus, peut-être mieux, mais je n'étais pas injuste, moi. Stéphane et Mylène ont reçu le même amour de ma part, ce qui ne fut pas le cas de la tienne. Je n'avais pas de préférence, moi. J'aimais mes enfants, mes trois enfants, pas seulement celle qui, Dieu t'en voudra, arrivait pour te faire oublier… le monstre!

– Solange, je t'interdis, tu n'as pas le droit…

– Je le prends, Robert! Ça fait trente ans que je me tais. Trente ans que j'avale de peine et de misère la boule que j'ai dans la gorge. Tu es en congé prolongé? Nous avons des comptes à régler, toi et moi. Quand tu reprendras le travail, tu auras compris que, derrière toi, il y a une femme qui a fini par s'exprimer.

– Vas-y, continue, bombarde, pendant que je suis par terre.

– Ne joue pas la carte du malade, pas avec moi. Ta fatigue chronique ne m'émeut pas. La mienne est plus tragique. Si j'avais su ce qu'auraient à subir tes autres enfants, je ne t'en aurais jamais donné un seul après Claudie. Tu as la mémoire courte, Robert. Te souviens-tu des jours où tu partais avec elle en la tenant par la main pendant que Stéphane dormait? Te rap-pelles-tu de moi sur le patio avec Mylène qui criait: «Moi aussi…» quand tu quittais avec Claudie? «Tu es trop petite, reste avec maman», lui disais-tu. Et tu revenais une heure plus tard avec Claudie, souriante, heureuse, d'avoir été choyée par son père, sans même t'en faire pour moi, pour les efforts dé-ployés à consoler la benjamine et à mentir au petit quand il se réveillait et qu'il te cherchait ainsi que sa grande sœur. «Elle est avec papa chez le docteur.» Voilà ce que je lui disais pour qu'il se console de ne pas être de la partie. Le même mensonge, je ne sais combien de fois, et Mylène qui, pendant ce temps, faisait une crise dans mes bras. J'étais honteuse de mentir, mais je voulais que tes enfants t'aiment même si tu les négligeais. Et mon mensonge me faisait tellement honte, lorsque tu revenais et que Claudie avait encore autour de la bouche le chocolat de sa crème glacée. Stéphane la regardait, me regardait, m'interrogeait des yeux…

Robert, la tête entre les mains, regardait par terre. Ce qui la fit poursuivre:

– Je n'en voulais pas à la petite, elle était si jeune, si heureuse, elle ne comprenait pas. Mais si tu savais comme j'ai souffert de ton attitude quand les autres, ne me croyant plus, pleuraient à fendre l'âme. Stéphane n'avait que cinq ans, mais je te jure qu'il avait compris que je mentais. Le docteur, le dentiste, ça ne passait plus pour lui. Je jouais avec eux, je tentais de les distraire, de leur faire oublier l'injustice de leur père, mais dès que tu revenais… Rappelle-toi comme il boudait, le petit, quand il voyait les mains de sa sœur rouges de réglisse. Et tu osais me demander pourquoi Mylène n'allait pas à toi quand, une fois sur vingt, tu lui tendais les bras? Quand Claudie dormait ou qu'elle était à l'école, Mylène ne connaissait que mes bras, Robert. Elle n'avait que trois ans, et déjà je sentais qu'elle souffrait, je sentais qu'elle savait… Et quand j'osais t'en faire la remarque, tu me répondais: «Voyons donc, à son âge!» Oui, à son âge, elle sentait déjà ta préférence. Elle ressentait sans doute qu'elle ne serait jamais pour toi ce que Claudie était.

– Tu en as d'autres comme ça? Joli congé à ce que je vois.

– Joli congé? Et moi, donc! Ça fait trente ans que je suis en congé des dialogues que tu ne pouvais supporter, quitte à ce que tu me fasses brailler par des mots durs pour que tout meure dans l'œuf. Et je n'ai pas fini en ce qui concerne Claudie. Il n'y a rien qu'elle n'a pas eu de toi, celle-là, en plus de ton amour et de ton affection. Des cours de ballet, des cours de natation, des cours d'escrime, des cours de tennis. Tu as même voulu qu'elle s'inscrive à des cours de patin artistique pour qu'elle exhibe ses jolies jambes. Tu n'avais d'yeux que pour elle, je te le répète, Robert, au détriment des deux autres qui, comme moi, se taisaient. C'est moi qui les consolais, qui les revalorisais, parce que je sentais naître en eux d'affreux complexes. Mylène en était rendue à se dire qu'elle n'arriverait jamais à la cheville de sa grande sœur, parce que ton aînée, tu l'avais hissée sur un podium. Si grande, si majestueuse, si brillante, que les autres se sentaient comme des nullités à ses côtés. Tu as été monstrueux, Robert, et ça t'a mal servi puisque peu à peu, ta préférée t'a fui.

– Que veux-tu dire? Claudie est toujours près de moi. C'est elle…

– Non, je t'arrête, parce que ta p'tite se confiait aussi à moi. Avec le temps, après le voyage en France que tu as fait avec elle, après l'Amérique et enfin la Hollande, Claudie a compris que tu t'étais emparé d'elle et de sa vie. Elle a fini par avoir vingt ans, ta p'tite. Elle a vu clair après avoir été si bien servie. Tu as pris son enfance, son adolescence, mais tu n'allais pas prendre sa vie de femme. Elle a compris qu'elle t'avait tout consacré, qu'elle t'avait obéi à la lettre, qu'elle avait été asservie. Si bien que tu as même réussi un certain temps à en faire ta complice dans tes relations avec les femmes. Elle t'aimait, elle te respectait, mais dans son cœur, elle désapprouvait ta conduite et ton arrogance envers moi. Consciente de mon… inexistence! Elle a fini par voir sa mère après avoir adulé son père. Il est sûr qu'elle gardera toute sa vie un meilleur souvenir de toi, tu me l'as ravie! Tu ne m'as laissé aucune chance de me rapprocher d'elle. Tu t'en es emparée pour me laisser avec les deux autres qui n'avaient que moi, qui n'espéraient rien de toi. Et dans un sens, Dieu merci, car sans ta préférence, je n'aurais pas eu d'enfants à aimer. Oui, Claudie a compris quand elle a vu que tu méprisais le premier garçon qui lui avait fait la cour. Un brave garçon, pourtant, mais tu le voyais comme un ravisseur. Celui qui tenait la main de ta fille, celui qui risquait de te la faire perdre. Tu l'as démoli à ses yeux, si bien, qu'elle a fini par te croire et s'en défaire. Tu voulais d'un professionnel pour elle, un homme riche de préférence, un parvenu qui l'aurait sans doute trompée comme tu l'as fait avec moi. Tu voulais choisir celui qui allait être son mari comme tu l'avais fait de ses poupées. Sans même sonder son cœur, sans même te demander si elle l'aimerait car, pour toi, l'amour, qu'est-ce donc sinon qu'éphémère? Tu aurais même souhaité qu'elle épouse un homme riche sans l'aimer, quitte à le tromper avec d'autres. Quand on n'a pas de scrupules pour soi, on n'en a guère pour sa fille…

– Là, je t'arrête, Solange, je t'interdis… Tu n'as pas le droit…

– Je le prends, Robert, et je n'ai pas terminé, loin de là. Elle t'a tenu tête, ta p'tite. Subtilement, sans cris, sans rage, pour ne pas te déplaire, mais elle t'a tenu tête. Elle a rencontré Jean-Yves que tu n'as pas aimé dès le premier regard. Elle l'a senti, et lui aussi, mais elle était majeure et, dès lors, l'amour l'emportait sur la soumission. D'ailleurs, c'est à moi qu'elle a dit: «Qui que ce soit, maman, papa ne l'aimera pas.» Mais elle n'allait pas te laisser choisir pour elle l'homme qui partagerait son lit et sa vie. Tu lui as dit et je m'en souviens: «Ce garçon n'a pas d'avenir. Il n'a pas ta force. Je ne sais pas ce que tu lui trouves.» Mot pour mot, Robert, j'étais là! Muette comme d'habitude, mais pas sourde, crois-moi. Désemparée puis déterminée, elle t'a tenu tête jusqu'au jour où, sans que tu t'y attendes, elle t'a annoncé: «Je me marie, papa.» Tu as froncé les sourcils, Robert, et, pour ne pas la perdre complètement, tu as joué les hypocrites. Devant ta cuisante défaite, tu lui as souri en lui disant: «En autant que tu sois heureuse.» Tu as refusé de t'emporter par crainte de la voir disparaître. Ne pouvant plus combattre, tu t'es rallié, mais Claudie a toujours su que tu n'aimais pas Jean-Yves, que tu ne l'aimes pas encore. Parce que ce mari n'était pas ton choix. Parce qu'il n'était pas, selon toi, à la hauteur de ta fille. Parce que tu avais pour elle, des ambitions qui dépassaient largement la candeur de ses rêves. Et vois comme ils s'aiment! Mais l'image de l'amour te fait horreur. Tu n'as jamais aimé, toi. Pas même ta mère, Robert!

— Là, ça va faire! lui lança-t-il d'un ton qui reprenait de la force.

Puis, la regardant en pleine face, il réussit à lui faire baisser les yeux, comme autrefois… comme toujours.

— J'ai respecté son choix. Je lui ai offert un beau mariage. Je n'ai mis aucun obstacle à son bonheur. Je la voulais heureuse autant que toi. Elle m'a donné un superbe petit-fils que j'adore…

— Oui, mais… Jean-Yves? Tu oserais dire que tu l'apprécies?

— Ai-je été désobligeant envers lui? L'ai-je nargué une seule fois?

— Non, pire encore, tu l'ignores. C'est comme s'il n'existait pas.

— Est-ce de ma faute si ce gars-là n'a rien à dire?

— Tu vois? Tu ne peux même pas prononcer «mon gendre».

— Ton gendre, Solange, pas le mien. Pour moi, il n'est que le conjoint de ma fille.

— Il est de la famille, non? Le père de ton petit-fils…

— Lui ou un autre, qu'est-ce que ça aurait changé… Ai-je été déplaisant? Je le supporte, non? Suis-je obligé de l'aimer en plus, ce garçon? C'est vrai que j'aurais préféré… mais à quoi bon. Il est là, elle l'aime, et je ne fais rien pour leur déplaire.

— Rien pour leur plaire également. Après avoir choyé ta fille, tu l'as abandonnée aux bons soins de Jean-Yves. Comme pour la punir! Tu n'as même pas levé le petit doigt pour les aider dans l'achat de leur maison. Tu as de l'argent à n'en savoir que faire et tu les laisses se ronger les ongles avec leurs dettes.

— Sans doute pour éviter que tu dises que je fais des passe-droits.

— Non, Robert, là n'est pas la raison. Tu agis de la sorte pour que Claudie se rende compte qu'elle n'aura jamais, avec lui, la vie qu'elle avait avec toi. Même si elle est encore ta préférée. Il a pris ta fille? Tu as serré les cordons de ta bourse. Elle t'a tenu tête? Qu'elle s'arrange avec ses troubles. Voilà ce que tu as tramé sans jamais avoir eu le courage de le lui dire. Tu l'as punie à ta façon, Robert. Tu as mis fin à tes largesses sachant fort bien que jamais elle n'oserait te demander quoi que ce soit. Tu as fait en sorte qu'elle se taise. Comme tu l'as fait jadis avec moi.

— J'en ai assez, tu entends? Un mot de plus et je m'en vais, Solange. Si tu crois que je vais me payer ta hargne, tu te trompes. Et tu n'as vraiment pas de tête, ma pauvre femme. C'est peut-être pour ça que je t'excuse. Pas de tête, même dans un moment pareil…

— Que veux-tu dire?

— Je suis au repos, je dois récupérer et tu me fais bouillir de colère. Et dire que je t'écoute! Parce que je t'ai laissée me parler de Guillaume, tu as pris le pavé. Tu n'arrêtes plus. Tu es folle ou quoi? Tu veux vraiment que je débarrasse le plancher, que je quitte ce toit, que je m'évade encore une fois? Un mot de plus et je le fais, Solange.

Le ton avait monté. Robert s'était servi de ses derniers coups de poumons pour la menacer. Perplexe, insécure, craintive face à la menace, Solange s'était tue et s'était mise à pleurer.

– Comme d'habitude! Dès que tu perds la partie, tu pleures! Et tu sais pourquoi tu m'as servi un tel plat? Parce que tu es jalouse, Solange, même si tu t'en défends. Oui, jalouse de ta fille, jalouse du bonheur qu'elle m'a apporté et que tu n'as jamais su me donner.

– Comment oses-tu…

– Tais-toi, je n'ai pas fini. Oui, jalouse, parce que Claudie a trouvé le moyen de me rendre heureux, elle. Ce que tu n'as jamais été capable de faire. Jalouse, parce qu'avec sa tête et son cœur, elle a su conquérir le mien. Toi, tu n'as jamais pu, Solange. Tu me croyais acquis dès le premier jour. Mariés? Bien oui, voilà, pour le meilleur et pour le pire, quoi! Mais c'est auprès d'elle que j'ai vécu le meilleur, comprends-tu? Par son sourire, par sa gentillesse, par ses égards. J'aurais souhaité que tout ça me vienne de toi, mais tu n'en as jamais eu le talent. Pas plus qu'avec tes plantes vertes qui meurent les unes après les autres. Le bonheur, ça se cultive, Solange.

– Tu es ignoble… murmura-t-elle dans ses pleurs.

– Moi, ignoble? Après tout ce que tu viens de me dire?

– Oui, ignoble d'avoir pu penser que j'étais jalouse de ma fille. J'ai toujours été une mère pour elle, une véritable mère. Avec mon cœur, Robert. Je n'ai jamais eu à acheter son amour, moi.

– Ça recommence? Pas un mot de plus ou….

Surprise du ton violent de son mari, du poing qu'il avait serré, de la lueur de rage dans ses yeux, Solange quitta la pièce pour aller, penaude, verser ses larmes sur un divan. En silence, après avoir osé… lui cracher la vérité.

Lundi, 10 octobre 1994. Une froide journée d'automne qui avait fait dire à Robert: «On n'a plus que deux saisons, l'été et l'hiver!» Solange n'avait pas réagi, réalisant qu'il s'était levé du mauvais pied, qu'il avait les sourcils froncés. Robert avait bu un café, grillé une cigarette, écouté la radio pour ensuite la fermer. «C'est incroyable ce qu'on peut offrir d'absurde aux gens à la maison.» Solange lui suggéra de regarder la télévision, mais sans succès. «Des programmes pour les bonnes femmes! Des stupidités! Des idioties pour le vieux monde avec des cors aux pieds! Même en anglais, c'est de la foutaise ce qu'on nous sert.» Son épouse préféra ne pas le contredire. Il avait dû mal dormir. Des cauchemars, sans doute. La vérité était tout autre. Robert n'avait pas fermé l'œil de la nuit. Des malaises, des douleurs à l'estomac, des nausées. Il digérait de plus en plus mal tout en s'efforçant de manger pour ne pas éveiller les soupçons. Seul dans la nuit, la plupart du temps réveillé, il lui arrivait parfois d'avoir peur. Il entrevoyait le néant, l'obscurité éternelle, le tunnel et l'incertitude de la vie après la vie. «D'autres sont pourtant passés par là avant moi», se disait-il. Il s'y préparait mais, parfois, le seul fait de «savoir» qu'il s'en allait venait à bout de son courage. «Si seulement le cœur avait flanché, songeait-il, si seulement j'étais mort d'un coup sec.» Ce qui le minait, c'était d'appréhender, de se soumettre, d'attendre comme un condamné et de souffrir en silence, parce que seul avec son terrible secret.

Depuis leur dernière altercation, quelques accrocs entre le couple, mais rien d'assez virulent pour causer la tempête. Des malentendus, des passades, mais depuis l'esclandre, Solange se retenait. Chaque fois, Solange se taisait. Elle qui, pourtant, se promettait bien… Elle avait dit à sa sœur Fabienne pendant que Robert dormait:

– Je ne comprends pas qu'il ne retourne pas travailler. Je ne comprends pas qu'il s'entête à prolonger ce congé dans un tel climat.

– Il est sans doute très fatigué, avait répliqué Fabienne au bout du fil.

– Fatigué? À s'engueuler comme nous le faisons? Voyons donc! Si au moins il partait en villégiature. Lui qui adore les auberges. Mais, non, il reste ici, il ne fait rien de ses journées et il me cherche noise. Jamais un sourire, jamais un mot gentil. Pire que jamais, Fabienne!

– Alors, pourquoi ne pars-tu pas, toi? Trouve une auberge, inscris-toi auprès d'une agence de voyages organisés. Pourquoi restes-tu là à attendre les orages? On dirait que tu y prends goût, que tu les provoques.

– Je le sais et je ne comprends pas. C'est comme si j'avais peur de le laisser seul, comme si je craignais qu'il tombe malade…

– Non, non, ce que tu veux, c'est tenter de lui être utile, de le servir. Tu as fait ça toute ta vie et, pourtant, Dieu sait qu'il n'a besoin de personne ton mari, surtout pas de toi. Tu ne comprendras donc jamais?

– Non, non, je ne reste pas là pour le servir, rassure-toi. Si je suis là, si je ne sors pas, c'est peut-être parce que j'ai des choses à lui dire.

– Lui dire quoi? De quelles choses parles-tu?

– De ce que j'ai sur le cœur depuis si longtemps. Je ne sais pas pourquoi, Fabienne, mais c'est comme si la vie me donnait la chance de m'exprimer. Si je passe à côté, je crains de ne pouvoir jamais lui dire…

– Allons donc! Qu'est-ce que ça va changer après tant d'années? Tu sais, les reproches, c'est lorsqu'ils sont frais qu'il faut les faire, pas quand ils sont périmés. Ça va te donner quoi de ressasser des regrets, de lui dire ce qu'il a oublié? Ça va te donner quoi de déterrer le passé, Solange?

– Ça va me soulager, Fabienne! Ça va m'extraire la boule que j'ai, coincée dans la gorge.

– Et ça va lui passer dix pieds par-dessus la tête, ma petite sœur. Sortir tes frustrations des boules à mites, ça risque de te faire plus mal qu'à lui. Et comme il a toujours eu le dernier mot…

– Pas cette fois. J'ai déjà commencé et ça semble porter fruit. Il est songeur.

– Et tu crois que c'est en agissant de la sorte que les choses vont s'arranger?

– S'arranger? Je n'y tiens pas, ma sœur. Je veux que ça le dérange. Je veux qu'à son tour, il connaisse ne serait-ce, que le tiers de mes angoisses.

– À t'écouter, j'ai l'impression que tu deviens méchante, Solange.

– Non, juste et équitable. Je ne cherche pas à le blesser, j'en serais incapable. Ce que je veux, c'est qu'une fois dans sa vie, il prenne conscience que j'ai souffert, que j'ai pleuré jadis en silence, alors qu'il poursuivait sa route en oubliant que j'avais mal. Je veux… je veux, ne serait-ce que des excuses, pour pouvoir lui pardonner.

En ce lundi frisquet, Claudie devait venir visiter son père. Sa mère lui avait dit la veille: «Viens le voir, offre-lui un sourire, moi, je n'en peux plus de le voir m'ignorer comme si j'étais une potiche.» Claudie avait promis d'arriver par surprise après avoir confié son fils à une gardienne. En retour, sa mère lui avait dit qu'elle s'absenterait pour l'après-midi, qu'elle irait faire du lèche-vitrines avec sa sœur Marielle. Robert avait filé un mauvais coton tout l'avant-midi. Tiraillé entre les efforts soutenus et le mal qui le faisait souffrir, il s'était retiré dans sa chambre et avait tenté de récupérer le sommeil perdu. Sans succès puisque Solange pouvait entendre de la cuisine les chansons de Dalida qu'il faisait tourner en sourdine. Puis, un disque de Hugues Aufray sorti d'un vieil album. «Voyons, qu'est-ce qu'il lui prend, songea-t-elle. C'était la chanson préférée de Claudie lorsqu'elle était petite.» Une grande nostalgie. Voilà ce que vivait Robert en ces moments de solitude. Comme si ce passé dans lequel il se complaisait, l'enfance de sa petite Claudie, avait le don de dissiper ses douleurs. Jamais il n'ouvrait sa mallette, jamais il ne parlait de ses affaires. Pas même un coup de fil à son confrère Dubord pour prendre de ses nouvelles. Et ce dernier qui ne donnait pas signe de vie. «Curieux, pensait Solange. Robert n'est quand même pas en Afrique, il n'est qu'en congé, ici. Curieux que le téléphone ne sonne jamais.» Sans se douter que Jean Dubord avait bel et bien été avisé de ne pas se manifester. Elle en avait parlé à Mylène qui lui avait répondu: «Maman, arrête de voir des mystères partout. Arrête de ne penser… qu'à lui!»

— Tu sors? Tu pars pour la journée? lui demanda Robert lorsqu'il la vit revêtir son imperméable.

— Oui, je vais magasiner avec Marielle. Je serai revenue pour le souper.

— Tu peux souper chez elle si le cœur t'en dit.

— Je sais, mais Marielle doit se rendre chez l'un de ses fils pour la soirée. Non, je rentrerai… si ça ne te dérange pas.

À ces derniers mots, prononcés avec une pointe d'ironie, Robert ne répondit pas.

— Oh! j'oubliais. Il se peut que Claudie passe à la maison. Elle veut emprunter ma grosse cafetière. Donc, si l'on sonne, pas de panique, ce sera elle.

– Ça va, mais pour ce qui est du téléphone…

– Tu n'as qu'à ne pas répondre. Libre à toi, moi, je n'attends aucun appel.

Ainsi que comploté avec sa mère, Claudie arriva à quatorze heures pile. Très en forme, très souriante, très belle. Robert lui ouvrit pour lui dire:

– Bonjour, la p'tite. Ta mère m'a dit que tu passerais. Frédéric n'est pas avec toi?

– Non, je l'ai laissé chez la gardienne, papa. J'avais des courses à faire.

– Tu viens pour la cafetière? Tu prépares une grosse soirée?

– Heu… oui, Jean-Yves invite des collègues de travail vendredi. Et toi, comment vas-tu? J'ai du temps pour un café, tu sais.

Ravi, heureux d'être en tête-à-tête avec sa préférée, Robert retrouva ses forces, sa bonne humeur, et prépara le café lui-même. Ils s'assirent l'un en face de l'autre. Claudie s'alluma une cigarette. Robert lui dit:

– Pas très bon pour ta santé, ma fille. Tu sais, la nicotine…

– Bien placé pour m'en parler, toi! Tu fumes comme une cheminée.

– Moi, à mon âge…

– Belle excuse! Il n'y a pas d'âge pour écraser, papa. En ce qui me concerne, je ne suis pas encore motivée, mais un de ces jours, pour le petit… Bon, trêve de babillage, tu profites bien de ton congé? Je ne sais pas, mais on dirait…

– Que je m'ennuie? Que je m'emmerde?

– Pas tout à fait, mais ton humeur n'est pas ce qu'elle devrait être. En congé, on devrait…

Il l'interrompit pour lui dire calmement:

– Toi, ta mère t'a parlé. Elle se plaint de mon attitude, n'est-ce pas?

– Pour être franche, papa, disons qu'elle ne te trouve pas dans ton assiette. Mais, comme nous sommes seuls, ce n'est sûrement pas à moi que tu vas cacher un malaise, si malaise il y a.

– Oui, Claudie, et même plusieurs. Et je te jure que je n'en suis pas la cause.

– Que veux-tu dire?

– Je ne sais pas ce que ta mère traverse en ce moment, mais depuis ce congé, ce repos forcé, elle ne me laisse aucun répit. Elle me harcèle, Claudie, sans cesse. Elle me reproche tout, elle creuse dans le passé, elle m'accuse de tous les maux de la terre. Elle est allée jusqu'à l'accouchement de Guillaume pour me faire sentir coupable de sa mort. Je ne veux pas que tu lui répètes quoi que ce soit, mais je ne la reconnais pas. Elle me reproche de t'avoir trop gâtée, elle m'accuse d'avoir eu des préférences, elle remue tout, Claudie, comme si, soudainement, elle avait le cœur à la vengeance. Et je ne sais pas pourquoi.

– As-tu tenté de savoir, papa? De dialoguer…

– Peine perdue, dès que je le fais, elle se met à pleurer. Comme jadis, comme toujours. C'est sa seule arme de défense quand elle est à bout de mots, à bout de souffle.

– J'avoue que je ne comprends pas. J'ai peine à le croire, papa. Elle qui n'a jamais dit un mot plus haut que l'autre…

– Je ne la reconnais plus, Claudie. À tel point que Mylène s'en rend compte, qu'elle me questionne sur sa mère. Je lui ai dit: «Elle se défoule», mais là, ça va trop loin. On dirait qu'elle déprime, que sa ménopause l'accable. Je ne sais plus quoi penser, mais je sens que ce n'est pas fini. Dès qu'elle en a la chance, c'est la matraque. Je sais bien que je n'ai pas été le mari parfait, que j'étais égoïste, que je ne pensais qu'à moi. Mais j'ai tout de même été responsable. J'ai été un bon père, du moins, je l'espère.

– Bien sûr, papa. Avec quelques failles, mais beaucoup de courage. Rassure-toi, tu n'as rien à te reprocher de ce côté. Nous n'avons manqué de rien, tu as vu à nos études, tu as donné tout ce que tu avais pour nous.

– Selon ta mère, je ne l'aurais fait que pour toi. Il est vrai que je t'ai choyée plus que les autres, mais que veux-tu, tu étais là, plus grande, plus près de moi, à me faire oublier que ça n'allait pas entre ta mère et moi. J'aurais pourtant voulu, j'aurais pu… mais ta mère m'a considéré comme acquis dès le premier jour. Elle n'a pas compris qu'on se doit, même mariés, d'être des amants l'un pour l'autre. Je n'ai peut-être pas été fidèle, mais…

– N'en dis pas plus, papa, tu vas te fatiguer. Tu es au grand repos, tu as besoin de paix autour de toi et tu t'en fais, tu te morfonds…

– Parce qu'elle enfonce sans cesse les épines, Claudie. Elle prétend que tu t'es mariée pour fuir mon emprise, que je ne t'aide pas depuis et… à quoi bon. Elle déterre tout, elle me remplit de culpabilité et Dieu sait qu'en ce moment…

Il s'arrêta net. Claudie s'en rendit compte et lui demanda vivement:

– Dieu sait quoi, papa?

– Que je suis épuisé, rendu au bout de ma corde, que j'ai besoin de refaire mes forces.

– Tu as encore maigri, tu sais.

– Oui, je sais, je mange à peine. Je n'ai pas d'appétit. Je me sens sombrer dans la déprime, Claudie. Je n'ai le goût à rien, pas même de reprendre le travail. Et ça, ce n'est pas la faute de ta mère.

– Avoue qu'elle n'aide en rien.

– Non, mais j'en ai vu d'autres. J'ai la réplique cinglante, tu t'en souviens? Actuellement, je n'ai même pas la force de me défendre.

– Tu veux que je lui parle, que je lui fasse comprendre?

– Non, ne t'en mêle pas, je t'en prie. Ça ne ferait qu'aggraver la situation. Ta mère pourrait croire que je me plains alors que je n'étale que des faits. Tu as bien choisi ton jour, Claudie, j'avais besoin de parler.

– Pourquoi ne vas-tu pas te reposer quelque part? Ailleurs qu'ici?

– À quoi bon, dans mon état, je n'ai pas d'appétit. De plus, je n'ai pas le goût de voir du monde. J'ai besoin d'être seul, de dormir, de me détendre et me remettre sur pied. Ça viendra, ma p'tite, ton père a la tête dure, tu sais.

– Ce que tu m'as dit m'inquiète, papa. Je parle pourtant à maman et elle ne m'a jamais fait mention de ces discussions, de Guillaume…

– Ta mère a toujours été discrète, secrète même. Ce qui se passait entre nous n'a jamais affecté les enfants. Le vase clos, sans cesse…

– Je lui en sais gré, mais là, papa, nous ne sommes plus des enfants.

– Oui, oui, mais oublie ça. Ta mère traverse peut-être elle aussi un mauvais moment. Sans vous le dire, comme d'habitude.

– Non, papa, je m'en rendrais compte. Maman se porte bien et je ne sais pas ce qu'il lui prend d'agir de la sorte. Elle se plaint de ta mauvaise humeur, de ton isolement, mais elle n'a jamais parlé du drame qu'elle te fait vivre.

– Que nous vivons, Claudie, pas juste moi, elle aussi.

– Peut-être, mais c'est toi qui n'es pas bien, qui es au repos, pas elle. Ne serait-ce que par respect, elle devrait te laisser en paix.

– Chut… plus un mot, je l'entends, elle arrive. Et ne lui dis rien, je t'en supplie. Sinon, c'est à toi qu'elle s'en prendra cette fois.

Solange rentra, embrassa sa fille, lui donna des nouvelles de sa tante Marielle et lui demanda comment allait le petit Frédéric. Puis, ignorant Robert qui avait prestement ouvert le téléviseur, elle ajouta:

— Tu veux rester à souper avec nous, Claudie?

— Non, merci maman, mais je dois rentrer. La gardienne m'attend et Jean-Yves est à la veille d'arriver. Je me sauve, je déteste conduire à la noirceur et, regarde, c'est déjà la nuit. Ah! l'automne.

Claudie embrassa sa mère puis, se penchant vers son père, elle déposa un baiser sur sa joue en lui murmurant: «Prends soin de toi, papa. Repose-toi». Elle allait sortir lorsque son père lui cria:

— Hé, Claudie, la cafetière, tu ne la prends pas?

Elle revint sur ses pas et sa mère lui déposa dans un sac la cafetière qui avait servi de prétexte à la visite. Sur le palier, Solange demanda à sa fille:

— Tu vas m'appeler, Claudie? J'ai hâte de savoir ce qu'il t'a dit.

La toisant du regard, sans lui sourire, son aînée lui répondit:

— Pas plus tard que ce soir, maman. Nous avons à parler toi et moi.

— Bonsoir Jean-Yves, Claudie est là?

— Oui, belle-maman, ne quittez pas, je vous la passe.

Solange attendit quelques instants, distingua des éclats de voix…

— Madame Landreau? Claudie donne le bain à Frédéric. Elle me prie de vous dire qu'elle vous rendra votre appel dès qu'il sera au lit.

– Soit, mais pas trop tard, il est déjà vingt heures et je me couche tôt.

– Soyez sans crainte, elle en a pour quinze minutes, pas davantage.

– Et toi, ça va? On ne te voit pas très souvent.

– Je travaille tellement, vous savez. Il faut tout prendre lorsque ça passe.

– En effet. Bon, je te quitte et dis à ma fille que j'attends son appel.

– Le message sera fait, madame Landreau, et Frédéric embrasse sa grand-maman.

– Moi de même. Passe une belle soirée, Jean-Yves. Au revoir.

Claudie aurait pu prendre l'appel, mais elle réfléchissait. Son père lui avait demandé de ne pas parler de leur conversation à sa mère. Elle avait acquiescé de la tête, mais elle n'avait rien promis, rien juré. Elle était rentrée bouleversée à la maison. Elle ne pouvait comprendre que sa mère le traite de la sorte au moment où, impuissant, il tentait de remonter la pente. Il était vrai que Claudie s'était mariée pour se délivrer de l'emprise du paternel mais, malgré tout, elle adorait ce père qui l'avait tant choyée, tant comblée tout au long de sa jeunesse. Pour elle, ce papa avait été un ange du ciel. Qu'importaient les larmes de sa mère qu'elle n'avait jamais vues ou les passe-droits qu'elle avait eu au détriment des autres. Son père, c'était de l'or en barre. Le cœur sur la main, il était prêt à tout… pour elle. Le seul fait de le voir épuisé, lui si fort, si à l'épreuve de tout, la peinait. Elle l'avait vu amaigri, les traits tirés, déprimé et malheureux, et le fait d'apprendre que sa mère était en cause lui mettait le cœur en pièces. Trop près de son père, pas assez de sa mère, Claudie ne pouvait faire pencher la balance d'un côté ou de l'autre. L'aurait-elle fait qu'elle aurait penché en faveur de son père. Sa mère l'avait aimée, certes, sans doute autant que son père, mais face à leurs frictions d'antan, elle se rappelait avoir vu Stéphane et Mylène plus souvent dans les bras de leur mère… qu'elle. Parce qu'elle était «la p'tite» à son père qui, hélas, n'était pas toujours là quand elle cherchait un cœur pour s'y blottir.

— Allô, maman? C'est moi. Je suis enfin libre.

— Il était temps, il est presque vingt-deux heures, j'avais capitulé…

— Que veux-tu, Frédéric refusait de dormir, il combattait le sommeil ce soir.

— Bon, bon, ça va, ton père est couché, nous sommes libres de parler. Au fait, comment s'est passé ton après-midi avec lui?

— On ne peut mieux, maman. Il était content de me voir, il a préparé le café, il était d'excellente humeur.

— Bien sûr, «sa p'tite», sa préférée! Deux visages, ton père: l'un pour moi, l'autre pour toi. Qu'avait-il à dire en mon absence? Il ne m'a sûrement pas ménagée comme d'habitude.

— Tu te trompes, maman. Papa est fatigué, au repos, il a besoin de toutes ses forces et nous avons longuement discuté lui et moi.

— De quoi? J'aimerais bien le savoir!

— Écoute maman, tu devrais cesser de l'agresser, de t'en prendre à lui constamment. Essaie d'être plus indulgente, pour sa santé…

— Quoi? Tu oses me faire la morale? Il t'a bien eue à ce que je vois. Comme de coutume, c'est moi la bête noire et tu t'es laissée berner encore une fois. J'aurais dû m'en douter…

— Tu as tort de penser ainsi, maman. Papa cherche à comprendre, à se situer, mais il y a des façons de s'expliquer. J'ai peine à imaginer que tu puisses t'acharner sur lui dans son état…

– Son état! Comme si je n'étais pas épuisée, moi! Après trente ans à me taire, à endurer, à mettre de l'eau dans mon vin, à subir son chantage, à fermer les yeux sur ses aventures. Tu veux que je poursuive?

– Allons, ne t'emporte pas, j'essaie tout simplement d'être objective, de faire la part des choses, d'aider si je le peux. C'est toi qui m'as demandé de lui parler, ne l'oublie pas, maman.

– Pas pour que ça se tourne contre moi, Claudie. Pas pour qu'il t'embobine à mon détriment. Et surtout pas pour entendre cela!

– J'essaie d'être impartiale, d'analyser et de comprendre, maman. Ne te mets pas dans un tel état. D'ailleurs, j'ai pris sur moi de t'en parler, papa m'a interdit d'intervenir, mais j'ai voulu…

– M'assommer! Dis-le Claudie! Ton père savait très bien que tu te rangerais de son côté. Plus hypocrite que ça… Ah, si seulement, tu savais. Les yeux doux qu'il a pour toi ne sont pas ceux qu'il a pour moi. Il…

– Je t'arrête, maman. Je t'arrête parce que je n'accepte pas que tu penses un moment que je puisse vouloir «t'assommer», comme tu me l'as dit. Et je t'arrête parce que tu ne m'as pas dit que tu le harcelais de tes reproches, que tu faisais surgir de terre tout le passé.

– Parce qu'il a osé te dire ça? Pas trop épuisé, ton père, à ce que je vois.

– Oui, épuisé, maman, et c'est le souffle coupé qu'il s'est confié. Tu n'avais pas le droit de faire surgir Guillaume du néant et de lui flanquer la culpabilité au visage. Qu'as-tu donc contre lui à propos de Guillaume? D'avoir perdu l'enfant? Tu n'es pas la seule à…

– Ne va pas plus loin, ce sujet ne regarde que ton père et moi. Tu ne comprendrais pas. Tu l'excuserais encore, tu serais navrée pour lui…

– Comment le sais-tu? Tout ça est tellement secret, telle-ment…

– Oublie ça, veux-tu? Je n'ai pas envie d'en parler. Un jour, peut-être…

– Comme tu voudras, c'est si loin, mais tu n'avais pas le droit de lui dire qu'il m'avait trop choyée et que je m'étais mariée pour fuir son emprise.

– N'était-ce pas le cas? Ne me l'as-tu pas avoué, Claudie?

– Oui, maman, mais sous le sceau de la confidence. Comme une fille qui parle à sa mère, comme une fille qui fait confiance. Si j'avais imaginé qu'un jour, tu puisses le blesser avec de telles révélations, jamais je ne me serais ouverte à toi. Je ne t'aurais rien dit, maman…

– Donc, parce que j'ai été franche, tu me condamnes…

– Tu n'as pas été franche, maman, tu m'as trahie. Je ne savais plus sur quel pied danser. J'avais peine à le regarder dans les yeux. Après tout ce qu'il m'a donné, c'est comme si je l'avais quitté pour m'en défaire. Penses-y maman, tu as brisé le sceau du secret. J'avais pourtant confiance…

– Je savais que je sortirais perdante de cette histoire! s'ex-clama Solange en éclatant en sanglots.

– Tu vois, maman? Dès qu'on amorce un dialogue, tu pleu-res. Et ça, depuis toujours, lorsque tu n'as plus d'armes pour te défendre. Voilà pourquoi vous n'avez jamais rien solutionné tous les deux. Je sais que tu es sensible, que tu as la larme facile, mais fais un effort, maman, du moins avec moi. Tes lar-mes érigent un mur et l'on ne peut rien ajouter. Tu t'es toujours tue, maman, parce que tu n'as jamais voulu être gagnante. Dès que le ton montait, dès que papa s'emportait, tu te taisais et tu pleurais. Comme pour désarmer l'adversaire. Tu l'as fait pen-dant trente ans et, vois, à la première discussion que nous avons ensemble, tu le fais avec moi. Et je ne te lance pas la pierre, j'essaie juste de te faire réaliser…

– Qu'as-tu à me faire réaliser, Claudie, toi qui n'as rien vu, qui n'as rien su… Depuis qu'il est en congé, il est vrai que je m'emporte, mais Dieu qu'il le cherche. Je n'ai jamais visé à le clouer sur place, moi. Dans notre vie à deux, le Golgotha, c'est moi qui l'ai vécu. Là, j'en profite. Pas de la situation, mais de sa présence constante. C'est comme si tout voulait sortir de moi. Tout ce que j'ai retenu pendant des années. Et je ne profite pas de son épuisement pour le faire, je profite du fait qu'il soit là, à longueur de journée, à ma portée. Crois-tu que j'aurais pu mourir avec ce fardeau dans le cœur? Si seulement il était affable, aimable, jamais je n'aurais osé. Mais tu devrais le voir, Claudie. Arrogant, indifférent, comme si j'étais une statue de plâtre sur une tablette. Il m'ignore, il me fuit, il ne veut même pas que je lui prépare un repas. Il me balaie dans le coin comme on le fait d'une poussière, comme si je n'existais pas. L'indifférence, c'est pire que l'insulte, Claudie! Son attitude m'agresse et ça me porte à me défendre. Il prétend que je me défoule quand, tout ce que je lui dis, c'est ce que je refoule depuis trente ans. Est-ce si difficile à comprendre? Pour toi, sûrement, il est ton maître à penser, ton idéal. Et tu n'as pas un mari comme j'en ai eu un, moi! Jean-Yves ne rentre pas au petit matin. Jean-Yves ne rentre pas, avec sur sa chemise, le rouge à lèvres d'une putain! Oui, je me suis tue, oui, j'ai pleuré, parce que j'étais comme il est présentement, à bout de force pour combattre. Et, crois-moi, ça ne l'a pas gêné autrefois. Tu dormais à poings fermés, je parlais tout bas, du moins, j'essayais et, résultat final, il m'ordonnait de me taire ou de prendre la porte. Ton père ne m'a jamais aimée, Claudie. Il m'a épousée pour fuir sa mère. Tout comme toi, tu as épousé Jean-Yves pour fuir ton père.

– Je m'excuse, maman, mais j'aimais Jean-Yves et je l'aime encore.

– Tu as appris à l'aimer, Claudie, parce qu'il est aimable, gentil, et qu'il te porte sur la main. Mais ne viens pas me dire que ton but premier n'était pas de fuir ton père. Tu aimes ton mari parce qu'il est différent de lui. Chanceuse en plus, tu as trouvé l'homme de ta vie, ce qui n'a pas été mon cas. Il dit m'avoir aimée et que j'ai tout gâché. Mais, c'est faux, Claudie! Il s'est casé pour plaire à sa mère et sortir du même coup de sa tutelle. Tu sais qui ton père fréquentait avant moi? Tu veux le savoir?

— Non, maman, c'est inutile de creuser ainsi dans les pots de terre. Je te comprends, je te plains si c'est le cas, mais c'était ton choix. Il ne t'a pas forcé la main, tu l'as épousé de plein gré. Mais pourquoi tout ce remue-ménage quand c'est d'aujourd'hui qu'on parle?

— Parce qu'aujourd'hui devrait me faire oublier tout ce que j'ai enduré?

— Oui, maman, il est malade, il est usé, tu n'as pas le droit…

— Bien sûr, Claudie, lui seul avait ce droit. Lui seul pouvait tout se permettre. Lui seul avait le droit de dire, de décider, de paraître. Pour une jeune femme du temps présent, tu n'as guère évolué à ce que je vois. L'homme porte la culotte et si ça ne plaît pas à la femme, elle n'a qu'à prendre la porte.

— Tu exagères, maman, tu déraisonnes. Qu'est-ce qui t'arrive? Je ne te reconnais plus.

— Tiens! Les mêmes paroles que lui! Les mêmes propos! Tu me déçois, Claudie. As-tu seulement oublié ce qu'il a fait à Stéphane?

— Tu vois, tu creuses encore dans la boue. Il est malade, maman, il est au seuil de la dépression et tu l'écrases encore. Aie au moins la charité de le laisser se remettre sur pied.

— Tu ne comprendras jamais, Claudie. Tu es pareille, tu es comme lui. Tout ce que je te dis s'évapore. Heureusement que Mylène…

— Ah, non, pas ce jeu-là, maman! Mylène, c'est ton perroquet, ton double, ta béquille. C'est à elle que tu devrais te confier, maman, pas à moi. Si ça continue, je vais finir par croire que papa a…

Claudie s'était abstenue de poursuivre, par respect, pour éviter la crise.

– A… quoi? Allez, va jusqu'au bout un coup partie. A… raison, peut-être?

– Non, maman, et ça ne servirait à rien d'aller plus loin, de toute façon. Tu veux bien qu'on reprenne cette conversation, je suis si fatiguée.

– Tiens! Un autre point en commun avec lui. Va, dors sur tes deux oreilles, Claudie. J'ai misé sur toi, j'ai eu tort. Je n'ai rien à ajouter. Du moins, pas ce soir, je n'en ai plus la force.

– Tâche de comprendre, ne raccroche pas dans cet état…

– Tu voudrais peut-être que je fasse amende honorable? Je t'ai surestimée, Claudie. J'aurais pensé… je me suis bougrement trompée.

– Tu veux vraiment me faire passer une nuit blanche, maman?

– Non, mais si c'est le cas, nous serons deux à fixer le plafond.

Claudie abandonna la partie. Un long silence, puis:

– Tu veux bien que je vienne samedi avec Jean-Yves et le petit?

– Bien sûr, la porte est ouverte et ça fera tellement plaisir à ton père.

Sur cette dernière flèche de mauvais goût, Claudie n'ajouta rien d'autre que:

– Dors bien, maman, repose-toi, ne pense plus à rien.

– C'est ça. Bonne nuit!

Chapitre 3

Quinze jours s'étaient écoulés depuis l'incident dont Solange n'avait rien divulgué, ni même à Mylène et encore moins à Robert qui, à en juger par son silence, savait sans doute ce qui s'était passé entre Claudie et sa mère. Solange avait préféré se taire pour ne pas aviver le feu et risquer de créer un froid entre Claudie et elle. Au contraire, elle avait reparlé à Claudie comme si de rien n'était, s'informant du petit, de son mari, les invitant pour le samedi suivant. Claudie avait préféré ne pas revenir sur le sujet, sûre et certaine que sa mère avait dû souffrir de leur brève controverse. Solange était restée muette, parce qu'après coup, elle avait compris qu'elle avait été fautive jadis, qu'elle aurait dû s'emporter quand les accrocs survenaient, qu'elle avait manqué de courage et elle s'en disculpait intérieurement en se disant qu'elle s'était tue pour les enfants. Oui, elle aurait dû le quitter au moment où, encore jeune et belle, elle aurait pu refaire sa vie, trouver l'homme qu'il lui aurait fallu, être heureuse et non meurtrie. Bien sûr qu'elle s'était sacrifiée pour les enfants, pour qu'ils ne vivent pas entre des valises, mais l'épouse délaissée savait que son premier cran d'arrêt avait été son insécurité. Sans Robert, démunie, elle n'aurait pu envisager le moindre lendemain. Mais ce n'était pas parce qu'elle avait eu peur, qu'elle s'était tue, qu'elle allait se taire aujourd'hui. Elle avait eu ses torts, ses faiblesses, mais de là à mourir sans avoir rien dit, elle en était incapable. C'était plus fort qu'elle. En congé, épuisé, son mari était à sa merci. Elle en avait trop sur le cœur pour que la leçon de morale de Claudie s'applique tel un frein. Après ce long congé, Robert repartirait-il? Recommencerait-il sa vie de célibataire sans avoir rien su de ce qui l'avait détruite? Solange Briard comptait les jours comme on compte les heures. Dorénavant, Claudie ne saurait plus rien des échanges entre elle et son mari. Tout comme autrefois, lorsque la nuit venait et qu'il lui arrivait de lui faire un reproche. À l'insu des enfants qui dormaient comme des anges. Mais, elle n'avait plus trente ans et elle n'avait rien à perdre désormais. Œil pour œil, dent pour dent, maintenant ou… jamais.

Robert s'était levé très tôt, peu en forme, mais d'humeur supportable. Debout devant la fenêtre, il regardait les feuilles joncher le sol et marmonna: «L'érable se déshabille encore», pendant que Solange, sans rien ajouter, terminait son jus d'orange. Depuis quinze jours, que des échanges de la sorte. «Sale temps!» ou «Tiens, c'est un peu moins frais aujourd'hui.» En retour, elle lui demandait: «Je vais faire le marché. Tu as besoin de quelque chose?» Il répondait évasivement: «Oui, des cigarettes. Et peut-être du jambon. Comme celui que tu m'as acheté la semaine dernière.» Pas plus, pas moins, comme deux étrangers qui se croisent et s'évitent sous le même toit. Il ne sortait jamais, pas même sur le patio les jours ensoleillés, de peur d'avoir à causer avec le voisin. Il louait des films que Mylène allait lui chercher pour les retourner le lendemain. Il s'enfermait, les regardait seul, sans jamais inviter Solange à les visionner. Seul, de plus en plus seul, pour fuir les regards de sa femme et le flot de paroles qui aurait pu s'ensuivre. Car Robert savait, sentait, que la joute n'était pas terminée, que Solange avait encore des reproches à lui faire. Il étirait le temps, comme pour se sauver d'attaques supplémentaires. Comme pour se soustraire du chapitre suivant. Lorsque Claudie lui demandait: «Ça va, papa?» il répondait: «Oui, ça va, pour l'instant.» Mylène tentait parfois d'engager la conversation, de lui faire part de ses études. Non pas intéressé, le paternel, mais incapable de tenter un rapprochement après toutes ces années. Et Mylène, contrainte à parler seule, s'éloignait. Sans savoir que c'était le soir, à la tombée du jour, que son père souffrait le plus de ce cancer qui le rongeait.

La veille, il avait regardé un vieux film en noir et blanc dont la vedette était Claudette Colbert pendant que Solange, au salon, s'était délectée du récital de Pavarotti. Un vieux film qu'il avait trouvé en pitonnant et sur lequel il s'était endormi. Solange avait regagné sa chambre non sans avoir vu de sa porte entrouverte un cendrier rempli, et son mari qui dormait devant le téléviseur qui, en fin de soirée, comblait les heures avec un documentaire au sujet désuet.

– Beau jeu de couleurs que ces feuilles au sol, tu ne trouves pas?

Solange s'était levée et avait murmuré:

– En effet, mais je me demande bien qui va les ramasser.

Il avait regagné sa chambre, allumé la radio et s'était étendu pour tenter de reprendre quelques heures de sommeil perdues. Un lundi comme les autres pour tout le monde, sauf que lui… Vers onze heures, tiré de sa sieste par les aboiements du chien du voisin, il entendit Solange qui parlait au téléphone. À voix basse, à mots couverts, pour ne pas qu'il comprenne. Le temps d'un bol de soupe qu'il s'était préparé, il alluma une cigarette.

— À qui parlais-tu? À Claudie?

— Non, à Stéphane, lui répondit sa femme sans lever les yeux.

— Ah bon, comment va-t-il celui-là?

— Celui-là se porte bien, lui répondit sèchement Solange.

Ennuyé, agressé par le ton, Robert eut la maladresse de lui dire:

— Toujours d'humeur égale à ce que je vois? Toujours le feu au derrière…

Exactement ce qu'il fallait pour que sa femme explose. Elle qui se retenait, elle qui n'attendait que l'occasion.

— Qu'est-ce que ça peut bien te faire? lui cria-t-elle à pleins poumons. Ça fait cinq ans que tu l'as mis à la porte! Cinq ans que tu ne t'informes pas de ce qu'il devient. Heureusement qu'il a sa mère!

— Je ne l'ai pas mis à la porte, Solange. Il est parti.

— Comment oses-tu? Comment peux-tu dire une telle chose? Il est parti en larmes, désemparé, en proie au désespoir. Il est parti parce que tu l'as renié, Robert. Comme des pères de ta sorte le font quand ils ne peuvent faire face à la réalité.

— Tu l'as toujours couvé, surprotégé, Solange. C'est toi qui en as fait un…

— Ne te retiens pas, frappe! Un homosexuel, Robert! Voilà ce que tu voulais dire! Parce que le jour où il a eu le courage de te l'avouer, le jour où il avait tant besoin de toi, tu l'as rejeté. Comme une savate! Comme s'il venait de t'avouer un coup pendable! Tu l'as rejeté, humilié, renié à tout jamais, tu l'as sorti de ta vie, souviens-toi. Jamais un père digne de ce nom n'aurait agi de la sorte. Blessé dans ton amour-propre, tu l'as mis à la porte. À vingt ans, Robert! Sans même penser que, dans son désarroi, il aurait pu songer à en finir avec la vie. Ce que tu te serais reproché jusqu'à ta mort, crois-moi. Mais il a été plus fort que toi. Il a pris sa vie en main, il s'est armé contre toi.

Robert, rouge de colère, lui répliqua:

– Facile! Il avait son patron qui l'attendait pour le faire vivre! Tu appelles ça du courage, toi? A-t-on besoin d'un père quand on a un vieux pédé pour te prendre en charge? Sur le bras, en échange de... Tu appelles ça un homme, toi? J'ai avalé, j'ai fermé les yeux, mais je n'ai pas regretté...

– Non, parce qu'avec toi, le regret, ça n'existe pas. Tu as avalé parce que tu t'es senti humilié, contrarié, Robert. Imagine! Avouer à ses collègues que son fils aime un autre homme. Pas le fils de Robert Landreau. Pas le fils de l'homme à femmes que tu étais. Pas le fils du mâle qui mord dans la femelle. Tu l'as chassé, tu as cherché à le détruire pour qu'il ne dérange pas ta vie. Avec un soupir de soulagement. Le même que lorsque Guillaume, ton «p'tit monstre», est parti.

– Tu es odieuse, Solange. Tu attaques de plein fouet, tu portes des coups bas...

– Tu crois? Avoue que le départ de Stéphane t'arrangeait. De cette façon, tu n'avais rien à expliquer à qui que ce soit. Tu crois que j'ai oublié le jour où ton ami Dubord m'a dit: «Stéphane est parti étudier dans le Connecticut? Bonne idée, les universités sont fortes dans ce coin-là.» Tu lui avais menti, Robert, comme aux autres, trop lâche pour leur avouer que ton fils avait un autre cheminement, qu'il s'acceptait, qu'il avait décidé de s'assumer, qu'il te l'avait avoué dans l'espoir...

– Que je lui donne ma bénédiction? Que je lui dise: «Va, mon gars, va et sois heureux avec ton patron.» Un homme de quarante-trois ans! Un homme qui l'avait entraîné, séduit, débalancé, perverti.

– Comme si l'homosexualité était un microbe qu'on attrape comme un rhume. Et dire que je te croyais intelligent. Ton fils est né ainsi, Robert. Avec un cœur de femme dans un corps d'homme. Et j'en suis responsable! J'ai tant voulu te donner un fils après avoir perdu Guillaume que je l'ai sans doute provoqué. Je m'étais tellement mis martel en tête. Tu voulais tellement un garçon après ta petite princesse. Tu le souhaitais tant que j'ai dû, par malheur, le déroger de son sexe. Voilà peut-être ce qui arrive quand une mère porte un enfant sur commande, angoissée, stressée à l'idée de ne pas donner ce qu'on lui réclame. Si c'est de la faute de quelqu'un, ce serait plutôt la tienne, pas la sienne. Et c'est lui que tu as chassé comme un chien quand il a voulu te faire part de sa souffrance, quand il a cherché ta compréhension après avoir tout tenté pour te plaire. Pauvre petit, comme il a dû souffrir de ces efforts inutiles…

– Que vas-tu chercher là! Comme s'il avait été malheureux avec moi…

– Pire, il était sur ses gardes. Sans cesse, Robert, parce que tu lui imposais des choix qui n'étaient pas les siens. Rappelle-toi, il aimait la musique, il voulait suivre des cours de piano et tu lui avais répondu: «Le piano, c'est pour les filles, le hockey, pour les gars.» Tu l'as forcé à faire partie d'une équipe. Il t'a obéi de peur de te déplaire. Il revenait avec des coupures, des blessures et tu lui disais: «Défends-toi, apprends à jouer. Ce n'est pas en braillant qu'on devient un Guy Lafleur.» As-tu oublié ça, Robert? Si peu attentif que tu n'as jamais saisi que le hockey, ce n'était pas pour lui. Pas plus que les cadets de l'air, pas plus que le football. Il était frêle, doux comme un agneau et tu cherchais à le rendre agressif. Tu l'as traumatisé, cet enfant-là. Je te voyais faire et je ne pouvais rien dire. Quand j'osais m'interposer, tu me disais: «C'est ça, catine-le, fais-en donc un danseur de ballet un coup parti!» Et le petit se réfugiait dans sa chambre. Là, à l'abri du monstre que tu étais, il pleurait et c'est moi, sa mère, qui le consolais. Tu as été ignoble, Robert. Si ignoble que tu t'en es détaché le jour où il t'a dit qu'il ne voulait pas aller à l'université, qu'il désirait suivre des cours d'art dramatique. Tu l'as engueulé, tu l'as traité de tous les noms dont je te fais grâce. Il a tout pris, tout digéré, en comptant les mois pour ne plus avoir à dépendre de toi. Tu criais tellement que j'en mourais de peur. Et tu t'es même emporté contre Claudie, ta préférée, quand elle t'a dit: «Papa, laisse-le choisir sa vie. Stéphane est un artiste, ne le vois-tu pas?» Tu lui avais répliqué dans une sainte colère: «Toi, ne te mêle pas de ça. Ne penche surtout pas du bord de ta mère!» Mon bord! Comme si c'était le gouffre! Si je n'avais pas été là à l'appuyer, à l'encourager, à le consoler, je me demande s'il serait encore de ce monde celui-là.

— Parce que toi, la vigilante, tu savais, je suppose?

— Oui, je savais mais j'attendais qu'il se confie, qu'il se manifeste, qu'il s'ouvre à moi. Ce qu'il a fait avant de le faire avec toi. Je lui ai promis mon appui, mon amour, je l'ai compris, je ne l'ai pas jugé. Et je ne l'ai pas renié, moi. Je me sentais tellement coupable. À cause de toi, Robert! Il pleurait dans mes bras et toi, tu le maudissais en lui désignant la porte. Malgré ses larmes, malgré mes cris, malgré les reproches de Claudie. Tu as été si monstrueux, ce jour-là, que tu as même crié dans ta colère: «Ta mère n'a jamais su faire des fils! Un infirme et une tapette!» Un coup au cœur, Robert, le plus brutal de toute ma vie. Devant Stéphane qui ne savait rien de Guillaume et à qui j'ai menti en lui disant que l'aîné qui s'était étranglé avec le cordon avait un bras plus court que l'autre. Un coup qui m'a fait vieillir de dix ans en dix secondes. Un coup de couteau que je n'oublierai jamais. Je suis certaine que les femmes battues ont eu moins mal que moi ce jour-là. Il y a des mots qui blessent plus que les coups de poing, Robert. Puis, tu t'es senti mal, tu t'es retiré, tu as claqué la porte. Tu regrettais sans doute, mais trop tard. Le coup de cravache avait été donné. Stéphane, avec des larmes dans les yeux, m'avait ouvert ses bras pour ne pas que je tombe. Et que dire de Claudie le lendemain? Elle a tenté de te parler, de te raisonner, tu as encore crié et je suis sûre que ta p'tite t'a haï ce jour-là. On ne poignarde pas ainsi sa mère…

– Assez, Solange, assez. Je ne veux plus t'entendre. Tu profites de mon épuisement pour tenter de me clouer au sol. C'est toi qui es infâme. Frapper quand l'autre est par terre, c'est écœurant!

– Par terre, «par terre», parce que tu t'offres un congé? Et moi, Robert? N'étais-je pas tombée plus bas que par terre? Tu n'as jamais rien vu, puisque tu ne m'as jamais épargnée. T'ai-je dit qu'après cet accès de violence, j'ai fait une hémorragie? En pleine ménopause, avec mes chaleurs et le moral déjà dans les talons. Je m'en suis remise grâce à Fabienne. Elle m'a sauvé la vie, ma sœur, deux jours après que tu aies failli me tuer.

– Quelle éloquence! Tu lis trop de romans, Solange. Moi, si j'étais à ta place, je consulterais un psychologue, ma femme. Tu n'as jamais rien dit et, soudain, comme une folle, tu te déchaînes. Il y a quelque chose qui ne va pas chez toi. Demande à Fabienne; une infirmière, ça connaît sûrement des spécialistes. Les thérapies, ça existe…

– Tais-toi, n'ajoute rien. Le jeu ne prend plus, Robert. Le cou pris au piège, tu t'es toujours arrangé pour t'en défaire et me le mettre au pied. Plus maintenant, c'est fini. Je me suis tellement tue, je suis restée tant de fois la bouche ouverte…

– Que ta salive est devenue du fiel! Voilà ce qui t'arrive, ma femme!

Et Robert, titubant, épuisé, pris de nausée, longea le mur jusqu'à sa chambre. Porte fermée, il pouvait entendre Solange pleurer. Quel dur coup il venait de subir. Quel fouet! Il aurait voulu oublier, s'endormir, sortir même, mais ses forces ne le lui permettaient pas. Les mains sur la poitrine, la mine défaite, l'homme qui souffrait en silence aurait voulu baisser le rideau, ne plus voir le visage de son fils qui revenait sans cesse. Ce fils qu'il n'avait pas revu depuis cinq ans. Ce garçon aux yeux doux, son enfant. Et comme si le destin se chargeait de prendre la relève, une séquence d'images défilait dans sa tête.

Assis sur son lit, les deux mains dans les cheveux, Robert Landreau ne parvenait pas à se libérer de ce long métrage de son passé. La tirade de Solange avait été si directe, si cruelle, qu'il en avait encore le souffle coupé. Il revoyait sa femme, jeune et radieuse, lui remettant ce magnifique garçon entre les bras. Entiché de sa petite Claudie qui lui avait fait oublier son premier-né, il n'en demeurait pas moins que, comme tout père de l'époque, Robert voulait un petit gars. Un gars qui porterait son nom, qui le prolongerait dans ses propres fils plus tard. Des Landreau à perte de vue. Quelle projection pour le fils unique qu'il était, inquiet de voir son nom s'éteindre avec lui.

Puis, à l'âge de trois ans, première déception du père face à l'enfant. Le petit qu'il avait comblé de camions et de soldats de bois, préférait de beaucoup le livre à colorier reçu de sa mère tout en reluquant la poupée de chiffon de Claudie. L'enfant, sage comme une image, pas assez turbulent au goût de son père, passait de longues journées à colorier. Robert tentait de le ti-railler, de le bousculer pour qu'il se batte comme un petit homme, mais Stéphane le fuyait pour aller s'accrocher aux ju-pes de sa mère. Quelques années plus tard, c'est avec sa sœur Claudie qu'il s'amusait ferme. À jouer à la mère avec elle, à pousser le carrosse et la poupée en disant: «C'est moi, la maman.» Ce qui laissait le père perplexe alors que Solange, plus subtile, disait à son mari: «Que veux-tu, il est élevé entre deux filles.» Et voilà que Stéphane pianotait sur le petit piano de Mylène, faisant fi du tracteur et du camion de pompier offerts par son père. «Trouve-lui un petit copain, Solange, sinon il va finir par vouloir mettre ton tablier!» s'était écrié Robert devant la délicatesse de son fiston. Ce qui était pourtant chose faite car, chaque fois que maman lavait la vaisselle, c'était le petit qui l'essuyait, protégé par un… tablier. Il avait même, un jour, fait une scène à sa mère, pour avoir, tout comme Claudie, les cheveux bouclés. C'est à partir de ce jour, aussi loin se souvenait-elle, que Solange avait compris que son fils était… une fille manquée. À partir de là, la culpabilité. Elle avait «dérouté» son sexe. Elle s'était tant conditionnée à donner un garçon à son mari, qu'elle avait elle-même, dans sa tête, imaginé le pénis qui allait en faire un garçon. «Si seulement je l'avais porté comme je l'ai fait pour Claudie, sans penser, sans insister, cet enfant ne serait pas malheureux», songeait-elle. Et, pour cesser de se sentir coupable, elle avait jeté le blâme sur son mari qui lui avait répété chaque jour durant sa grossesse: «Cette fois, j'espère que ce sera un gars.» Ce qu'il n'avait jamais su, car, bouche cousue, Solange ne le lui avait jamais reproché. Jusqu'à ce jour où, avec fracas, elle s'était libérée de ce poids.

Stéphane grandissait en sagesse et en beauté. Traits délicats, beau petit gars, il était le préféré des mamans du quartier. Serviable, aimable, «un ange» comme disaient de lui ses tantes qui le choyaient à outrance. Robert se souvenait du jour où Stéphane avait manifesté un goût pour la musique. Son fils pianiste? Au grand jamais! Un gars, ça joue au hockey, ça se bat, ça couraille les filles. Un gars n'est pas un artiste. Stéphane avait endossé des chandails, avait fait partie d'équipes et s'était efforcé de compter des buts quand, de la bande, son père lui criait: «Vas-y mon gars! Fais ton Lafleur!» En vain, car Stéphane était le moins doué de son équipe. Celui que l'entraîneur laissait plus souvent qu'à son tour sur le banc. Chaque samedi, le petit d'à peine douze ans se devait de regarder le hockey avec son père à la télé, d'applaudir quand un but était compté et de crier de joie quand son père s'exclamait. Déjà, il avait appris à faire semblant. Semblant d'être quelqu'un d'autre, semblant d'aimer, semblant de vouloir pour ne pas déplaire. Et ce, sous les yeux malheureux de sa mère. Tout comme elle, il se taisait quand le père haussait le ton. Elle, d'insécurité, lui, de crainte. Car Stéphane avait peur de Robert, même si ce dernier n'avait jamais levé la main sur ses enfants. Il avait peur de l'autorité, de la voix forte et dure, des reproches et des réprimandes. Fort peu doué, et pour cause, dans les sillons tracés par son père, en revanche il excellait en classe. Toujours premier, champion des dictées, du dessin et de l'Histoire, il était néanmoins plus faible en mathématiques et en géographie. Robert, devant son bulletin, ne voyait que les faibles notes. «Tu ne sais même pas multiplier. Tu n'iras pas loin avec ça, mon gars!»

Stéphane aurait souhaité que son père l'embrasse, qu'il le cajole comme il cajolait Claudie, et parfois Mylène. Jamais une marque de tendresse. «Un gars, ça n'a pas besoin de caresses», lui avait-il dit un soir qu'il s'était approché. Peu à peu, Robert se mit à l'ignorer pour jeter son dévolu tout entier sur Claudie. Sa chère Claudie! Belle, sensuelle, qui devenait de plus en plus femme. Mylène avait certes sa part, mais elle était laissée davantage à sa mère. Et lui, Stéphane, n'avait que sa mère. Que Solange pour l'encourager, l'aimer, le valoriser. Solange qui ne s'était pas pardonnée d'en avoir fait ce qu'il était.

À seize ans, beau jeune homme, Stéphane s'était fait des amis. Des gars de son âge. Des jeunes qui, tout comme lui, rêvaient d'être artistes. Des jeunes de bonne famille avec lesquels il allait au ciné, au théâtre. Son père les avaient vus, les avaient scrutés, analysés, et avait lancé à sa femme: «D'où sortent-ils ces petits moutons? C'est ça, les hommes de demain?» Solange avait osé: «Ce sont de bons garçons, Robert, pas des voyous.» Ce à quoi, il avait répliqué: «Je te crois, rien qu'à voir, pas des lutteurs ces p'tits gars-là.» Et Solange avait ajouté: «De plus, ils sont si gentils…» Ce qui lui avait valu la claque: «Ben oui, ben oui, tous gentils… les fifis!»

Un certain soir, Stéphane, majeur, eut à affronter son père.

– Dis donc, toi, pas encore de blonde? Pas de fille en vue pour toi?

– Plusieurs papa, mais pas une encore. J'suis pas pour sortir avec la première venue juste pour te faire plaisir. Quand le moment viendra, je te la présenterai.

– Moi, à ton âge, ça faisait longtemps que j'étais déniaisé!

– Tu voudrais que je couche avec n'importe qui? Tu voudrais que je te présente une fille, que je te dise que je l'aime quand je ne l'ai pas encore trouvée?

– Pas n'importe qui, mais avec ton apparence mon gars, tu n'as pas de raison de jouer de malchance. Tu es encore plus beau que moi à ton âge.

Claudie s'était interposée:

– La beauté n'est pas tout ce qui compte pour une fille, papa. Il faut avoir des affinités. Laisse-le donc tranquille et libre de choisir lui-même. Tu sais, ton temps et le nôtre, c'est différent. On ne se marie plus à vingt ans de nos jours. Arrête de l'ennuyer, papa, Stéphane est assez vieux pour décider de son sort. Tu commences à faire vieux jeu, tu sais.

– T'as peut-être raison, ma p'tite. De quoi j'me mêle, hein? lui répondit-il en riant.

Claudie était la seule qui pouvait le rappeler à l'ordre sans qu'il s'emporte. Au grand bonheur de sa mère et de son frère. D'elle, Robert prenait tout, même les semonces. Il avait si peur de perdre l'affection de sa préférée.

Lorsque Stéphane décida de quitter ses cours pour se trouver un emploi, Robert ne s'objecta pas. Ne l'avait-il pas fait lui-même étant jeune? Ce qui ne l'avait pas empêché de réussir dans la vie. Solange, plus inquiète, s'était fait dire par son mari: «Laisse-le faire. Tel père, tel fils… pour une fois.» Solange tenta de lui faire comprendre que dans le temps et de nos jours… «Y'a rien comme la débrouillardise, lui avait répliqué Robert. C'est comme ça qu'on apprend la valeur de l'argent.»

Stéphane était fort beau jeune homme. Pas tellement grand, pas bâti comme une armoire à glace, mais beau à attirer tous les regards. Aussi beau que Claudie était belle. Cheveux noirs bouclés jusqu'aux épaules, yeux verts, corps juste assez musclé, on aurait dit le David de Michel-Ange. Les filles se retournaient sur son passage. Les hommes aussi. Bien vêtu, complet dernier cri, chemises de soie, cravates de bon goût, il était sobre dans ses choix, sans artifices, sans essayer de jeter de la poudre aux yeux. Démarche virile, décontracté, il n'avait rien de féminin dans son allure. Que dans son cœur et dans sa tête.

Il dénicha vite un emploi chez un décorateur. Un atelier spécialisé dans l'art de parer les vitrines. Il avait dit à son père s'occuper des commandes, des comptes à recevoir, mais son travail était tout autre. Il était le bras droit du patron dans l'art des arrangements floraux, dans le choix des tissus, dans l'étalage des montres des grands magasins. Michel Vauquelin était le grand patron. Célibataire, bel homme, quarante et un ans, libre comme l'air, riche comme Crésus, il avait hérité du commerce de son père. Dès le premier regard, ils s'étaient compris. Dès le premier contact, un sentiment était né. Comme s'ils s'étaient toujours cherchés, comme s'ils venaient de se trouver. Stéphane avait été troublé. À dix-huit ans, malgré les pulsions qui surgissaient, jamais il n'avait ressenti ce qu'il ressentait ce jour-là. Il avait, bien sûr, exploré sa sexualité avec des amis, mais que le préambule, que le geste à peine osé. Que les baisers pour être sûr que cet échange lui plaisait. Que pour se convaincre de ce qu'il était. Vauquelin avait aimé, quitté, aimé et encore quitté. Son corps avait maintes fois trouvé, son cœur cherchait encore. Ce beau jeune homme d'à peine dix-huit ans, frais comme la rosée du matin, tombé du ciel, l'avait dès la première semaine, chaviré. Pour la première fois, Michel Vauquelin était amoureux et, pour la première fois, Stéphane allait s'assumer.

Il travaillait depuis un an, était heureux et rentrait tard le soir, assez grand pour ne plus avoir de comptes à rendre à son père. Et comme ce dernier était distant lorsqu'il était présent, les rapports étaient brefs.

– Pas encore de fille en vue, mon grand?

– Peut-être papa, mais ne compte pas sur moi pour les présentations. Pas pour l'instant.

Heureux, ravi, Robert avait dit à Solange:

– Dis-moi pas qu'il y en a une qui a fini par mettre le grappin sur lui.

Un mensonge. Un pieux mensonge, car Stéphane cherchait à ne pas s'attirer la colère de son père. Épris de son patron, amoureux l'un de l'autre, leur relation se vivait entre parenthèses. À l'insu de sa mère, de ses sœurs et surtout… de son père. C'est à sa mère que Stéphane s'ouvrit en premier. Feignant la stupéfaction, elle n'avait rien dit pour ensuite le serrer dans ses bras.

— Es-tu sûr de toi, au moins? Est-ce bien là ce que tu veux, ce qui te rend heureux?

— Oui, maman, je le sais maintenant. Tout comme tu le sais depuis longtemps.

— J'ai peur, Stéphane, si peur de la réaction de ton père quand il apprendra.

— Laisse faire, maman, quand le moment viendra, je le lui dirai moi-même. Ou il m'accepte, ou il me rejette. S'il s'emporte, je partirai. De toute façon, je partirai un jour, car Michel m'a demandé de partager ma vie avec lui.

— N'est-ce pas trop tôt? Tu sais, ce genre de vie…

— Que veux-tu dire? Ce genre de vie n'a pas d'avenir, pas de bonheur? Ce genre de vie peut-il être pire que le tien, maman?

Solange essuya une larme, lui posa l'index sur la bouche et lui murmura:

— Tu sais, moi, c'était pour le meilleur et pour le pire.

— Pas moi, maman, pas nous. La résignation, ce n'est pas de l'amour.

Quelques semaines plus tard, c'était au tour de Claudie d'être mise au courant par son frère. Après l'avoir écouté longuement, elle se jeta dans ses bras pour lui dire:

— Je savais, tu sais. Si tu es heureux, c'est tout ce qui compte. Et comme tu es un gars sérieux…

– Ne t'en fais pas, ce n'est pas qu'un fantasme, j'ai bien réfléchi. Ce qui m'inquiète, c'est la réaction de papa car, tôt ou tard, je me devrai de tout lui avouer. Je ne peux pas continuer à lui mentir, Claudie. Il m'imagine avec une fille qu'il ne connaît pas, mais une fille. Il est discret, il n'insiste pas, mais quand il apprendra…

– Écoute Stéphane, tu as presque vingt ans, tu travailles, tu as un avenir, quelqu'un qui t'aime. Tu ne vas quand même pas rester ici toute ta vie. Trouve un appartement, déménage avant…

– Non, j'ai assez menti, assez fui. Je n'en peux plus de le voir croire que je passe mes fins de semaines chez «elle» quand je les passe à son chalet à «lui». Tu comprends? J'aurai vingt ans en juillet et, dès ce moment, je me déclare. Qu'importe le reste! S'il le prend mal, je partirai. Dans le cas contraire, je resterai encore un an. Juste le temps requis pour ne pas dépendre financièrement de Michel. Et pour être encore plus sûr du geste que je ferai en allant vivre avec lui.

– À ta guise, petit frère, mais quoi qu'il arrive, dis-toi que je serai toujours près de toi, que je serai toujours ta sœur et que je t'accepterai tel que tu es, avec lui, chez moi, quand je serai mariée. Viendra un jour où moi aussi, j'aimerai. On doit tous partir, s'éloigner les uns des autres. Ce qui importe, c'est que nous soyons toujours unis les uns aux autres, quitte à effacer papa du décor parfois.

– Tu sais, je ne sais comment le dire à Mylène. Elle est plus jeune que moi…

– Je m'en charge, ne t'en fais pas. Mylène, c'est maman ou presque. Je suis certaine qu'elle comprendra, qu'elle ne te jugera pas. C'est une solitaire qui se mêle de ses affaires. Je la vois d'ici me dire: «Ah, oui? Bon! Qui est-ce?» sans même me demander son âge. Au fait, tu n'as pas peur que cette différence d'âge entre vous puisse nuire avec le temps?

– Pourquoi? Parce que nous sommes deux hommes? Tante Marielle a vingt ans de moins que son mari et ça fonctionne encore. Mieux qu'entre papa et maman. Tu sais, l'âge, c'est secondaire. Michel est un homme admirable. D'ailleurs, avec ma maturité, j'aurais été incapable de me lier avec quelqu'un de mon âge.

– Oui, je sais, et je mettrais ma main au feu qu'il aime le théâtre, ajouta-t-elle avec un sourire complice.

– Quand tu le connaîtras, tu comprendras, lui répondit-il en la serrant dans ses bras.

Assis sur son lit, Robert n'avait pas revécu le scénario entier de l'étrange histoire d'amour de son fils. Quelques chapitres ne s'étaient pas inscrits dans le livre de sa mémoire. Claudie, tout comme sa mère et Mylène, n'avait pas trahi le secret de Stéphane avant que ce dernier ne s'ouvre de lui-même à son père. Ce dont Robert se souvenait, ce qu'il tentait d'effacer du journal intime ancré dans sa tête, c'était le jour fatidique où son fils avait eu le courage de l'affronter. Il aurait préféré ne pas s'en souvenir, mais les images défilaient une à une, faisant fi de sa souffrance physique, pour le torturer d'une douleur morale.

C'était le 12 juillet 1989, trois jours après les vingt ans de Stéphane qu'on avait célébrés dans un grand restaurant. Tous y étaient, même le père, qui se questionnait sur l'absence de la petite amie de son fiston. Sans se douter que, pendant que la fête se déroulait, son amoureux, discret, l'attendait. Trois jours plus tard, alors que Claudie était sortie et que Mylène était chez une amie, Stéphane, rentré de son travail plus tôt, voyant son père au salon le nez dans son journal, avait dit à sa mère:

– Maman, c'est ce soir ou jamais. Ça ne peut continuer comme ça.

Inquiète, effrayée, elle avait imploré du regard un sursis, mais il avait ajouté: «Advienne que pourra, c'est le moment, maman.»

Stéphane avait soupé en silence puis, rejoignant son père au salon, il lui avait demandé:

– Bonne journée au bureau, papa?

Le paternel avait à peine levé les yeux pour lui répondre:

– Ouais… comme d'habitude.

Stéphane n'avait pas bougé. Robert, surpris, l'avait regardé.

– Tu veux quelque chose? Je peux faire quelque chose pour toi?

– J'ai à te parler, papa. C'est important, c'est même très sérieux.

Robert, intrigué par le ton grave de son fils, avait déposé son journal.

– Quelque chose ne va pas? Toi, tu as perdu ton emploi!

– Non, non, je travaille, ça va. Ce que j'ai à te dire risque de te faire sursauter, mais je ne peux te le cacher plus longtemps. Je ne te demande qu'une chose, papa, laisse-moi parler, ensuite je t'écouterai.

– Tu as l'air bien mystérieux, toi. Rien de grave, au moins?

– Non, pas à mes yeux, mais peut-être aux tiens, papa.

– Alors, parle! Cesse de prendre des détours et parle. Qu'est-ce qu'il y a?

Stéphane se leva pour fermer la porte. Il savait que sa mère écoutait, prête à bondir au moindre cri. Il voulait l'affronter seul, sans elle.

– Papa, je t'ai menti, je n'ai pas de petite amie.

– Et puis après? C'est pour ça que tu prends cet air grave?

Pas d'amie, pas d'amie, je ne t'ai pas forcé à t'en trouver une. Pourquoi toutes ces manières? Comme si le fait de ne pas avoir trouvé était un sacrilège.

— Justement, j'ai trouvé, papa. Voilà ce que je veux te dire.

— Là, je ne te suis plus. Veux-tu être plus clair, s'il te plaît?

— Je… je suis homosexuel, papa.

Robert crut défaillir. Comme si son cœur cessait de battre. Son fils, devant lui, ne baissait pas les yeux. Soutenant son regard, il poursuivit:

— Je suis homosexuel, je te le répète et je le sais depuis toujours. Ce que j'ai trouvé, papa, c'est un homme. Un homme que j'aime et qui m'aime. Je sais que ce ne sera pas facile pour toi…

Robert s'était levé, avait lancé son journal sur le foyer et, les yeux sortis de la tête, l'avait interrompu pour lui crier:

— Quoi? Qu'est-ce que tu viens de dire? Je rêve ou quoi?

Il marchait de long en large, les poings fermés, l'œil menaçant. Sans perdre son calme, son fils ne bougea pas du fauteuil et continua:

— Non, tu ne rêves pas. C'est la vérité. Je n'en pouvais plus de te la cacher. Ça fait longtemps que j'aurais dû t'en parler, mais…

— Un homosexuel! Mon fils, un homosexuel! Et tu m'annonces ça aussi calmement que si tu avais mal aux dents? Pas possible! Tu m'annonces cela sans manière, quitte à ce que le cœur m'arrête et tu restes calme? Mon fils, un homosexuel, mon fils, une…

— Tapette! Vas-y de ton langage, papa, ça ne changera rien. Mais si ta réplique n'est que pour me blesser, je ne vais pas plus loin. J'avais juré de te le dire et j'ai tenu promesse. Ai-je besoin de poursuivre?

– Mon fils, un… Non, je ne peux pas le croire. Je savais que tu étais mêlé, mais pas à ce point-là. Si tu t'es mis ça dans la tête, dis-toi que ça se soigne, mon gars! Il existe des psychiatres pour des troublés comme toi!

Le ton avait monté. C'était clair, Stéphane n'était pas sorti du bois.

– J'ai vingt ans, papa. Je suis majeur, je prends ma vie en main. Je n'ai pas besoin de soins ni de qui que ce soit. Être homosexuel, c'est un état, pas une maladie. Et je ne vais laisser personne entraver ma vie, pas même toi. Je suis prêt à discuter, à te faire comprendre…

– Me faire comprendre quoi? Que mon fils couche avec des gars? Que mon fils n'est pas un homme? Que mon fils s'envoie en l'air avec…

– Arrête papa, pas un mot de plus. Ne laisse pas tes paroles dépasser ta pensée. Je suis comme je suis, c'est à prendre ou à laisser.

– Parce que c'est moi qui suis au tribunal maintenant? Tu t'accuses d'une faute grave et c'est moi que tu menaces? Tu lances la balle dans mon camp? Trop facile, mon gars. Tu m'agresses pour éviter que ce soit moi qui le fasse? Si je ne me retenais pas…

Robert s'était relevé, arpentait encore la pièce de long en large, un poing fermé dans l'autre main.

– Vas-y, frappe-moi si ça peut te soulager, mais ça ne va rien changer. Te rends-tu compte que ça fait des années que je souffre en silence? Pas d'être comme je suis, papa, mais incapable de te l'avouer. J'ai passé des nuits blanches à me demander quelle serait ta réaction. Et dans mes pensées, elle était exactement comme elle est en ce moment. Je savais que tu sursauterais, que tu t'emporterais, que tu me jetterais la pierre sans même chercher à comprendre. Mais je n'avais pas pensé que tu irais jusqu'à traiter ton propre fils de tapette! Le terme le plus choquant qui soit, le plus avilissant, le plus humiliant…

– Tu en connais d'autres, toi? Tu veux des synonymes, Stéphane? Si tu savais comment les collègues les appellent…

– Oui, je sais, mais je n'imaginais pas cela de mon propre père.

– Ne tente surtout pas de me faire sentir coupable ou de m'apitoyer. Ce que tu viens de m'apprendre est dégueulasse, répugnant, contre nature et inimaginable. Je ne pensais jamais qu'un fils pouvait faire ça à son père.

– Je n'ai rien fait, papa, c'est toi… qui m'as fait. Comme ça. Comme je suis.

– Non, non, blâme surtout ta mère. Elle t'a couvé comme un poussin. C'est de sa faute si tu as pris le mauvais chemin.

– Tu ne comprends pas, papa, tu ne comprendras jamais. Tout ce qui te dépasse est de la bouillie pour les chats pour toi. Je suis né ainsi, comprends-tu? L'homosexualité n'est pas une grippe qu'on attrape et qu'on soigne. C'est en moi, dans mes gènes, papa. Ce n'est pas une maladie…

– Deux fils, deux infirmes! Beau cadeau de ta mère!

À ces mots, Solange, collée contre la porte, l'ouvrit avec violence.

– Répète, Robert! Répète encore une fois l'horreur que tu viens de dire sur moi…

– Calme-toi, je suis hors de moi. Tu le savais, toi? Tu savais que ton petit gars aimait les hommes? J'imagine que oui. Bien sûr! Et tu ne m'en as pas parlé, évidemment. Parce que tu avais peur, parce que tu aurais braillé, parce que… Tout se passe dans mon dos. Encore une fois! Et dire qu'on l'a fêté, qu'on a cru que sa copine… C'est à mourir de rire. Pendant que je pensais que sa blonde l'attendait, c'est l'un de ses chums qui préparait son gâteau de fête. Et ma femme le savait…

– Oui et Claudie aussi. Nous le savions tous, Robert, et ça ne nous a pas empêchés de fêter dans la joie. Ne te demande pas pourquoi tu es toujours exclu des secrets. Tu n'as aucune compassion, aucun sentiment, tu nous écrases, Robert. C'est pour ça que tout se déroule sans toi.

– Claudie le savait? Et elle ne m'a rien dit?

– Non, parce que je tenais à te le dire moi-même, papa. Je n'avais pas besoin de son plaidoyer. Tu m'aurais traité de lâche…

– Parce que là, tu es brave? Brave de coucher avec des hommes, de…

– Pas des, un homme, papa. Un seul avec qui je veux faire ma vie.

– Et qui est ce bon à rien? Tu as peur de me dire son nom?

– Absolument pas, c'est mon patron, Michel Vauquelin. Ça fait deux ans que ça dure, deux ans que je suis heureux. Peur de quoi, papa?

– Ton patron! Un autre pé…. Il a quel âge, ton fumier?

– Michel n'est ni un pédé ni un fumier! C'est un homme intègre, un homme d'affaires. Un homosexuel comme moi, pas un criminel. Et il a quarante-trois ans. As-tu d'autres questions?

– Quoi? Un vieux pé…. Ah! Il les aime jeunes, celui-là! Te rends-tu compte qu'il pourrait être ton père? Es-tu devenu fou? Dis quelque chose, Solange, appelle un docteur, demande une camisole de force…

Stéphane se leva, regarda son père droit dans les yeux et lui cria:

– Assez, papa! Assez de ton sarcasme. C'est fait, c'est dit, je n'ajouterai rien. Si tu veux que je parte, dis-le, mais ne va pas plus loin.

– Je ne veux pas que tu partes, je te fous dehors, Stéphane! Avec ta valise, ton linge sale pis tes affaires. Si tu penses que tu vas me dire en pleine face que tu es homosexuel, que tu as un «tâteux» qui pourrait être ton père et qu'on va déjeuner ensemble demain, tu te trompes. Pars, va-t-en, va retrouver ton vieux salaud et ne remets jamais plus les pieds ici. Je te sors de ma vie, tu m'entends?

– Robert! Tu es ignoble, monstrueux! Tu n'as pas le droit…

– Si ça te dérange, Solange, pars avec lui, fini les manigances, fini la mascarade. Décrisse, Stéphane, ça presse! Ça pue, ton affaire!

Stéphane se retint d'aller plus loin. Il aurait voulu lui dire à quel point il avait souffert avec lui comme père, mais pour sa mère, par amour pour sa mère, il se contint. Il allait quitter le salon, mais juste avant…

– Si je pars, papa, tu ne me reverras jamais. Je te le jure!

– C'est exactement ce que j'espère. J'ai enterré un fils, je suis capable d'en enterrer un autre.

Solange, rouge de colère, le gifla en plein visage. Puis, tremblante, elle se mit à pleurer. Robert, saisi, plus calme, l'avisa:

– Ne recommence jamais, Solange. Jamais, tu m'entends? C'est ton fils que tu aurais dû gifler, pas moi. C'est lui ta honte, ton déshonneur…

Stéphane sortit en claquant la porte suivi de sa mère qui l'implorait de ne pas partir. Il se blottit dans ses bras, pleura à chaudes larmes avec elle après s'être tant retenu devant les insultes de son père. Renié, rejeté. Voilà qui faisait mal quand on avait feint pendant toutes ces années d'être à la hauteur du paternel. Pour finir par dire la vérité… puis être damné. Pas même compris. Que jugé. Stéphane pleurait dans les bras de sa mère, mais avec des larmes de rage et de colère en revoyant à travers ses sanglots, le bourreau qu'était son père. Une heure plus tard, valises faites, il quittait le toit familial. Solange pleurait à fendre l'âme et, le jeune homme, jetant un dernier regard sur la maison de son enfance, n'avait qu'un mot qui résonnait encore dans sa tête: «Décrisse!»

Dans le salon, Robert se remettait de la scène en faisant mine de lire le journal. Mylène rentra, trouva sa mère en larmes et regarda son père d'un air interrogateur.

– Toi, pas un mot! Ton frère est parti vivre avec un homme.

Mylène comprit qu'un dur moment venait de s'écouler. Sans un mot, sans un bruit, tout comme sa mère, elle regagna sa chambre.

Et ce fut la première querelle entre Robert et Claudie, rentrée tard après… l'orage. Dès son réveil, avant même que son père s'habille, elle l'avait tant invectivé que ça lui avait fait plus mal que la gifle de sa femme, que la perte de son fils. Dès lors, il mit tout en œuvre pour reconquérir l'amour de sa «p'tite». Et le tour de force porta fruit puisque Stéphane lui avait dit: «Ne lui en veux pas, Claudie, ne le boude pas. Il n'a que toi et, moi, je suis si heureux depuis que je suis parti. Remets le calme dans la maison, je t'en prie. Je ne suis pas en faute, mais je suis quand même la cause de sa rage. Moi, ma vie a commencé dès que j'ai pris la porte. Crois-moi, c'est mieux ainsi. Michel et moi partons pour l'Europe, jeudi. Pour être heureux, pour oublier. Sois bonne, Claudie, fais-le pour moi, pour maman, pour Mylène. Remets de l'ordre dans la vie de papa, il est plus à plaindre que moi. De nous deux, c'est lui le plus malheureux. Moi, je suis libéré d'un père, lui, il vient de perdre un autre fils. Je l'ai déçu, il ne comprend pas, il a besoin de toi. Ne lui parle plus de moi, Claudie. On se reverra sans lui, tel que promis. Je suis libre, moi, libre comme je l'ai depuis longtemps souhaité. C'est lui qui est enchaîné, Claudie. Ne le laisse pas seul dans ce triste état.»

Cinq ans s'étaient écoulés. Cinq longues années sans que Stéphane ne revois son père. Pas même par hasard, pas même au mariage de Claudie auquel il n'avait pas assisté, le cœur meurtri, de peur de se retrouver face à face avec lui. Il parlait à sa mère, à ses sœurs, elles venaient à l'appartement, elles connaissaient Michel, elles se réjouissaient de leur bonheur. Mais Robert ne s'informait jamais de Stéphane. Blessé, humilié, il avait dit à tous qu'il vivait aux États-Unis. Et jamais, au grand jamais, il n'osa demander de ses nouvelles à Solange quand, parfois, il l'entendait causer avec lui au téléphone. Pas plus qu'à Mylène et Claudie. Pour lui, Stéphane était mort et enterré. Comme Guillaume. L'un, handicapé, l'autre… désaxé. Solange ne le lui pardonna jamais. Lèvres closes, son cœur fulminait. Elle se disait qu'un jour… Et voilà qu'elle s'était déchaînée. D'un seul coup, elle avait vomi sa rancœur. Sur lui, affaibli, malade, à l'orée de l'agonie, sans qu'elle le sache. Consciente de l'état de santé de son mari, elle n'aurait jamais osé. Face à sa fatigue, son long congé, ses «vacances», rien ne pouvait l'arrêter. Trente ans à ne rien dire et un volcan d'injures en quelques mois. Pour libérer son âme d'un mépris enfoui. Pour vider son cœur d'une écume bouillante. Elle dormait, elle se réveillait, elle pleurait, elle dormait. Apaisée, désintoxiquée de sa hargne.

Assis sur son lit, la tête entre les mains, Robert avait revécu ce triste naufrage de sa vie. Anxieux, angoissé même, il réfléchissait. Puis, il se mit à tousser. Dans l'oreiller pour assourdir le bruit. Pour que Solange ne se rende pas compte qu'il arrivait au bout de l'existence. Pour que personne ne sache, avant qu'il ne parle, la cause de son désespoir. Tout comme Stéphane, il y a cinq ans. Un secret intime qui l'étouffait. Des nausées, un mal de ventre, une diarrhée. Robert Landreau, condamné, venait de vivre une autre tranche de purgatoire. Il pensa à Stéphane, il se l'imaginait cinq ans plus tard, plus mûr, plus homme. Il le revoyait, enfant, sur ses genoux et, pour la première fois depuis sa maladie, une larme coula sur sa joue.

Chapitre 4

L'atmosphère de la maison avait été calme, froide, depuis le dernier coup de semonce dont personne d'autre n'avait eu connaissance. Mylène s'était doutée de quelque chose, mais contrairement à ses habitudes, sa mère ne s'était pas confiée. «Une petite querelle, rien de plus», lui avait-elle avoué. «C'est moi qui suis trop sensible, qui pleure pour un rien. Que veux-tu, je n'ai aucune retenue», avait-elle ajouté. Mylène n'avait pas insisté. Ses études l'accaparaient, elle voulait tellement réussir, prouver à son père qu'il était possible de s'instruire, d'aller plus loin, de se créer une place au soleil plus enviable. Pas même un garçon en vue pour cette grande fille pourtant jolie. À moins que, discrète, secrète…

Robert n'était pas revenu sur le sujet qui l'avait bouleversé. Il avait même tout fait pour se sortir ces images de la tête. Il avait pleuré, lui, qui n'avait jamais ressenti la moindre peine. Mais dans son état, quand sonne presque le glas, l'homme le plus fort devient parfois vulnérable. Malade, amorti par les calmants, il jonglait avec le passé, se sentait coupable. Était-ce voulu par le destin que Solange tourne ces pages? Était-ce le châtiment de l'homme qui n'avait vécu que pour lui-même, sans se soucier de l'être humain qui partageait sa vie? Si tel était le sort de ceux qui n'ont pensé qu'à eux, il l'acceptait. C'est pourquoi il avalait, se taisait. Sans trop se défendre, n'en ayant pas la force, sans trop s'emporter, pénitent face aux reproches. Solange se vidait le cœur. Après trente années, après plus de deux cent cinquante mille heures. Songeur, Robert se disait: «C'est le juste retour des choses…», sans toutefois admettre ses torts, sans se confondre en excuses. Il savait que le temps viendrait, qu'il n'allait pas partir enfermé dans son mutisme, mais pour l'instant, il se devait d'épargner sa femme et ses enfants. Quitte à prendre les coups jusqu'au bout, parce qu'il comprenait que Solange ne pouvait faire autrement. Au seuil des ténèbres, il se devait d'être généreux, d'accepter l'inévitable, de tenir bon, de la laisser s'exprimer dans les larmes. Il fallait que sa femme se délivre de ses drames avant d'être délivrée de lui. Car, renseignée sur son état, sur sa fin imminente, elle se tairait encore. Elle se dévouerait corps et âme et il partirait sans avoir su, sans rien avoir appris de sa vie. De plus en plus malade, feignant la dépression, il espérait néanmoins, que le dernier dard au cœur soit le cas de Stéphane.

Le mois venait de changer de nom et, en ce premier jour de novembre, Solange était pensive. Depuis le dernier échange, elle se sentait meurtrie. Était-elle allée trop loin? Voilà que le doute l'étranglait. Elle l'avait mis face à la vérité, mais pourquoi? À un pouce près de se sentir coupable, sa conscience lui avait murmuré: «Pour Stéphane, pour venger sa douleur, pour atténuer sa peine lorsqu'il est parti.» Et pour cicatriser ce cœur de mère qui avait tant souffert et dont la plaie était encore béante. Solange ne revenait jamais sur les sujets. Elle les sortait de ses tripes, les exorcisait. Et de jour en jour, le poids était moins lourd. Parce qu'il saurait désormais ce qu'avait été sa vie avec lui. Parce qu'il repartirait travailler sans pouvoir éteindre ce feu. Parce que jamais il n'oublierait.

Novembre ne sait mentir et il pleuvait à boire debout en ce mardi. La veille, les enfants étaient venus quémander des friandises. Solange avait allumé la citrouille, préparé des bonbonnières, comme elle le faisait depuis toutes ces années. Jadis, c'était elle qui se promenait avec les petits de porte en porte. Parce que Robert n'était jamais là, parce que Robert était ailleurs, dans ses affaires, loin des costumes, des déguisements, loin de l'Halloween tant attendue de ses enfants. Et lorsque Claudie lui disait le lendemain: «Tu ne m'as pas vue, j'étais habillée en fée des étoiles», il lui répondait gentiment: «Non, mais je suis certain que tu étais la plus belle».

Depuis la dernière altercation, incapable de lui faire face, incapable de le voir déambuler, la croiser sans lui parler, Solange sortait. Plus souvent qu'à son tour. Pour fuir ce silence, pour ne pas entendre le tic tac de l'horloge ou les disques de Dalida. Pour qu'il se sente libre, pour qu'il respire, pour ne pas que sa présence l'étouffe. Elle était allée chez Marielle pour quelques jours puis magasiner avec Fabienne, pour ensuite se rendre chez Claudie et terminer son périple au théâtre avec une amie d'occasion. Elle était sortie pour oublier ce qu'elle avait encore à lui dire, pour tenter d'atténuer les orages, pour disperser les trop nombreux nuages. Et Robert, moins téméraire, en fut soulagé. Seul dans la maison, détendu en son absence, il pouvait se permettre d'être malade, de tousser, de cracher, sans hausser le son de la radio, sans étouffer son agonie dans un mouchoir. Être malade et, enfin… pouvoir l'être.

Le téléphone avait sonné. Robert entendait Solange parler, mais à qui, et de quoi? Sur ses gardes, il n'osait plus le lui demander.

– Robert, c'était ta mère. Elle veut venir ce soir. Je l'ai invitée à souper.

– Ah, Solange, pas ce soir. Il pleut, je ne me sens pas bien…

– Que veux-tu que je lui dise? Ça fait trois fois qu'on remet sa visite, que tu me charges de trouver des excuses. Je ne sais plus quoi lui dire, moi!

– Je sais bien, je ne te le reproche pas, mais je lui ai parlé il y a deux jours. Je lui ai dit que j'avais besoin de repos, de silence…

– Oui, mais c'est ta mère, elle est âgée, elle s'inquiète et c'est normal. Tu ne peux pas toujours la laisser dans l'ombre, elle n'a que toi, que nous…

– Bon, puisque c'est comme ça, je ferai un effort, mais je mange si peu le soir. Je me demande si je vais tenir le coup. Avec mes pilules…

– Je l'entretiendrai, je lui parlerai des enfants, du petit de Claudie. Si tu te sens fatigué, tu n'auras qu'à filer en douce, lui dire que tu veux t'étendre… Tu sais, le seul fait d'être ici et elle sera comblée. Elle me semble si seule.

– D'accord, mais ne la retiens pas trop. Elle viendra en taxi?

– Non, un voisin la dépose et j'irai la reconduire. Je m'arrangerai pour qu'elle ne parte pas trop tard. De plus, à son âge…

– Pourquoi n'invites-tu pas Claudie? Plus il y aura de monde…

– Et moins elle partira, crois-moi. Non, Mylène sera là, ça suffira.

– Bon, fais ce que tu veux. Je vais profiter de l'après-midi pour dormir, pour me remettre en forme, pour être prêt à affronter le feu de ses questions. Dis, tu n'avais pas des disques de Shirley Jones, toi?

– Oui, au sous-sol, poussiéreux sans doute. Pourquoi?

– Comme ça, pour écouter ses extraits du film *Oklahoma*.

À l'heure convenue, Gervaise Landreau arriva. Droite, altière, bien vêtue, maigre, ridée, mais avec toutes ses facultés. L'octogénaire embrassa sa bru, lui offrit des chocolats et maugréa contre la pluie. «Le mois des morts! Il pleut toujours quand novembre se montre le nez. Pas pour rien qu'on l'appelle ainsi», avait-elle dit tout en retirant son manteau. Puis, apercevant son fils, avant même de lui faire la bise, elle s'écria: «Toi, tu n'as pas bonne mine, mon p'tit gars. Le repos ne te porte pas fruit, tu as maigri.»

– Pas surprenant, madame Landreau, il ne mange pas, lui répondit Solange.

– Vous cuisinez pourtant si bien. Pas d'appétit? Qu'est-ce que ça veut dire?

– Bah, les médicaments, maman. Les pilules sont un repas. Le docteur…

– Le docteur, le docteur! Vient-il te voir au moins? Le visites-tu parfois? S'il te voyait, je suis certaine qu'il s'inquiéterait. Toi, si costaud…

– Et je le suis encore, lui dit-il en riant et en la soulevant de terre. Va, ne parle plus de ça. J'avais des livres en trop et, avec ce régime, je me sens mieux.

Gervaise aurait voulu poursuivre, mais Mylène l'interrompit par son arrivée.

– Bonsoir, grand-mère! Toujours aussi coquette à ce que je vois?

– Mylène! Ma petite Mylène! Comme tu as bonne mine, toi. Comment vont les études? Tu seras bientôt institutrice?

Exactement ce qu'il fallait pour faire dévier la conversation. Robert échappa un soupir de soulagement. Mylène venait de s'emparer de sa grand-mère.

Ils mangèrent copieusement, la vieille dame se permit un soupçon de vin alors que Robert, pour éviter de piquer dans son assiette, levait son verre sans ne jamais le déposer. Il le tenait entre ses mains, à la hauteur de sa poitrine, pour que sa mère ne s'aperçoive pas qu'il picorait dans son assiette. On parla de la pluie, du beau temps, de Claudie, du petit, et un malaise s'installa quand la grand-mère tout excitée demanda à sa bru:

— Et Stéphane? Comment va mon petit? Toujours heureux à son ouvrage?

— Heu… oui, de lui répondre Solange, évitant de regarder son mari. Il travaille jour et nuit, il voyage… mais, dites-moi, madame Landreau, pas de parti pour vous dans les parages?

La grand-mère éclata de rire.

— Voyons, Solange, à mon âge! Un vieux pour mon argent? J'en rencontre, crois-moi. Au club de l'âge d'or, il y en a même un qui me fait les yeux doux. Mais, que voulez-vous que je fasse d'un homme qui ne tient plus sur ses jambes?

Tous éclatèrent de rire et Mylène de poursuivre:

— Qui sait, grand-mère? S'il est bien, s'il a de l'argent…

— Allons, allons, je suis plus riche que lui. Un vieux pour me dépouiller? N'y pense pas, ma petite. Ton grand-père a été le seul homme de ma vie.

Puis, se tournant vers son fils, elle fronça les sourcils:

— Ce n'est pas en mangeant comme un oiseau que tu vas engraisser, mon fils.

— Maman, je suis rempli, j'en suis à ma deuxième assiette.

— C'est vrai, Solange? Je ne vous ai pas vue vous lever…

– Oui, Robert en a repris, de mentir Solange. Vous étiez concentrée sur Mylène, vous cherchiez à savoir si elle avait un amoureux.

– Oui, oui, excusez-moi, je suis si curieuse. Tu ne m'en veux pas, Mylène?

– Mais non, grand-mère, vous avez tous les droits. Et ne vous en faites pas, lorsque je me marierai, je n'oublierai pas de vous inviter.

Tout au long du repas, Robert s'était contenu pour que rien ne le trahisse. Il avait ri, il avait bu, il avait même raconté des anecdotes du temps de sa jeunesse pour que sa mère ne se doute de rien. Au moment de passer au salon, il fut victime d'un étourdissement, s'agrippa à sa chaise, geste qui n'échappa pas à sa mère.

– Qu'est-ce que tu as? Tu ne te sens pas bien?

– Ce n'est rien, maman, trop de vin. J'en ai perdu l'habitude, je crois, lui répondit-il en riant pendant que Mylène et sa mère s'interrogeaient.

– Tu ne manges pas assez, voilà! Le vin dans un estomac vide…

– Mais, voyons, j'ai mangé plus que d'habitude ce soir.

– Oui, peut-être, mais c'est de façon régulière qu'il faut bien se nourrir, Robert.

Solange alluma le téléviseur et, pendant que la grand-mère était absorbée par un *Grand Procès*, Robert en profita pour se rendre à la toilette du sous-sol et y vomir, à l'insu de tous, ses quelques aliments et son vin blanc. Puis, comme si rien ne s'était passé, livide, il revint au salon sans qu'on se rende compte de son état. Tous étaient absorbés par l'émission qui n'en finissait pas. À l'heure de partir, revêtant son manteau, son chapeau, sa mère ne put s'empêcher de lui dire:

— Tu es blanc comme un drap. Tu es sûr que ça va, toi?

— Oui, oui, maman, ne t'inquiète pas, un long congé et je serai sur pied. Actuellement, je me désintoxique, je suis en sevrage, c'est normal…

— Sevrage de quoi? Tu ne fais pourtant pas d'excès?

— Du travail, maman, du surmenage. Je me repose la tête, je ne fais rien. C'est normal que j'aie moins faim. Cesse de t'inquiéter, je suis en forme. Je perds du poids et c'est voulu. Je ne m'en sentirai que mieux.

— Bon, puisque tu le dis. Mais là, n'en perds plus, ça te fait vieillir.

— Promis, promis, Mylène est mon témoin. De toute façon, je compte reprendre le boulot après les Fêtes. À temps partiel, cependant.

— Voilà qui me rassure. Tu sais, je n'ai pas de nouvelles de mes placements.

— Dubord ne te tient pas au courant? Tu n'as qu'à t'informer…

— Non, non, c'est toi qui t'occupes de mon argent, Robert, pas lui!

— Il est bien investi ton argent maman, ne t'en fais pas. D'ici peu, j'y verrai, je t'aviserai.

Solange parvint à convaincre sa belle-mère de la suivre avant que la nuit ne vienne. Il faisait déjà noir et elle n'aimait pas conduire le soir. Mylène s'offrit, mais la grand-mère de lui répondre: «Je me sens plus en sécurité avec ta mère. Les jeunes d'aujourd'hui, ça conduit comme des étourdis!» Sur le chemin du retour, Gervaise en profita pour questionner sa bru.

— Il n'a pas bonne mine, ne trouvez-vous pas?

– Vous savez, j'y suis habituée. Je l'ai devant moi à longueur de journée.

– Du surmenage! Ça fait maigrir, cette maladie-là?

– Ce n'est pas une maladie, madame Landreau, un état passager, de la fatigue…

– Il ne se plaint pas d'autre chose? Il ne se confie pas?

– Vous savez, ce n'est pas à moi que Robert s'ouvre le plus…

– Je vois, son défunt père tout craché! Impossible de leur tirer les vers du nez.

– Il est un peu déprimé, mais ça va de pair avec la fatigue chronique. Le fait de ne rien faire… Tous les jours à la maison, c'est loin d'être lui, ça.

– Je ne vous le fais pas dire et je me demande si c'est une bonne solution. Le travail ne fait mourir personne. À condition de mettre la pédale douce, cependant.

– Son médecin lui a prescrit un long repos. Il en a sans doute besoin.

– Occupez-vous bien de lui, Solange. Laissé à lui-même, mon gars n'a jamais été capable de surmonter ses états d'âme.

– Je m'en occupe, ne craignez rien. Quand il le veut bien. Il y a des jours où j'ai peine à lui adresser la parole. Il est d'humeur changeante, il s'emporte, gesticule, se renferme…

– Ne cédez pas. Vous avez l'habitude de trop vous taire, vous!

– Pour ça, comptez sur moi. Je ne le laisse pas m'imposer le silence. Fini ce temps-là…

– Que voulez-vous dire?

– Qu'on se parle, qu'on dialogue. Je ne le laisse pas s'ancrer dans ses pensées.

– Voilà! Voilà ce qu'il faut faire. Robert a maintenant besoin de vous, de Mylène, de Claudie… Il s'est tant donné pour vous, il a travaillé jour et nuit pour que votre vie soit aisée. Il est temps qu'il reçoive.

Solange sentit son cœur bondir dans sa poitrine. Elle fulminait intérieurement, mais elle n'en laissa rien paraître. La pauvre vieille n'était pas au courant de ce qu'avait été sa vie avec son fils. Et puis, à son âge, il était normal pour elle que l'homme soit le pourvoyeur, sa femme et ses enfants à ses crochets. Et comme Solange n'avait jamais travaillé, elle n'avait aucune arme pour se défendre.

— Tenez, vous voilà rendue. Vous voulez que je vous raccompagne jusqu'à la porte?

— Non, non, le portier est là. Attendez que je sois rentrée et repartez. Mais, prenez-en bien soin, Solange. Remettez-le sur pied, mon gars. Soyez patiente, soyez bonne avec lui. Il s'est tant donné ce p'tit gars-là…

— Oui, oui, je sais. On lui doit tout, madame Landreau. Sans lui, nous n'aurions pas ce confort, ce luxe, cette belle vie…

— Je vois que vous comprenez. Si toutes les femmes pouvaient aimer comme vous l'aimez… Hélas, il y en a qui ne se rendent pas compte de leur chance.

— En effet, et elles sont sans doute à plaindre. Tenez, le portier s'avance avec un parapluie. Bonne nuit, madame Landreau, merci d'être venue.

— Merci à vous, Solange, et embrassez encore mon fils pour moi.

Solange aurait voulu hurler. Sa belle-mère l'avait insultée. Comme si elle, la femme au foyer, n'avait été que la servante. Comme si elle, parce qu'elle n'avait pas travaillé, n'avait rien fait de ses mains, de son ventre, pour tenir en équilibre ce foyer qui, maintes fois, aurait pu s'écrouler. Autre mentalité que celle des femmes de l'avant-guerre, celle de ces femmes qui jadis, pour l'aisance et la renommée, avaient subi sans s'en plaindre l'autorité du mâle. «Elle est âgée, je lui pardonne. Elle ne mesure pas sa pensée», marmonna-t-elle, tout en étant encore indignée de ne pouvoir se permettre de la rappeler à l'ordre, de la mettre face à la réalité et de lui dire que dans son temps… Non, elle n'allait pas en faire un drame. Gervaise était octogénaire, veuve, mère d'un seul enfant. Ce Robert qu'elle avait gâté, couvé, et qu'elle avait vu, de mauvaise grâce, la quitter pour se marier. Elle aimait bien Solange, mais elle était, depuis leur union, celle qui le lui avait ravi. Comme toute brave octogénaire qui voyait encore en l'homme de cinquante-sept ans le petit gars d'autrefois. Ces mères qui n'avaient jamais vu leur fils devenir homme. À quoi bon! Une autre génération. Quand elle rentra, secouant son parapluie, Robert était déjà au lit, Mylène aussi. Sans même l'attendre, sans s'inquiéter pour elle. Comme si rien de malencontreux ne pouvait lui arriver. Pas même un accident!

Un matin plus frais, quelques percées de soleil, et Solange s'apprêtait à sortir.

– Tu fais des courses? lui demanda Robert.

– Oui, je déjeune avec Marielle et, après, nous partons à l'aventure dans les grands magasins. Elle veut changer son mobilier de salon et j'en profiterai pour fureter au rayon de la literie. Tu as besoin de nouveaux draps. Nous dînerons quelque part et je rentrerai pour le souper. Au fait, Mylène ne rentre pas ce soir; elle a une sortie avec des compagnes de l'université. Tu as besoin de quelque chose avant que je parte? Tu veux quelque chose en particulier pour souper?

– Non, pas vraiment, j'en profiterai pour dormir aujourd'hui. Ma nuit n'a pas été facile…

Solange ne le questionna pas sur les motifs de sa nuit blanche. Habituée à ses complaintes, à ses rengaines, elle croyait même qu'il prenait plaisir à s'attirer sa compassion. Elle savait qu'il se bourrait de calmants, qu'il refusait toute intervention de sa part. À quoi bon, quand on parle dans le vent.

– Tu aimerais que je loue un film pour ce soir? lui demanda-t-il.

– Si tu veux et si tu as la force d'aller le chercher, oui.

– Voyons, ce n'est qu'au coin de la rue. Une petite marche ne me fera pas mourir.

– Je n'osais pas te le dire. Bon, je pars, je t'abandonne à ta détente, je rentrerai vers dix-huit heures. Ne te laisse pas déranger par le téléphone, décroche, la boîte vocale s'occupera des messages. D'ailleurs, pour le peu qu'on en reçoit…

Elle partit et Robert, resté seul, se demandait ce qu'il allait faire de sa journée. Ne mangeant presque plus, ses nausées étaient moins fréquentes. Sa toux avait diminué. Pour un instant, il avait cru récupérer, mais ce n'était que le mirage d'une rémission. Depuis deux jours, il ressentait des douleurs musculaires. Au cou, dans les épaules et parfois, aux jambes. Nouvelles, ces dernières, au point de se dire: «Dis-moi pas que ça descend jusque-là. Si vite, de façon si inattendue?» C'étaient ces douleurs qui le sortaient de son sommeil. Une par-ci, une autre par-là, entre les omoplates, au foie, dans le mollet et une autre, plus virulente, dans la cheville du pied droit. Si forte, si intense, qu'elle l'avait réveillé brusquement malgré les vingt-cinq milligrammes de valium qu'il avait dans le corps.

Il se regardait dans la glace et reculait de peur. «Mon Dieu que j'ai maigri», se disait-il. «Heureusement que l'un de mes enfants n'est pas en médecine. Un *burnout*, ça fait perdre du poids, mais pas à ce point-là. Si Fabienne me voyait, je suis sûr qu'elle se douterait de quelque chose. Les infirmières en ont vu d'autres. Il ne faut pas qu'elle vienne et qu'elle me voie. Elle seule pourrait me trahir en reculant d'effroi.» Robert fouilla dans la bibliothèque garnie de livres depuis toutes ces années. Il cherchait quelque chose du passé, de sa jeunesse, d'une époque à revivre. Il s'empara de *Fêtes Patriotiques* de J. Donat Tourigny et le replaça de suite en murmurant: «Non, ça, c'était l'école primaire. Instructif en grand, mais plate… à mort!» Puis, *Les Murmures de Satan* de Michel de saint-Pierre. «Non, trop lourd, trop profond. Pas pour aujourd'hui.» En déplaçant quelques livres de poche, il tomba sur la biographie de Veronica Lake, la jolie petite blonde du cinéma en noir et blanc. C'était en anglais. Pourquoi pas? Lui qui était devenu bilingue sur le tas, en allant «aux vues» au *Palace* et au *Princess*, et en écoutant des disques de Johnnie Ray. «Voilà qui va m'éloigner de la réalité», songea-t-il. Il se mit à lire quelques pages et le déposa. Il craignait de s'endormir sur le premier chapitre. De plus, aussi léger que puisse être le bouquin, il l'avait trouvé lourd dans ses mains faibles. Une cigarette, un café au lait, une autre cigarette et il se décida à ouvrir le téléviseur. «Rien de bon le matin. Que des émissions pour femmes!» Sautant d'un canal à l'autre, il s'arrêta à PBS. Un vieux film en noir et blanc avec Humphrey Bogart, un film policier dont il n'avait pas vu le titre. Il s'étendit, regarda, s'intéressa quelque peu, mais ses yeux fatigués se fermèrent sur des longueurs et il s'endormit. Parce que, depuis quelque temps, le jour prenait pour lui le visage de la nuit.

Solange rentra vers dix-huit heures. Son mari, allongé sur le divan, regardant le bulletin de nouvelles, leva à peine la tête. Elle aurait souhaité, sans toutefois s'y attendre, qu'il prépare un léger souper. N'importe quoi, quelque chose de simple, un geste inattendu venant de lui. Mais non, la cuisine était telle qu'elle l'avait laissée. Avec en plus, une tasse de café à moitié pleine qu'il avait laissée sur le lave-vaisselle.

– Tu veux manger? lui demanda-t-elle.

– Pas tellement faim, un sandwich au jambon, peut-être…

– J'ai de la soupe, un riz frit, des escalopes de veau…

– Non, non, tiens, peut-être le riz, mais que ça, avec un petit pain au four.

– Bon, comme tu voudras. Je te ferai signe quand ce sera prêt.

Elle avait bien mangé, lui, très peu. Quelques bouchées de riz, la moitié de son pain et une tasse de café avec un biscuit sec. Il était retourné au salon et changeait constamment de chaîne de télévision pendant qu'elle rangeait, qu'elle nettoyait, qu'elle récurait. Quand tout fut terminé, Solange vint le rejoindre et il lui annonça.

– J'ai loué un film pour ce soir, si le cœur t'en dit.

– Pourquoi pas? Qu'allons-nous regarder?

– Un choix vite fait. La sélection n'est pas vaste chez le dépositaire du coin de la rue. J'ai pris le film *Fatale* de Louis Malle. C'est avec Juliette Binoche et Jeremy Irons. Un drame psychologique d'après le commis. J'ai pensé à toi.

– Bon, le temps d'enfiler un peignoir, de me mettre à l'aise dans mes pantoufles et je reviens. Va pour ton film, on verra bien ce que ça donnera.

Un film tendre et dur à la fois. Cet homme aux tempes grises qui s'éprend de la petite amie de son fils… D'une scène à l'autre, on en arriva au moment où, violent dans sa passion, amoureux fou du corps de la jeune fille, il lui fit l'amour d'une façon presque bestiale. La scène fougueuse et sauvage à la fois sembla déplaire à Solange qui se leva pour aller se préparer un café, geste servant de prétexte pour ne pas voir…

– Solange, tu veux que j'appuie sur pause?

– Non, continue, ça doit te rappeler de bons souvenirs, lui lança-t-elle avec sarcasme.

Dérouté, Robert ferma l'appareil, se leva et lui demanda d'une voix forte:

– Que veux-tu dire? Que vas-tu chercher là?

– À d'autres, Robert, pas à moi. Si tu crois que je ne suis pas au courant de toutes ces femmes que tu as eues dans tes draps, tu te trompes. Et ce, depuis toujours. De nos premiers jusqu'à ces derniers jours.

– Tu es folle ou quoi? Moi, des femmes? Tu m'accuses de la sorte?

– Folle, moi? Folle de rage, oui! Voilà comment j'étais parce que je n'étais pas aveugle, pas sotte pour autant. Mon intuition était plus forte que si j'avais été là, Robert. À peine mariés que tu en regardais d'autres. Une seule femme ne t'a jamais suffi, alors, imagine, une épouse. Tu disais m'aimer et c'était sans doute vrai, mais à ta manière, et drôle de manière. Parce que ce n'était pas qu'avec moi que tu couchais, Robert.

– Tiens, encore en train de déterrer des morts. Tu y prends plaisir, ma foi!

– Non, je saisis l'occasion. Tout simplement. Parce que tu es là et que j'attends ce jour depuis longtemps. Si tu savais comme j'ai pleuré, comme j'ai pu regarder l'horloge quand, au petit jour, tu n'étais pas encore de retour. J'étais inquiète, je pensais aux accidents de la route, je me voyais avec les enfants… Je me tourmentais, Robert! Et je pensais à tout, sauf que tu sois avec une autre femme. Je me refusais à cette idée, je priais le ciel et finalement, souvent, au beau milieu de la nuit, tu rentrais comme si de rien n'était.

– Mais, c'est si loin tout ça… Tu, tu… J'allais prendre un verre avec des amis…

– Pas un, plusieurs! Tes cuites étaient sans fin, mais ça ne s'arrêtait pas là. Aurais-tu perdu la mémoire par hasard? Tu ne te souviens pas de mes remontrances, de mon dégoût quand tu rentrais saoul et que tu voulais t'en excuser en me faisant l'amour? Tu ne te rappelles pas comme je te repoussais quand, dans le lit, tu tentais de me prendre dans tes bras, encore titubant et puant le parfum «cheap» d'une fille de rien? Ton col de chemise taché de rouge à lèvres, tes pantalons froissés, si froissés qu'on aurait pu jurer que tu faisais l'amour dans ta voiture.

Robert reprit place dans son fauteuil et lui lança d'un ton plus faible:

– Allez, continue, démolis. Prends ton temps, prends toutes ces années et assomme-moi avec chacune d'elles. J'ai toujours eu le dos large…

– Ne viens pas jouer les victimes, Robert! Tu m'as souvent eue avec de tels boniments, mais plus maintenant. Tu sortais, tu bambochais, pendant que je me morfondais à la maison avec les enfants!

– Je sortais… oui, je sortais. Je m'amusais. Je dansais avec les filles, mais je ne te trompais pas.

– Dans ton état, ça ne me surprendrait pas! Passif sans doute! Le gars qui s'étend, qui ferme les yeux et qui se laisse faire.

– Solange, tu perds la tête. Jamais je n'aurais pensé qu'un jour…

– Je puisse te remettre cette merde sous le nez? Je l'ai mangée, moi! En attendant comme une idiote que la fête soit finie. C'est tout juste si tu ne me demandais pas d'aller te chercher de l'aspirine quand tu rentrais avec la gueule de bois. Tu n'avais même pas de remords, Robert, pas même pour les enfants qui s'interrogeaient dans leur petite tête, qui se demandaient pourquoi papa ne parlait plus à maman.

– Ça, c'est de ta faute, pas de la mienne! C'est toi qui boudais! Tu préférais te taire plutôt que de me dire ce que tu pensais de moi. Tu n'avais pas de cran…

– Peut-être, mais j'avais du cœur, moi. Je ne voulais pas que les petits…

– Les petits, les petits… s'écria furieusement Robert. Tu t'en servais comme boucliers parce que tu n'étais pas capable de me faire face. Tu aurais pu divorcer puisque j'étais si odieux, mais non, et pas pour les enfants, mais pour éviter un scandale dans ta famille. On t'aurait mal jugée, on aurait vite compris que tu ne faisais aucun effort pour retenir ton mari.

– Quel monstre tu es! Moi qui t'ai consacré ma vie…

– Je ne t'en demandais pas tant et tu n'avais qu'à me rendre la pareille. Sortir avec des amies, aller danser et même me tromper. Mais non, tu préférais attendre, avaler, te taire…

Solange vacillait. Le ton ferme de son mari prenait le dessus. Elle se sentait faiblir et pourtant elle avait encore tant à lui dire. Elle murmura:

– J'étais une femme honnête, moi, pas une aventurière.

– Oui, honnête, je le sais, mais où est le mérite si tu as tout gardé, tout rangé dans ta tête pour me le ressortir trente ans plus tard? Tu appelles ça être honnête, toi? Tu as accumulé rage et rancune et tu n'attendais que le bon moment. Tu trouves ça honnête d'assommer ton mari en plein *burnout*?

Robert était en furie. Il était rouge, haletant, sa main tremblait.

– Pas t'assommer, mais te dire… Oui, te dire que je n'étais pas aussi sotte que tu le croyais. Te dire que je savais, que j'attendais ton retour alors que tu pensais que je dormais. J'ai fini par dormir, ne plus m'en faire avec tes manigances et accepter mon triste sort, mais je voyais, je savais…

– Tu savais quoi, Solange? Encore un drame dans tes tiroirs?

– Un drame, non, des déboires, oui. Penses-tu que j'ai oublié ta Monique, ta Joëlle, ta petite Valérie? Celle-là! Elle appelait même jusqu'ici. Je lui raccrochais au nez et elle rappliquait, insistait. Il me fallait raccrocher de nouveau et ne plus répondre pour m'en défaire. Elle t'aimait tellement, tu dansais si bien… J'ai osé te le dire, je t'ai mentionné son nom et tu m'as répondu: «Valérie? C'est une folle! Une fille avec qui j'ai dansé une seule fois. Est-ce de ma faute si je plais aux femmes et qu'elles s'accrochent?» Je n'avais rien répondu, Robert, mais n'empêche qu'elle avait ton numéro de téléphone… la folle!

– Je prenais un coup, les filles fouillaient dans mes poches… J'avais trente ans, bâtard! J'étais un homme-enfant, pas méchant pour autant, non? Ai-je négligé mes responsabilités? Avez-vous manqué de quoi que ce soit?

– Oui, de toi! De ta présence, de ton amour, de ce que tu aurais dû être pour les enfants et moi. Mais non! Les beaux complets, les souliers de suède, les voitures, la séduction. Ton image, Robert! Avoue que ça t'arrangeait bougrement quand je passais mes fins de semaines au chalet de Marielle avec les enfants. Libre comme l'air, célibataire…

– Là, tu te trompes. C'est toi que ça arrangeait, Solange, parce que ta famille a toujours passé avant moi. Même mariée, tu n'as pas coupé le cordon. Je ne t'en demandais pas tant, mais si tu étais restée ma maîtresse sans devenir tout simplement ma femme, nous n'en serions pas là.

– Que veux-tu dire? Que je t'ai négligé? Que je me suis laissée aller?

– Non, parce que, même au lever, tu étais jolie. Mais pour le reste, tu te pliais, tu te soumettais. Tu es devenue blonde parce que je te l'ai demandé. Tu étais séduisante quand je m'en mêlais. Tu te pliais de bonne grâce, mais je devinais tes soupirs. Tu as été plus que ma femme tant et aussi longtemps que tu m'as senti épris, intéressé. Après, tu as laissé tomber, tu as décidé d'être toi...

– N'en avais-je pas le droit?

– Bien sûr, avec le résultat que l'on connaît. J'ai perdu intérêt...

– Parce que tu n'as jamais regardé rien d'autre que la poupée que tu avais fait de moi. Tu n'as jamais regardé mon cœur, mon âme, Robert! Tu n'as jamais voulu d'une bonne épouse. Égoïste, imbu de toi et de la flatterie, tu n'as aimé de moi que l'artifice, l'apparat, pas l'intérieur.

– L'un n'allait pas sans l'autre, voyons...

– Ah, non? Alors, pourquoi la chambre à part, pourquoi l'éloignement, pourquoi l'indifférence depuis dix ans?

– Parce que tu t'es éloignée de moi, Solange. Parce que tu as décidé de vivre ta vie, de ne plus chercher à me plaire, de ne...

– Plus être ton esclave, voilà! J'ai passé ma vie à n'en faire qu'à ta tête. Il est vrai que j'ai voulu être moi devant ma glace, enfin moi, ce qui n'entravait en rien le fait que nous puissions être encore... nous. Mais ça, tu ne l'as pas compris. L'objet ne reluit plus? On ne peut plus le polir? On le range au grenier et on passe à autre chose. N'est-ce pas là ce que tu as fait, Robert, dans ton vil égoïsme? De plus, je prenais de l'âge, je devenais plus sobre dans ma façon de me vêtir, j'étais moins affriolante.... Comme si moi seule encaissais les années, comme si toi tu étais à l'abri des rides, des cheveux gris...

– Comment peux-tu m'accabler ainsi et te diminuer de la sorte... Tu n'as jamais songé, ne serait-ce qu'une fois, que nous n'étions peut-être pas faits l'un pour l'autre? T'ai-je quittée pour autant? N'ai-je pas pensé aux enfants, tout comme toi, Solange?

– Bien sûr, je te l'accorde, sans toutefois t'empêcher d'avoir le coup de foudre pour une autre. Et je ne te parle pas d'il y a trente ans… si tu comprends ce que je veux dire.

– Que veux-tu insinuer? Un autre lapin à sortir de ton chapeau, je suppose?

– Non, je parle de Claire Duperay, ton avocate adorée, celle avec qui tu as passé dix jours aux Bahamas, celle avec qui tu as fêté tes quarante ans.

– Claire Duperay? Tu reviens encore sur ce chapitre? Tu crois vraiment que j'ai été amoureux d'elle?

– Je ne le crois pas, je le sens. Ta rencontre à l'improviste à bord d'un avion. Tu crois que j'ai avalé ça? Tu l'as toujours admirée…

– Je t'arrête! Oui, j'ai toujours admiré Claire Duperay. C'était l'avocate des plus grands procès. Elle m'en a même fait gagner un, rappelle-toi. Je la trouvais charmante, jolie même, mais je ne l'ai qu'admirée, jamais aimée. Je sais fort bien que tu n'as jamais cru à cette rencontre inattendue, ce coup du hasard, le même jour, le même avion, la même destination. Et pourtant, c'est vrai. Bien sûr que nous avons effectué le voyage ensemble et je m'y rendais pour affaires, souviens-toi. J'admets avoir dîné avec elle à Freeport, avoir même pris un verre en sa compagnie et avoir dansé avec elle un certain soir, mais là s'arrête l'histoire. Je l'admirais, mais je ne l'aimais pas. Il n'y a jamais eu rien d'intense entre elle et moi. Tout était contre moi, le destin avait trop bien fait les choses selon toi et pourtant c'était la vérité. Comment aurais-je pu planifier, moi qui ne l'avais pas vue depuis des mois? Et si cette femme avait été ma maîtresse, tu crois vraiment que je t'aurais parlé de ma rencontre avec elle?

– Pourquoi l'as-tu fait, alors?

– Sans doute pour te prouver que j'avais encore l'art de plaire. Pour te rendre jalouse, pour que tu sois encore celle que tu avais été et c'est peu de temps après que tout s'est gâché entre nous. Même si nous n'étions pas faits l'un pour l'autre, je persistais, parce qu'au fond de moi, brillait encore la flamme, parce que sans toi…

— Trêve de mots tendres, Robert, c'est à cette femme que tu les murmurais. Et lorsque ton roman s'est terminé, lorsque plus rien ne subsistait, Dieu sait comment, tu t'es accroché à moi comme à une bouée. Parce que délaissé, tu as…

— Toujours aussi têtue, Solange, aussi coriace. Tu as toujours jugé sans réfléchir. Même muette, tu jugeais et dans ta tête, j'étais condamné. Je viens de te dire qu'il ne s'est jamais rien passé entre elle et moi…

— Et c'est maintenant qu'il faudrait te croire?

— Oui, parce que tu n'as rien voulu entendre il y a quinze ans. Tu n'as même pas cherché à dialoguer. Tu parlais à Claudie qui, elle, me répétait ce que tu me reprochais. Imagine! Recevoir le mépris de sa femme de la bouche de sa fille! Tu as été incapable de m'affronter, de me demander en pleine face si j'avais couché avec elle, si j'avais été son amant…

— À quoi bon, tu m'aurais menti.

— Tu vois? Perdu d'avance! Jugé sans même un plaidoyer. C'est l'histoire de ma vie avec toi. Quand je sortais étant jeune, ce n'était que pour m'évader, prendre une bière avec des copains. Et lorsque je le faisais durant cinq jours consécutifs, c'était pour que tu ne saches plus pour quelle rentrée tardive tu boudais. Ça durait des semaines, Solange, et ce silence était plus infernal que tout ce que tu aurais pu me lancer par la tête.

— On s'éloigne du sujet, n'est-ce pas?

— Tu penses encore à elle? À Claire? Tu as vraiment la tête dure, toi! Solange, une fois pour toutes, je te jure que je n'ai rien eu avec elle, que je n'ai jamais été son amant. Je te le jure sur la tête de ma mère!

– La tête de ta mère? Laisse-moi rire…

Robert fronça les sourcils, se leva, la regarda droit dans les yeux et lui cria:

– Je te le jure sur la tête de Claudie!

Solange s'arrêta net. Jamais Robert n'aurait osé jurer sur la tête de Claudie, si telle n'était pas la vérité. Elle qui avait tant souffert de cette histoire, elle qui avait imaginé le pire alors qu'il ne s'était rien passé de grave. Elle s'en voulait de ne pas avoir parlé, de ne pas s'être vidé le cœur au moment où il le fallait. Elle se détestait d'avoir pensé en silence, d'avoir vu dans sa tête des images qui n'existaient pas. Pourtant, cette Claire était du genre à plaire à son homme. Jolie, aguichante, suave, elle ne comprenait pas qu'il ait pu lui résister. À moins que son désir n'ait été que de plaire. Toute sa vie, Robert avait attiré les femmes. Il le savait, il usait de son charme, mais était-il seulement capable d'une passion durable, quand tout n'était qu'éphémère et que tout flirt naissait d'un état de boisson? Mais pourquoi tous ces envols saugrenus dès qu'il prenait un verre de trop? Il n'avait donc pas un cœur d'infidèle? Était-ce parce que l'alcool brisait les chaînes de sa gêne? Pourquoi n'était-il pas le même quand il était sobre? Buveur d'occasion, amant d'occasion? Et comme l'alcool le portait à dormir… Il s'était même, elle s'en souvenait, endormi au volant de la voiture. De plus, le verre de trop et il devenait… impuissant. Elle le savait, il s'endormait chaque fois, alors qu'elle voulait… qu'elle parlait seule. Pourquoi jouer les amants quand il n'en avait pas les attributs? Parce que saoul? Sans doute, parce que sobre, il était distant, réservé, timide, même en présence d'une jolie femme. Peut-être, peut-être fallait-il lui accorder le bénéfice du doute… mais Solange n'oubliait pas pour autant à quel point il l'avait humiliée. Publiquement, lorsqu'en état d'ébriété, si une fille l'invitait à danser, il acceptait et il ne revenait pas comme si elle n'existait plus. Combien de fois avait-elle quitté ces boîtes de nuit où, traînée contre son gré, elle le voyait sourire à une blonde ou dévisager une rousse. Devant elle! À de moins jolies... qu'elle.

Après le serment sur la tête de Claudie, Solange n'avait rien ajouté. Épuisée par l'audace de ses propres attaques, elle avait peine à respirer. Jamais elle ne lui en avait tant dit et, n'eût été de son cri lorsqu'il avait juré, elle aurait poursuivi. Car, brimée depuis tant d'années, on ne vide pas son cœur en quelques heures. Elle s'était tue, avait baissé les yeux et, lorsqu'elle les releva sur lui, elle s'aperçut qu'il était lui aussi à bout de souffle. Tout comme elle. Campé dans son fauteuil, il était agité, surmené. Il avait peine à s'allumer une cigarette. Il se leva, retira le film du magnétoscope, le remit dans son contenant et le déposa sur la table. Quelque peu titubant, haletant, il se dirigeait vers sa chambre. Il toussait, râlait même, et Solange se sentit coupable. En jetant un dernier regard sur elle, il lui murmura: «Ne recommence plus, tu vas me faire crever.» Elle se mit à pleurer et lui, vainqueur par l'effet de sa dernière remarque, claqua la porte de la chambre pour amplifier la culpabilité de sa femme. Solange ouvrit le téléviseur pour briser le silence. Assise dans le noir, les yeux fixés sur une émission qui ne lui disait rien, elle se mouchait, pleurait. Elle ne savait pas si elle avait tort ou raison d'agir de la sorte. Elle se sentait honteuse tout en étant fière d'elle. Tout sortait de ses tripes: la douleur, le ressentiment, le fiel. Comme si sa conscience la poussait à sévir. Robert était-il vrai ou subtilement faux dans tout ce qu'il disait? Elle ne le savait pas. Mariée depuis trente ans, elle ne le connaissait pas. Elle s'était certes tue, mais s'était-il seulement ouvert à elle? Pas faits l'un pour l'autre? Elle le savait.

Mais elle l'avait aimé, profondément aimé, et un pétale de cet amour se refusait encore à tomber. Mais lui, Robert Landreau? L'avait-il seulement aimée au temps où avaient éclos les roses?

Le lendemain de ce cruel débat fut un jour de silence. Robert était dans un piteux état. Il avait pris des sédatifs, non pour s'évader de la réalité, mais pour engourdir le mal qu'il ressentait à la jambe. Cette jambe qui peu à peu enflait et qu'il dissimulait dans un pantalon ample. Ce pied qui, lui aussi enflait et qu'il camouflait dans une vieille pantoufle, jadis trop grande, mais qui, désormais le moulait étroitement. Après avoir enfilé un bas pour que sa femme n'aperçoive pas les veines bleues qui surgissaient du mollet. Assis dans un fauteuil, il avait avalé un jus d'orange et grillé plusieurs cigarettes. Rien de plus, pas même un café, de peur d'aviver les nausées. Et, à ses problèmes, s'ajoutait celui de la constipation. Il sentait que sa santé dégringolait, qu'il se détériorait, mais à la fois fier et habile, il déjouait l'affreux portrait en affichant une barbe bien rasée, cheveux lavés et ondulés. Percevant l'œil inquisiteur de sa femme, il s'était rendu au boudoir, avait fait mine de composer le numéro de son bureau, de parler à son associé en lui disant: «Il est possible que je revienne plus tôt que prévu. Ce congé ne m'aide en rien.» Pour qu'elle entende, pour qu'elle se sente coupable de ses réactions mal fondées. L'effet désiré ne se fit pas attendre.

– Je t'ai entendu. Tu comptes retourner travailler? C'est à cause de moi, n'est-ce pas?

Il avait levé les yeux sur elle pour lui répondre calmement:

– Pas nécessairement, j'ai besoin d'air. Ce repos ne me sert pas…

– Je te dérange, dis-le. C'est de ma faute, je remue trop…

– Solange, tu m'as dit ce que tu avais à me dire. Si tu retenais tout ça depuis tout ce temps, il était temps que ça sorte. Je ne te blâme pas, je ne t'en veux pas, mais avoue que le moment était mal choisi, que…

– Je suis allée trop loin, je m'en excuse. Je n'ai pas voulu… je n'ai pas cherché, c'est l'occasion qui s'y est prêtée. Je pensais qu'un jour ou l'autre, nous pourrions enfin…. Bref, je me suis trompée, c'est fait, je n'y peux rien. Mais, tu n'as pas à reprendre ton travail pour un simple écart de langage. D'ailleurs, je compte partir pour une semaine. Fabienne veut voir la Nouvelle-Écosse avant l'hiver. Elle m'a invitée à me joindre à elle.

– Voilà qui te ferait grand bien. Il n'est pas normal de rester là à ne rien faire lorsque l'on est en forme. Vas-y, Solange, ne refuse pas cette occasion.

– Tu comptes quand même retourner travailler?

– Pas demain, ni la semaine prochaine, après, peut-être… Mais, tu n'y es pour rien. J'ai seulement l'impression que ce congé ne m'aide pas.

– À cause de moi, ne le cache pas. Parce que j'ai osé me vider le cœur…

Des larmes coulaient sur la joue de celle qui, déjà, s'en voulait, regrettait. Des larmes de tristesse, des larmes d'angoisse, de remords.

– Non, non, je suis capable d'en prendre. Ne te sens pas coupable, Solange. Ce qui me hante, c'est cette nature agonisante que j'ai devant les yeux, ces feuilles au sol, paralysées par la pluie. Ce téléviseur, ce «rien à faire» pour l'homme actif que j'étais. L'automne me déprime, la venue de l'hiver me désespère.

Surtout qu'il souffrait, qu'il se retenait pour ne pas pleurer. Solange préféra se taire. Elle ne trouvait plus les mots, elle balbutia…

– Tu prendrais un café au lait? Tu n'as rien avalé depuis ton jus d'orange.

– Oui, peut-être, si tu en fais un pour toi, si ça ne te dérange pas.

Solange s'était éloignée jusqu'à la cuisine, heureuse de camoufler par ce geste, l'embarras qui la tenaillait. Robert, resté seul, soupira d'aise. Il venait de remporter une victoire sur sa défaite. Tout comme jadis, alors que, envahi par le regret, il le noyait dans… un café au lait.

Mylène était rentrée plus tôt en ce soir de grisaille. Sentant que quelque chose s'était passé, elle questionna sa mère.

– Une dispute hier, mais ça va mieux maintenant, lui répondit-elle.

– Encore, maman? Que lui as-tu dit pour qu'il soit dans un tel état? Je ne l'ai jamais vu avec une mine aussi basse. Je…

– Ne me fais pas sentir coupable, pas toi Mylène! Ma conscience s'en charge.

Puis, dans un ruisseau de larmes, elle se jeta dans ses bras pour ajouter:

– Je ne sais pas ce qui m'arrive. Je n'ai jamais été comme ça, Mylène. C'est comme si quelqu'un ou quelque chose me poussait à lui dire… Je ne sais pas pourquoi, mais je suis incapable de me retenir.

Solange pleurait à chaudes larmes dans les bras de sa benjamine.

– Allons, maman, tu es angoissée, épuisée. Comme si l'état de papa te mettait les nerfs en boule. Je ne t'en veux pas, crois-moi, je te comprends, mais tu devrais t'éloigner, cesser de le harceler, je le sens au bord de s'écrouler.

– Je pars pour une semaine. En Nouvelle-Écosse, avec Fabienne. Pour lui laisser la paix comme tu dis et retrouver la mienne. Je pars demain, Mylène. Tu préviendras Claudie, je me charge de Stéphane. Il est rare que je parte ainsi à brûle-pourpoint, mais ça s'impose. Un jour de plus et c'est moi qui vais craquer. J'ai peur que la fatigue chronique de ton père soit contagieuse. Je le regarde dépérir et c'est moi qui déprime. Non, vraiment, je ne sais pas ce qui m'arrive. Vois-le ce soir, tente de lui expliquer, fais quelque chose, je l'ai bien malmené. Et aussi curieux que cela puisse paraître, je n'ai pas de regrets. Je culpa-bilise, je suis songeuse, mais je ne sens pas en moi le remords m'envahir. Un court moment, peut-être, pas davantage. Comme s'il fallait, comme si rien ne pouvait m'arrêter de lui dire, de sortir de moi ce qui m'étouffe. Je n'ai plus de contrôle, plus de retenue et, pourtant, ça m'allège. C'est comme si, à chaque fois, un fardeau tombait de mes épaules. Je n'ai plus cette boule dans la gorge, tu comprends? Ce que je ressens est étrange, si étrange que ça ne s'explique pas.

– Ne cherche pas, maman, ne te fatigue pas davantage. N'en parle plus et pars avec tante Fabienne. Reprends ton souffle, retrouve ta quiétude. À ton retour, on reparlera de tout ça si tu veux, mais pas maintenant. Et sache que je ne te juge pas, ma-man. Je ne suis plus une enfant, tu sais. J'ai grandi accrochée à tes jupes, j'ai vu, j'ai entendu et, dans mon cœur, il y a long-temps que j'ai compris. Pars la tête en paix, laisse-le moi ainsi qu'à Claudie. Va préparer tes valises, oublie tout, je me charge de lui et, dès demain, d'expliquer à Claudie. Pars, moi, je vais de ce pas tenter de faire, si je le peux, un brin de causette avec lui.

Solange se dirigea vers sa chambre et, quelques minutes plus tard, Mylène se rendait au salon où, Robert, allongé, ciga-rette à la main, regardait une émission sur une chaîne améri-caine. La voyant, il lui sourit et lui demanda:

— C'est toi? Tu rentres tôt ce soir. La journée a été bonne à l'université?

— Assez harassante, mais tout va bien, j'ai bon espoir…

— Je n'en doute pas, je suis fier de toi ma petite fille.

— Et toi papa, ça va? On dirait que tu n'es pas dans ton assiette.

— Bah… la fatigue. J'ai de la difficulté à me remettre sur pied, mais ça viendra.

— Quelques accrocs avec maman si j'en juge par ton humeur…

— Si on veut, mais rien de grave. Ta mère est nerveuse. M'avoir sans cesse à ses côtés, ce n'est pas évident, tu sais. De là, les désaccords, les impatiences.

— Elle part pour une semaine, m'a-t-elle dit?

— Ouais… ce qui nous fera grand bien. Un petit éloignement parfois…

— Que lui arrive-t-il, papa? Pourquoi tous ces emportements?

— Un remue-ménage du cœur, sans doute. Propre aux femmes de son âge…

— Ce qui ne doit pas t'aider dans ton état. Le lui as-tu seulement dit?

— Aucune importance, Mylène. Ta mère a des comptes à régler avec elle-même.

— Que veux-tu dire?

— Qu'elle a des problèmes qu'elle traîne, qu'elle a besoin d'un souffre-douleur… mais, je t'en prie, ne t'en mêle pas, ça ne ferait qu'aggraver les choses.

— Papa, je ne suis plus une enfant, j'habite sous le même toit.

— Je sais, je sais, mais concentre-toi sur tes études, ne laisse rien ni personne les déranger.

— Tu es nébuleux, papa, imprécis. On dirait que tu n'as pas confiance en moi…

– Ce n'est pas le cas, je suis assez vieux pour composer avec certains faits sans l'appui de mes enfants. De plus, depuis quand te mêles-tu de nos affaires de cette façon, Mylène? Les problèmes des adultes…

– Tu vois? Tu me parles encore comme si j'avais douze ans. Tu n'as jamais compris que j'étais devenue une femme, que je pouvais m'immiscer dans le monde des grands. Je ne suis plus «le bébé à sa mère» comme tu disais. J'ai mûri, papa, regarde-moi! Pourquoi toujours me traiter comme…

– Mylène, je t'en prie, j'ai eu assez de ta mère depuis quelque temps…

– Tu vois? Ce n'est pas qu'un incident et tu refuses d'en parler, de te confier. Toujours aussi orgueilleux. Mon respect à ton égard serait le même, pourtant.

Robert, irrité des deux dernières journées, impatient devant son insistance, lui lança vertement:

– Commence donc par t'occuper de ta mère! C'est elle qui a besoin d'aide, Mylène, pas moi! De toute façon, comme elle a toujours gain de cause…

– Tu es injuste, papa, injuste! Poursuis, dis-moi que je lui ressemble, que je suis pareille à elle comme tu l'as fait depuis que je suis toute petite. Dis-moi encore une fois que je suis «la fille à sa mère». Comme si je n'avais jamais eu de père, moi!

Mylène qui était venue pour le consoler s'était emportée. Elle qui, tout comme sa mère, s'était tue quand son père prenait Claudie sur ses genoux et qu'elle la regardait avec envie. Elle «le bébé» qu'il avait à peine bercée à moins qu'elle ne grimpe sur lui. Elle qui, depuis des années, avait tenté de se rapprocher. Robert Landreau, maussade, vidé par sa dure journée, accueillit mal la réprimande de sa petite dernière. D'un ton brusque, il rétorqua:

— Est-ce possible d'avoir la maudite paix dans cette maison? Depuis quand ai-je à m'expliquer, à rendre des comptes à qui que ce soit sous mon propre toit?

Mylène était stupéfaite. Le ton avait monté, le regard de son père était sévère. Solange qui, de sa chambre, avait perçu quelques éclats de voix était intervenue pour dire à sa fille:

— Mylène, n'insiste pas. Laisse-le à sa mauvaise humeur. Tu vois? Sa maison! Comme si nous n'étions que des intruses, toi et moi.

Mylène, pour éviter l'avalanche qu'elle avait provoquée, sortit en vitesse et referma la porte avant qu'une fois de plus sa mère s'emporte. Seule avec elle, elle la calma en posant son index sur ses lèvres.

— N'ajoute rien, maman. Pars avec tante Fabienne, détends-toi, tu en as grandement besoin. J'ai eu tort, je n'aurais pas dû… J'ai choisi le mauvais moment.

— Il empire de jour en jour, il va me rendre folle!

— Non, non, il est exaspéré. Laisse-le retrouver son calme et pars, maman. Prends des vacances et ne t'inquiète pas pour lui, je serai là.

— Tu crois que tu auras plus de succès demain ou après-demain? Tu ne connais pas ton père, ma fille. Fier comme un paon, sûr de lui, insolent…

— Je ne compte pas répéter ma démarche, maman. Je serai là tout simplement.

— Vois à ce qu'il ne manque de rien, mais tiens-toi loin, il n'écoute personne…

— Si, si, maman… Claudie!

Chapitre 5

Vendredi, 11 novembre, jour du Souvenir, et la semaine d'évasion de Solange s'était écoulée au grand galop. Si vite que Robert n'avait pas eu le temps de compter les jours, même si, à certains moments, la présence de sa femme lui avait manqué. De longues heures à songer, à entrevoir à l'horizon le trou noir et béant qui l'attendait. Seul, il déprimait davantage. Le silence, l'absence, la sensation d'abandon lui faisaient plus peur que les semonces qui l'assuraient qu'il était encore de ce monde. Seul avec sa conscience, à parler de ce cancer qui le rongeait, c'était atroce. Seul avec son douloureux secret, c'était ignoble, infernal, pire que le mal dont il souffrait.

Mylène était rentrée chaque soir, discrète, comme l'araignée qui regagne sa toile. Quelques mots échangés, brefs, sans importance, et elle s'enfermait dans sa chambre pour étudier. Claudie et Jean-Yves étaient venus partager son dimanche. Avec leur petit Frédéric qui, par magie, avait remis un sourire sur le visage du malade. Robert avait été courtois, affable avec son gendre, mais il eût préféré que sa «p'tite» ne s'amène qu'avec le petit. L'enfant avait grimpé sur les genoux de son grand-père qui avait grimacé sans qu'on s'en aperçoive. Le petit avait posé son dodu postérieur sur sa jambe enflée, celle qui le faisait souffrir, celle qu'il dissimulait dans un pantalon évasé, gros bas de laine au pied. Claudie lui avait dit: «Papa, tu as encore maigri» et il avait répliqué: «Mais non, tu te fais des idées. Je suis toujours au même poids.» Elle avait froncé les sourcils pour ensuite ajouter: «Tu as revu le médecin dernièrement?» et il s'était impatienté en lui répondant: «Ah, non, pas toi aussi? Cessez de me couver. Un *burnout*, ça doit faire son temps.» Elle n'avait pas insisté et Jean-Yves s'était abstenu de s'en mêler. La seule chose qu'il avait osé dire à son beau-père avait été: «On doit vous manquer au bureau, monsieur Landreau?» et ce dernier avait répliqué: «Qu'ils s'arrangent! Je me suis assez dévoué.» Et, à ce moment, l'enfant avait accroché la cheville de son grand-père avec son camion. La douleur fut si vive que Robert avait sursauté, sué, ce qui n'avait pas échappé au regard de Claudie. Elle s'était rendu compte que, malgré le bas de laine touffu, la cheville gauche était plus grosse que la droite. Et, du même coup, que depuis quelques semaines, son père ne chaussait plus ses souliers. Elle aurait voulu le lui dire, mais pas devant Jean-Yves et Mylène. Elle connaissait son père. Aussi charmant tentait-il d'être, elle ressentait l'effort de plaire. Et Claudie cacha sa surprise quand, sur le point de quitter, il n'insista pas pour la retenir. Elle sentait que ça n'allait pas, que ce congé n'était pas qu'une affaire de fatigue, que la raison première allait au-delà. Mais elle n'en parla à quiconque, pas même à Jean-Yves. Ce soir-là, elle quitta perplexe le toit familial.

Mais durant cette semaine où sa mère visitait la Nouvelle-Écosse avec Fabienne, Claudie n'était pas restée inactive. Elle n'était pas du genre à s'arrêter sur un point d'interrogation. Dès le lundi, aux premières heures d'ouverture, elle avait téléphoné au bureau de son père afin de parler à son associé, Jean Dubord.

— Monsieur Dubord, c'est Claudie.

L'homme qui avait toujours considéré les enfants de son associé ne la reçut pas avec l'enthousiasme dont il avait toujours fait preuve. Ce qui fit redoubler d'appréhension la jeune femme dès qu'elle entendit:

— Bonjour Claudie, tout va bien j'espère? Que me vaut l'honneur…

Poli, courtois, trop même, de la part de l'homme qui la taquinait sans cesse sur sa beauté, sur le fait d'être une petite dame au foyer.

— Je ne vous dérange pas? Je n'arrive pas en pleine réunion?

Rassuré par le ton, Dubord retrouva son aplomb et s'écria:

— Mais non, Claudie, nous en sommes encore au café! Je viens à peine d'arriver. Dis-moi, comment va le petit? Toujours aussi jolie, toi?

— Monsieur Dubord, puis-je vous rencontrer? J'ai à vous parler…

— Rien de grave, j'espère, pas un divorce au moins, lui demanda-t-il en s'efforçant de rire pour dissimuler son embarras.

— Non, non, c'est très sérieux, et il ne s'agit pas de moi. Ne me demandez pas la raison de mon appel et dites-moi seulement si une rencontre est possible. Dans un restaurant, pas au bureau, et sans le dire à papa.

— Bien sûr, Claudie. Dîner avec une aussi jolie jeune femme va me rajeunir de trente ans, répondit-il en riant nerveusement. Pour ce qui est de ton père, ne crains rien, je ne le dérange jamais, je le laisse se reposer. Si tu savais comme il me manque. J'ai hâte qu'il revienne, ce bonhomme! Je suis en train de perdre des clients sans lui!

Un autre petit rire nerveux, et il fixa un rendez-vous à Claudie pour le lendemain soir au restaurant *Le Bordelais*, dans le nord de la métropole. Un restaurant où Robert et lui s'arrêtaient souvent avant que Landreau ne traverse le pont pour se rendre à Vimont. Un restaurant que Claudie aimait beaucoup pour y être allée avec sa mère, avec Jean-Yves et, parfois, avec Mylène.

– Dix-neuf heures, ça t'irait, Claudie?

– Absolument. Jean-Yves sera rentré pour s'occuper du petit.

– Tu désires que je passe te prendre?

– Non, non, j'ai ma voiture. Occupez-vous de la réservation et nous nous retrouverons sur place.

Le temps était frais en ce mardi, mais Claudie avait le cœur au chaud, sachant qu'elle allait jouer sa plus grosse carte. Lorsqu'elle entra dans le restaurant après avoir laissé son imperméable au vestiaire, tous les regards se tournèrent vers elle, ceux du proprio et des serveurs inclus. Jamais elle n'avait été aussi belle. Son père aurait sûrement été fier d'elle. Cheveux relevés, retenus par un chignon, de longues boucles d'oreilles tombaient sur ses épaules. Assez longues, juste assez, pour ne pas toucher le velours noir de sa robe très ajustée. Une robe assez courte pour que ses magnifiques jambes soient bien en évidence dans ses souliers suédés noirs à talons hauts dorés qui lui donnaient une démarche de mannequin. Décolleté prononcé, on pouvait entrevoir la naissance des seins. Maquillée avec art, parfumée de son *Opium*, la plus que femme de vingt-huit ans avait tout mis en œuvre pour que l'associé de son père, porté sur la gent féminine, puisse s'ouvrir davantage, ne serait-ce que par égard à ses charmes. L'apercevant, il s'était levé, l'avait accueillie en l'embrassant sur les deux joues. Lui tirant le fauteuil, il avait murmuré: «Plus belle que toi, ça ne se peut pas…

Et quel parfum! Ah! si seulement, j'avais ton âge…» Il riait gentiment et Claudie remarqua qu'il était particulièrement élégant. Au mitan de la cinquantaine, Jean Dubord était un homme séduisant. Grand, svelte, presque chauve, crâne lisse et bronzé, la moustache soignée, il avait tout du parvenu, dans son complet marine avec chemise de soie et cravate dans les mêmes tons que l'habit, garnie de pois rouges. Le parfait modèle de l'homme à l'aise, conquis, épris de sa «jeune maîtresse». Ce que, sans aucun doute, les clients imaginaient.

Peu de monde en ce mardi soir. Quelques couples, un groupe qui fêtait un anniversaire et des gens plus âgés, bien mis, cheveux blancs, cheveux gris. Ceux qui, on s'en doutait, chuchotaient des commentaires à leur égard. L'ambiance était chaleureuse, discrète, raffinée. Une table pour deux sur la petite mezzanine face à une fenêtre de laquelle on pouvait apercevoir, éblouie par la lune, la rivière des Prairies. Une lampe tamisée, style 1900, éclairait le corsage de la jolie jeune femme. La mise en scène n'aurait pu être mieux choisie. Redoutant la raison de ce tête-à-tête, Jean Dubord n'en était pas moins aise d'avoir aussi jolie escorte pour quelques heures.

– Un apéritif, monsieur dame? demanda avec révérence le garçon.

– Un *Dry Martini* pour moi, lui répondit Claudie.

– Un *Carioca* sur glace, de commander Dubord qui s'empressa d'ajouter à l'endroit de Claudie: «Comme le temps passe! Il n'y a pas si longtemps, je t'offrais un *milk shake.*»

Ils rirent de bon cœur, Claudie s'informa de sa dame, de ses deux fils, et Dubord, de son côté, lui parla de son petit Frédéric, de sa petite-fille à lui, de ses affaires, tout en ajoutant:

– Toi, si tu le voulais, tu serais la parfaite secrétaire pour moi.

– Merci, monsieur Dubord, mais pour l'instant, je préfère élever mon enfant. Plus tard, peut-être, même si je n'entrevois pas d'un bon œil de travailler un jour dans l'entreprise de mon père.

Le mot était lâché, bien placé… «père». Dubord se doutait qu'elle était là pour lui parler de lui. Mais devant le calme de Claudie, il comprit qu'elle ne savait rien, que personne n'était au courant, sauf lui et le médecin. Sauvé par le garçon qui prenait la commande, Dubord eut la bonne idée de suggérer du vin. Un Pisse-Dru. Comme pour retrouver son courage. Le serveur s'éloigna et Claudie ne perdit pas un seul instant.

— Monsieur Dubord, si je suis ici, c'est pour vous parler de papa.

— Je sais Claudie, je m'en doutais. Comment va-t-il? Il se remet bien?

— Pourquoi ces questions? Vous n'êtes pas en contact avec lui?

— Aussi étrange que cela puisse paraître, ton père m'a demandé de ne pas le déranger, de ne pas l'appeler jusqu'à ce qu'il sorte de ce surmenage. J'en ai eu envie, tu sais, mais comme je le connais, je n'ai pas osé…

— Jouons franc, monsieur Dubord, mon père ne souffre pas que d'un *burnout*. Il maigrit de jour en jour, il a une jambe enflée, il ne sort pas, il dépérit. Ce ne sont pas là les symptômes d'une fatigue chronique. Il n'est plus le même, il s'impatiente même avec moi. Vous savez quelque chose, je le sens. Ne me laissez pas dans l'ignorance plus longtemps. Je suis sûre qu'il s'est confié à vous.

Dubord se sentait mal à l'aise. Il levait les yeux, les baissait. Le repas arrivait, le vin se versait dans les verres. Une interruption qui lui permit de penser.

— Comment va ta mère?

— Assez mal, merci! Elle est actuellement en voyage avec sa sœur. Elle n'en pouvait plus de subir son caractère. Ils ont des querelles épouvantables. Je sais qu'elle a ses torts, qu'elle profite de ce congé pour l'affronter, mais lui ne la ménage guère. La tension est forte, les dialogues semblent blessants pour l'un comme pour l'autre. Et comme il ne sort jamais, qu'il ne mange pas ou presque, qu'il refuse d'aller se reposer dans une auberge, c'est qu'il y a quelque chose de plus grave que ce qu'il veut bien dire. Et c'est pourquoi je suis ici avec vous, monsieur Dubord. Parce que je sais que mon père n'a jamais rien caché à son meilleur ami.

— Un bien grand mot, tu sais. Ton père et moi…

— Allons, monsieur Dubord, avouez qu'il n'est pas normal qu'il ne vous donne pas signe de vie. Pas à vous, son associé depuis trente ans! Allons, à d'autres la supposition, pas à moi.

Dubord était embarrassé, voire gêné par les questions directes de la jeune femme. Comment Robert pouvait-il se murer dans le silence? Comment pouvait-il vivre cette agonie sans en parler à qui que ce soit, pas même à sa femme? Il le savait fier, orgueilleux, mais à ce point entêté? Comme il devait souffrir dans son mutisme. Avec en plus, Solange et sa hargne, elle qui n'avait plus rien à perdre à la laisser se manifester… dans une union détériorée. Il avala de travers, replaça sa cravate et, se sentant épié par sa jeune compagne, il marmonna comme pour ne pas être entendu:

— Mangeons, veux-tu? Nous en reparlerons avec le digestif.

Sentant qu'elle était sur la bonne voie, Claudie n'insista pas. Buvant du bout des lèvres alors qu'on remplissait davantage le verre de l'associé de son père, elle se disait: «Puisque le vin délie la langue…»

Trente minutes à parler de la pluie, de l'hiver qui venait, des affaires et de l'un de ses fils, Dubord était rendu au bout du sursis qu'il s'accordait. Claudie le sentit et, calmement, comme pour le mettre en cage, lui lança:

— Ne sommes-nous pas à l'heure du *Courvoisier*, monsieur Dubord?

— Écoute Claudie, j'ai promis, j'ai juré…

À ces mots, la jeune femme frémit. Elle venait de gagner, elle allait tout percer.

— Que sont les promesses et les serments à côté de ce que nous vivons? Si seulement, vous le voyiez, vous ne le reconnaîtriez pas. Dire, renseigner, n'est pas toujours trahir. Pensez à maman, pensez à nous, ses enfants. C'est nous qui dépérissons, monsieur Dubord, pas lui. Les angoisses, les tourments, c'est nous qui les vivons.

Dubord prit une grande respiration. Presque choqué de constater que son ex-collègue se taisait. Ému devant cette jeune femme qu'il avait connue enfant, il fondit:

— Ton père est malade, Claudie, très malade.

— Qu'a-t-il, monsieur Dubord? Dites-le moi pour qu'on puisse faire quelque chose.

— Je ne le sais pas exactement, mentit l'homme, de peur de représailles.

— Vous ne le savez pas? Allons, papa ne vous a jamais rien caché.

— Oh, si, maintes fois. Il m'a dit qu'il était malade, que ce n'était que du surmenage, qu'il avait consulté son médecin, qu'il reviendrait peut-être au travail, mais quand? Puis, il m'a demandé de ne pas le questionner, de le laisser pour une fois dans sa vie, seul avec son problème, de ne pas insister, d'attendre son appel; ce que je fais depuis en rongeant mon frein. Je ne sais rien de plus, Claudie et, je t'en supplie, ne me place pas dans l'embarras. Robert m'en voudrait à jamais s'il savait que je suis ici, que je dévoile ce que je sais.

– Et vous ne savez rien de plus? Après m'avoir dit qu'il était très malade, vous vous taisez? Monsieur Dubord, je vous en prie, ne jouez pas à l'autruche avec moi…

L'homme était mal sur sa chaise. Il détourna la question en lui disant:

– Je déduis qu'il est très malade, parce qu'il se plaignait souvent de son foie. Tu dis qu'il ne mange plus? Une hépatite, peut-être? Pourquoi ne pas aller plus loin, Claudie, t'informer auprès de son médecin?

– Parce que je ne le connais pas. Que de nom seulement. Le docteur Laurent est une connaissance de papa depuis longtemps. Moi, je ne l'ai jamais consulté.

– Et ta mère?

– Il l'a aidée à accoucher de Stéphane seulement. Elle n'a pas voulu le reprendre pour Mylène, elle ne l'aimait pas. Mais, à bien y penser, vous avez raison, c'est avec lui que je vais poursuivre mon enquête. Et qu'il ne vienne pas me parler de confidentialité, c'est de mon père qu'il s'agit. Là, sachant, grâce à vous, que ce n'est pas que du surmenage, je vais pousser davantage. Si papa est malade, très malade comme vous dites, il n'est pas normal qu'il ne se soigne qu'avec des sédatifs. Les mêmes pilules depuis vingt ans! Son remède à tout, selon lui. Il en dépend, il est drogué, mais ce n'est sûrement pas un calmant qui va lui guérir le foie.

– Je suis aussi inquiet que toi, Claudie. Ton père me manque beaucoup.

– Je n'en doute pas, mais il est si fier, il a la tête tellement dure. Un Capricorne qui fait honneur à son signe! J'ai toujours fait tout ce que j'ai voulu avec lui, mais là…

– Appelle son médecin, Claudie. Pour son bien et pour votre bien-être. Prends garde de ne pas trop énerver ta mère. Solange est une femme fragile.

– Je la connais, ne vous inquiétez pas. Non, c'est moi qui irai voir ce médecin et je vous jure qu'il ne va pas s'en tirer derrière le secret professionnel. Pas quand une famille est en train de se mettre à terre. Pas quand une femme est à bout de nerfs devant l'indifférence de son mari. C'est pour ça qu'elle explose, qu'elle l'agresse. Elle passe des nuits blanches à se demander si elle est coupable de sa déprime. Pensez-y! Elle qui n'a jamais eu droit de parole, elle qui a tout sacrifié pour ses enfants, sa jeunesse incluse. J'aime bien papa, je l'adore même, mais j'aime aussi ma mère, monsieur Dubord. Elle a souffert en silence. D'un mal plus douloureux que le foie! Excusez-moi, je m'emporte. Si vous saviez comme nous sommes tous épuisés.

– Je te comprends, Claudie, je sympathise énormément avec ta famille…

– Si vous n'y voyez pas d'inconvénients, monsieur Dubord, j'aimerais rentrer. Jean-Yves se lève tôt et j'ai peur qu'il ait des ennuis avec le petit.

– Pas d'offense, partons. Moi aussi, je dois me lever tôt. En l'absence de ton père, il faut mettre les bouchées doubles…

– Oui, j'imagine, et je ne sais comment vous remercier. Vous m'avez consacré un temps si précieux. Je m'excuse d'avoir insisté, mais je ne pouvais plus…

– Allons, ma petite Claudie, pas de révérences, je t'en prie. Ta démarche était nécessaire et je suis heureux d'avoir pu t'aider, même si c'est peu… De toute façon, je compte sur toi pour me tenir au courant. Désormais, nous sommes liés toi et moi. Ce n'est pas ton père qui va m'informer…

– Soyez sans crainte, je vous rendrai compte de tout. Vous êtes un ange, monsieur Dubord.

Et Claudie disparut dans la nuit après l'avoir remercié, embrassé et lui avoir promis de lui téléphoner. Resté seul devant sa voiture, Jean Dubord était songeur. Sans trahir le serment, il avait dérogé à sa promesse, du moins en partie. Avec des demi-vérités, il avait mis la jeune femme sur une piste. Sans ajouter que son père s'était dissocié de lui, et sans lui dire de quel mal il souffrait, du temps qu'il lui restait. Pour respecter sa parole envers Robert et, pour ne pas voir les yeux de la ravissante jeune femme baignés de larmes.

Claudie était rentrée à la maison la mine basse, le regard inquiet. Son mari, soucieux, l'attendait avec vive impatience.

– Qu'est-ce que tu as, chérie? Que se passe-t-il?

Claudie prit place à la table de la salle à manger, se versa un café et répondit:

– Papa est malade, très malade, Jean-Yves. Ce n'est pas qu'un *burnout*, c'est plus grave.

– Qu'a-t-il? Que t'a dit monsieur Dubord?

– Il a été imprécis; il ne sait pas exactement, mais il paraît que c'est le foie.

– Le foie? La vésicule biliaire, tu veux dire. Tu sais, de nos jours...

– Non, Jean-Yves, c'est autre chose. Papa a été opéré pour la vésicule à l'âge de trente-quatre ans. On lui a même enlevé l'appendice tant qu'à y être, pour ne plus qu'il se plaigne de douleurs dans cette région.

– Ce serait quoi, alors?

– Voilà ce que je ne sais pas. Une hépatite, comme semble le penser monsieur Dubord? Il nous cache quelque chose. Il ne maigrit pas de la sorte à cause du surmenage. Il me faut savoir...

– Que comptes-tu faire? Le lui demander?

– Tu connais mal mon père. Ce serait me heurter à une porte close. Non, je vais entrer en contact avec son médecin, tenter de savoir…

– Voilà qui ne serait guère apprécié de ton père. Pourquoi n'en parles-tu pas à ta mère? C'est elle qui devrait s'en mêler, pas toi, Claudie.

– Non, maman en serait incapable, elle est trop vulnérable. Le médecin lui dirait que c'est un mal de tête qu'elle le croirait. À moi, il ne pourra pas mentir. Je vais lui tirer les vers du nez, crois-moi. Secret professionnel ou pas.

– Ce médecin n'est-il pas un ami de ton père?

– Oui, c'est ce qu'il m'a toujours dit, mais moi, je ne le connais pas. Je ne l'ai jamais consulté. Chose certaine, il ne va pas me laisser ainsi avec mon désarroi. Coûte que coûte, je saurai.

– J'ai l'impression que tu t'embarques dans une drôle d'affaire, toi.

– Drôle d'affaire? C'est de mon père qu'il s'agit, Jean-Yves, pas du voisin, pas d'un étranger…

– Alors, pourquoi ne pas aller droit au but avec lui? Pourquoi te torturer, déranger tout le monde? Mon Dieu, Claudie, as-tu peur de lui à ce point?

– Pas peur, mais je connais d'avance le dénouement. Il va me dire que Dubord est un crétin, qu'il imagine des choses. Il va me dérouter comme d'habitude et je vais sortir de là pas plus avancée qu'avant d'y être entrée. Non, c'est au docteur que je vais parler. Pour le bien de maman, au nom de toute la famille.

– Tu sais, si tu l'as en tête, je me demande ce que je pourrais ajouter.

– N'ajoute surtout pas: «pareille à ton père». Pas cette fois, c'est trop sérieux.

Jean-Yves, voulant la consoler, la détendre, se mit à lui masser doucement les épaules. Attentif, épris, il lui susurra à l'oreille:

– Et si nous allions nous coucher maintenant? L'un contre l'autre…

Claudie, encore sous le choc, anxieuse, impulsive, lui répondit:

– Désolée, pas ce soir, Jean-Yves. Comme si faire l'amour pouvait compenser pour tout! Évolue, veux-tu!

Elle passa la nuit songeuse, défaite, ne comprenant pas pourquoi son père cachait une telle vérité. Elle ne savait plus si Jean Dubord avait exagéré ou s'il en savait encore plus qu'il n'avait révélé. Confuse dans ses pensées, elle n'attendait que l'aube. Il fallait qu'elle rencontre ce médecin, qu'elle sache, qu'elle comprenne et qu'elle agisse. Tourmentée, ne trouvant pas le sommeil, elle marchait de long en large, de la chambre où son fils dormait à la sienne où Jean-Yves ronflait. Le souper trop copieux avait fait son effet. Elle avait bu trop de café, elle qui souffrait d'insomnie. À son réveil, Jean-Yves la trouva assise au pied du lit. Elle n'avait pas fermé l'œil de la nuit. Frédéric pleurait, il voulait qu'on le prenne. Jean-Yves s'en occupa pendant qu'allongée, Claudie comptait les secondes et les heures.

– Tu veux que je demande à ma mère de prendre le petit pour la journée?

– Non, non, ça ira. Je me reposerai quand viendra l'heure de sa sieste.

Jean-Yves n'insista pas. Il avait un travail fou; la journée était déjà entamée; il était en retard. Dès son départ, Claudie se remit à compter les secondes: elle attendait l'heure. Huit heures trente, elle prit une chance et composa le numéro du docteur Laurent. Au bout du fil, une voix féminine venue d'une boîte vocale: «Nous sommes désolés, mais le bureau du docteur Laurent est fermé jusqu'au 3 décembre. Pour toute urgence, veuillez vous adresser…» Claudie raccrocha en furie. «Il ne manquait plus que ça, se dit-elle. Son docteur en vacances! Sans doute en Italie pendant que papa se tord de douleur dans son lit. Tous les mêmes…» Désemparée, elle ne savait plus que faire. Quoi d'autre que d'attendre le retour de sa mère? Et si ce n'était pas aussi grave qu'elle le croyait? Si Dubord n'avait été éloquent que pour la retenir à sa table? Ce coureur de jupons, ce don Juan qui, loin de sa Thérèse, faisait la cour à toutes les femmes. Elle se mordait le poing, elle aurait voulu téléphoner à sa mère, la mettre dans le coup. En Nouvelle-Écosse, bien entendu, mais où? Fabienne ne restait jamais en place. Et puis, non, c'eût été gâcher ses vacances, l'inquiéter. Claudie se devait de prendre son mal en patience. Au risque de voir s'empirer celui de son père. «Tête de mule», pensa-t-elle. «Fier comme un paon, même en vacillant sur ses jambes, même avec la cheville qui enfle. Tête de cochon! Tête de Landreau!» jura-t-elle.

Dès le retour de sa mère, Claudie ne perdit pas de temps. Solange, les mains encore dans ses valises, la tête pleine de paysages, avait à peine échangé quelques mots avec son mari, que la sonnerie du téléphone retentit.

– Oui, allô?

– Maman? Enfin de retour! J'avais hâte de te parler.

– Mon Dieu, tu m'as sentie ou quoi? Je viens à peine d'arriver.

– Qu'importe. Tu as fait bon voyage? Tu t'es reposée?

– Ah, ça, avec ta tante Fabienne, une vraie girouette celle-là. J'ai vu la Nouvelle-Écosse sans rien apprécier sauf le dépaysement. Fabienne ne reste pas longtemps à la même place.

C'est à peine si j'ai eu le temps de prendre quelques photos. Et toi, Claudie, comment vas-tu? Le petit se porte bien?

– À merveille, maman. De plus en plus grouillant. Jean-Yves le gâte trop.

– Dis donc, je peux au moins ranger mes choses, te rappeler?

– Oui, oui… rien ne presse. Heu… papa est là?

– Oui, au salon. Tu veux lui parler?

– Non, non, c'est à toi que je veux parler. J'ai vu papa cette semaine. Dis-moi, maman, tu n'as rien remarqué? Il est comme d'habitude?

– À vrai dire, oui, sauf que je trouve qu'il a encore maigri. Que veux-tu, je n'étais pas là et la cuisine de Mylène, tu sais…

– Il est de bonne humeur? Il t'a parlé?

– Oui, à peine. Les mots d'usage, quoi. Mais il ne semble pas déçu de me revoir. Mais, pourquoi toutes ces questions, Claudie? Il se passe quelque chose?

– Oui et non, je t'expliquerai. Défais tes valises, prends un bon dîner et rappelle-moi cet après-midi quand il fera sa sieste.

– Tu sembles drôle, toi. Quelque chose ne va pas?

– Plus tard, maman, reprends ton souffle. J'attends de tes nouvelles. Nous causerons quand tu seras libre. Moi, j'ai tout mon temps.

– Bon, d'accord, après le dîner, mais tu m'intrigues, toi…

– Rien de grave, maman, rassure-toi, et à tout à l'heure.

Solange avait raccroché, mais le coup de fil de Claudie l'avait laissée songeuse. Pourquoi cette précipitation, cette urgence? Elle qui, d'ordinaire, n'était jamais à l'affût des dernières nouvelles. Et pourquoi ces questions sur son père? Solange se rendit au salon et, timidement, demanda à Robert:

– Ça va? Tu n'as pas manqué de quoi que ce soit?

– Non, non, avec les filles… Tu devrais les connaître, pourtant. Dès que tu n'es pas là, elles prennent la relève. Comme si j'étais un enfant.

Il sourit; elle en fut ravie. C'était la première fois que Robert lui souriait tendrement depuis qu'il avait entrepris son long congé. Elle crut même deviner qu'elle lui avait manqué, qu'il semblait heureux de la revoir, elle qu'il avait presque chassée par son impatience au moment du départ.

– Tu désires un café? Quelque chose?

– Bah, un café peut-être, si tu en prends un avec moi.

Surprise, Solange prépara les deux tasses et revint s'asseoir au salon. Comme il ne parlait pas, elle crut bon d'entamer la conversation.

– Tu as des nouvelles du bureau?

– Non, aucune, je fais le vide. J'ai demandé qu'on n'appelle pas…

– Je sais, mais par hasard, Dubord, ta secrétaire…

– Non, personne. Je me suis reposé… Je ne dis pas cela pour toi, Solange, mais je veux dire que le silence, la solitude… Mylène était là chaque soir même si ce n'était pas nécessaire et Claudie est venue. J'avais l'impression d'être un vieux père de quatre-vingts ans! Mais, j'ai senti que c'était de bon cœur. Elles avaient peur que je m'ennuie et j'avais pourtant six films à regarder, des après-midi à dormir… Chères petites, c'est mon *burnout* qui leur fait peur. Je n'ai pourtant rien d'un dépressif. À leur âge, elles ne connaissent pas encore leur père. Et toi, tu as fait un bon voyage? Tu as bonne mine.

– Oui, mais essoufflant avec Fabienne. Un bon voyage, quand même. J'ai beaucoup aimé le Cap-Breton. Nous avons même eu droit à l'histoire de Jean Cabot qui a découvert cette île en 1497 et Fabienne bâillait d'ennui. Nous avons bien mangé, bref, ça s'est bien passé. Je te raconterai plus tard, tu as l'air fatigué… Tiens, je t'ai rapporté un briquet, rien de spécial, avec le nom d'Halifax.

– Merci, ça tombe bien, mon petit jetable est à deux flammes d'être vide. Bon, si ça ne te dérange pas, je vais aller me coucher un peu. J'ai pris un rythme, je le maintiens, je dors mieux ma nuit par la suite. Et je mangerai plus tard. Ne prépare rien pour moi.

– Vas-y, j'en profiterai pour tout ranger, j'ai tout laissé sur mon lit.

Robert se leva péniblement et Solange l'observa. Il fit quelques pas et elle remarqua qu'il boitait, que sa cheville gauche était enflée.

– Qu'est-il arrivé? Tu t'es fait mal? On dirait que tu as le pied enflé.

– C'est le manque d'exercice, je crois, ou le fait de mal me coucher. La circulation du sang… Sais pas, mais ça va s'en aller.

Solange ne répondit pas. Elle craignait de changer l'humeur de Robert en insistant. Pour une fois qu'il était un tantinet approchable…

Solange était impatiente de rappeler Claudie. Son intuition lui disait pourtant qu'elle allait faire face à une déception. Dès qu'elle fut certaine que Robert dormait, elle s'isola au sous-sol avec son téléphone sans fil et composa le numéro de sa fille.

– Claudie? C'est moi. Ton père dort. Je parlerai quand même à voix basse. Que se passe-t-il, ma petite fille?

– Papa est malade, maman, très malade. Ce n'est pas qu'un surmenage.

– Que veux-tu dire? Tu lui as parlé? Il t'a confié…

– Non, écoute-moi bien, maman. Je n'ai pas parlé à papa, pas encore, du moins. Je l'ai vu amaigri, faible, le pied enflé, et j'ai senti qu'il nous cachait quelque chose. J'ai pris sur moi de téléphoner à monsieur Dubord, de prendre rendez-vous et de dîner avec lui. S'il fallait que papa le sache, il m'en voudrait comme ce n'est pas possible, mais je me devais d'aller jusqu'au bout, d'éteindre mes soupçons ou d'apprendre enfin la vérité.

– Et que t'a dit Jean Dubord?

– Que papa était malade, qu'il avait consulté, que c'était, paraît-il, son foie. Sans m'en dire plus, évidemment, mais sa voix était grave, je sentais qu'il me cachait quelque chose. J'ai insisté, mais sans succès. C'est comme si monsieur Dubord regrettait d'en avoir parlé. Il a promis de se taire et il semble craindre les foudres de papa. Pour se donner bonne conscience, il m'a suggéré de m'adresser au médecin de papa, le docteur Laurent.

– Tu l'as fait?

– Oui, mais il est en vacances. Je me suis butée à une boîte vocale.

Solange, souffle coupé, ne savait plus que dire. Elle avait la gorge nouée, le cœur serré.

– Je vais rappeler son médecin lundi, maman, percer ce mystère. Remarque que j'aimerais mieux que ça vienne de papa… Je n'aime pas agir de la sorte, à son insu, mais que veux-tu? Muet comme une carpe, évasif, et ce, même avec un pied enflé, incapable de se chausser…

– Je sais, j'ai remarqué, je lui ai parlé de son pied.

– Et que t'a-t-il répondu?

– Une mauvaise circulation du sang. Un engourdissement passager.

– Tu vois? Rien à faire avec lui, fier comme un paon, secret, impatient…

– Comme toujours, Claudie, comme… Bon, passons, je vais le questionner, moi, le provoquer s'il le faut. Il y a toujours une limite de se confier à son associé, pas à sa femme ni à ses enfants. Ce n'est pas normal d'agir comme ça, irrespectueux même. On ne laisse pas toute une famille sur le qui-vive.

– Peut-être serait-ce plus facile si ça venait de moi, maman?

– Non, je suis sa femme, du moins… sa compagne de vie. C'est à moi qu'il doit s'ouvrir, tout dire. Si j'échoue, s'il s'entête, tu prendras la relève, Claudie, mais c'est d'abord moi, moi seule qui dois ouvrir la porte.

– Je comprends maman, mais parfois, tu t'emportes…

– Non, non, je le ferai en douce, crois-moi, mais s'il se montre agressif ou indifférent, je n'irai pas avec le dos de la cuiller. Il est temps qu'il se rende compte que je ne suis pas une étrangère. Si je ne suis plus sa femme, je suis encore la mère de ses enfants. Laisse-moi faire, Claudie, pour une fois… Si j'écope d'une scène, je te jure que je te le remets entre les mains. Il y a toujours une limite, j'habite sous ce toit, moi! Et si ça continue, c'est moi qu'on va ramasser en morceaux. Je ne suis pas faite de marbre, tu sais…

– Bon, d'accord maman, comme tu voudras. Ouvre la porte comme tu dis, mais si tu te heurtes à un mur, referme-la et laisse-le moi. Parle-lui le plus tôt possible et rappelle-moi. J'en ai assez de mal dormir…

– Tu vois, Claudie? C'est la famille entière que ton père est en train de détruire. Mylène est nerveuse; je m'évade pour diminuer mon stress… Non, ça ne peut plus durer. Il va parler, me dire ce qu'il a ou… je ne réponds plus de moi!

– Du calme, maman, du moins pour cette fois. Prends sur toi…

– Oui, Claudie, je te le promets; je suis à bout, tellement à bout de force.

– Le petit me réclame, maman, je te quitte, mais rappelle-moi dès que ce sera fait. Je me meurs d'inquiétude… Au revoir, maman.

– À bientôt, Claudie. Embrasse ton petit amour pour moi.

Solange avait raccroché. Pensive, inquiète, elle n'osait s'imaginer… Mais, voilà qu'en elle la colère grondait. Comment avait-il pu se confier à son associé et ne rien dire à sa femme et ses enfants? Elle fulminait. Elle aurait voulu lui crier sa rage, sans même savoir si c'était son foie, son estomac ou sa prostate qui lui faisait enfler la cheville. Le fait d'être ignorée, d'avoir à partir avec Fabienne pour pallier l'indifférence, c'était une insulte pour elle. L'esprit en colère mais le cœur sur la main, la toute dévouée s'inquiétait. Et si Robert était vraiment malade? Si, si..? Non, pas d'alarme! Elle avait promis à Claudie de garder son calme.

Lorsque Robert se leva, détendu après sa sieste, Solange lui offrit un jus de fruits qu'il accepta. Il allait reprendre place devant le téléviseur, mais elle le retint à la salle à manger en lui disant:
– Reste, Robert, j'ai à te parler.
Il la regarda, surpris, reprit sa place et questionna:
– De quoi? Quelque chose ne va pas? Le petit n'est pas malade, au moins?
– Non, Frédéric va bien. C'est de toi, de ton état de santé que je veux t'entretenir.
– Ah, moi, tu sais, avec du repos, du calme…
– Non Robert, tu ne souffres pas que d'un *burnout*. Tu maigris, ta cheville enfle, tu as peine à marcher. Allons, je suis ta femme, dis-moi la vérité.
– Mais que cherches-tu là? Va-t-on finir par me laisser…
– Mentir? À qui, sinon à toi, mon pauvre mari! Pour nous laisser dans l'ignorance, les enfants et moi? Non Robert, parle, ne joue plus avec nous.

– Jouer? N'ai-je pas le droit d'être fatigué, usé comme tout le monde?

– Qu'as-tu au foie, Robert? lui demanda-t-elle sans détour.

– Le foie? Qu'est-ce qu'il a donc mon foie? Tu déraisonnes…

– À d'autres, Robert, pas à moi! On ne se confie qu'à Jean Dubord maintenant? Pas à sa femme et à ses enfants?

Il avait pâli. Le nom de Dubord n'était guère un bon signe pour lui.

– Jean Dubord? Que vient-il faire dans cette histoire?

– Je me le demande bien, mais n'empêche qu'il en sait plus sur son collègue que ta femme en sait sur son mari. Je ne devais pas mentionner son nom, mais voilà, c'est fait. Par mégarde, je l'avoue, mais je n'ai pas l'habitude des détours, moi. Claudie lui a parlé, Robert. Elle lui a parlé parce qu'elle s'inquiétait, parce qu'elle ne croyait plus à ton supposé malaise, m'a-t-elle dit.

– Quoi? Claudie? Mais de quoi se mêle-t-elle, celle-là?

– De la santé de son père qui lui tient à cœur et de celle de sa mère qui n'en peut plus de vivre dans un tel climat.

Robert se sentait perdu, pris au piège. Il tentait d'éviter le regard de sa femme mais, impuissant, faible, il se contenta de murmurer:

– D'autres problèmes se sont greffés. Le foie est en mauvais état…

– Greffés? Comment peux-tu le supposer? Tu n'as pas revu ton médecin depuis le début de ton long congé. Allons, Robert, pour une fois, je t'en supplie, partage tes angoisses. Ne nous laisse pas ainsi dans l'ignorance.

Robert, au bord du gouffre, sachant fort bien qu'il ne pouvait camoufler éternellement son état qui s'aggravait, ne voulait pas néanmoins s'en ouvrir à sa femme. Pas à Solange qui, sidérée, se mettrait à pleurer. Ne pouvant jouer plus longtemps, anxieux d'être délivré de son lourd secret, il lui murmura sans la regarder:

— Demande à Claudie de venir ce soir, j'ai à lui parler. Non pas que je tente de t'exclure, Solange, mais tu comprendras. Demande-lui de venir seule, sans son mari, sans le petit. C'est elle qui a osé creuser dans ma vie? C'est à elle que je vais m'expliquer.

— Sans détour, Robert, sans mensonge, car, advenant le cas, Claudie veut appeler ton médecin. Ce serait déjà fait s'il n'était en vacances. Tout ce que nous te demandons, c'est la vérité. Pour t'appuyer, partager…

— Claudie en était là? Elle a appelé le docteur Laurent? Dieu merci qu'il ait été absent. Demande-lui de venir, je vais tout lui dire. J'en ai assez de vivre tout seul avec ça dans ma tête. Le moment est arrivé…

La dernière phrase avait fait frémir Solange qui, tremblante, se permit d'ajouter:

— C'est grave, Robert, ce que tu nous caches?

Il regarda dehors, prit une respiration, grimaça un peu et répliqua:

— Non, pas tellement. Un cheminement normal de l'âge… avec ce qu'on a fait de sa vie.

Claudie ne se fit pas prier et s'amena à toute vitesse dès le souper terminé. Sa mère et Mylène en étaient encore au café. Tout en enlevant son manteau, elle murmura inquiète:

— Il m'attend où? Au salon? Dans sa chambre?

— Non, il est descendu au sous-sol. De peine et de misère, je l'ai vu, mais c'est là qu'il t'attend. Si tu savais comme ça m'angoisse.

– Ne t'en fais pas, maman. J'ai tout mis en œuvre et là, je veux savoir. Une fois pour toutes, nous serons fixées toutes les trois. Le mystère a assez plané.

Sans plus attendre, Claudie descendit au sous-sol, lieu des jeux de son enfance. Assis sur un divan vert, musique de Glenn Miller en sourdine, son père s'allumait une cigarette. À ses côtés, un cendrier rempli de mégots, à ses pieds, le journal du matin, éparpillé.

– Ah, tiens, te voilà? Viens t'asseoir près de moi, Claudie.

Penaude, craintive, elle le regarda. Son père avait pleuré.

– Papa, je m'excuse d'avoir osé… d'avoir enquêté, mais…

– Non, non, n'ajoute rien. C'était ton droit, votre droit à tous, mais comme tu t'es rendue trop loin, mieux vaut que je me libère d'un gros fardeau.

– Qu'est-ce que tu as, papa? Monsieur Dubord…

– Oui, je sais, le foie, ta mère me l'a dit. Jean a dû se sentir très mal à l'aise et je le comprends, mais j'ai eu tort, j'aurais dû m'ouvrir avant.

– Alors, qu'est-ce donc que ce fameux malaise? Quelque chose de grave?

– Quelque chose qui va te faire de la peine, Claudie. Ainsi qu'à ta mère. C'est pourquoi je n'ai rien voulu dire. J'en étais incapable, je vous offrais un sursis…

– Assez papa, ne tourne plus en rond, qu'est-ce que tu as?

Il la regarda, ses lèvres tremblaient, ses yeux s'embuaient de larmes.

– Un cancer, Claudie. Un cancer généralisé…

Claudie se sentit défaillir. Bouche ouverte, elle avait peine à s'avouer qu'elle avait bien compris. Des larmes humectaient ses yeux, sa bouche semblait paralysée. Profitant de cette torpeur plus qu'évidente, Robert enchaîna:

– Ne t'en fais pas pour moi, je n'ai pas peur. Depuis le temps que je le sais, j'ai appris à l'apprivoiser, à vivre avec l'échéance.

Claudie, agrippée à son fauteuil, n'eut que la force d'ajouter:

– Et tu ne nous as rien dit? Pourquoi papa? Pourquoi cette souffrance?

– Le plus tard possible, telle était mon idée, ma p'tite. Pour abréger vos tourments, votre inquiétude. Tu vois? Que de temps épargné! Mais là, je sentais, je savais que je n'allais pas continuer cette comédie plus longtemps. De jour en jour, sans vous le dire, je vous plaçais devant l'image de la vérité.

Claudie s'approcha, prit son père par le cou et, dans un filet de voix coupé par les sanglots, elle tenta de le rassurer:

– Ne t'en fais pas, on va te sauver, papa. La médecine de nos jours…

Puis, ressaisie, elle lui demanda avec vive inquiétude:

– Mais, tu n'es pas suivi? Aucun traitement? Un cancer de nos jours…

– Le mien est incurable, Claudie. Rien à faire sinon attendre d'être soulagé le moment venu…

– Ça ne se peut pas! Tu ne vas pas mourir, papa? Tu ne vas pas partir comme ça, juste avec un adieu, au moment où nous avions tout à te donner… Tu ne vas quand même pas te laisser avoir aussi bêtement, papa? Tu vas combattre, non? Pour nous, pour moi, pour le petit…

Elle pleurait à fendre l'âme, et le père, dont les yeux avaient peine à retenir leurs propres torrents, lui passa la main dans les cheveux, en la serrant sur sa poitrine. Tout comme autrefois, alors qu'elle était chagrinée à cause d'une poupée brisée et qu'elle se blotissait contre lui pour se faire consoler. Elle leva les yeux, ses lèvres tremblaient et elle parvint à lui dire:

– Et ce docteur Laurent, ton ami?

– Il est avant tout mon médecin, Claudie, pas mon ami. Une vieille connaissance peut-être, mais pas plus. Il m'a mis en face de mon état, il m'a suggéré la chimiothérapie comme de raison, mais sans trop insister lorsque j'ai refusé. Comme s'il savait que ces traitements allaient me faire souffrir pour me prolonger de quelques mois. Étirer la souffrance, la rendre insupportable? C'est peut-être là qu'il s'est révélé un ami. Il en a vu d'autres, tu sais. J'ai refusé parce que je ne veux pas finir comme l'un de mes clients. Il a vécu six mois de plus que prévu en souffrant le martyre. Non, tout ce que je désire, c'est de partir dans la quiétude. Tu sais, quand on se fait à l'idée, la mort n'est pas une disgrâce…

– Papa, ne prononce pas ce mot, je t'en prie. Tant qu'il y a de la vie…

– Il y a de l'espoir? Je connais l'adage, mais je préfère partir en paix, Claudie. En paix avec moi-même, en paix avec les autres. Et puis, à mon âge, j'ai vécu ce…

– À ton âge? Mais, tu n'as que cinquante-sept ans! Tu es si jeune…

– Pour toi, peut-être, pas pour la vie. Pas quand, comme moi, on a pris les bouchées doubles. Tu sais, j'ai l'impression d'avoir vécu cent ans.

Plus calme, soulagé d'avoir avoué, il s'alluma une cigarette.

– Un cancer et tu fumes encore, papa? s'écria-t-elle.

– Bah, le mal est fait. J'ai même allumé devant le docteur qui n'a pas réagi. N'est-ce pas un signe? Crois-tu que je n'ai pas compris? À quoi bon ajouter à ma maladie le stress d'un sevrage qui me mettrait le moral à terre. Et puis, c'est partout, Claudie, pas seulement aux poumons.

Claudie le serra sur son cœur, pleura sur son épaule et Robert la releva.

– Ne pleure pas, ma p'tite, ça me fait plus mal que mes douleurs.

– Tu souffres beaucoup, papa? En silence?

– Ça dépend des jours, mais j'ai de l'endurance, un seuil de douleur très élevé. Rappelle-toi du jour où je me suis enlevé le gros ongle d'orteil incarné moi-même, ajouta-t-il avec un demi-sourire pour amoindrir sa peine.

– Papa, papa, je ne peux pas croire que… Le docteur t'a dit, c'est-à-dire…

– Tu veux savoir si j'en ai pour longtemps? Je ne le sais pas, Claudie. Avec ce rongeur-là, c'est une question de mois, parfois un an, deux, que sais-je… Ça tue aussi sournoisement que ça se manifeste, lui mentit-il, se retenant de lui dire que l'échéance serait brève.

Il lui passa la main dans les cheveux et lui murmura:

– Écoute Claudie, là, je veux que tu sois forte. C'est toi qui devras l'annoncer à ta mère, à ta sœur. Ne rends pas ta mère malade, épargne-la. Je sais qu'elle va mal accueillir la nouvelle, mais c'est à toi de lui donner le courage parce que ça ne sera pas facile pour elle. Tout comme pour Mylène. À toi comme à elles, je demande qu'on ne me couve pas, qu'on ne soit pas avec moi aux petits soins. Ça risquerait de me rendre maussade. Je veux que ce soit comme hier, comme toujours, avec juste le strict nécessaire. Moi, ce que je vais tenter, c'est de vous donner beaucoup d'amour.

Des larmes perlaient sur les joues de son père et Claudie en fut secouée. Jamais elle n'avait vu son père pleurer. Lui, si fort, si maître de lui. Comme si, d'un coup d'épée, la tendresse avait transpercé son cœur. Comme si d'une flèche, l'abcès de son orgueil avait enfin… crevé.

Robert avait prié Claudie de le laisser regagner sa chambre avant de transmettre la pénible nouvelle. Elle l'avait aidé à remonter l'escalier, à se rendre à son fauteuil, elle l'avait embrassé et avait refermé la porte. Dans la salle à manger, sa mère et sa sœur l'attendaient sans mot dire. À peine remise de ses émotions, elle n'osait avancer. Elle se demandait comment leur dire, comment leur annoncer, sans frémir. Mais, tel était son devoir, elle qui avait voulu savoir et qui avait enfin percé le secret de son père. Elle entra dans la salle à manger, tira une chaise, se versa un café et lorsque sa mère lui demanda: «Qu'est-ce qu'il a?» elle éclata en sanglots. Puis, se ravisant, ayant promis d'être forte, elle avoua la vérité avec hésitation, retenue, et… comme un coup parti du cœur:

– C'est le cancer, maman.

Solange devint blanche comme la nappe de dentelle et Mylène resta figée sur place. Prenant sa mère dans ses bras, elle toisa sa sœur du regard pour lui dire:

– Tu aurais pu être plus délicate. Vois dans quel état elle est maintenant.

Pourtant, Claudie avait emprunté tous les sentiers avant d'arriver au but. Voyant que sa grande sœur avait les larmes aux yeux, Mylène se rétracta:

– Pardonne-moi, c'est la stupeur. Tu as pris tous les détours. Je m'excuse.

À sa mère qui voulait tout savoir, Claudie répéta ce que son père lui avait dit. Avec des larmes dans les yeux, des sanglots dans la voix. Quand elle eut terminé, Mylène qui avait écouté en silence, sans broncher, sans pleurer, se leva, marcha en rond et murmura:

– Et dire que c'est nous qui vivons sous son toit!

Ce à quoi, Claudie renchérit:

– Pourquoi cette remarque, je te prie?

– Parce qu'on voit bien à qui vont les égards, à qui l'on se confie. Comme si nous n'existions pas, maman et moi. C'est pourtant nous qui allons vivre avec sa maladie. Je n'aurais jamais cru ça de lui, vraiment…

Et elle regagnait sa chambre pendant que sa mère la suppliait:

– Mylène, ne parle pas comme ça. Claudie n'y est pour rien. Sans elle…

Mais la porte s'était refermée. Mylène, soulagée de savoir, ne pouvait admettre que son père l'ait gardée dans le noir comme il l'aurait fait d'une étrangère. Claudie fit de son mieux pour consoler sa mère. Elle y parvint, peu à peu, à force d'encouragement, d'appui, de soutien. Solange aurait voulu parler à son mari, se jeter dans ses bras, mais Claudie l'en dissuada.

– Pas ce soir, maman, attends à demain. Je l'ai épuisé, je l'ai délivré de son secret. Laisse-le se remettre. L'aveu n'a pas été facile…

Solange hocha la tête, embrassa sa fille et la pria d'être prudente sur le chemin du retour, de garder les yeux bien ouverts, de penser à son petit qui l'attendait, de rentrer saine et sauve.

Après le départ de sa fille, réalisant que Mylène avait éteint, qu'elle ne désirait pas que se poursuive l'entretien, elle se réfugia à son tour dans sa chambre. Se laissant choir sur son lit, elle pleura de toute son âme, sanglots étouffés dans son oreiller de plume. Elle pleurait de chagrin, elle pleurait d'amour et… de remords. Elle revoyait la scène, les querelles, les mots qui résonnaient encore à ses oreilles. Comment avait-elle pu être aussi odieuse? Pourquoi s'était-elle défoulée après trente ans alors qu'il foulait de son pas son agonie? Elle s'en voulait, se martelait la poitrine. Et pourtant, il n'avait rien dit. Pas même que, pour lui, la vie s'en allait. Comme si c'était à son tour de se taire. Et comme si, conscient de sa fin proche, il voulait payer d'un purgatoire le mal qu'il avait pu lui faire. Les reproches, les virulents reproches, se voulaient-ils pour lui un acte de contrition? Il aurait pourtant pu la faire taire d'un aveu. Sachant son mari perdu, condamné, Solange serait restée muette. Elle serait morte avec sa hargne et lui serait parti sans le sévère jugement qu'elle posait sur son mariage. Il n'avait rien dit pour subir davantage, songeait-elle. Pour qu'elle s'allège le cœur, pour que rien de malsain ne subsiste en elle. Il la voulait délivrée d'un fardeau; il voulait qu'elle parle, qu'elle parle, comme elle n'avait jamais osé le faire. Il avait même provoqué certains affrontements, comme si, à l'article de la mort, il était capable de tout prendre. Il avait tout écouté, dans l'abandon, dans la souffrance, dans la résignation. Certes, Dieu l'avait voulu, mais dans ses pleurs et dans son tendre cœur de femme, elle se sentait coupable.

Chapitre 6

Le lendemain, à l'aube, le soleil brillait. Comme si novembre, dérogeant de son rituel, voulait épargner de ses jours sombres ceux qui souffraient. Solange qui n'avait guère dormi, avait vu l'astre se lever. Elle avait passé la nuit à compter les heures, à s'assoupir de temps en temps, pour, maintes fois, se réveiller en sursaut et pleurer. D'incroyables cauchemars la sortaient de ses courtes somnolences. Elle souhaitait que Mylène se lève tard, que Robert se lève tôt. Son vœu fut exaucé car, à sept heures, elle entendait le pas de son mari puis le café qui se préparait. Elle essuya ses yeux rougis, enfila sa robe de chambre, passa à la salle à manger où, tête appuyée dans la main, son mari écoutait les nouvelles à la radio. Sans faire de bruit, elle se versa un café, vint le rejoindre et prit place en face de lui. Il la regarda, lui sourit. Elle fit un effort, mais ses yeux s'humectèrent de larmes.

– Allons, ne t'en fais pas, tout se passera bien, tu verras.

Il avait à peine murmuré, encore fatigué par cette nuit de souffrance, où il avait songé, où il avait présumé que Solange… ne dormirait pas. Elle se mouchait, avalait sa salive et parvint à lui dire:

– Pourquoi ne me l'as-tu pas dit… Si tu savais…

Et elle éclata en sanglots, incapable d'ajouter le moindre mot.

– Tu vois? Je t'ai épargné de la peine. Si j'avais pu, j'aurais persisté jusqu'à la fin, mais Claudie… Et puis, tôt ou tard… À vrai dire, je suis content de ne plus avoir à le cacher. C'était un gros poids à retenir, je faisais des efforts, je m'épuisais et… je me sentais si seul.

Elle retrouva son courage pour lui dire d'une voix chevrotante:

– Tu n'es plus seul, Robert. Je suis là, je ne te quitterai plus. À deux, nous en viendrons peut-être à bout si tu le veux.

– Non, peine perdue, Solange, il n'y a rien à faire.

– Si seulement tu avais accepté les traitements? Tu sais, il…

– Je suis condamné, Solange, n'insiste pas. Tout ce que je te demande, c'est de m'appuyer, de m'aider à vivre sereinement les derniers temps.

– Que ça? Sans même tenter de te convaincre qu'il y a peut-être une chance? Je ne suis pas prête à te perdre aussi bêtement. Que vais-je devenir sans toi? Et les enfants? Je ne peux pas croire que…

– Je t'en prie, n'en dis pas plus. J'ai bien vécu, Solange, même en vivant très mal parfois. Aide-moi juste à partir, aide-moi à mourir. Je suis préparé; j'ai depuis longtemps accepté, mais je vais quand même avoir besoin de toi. Ce peu de temps qu'il me reste, je veux le vivre sainement. Oublie ma maladie, oublie ce qui s'en vient et aide-moi à vivre le présent. J'ai encore tant à faire, et Dieu seul sait si j'en aurai le temps. J'ai parfois de bons moments, des journées de répit. Aide-moi à les vivre, à ne rien négliger. Aide-moi juste à retrouver le sourire, Solange.

– Comment te sens-tu ce matin?

— Mieux qu'hier. C'est sans doute le fait de m'être libéré, d'avoir tout dit. C'est comme si j'avais une tonne de briques de moins sur les épaules.

— Et dire que je suis partie, que je t'ai laissé seul…

— Non, pas de remords, surtout pas ça. Je l'ai voulu, Solange, je t'ai poussée à partir. Je voulais être seul avec mon mal et ma conscience. Si tu savais comme ça m'a fait du bien d'être malade sans me cacher.

— Tu veux dire que tu souffrais, que tu t'isolais, que tu…

— Que je te fuyais comme je fuyais tout le monde, oui. J'aurais tellement voulu que la peine ne vienne qu'après. Hélas, avec cette maladie, on ne peut prétendre longtemps. Le fait de maigrir, de ne plus manger… Je savais qu'arriverait le jour où j'aurais à tout avouer.

— Dieu merci, mais comment as-tu pu oublier le partage, Robert? N'ai-je pas toujours été là? Ne formons-nous pas une famille? Oh! excuse-moi, le moment est mal choisi. À quoi bon revenir sur ce qui est fait…

— En effet, heureux de te l'entendre dire. Ce qui compte, c'est aujourd'hui, demain, après… Hier n'existe plus pour moi.

— J'ai été immonde, Robert, j'ai profité de ta présence pour déverser mon fiel. Si tu savais comme je regrette…

— Non, Solange, ne regrette rien. Je l'ai voulu, j'ai même provoqué certaines altercations. J'ai senti que tu avais besoin de te vider le cœur et comme tu as raison sur plusieurs points, mieux valait que je sache plutôt que de partir en te laissant l'âme meurtrie. Je sais que je n'ai pas été correct avec toi au fil de toutes ces années, je sais que j'ai eu bien des torts et je le sais davantage maintenant. Je n'ai pas grand temps devant moi, mais je me jure de tout faire pour m'amender. J'ai beaucoup à me faire pardonner.

Une larme perlait sur sa joue et Solange en fut bouleversée.

– N'ajoute rien, n'avive rien, Robert. Ah! si seulement j'avais su…

– Je ne te demande pas d'oublier; je ne te demande pas de tout effacer parce que je suis malade. Il y a, hélas, des choses qui ne s'oublient jamais. Tout ce que je te demande, Solange, c'est que nous puissions vivre ensemble dans une joie commune, dans l'harmonie, ce dernier hiver.

– Ne parle pas comme ça, je t'en prie. Tu me chavires le cœur.

– Soyons réalistes, n'ayons pas peur des mots. Loin de moi l'idée de vouloir me servir de ma maladie, mais le temps presse et nous avons beaucoup à rattraper tous les deux. Ne serait-ce que nos cœurs…

Solange pleurait, buvait une gorgée de café, se taisait, puis:

– Et ta mère? Qui va lui apprendre cette terrible nouvelle?

– Je ne sais pas; je n'en ai pas le courage. J'ai peur que ce soit son coup de grâce. Pauvre vieille! Laisse-la dans l'ignorance, Solange, le plus longtemps possible. Demande aux enfants de ne pas s'échapper devant elle. Faites-le pour elle; évitez-lui ce choc. Elle est déjà très inquiète. Elle n'a que moi, personne d'autre, aucune parenté.

– Tu as raison, mais sache que nous serons toujours là pour elle. Ne parlons plus de cela pour l'instant, veux-tu? Aimerais-tu que je te laisse à toi-même? Désires-tu te reposer?

– Non, ça va, je me repose assez comme ça. Je vais finir de lire le journal; après, j'irai me détendre, écouter de la musique.

– Tu prends des médicaments? Tu veux que je m'en occupe?

– Non, je me débrouille bien pour l'instant. Plus tard, Solange, plus tard.

Solange était allée se donner un coup de peigne. Soulagée d'avoir pu lui parler, heureuse de ne pas le sentir réticent, distant. Heureuse enfin, de compter pour lui, dans ce qu'il lui restait… de vie.

Robert avait déjeuné légèrement. Fatigué de la lecture, il s'était allongé pour une heure ou deux et, à son réveil, de retour au salon, il s'empara d'un fauteuil; s'apprêtait à ouvrir le téléviseur quand il aperçut Mylène sur le seuil de la porte. Elle le regardait, intimidée, embarrassée.

– C'est toi, ma grande? Tu as bien dormi?

Elle ne bougea pas. Paralysée par l'émotion, elle murmura:

– Papa, j'ai peine à le croire. Je ne sais vraiment quoi dire.

– Ne dis rien et souris-moi. Ton sourire, c'est ma force.

– C'est vraiment aussi sérieux que Claudie le prétend?

Il la regarda, lui tendit la main; elle s'avança.

– C'est sérieux, mais pas pour demain. Nous avons beaucoup de choses à nous dire tous les deux. Mais plus tard. Le seul fait de savoir que tu le sais me soulage. Tu vois, Mylène, ce n'est pas moi mais ta mère qui aura grandement besoin de toi. Épaule-la, ne la quitte pas des yeux. Elle est fragile et j'ai confiance en toi.

Mylène, émue, se mordillait les doigts, et son père lui avoua pour la première fois:

– Et je t'aime, ma grande. J'aurais dû te le dire bien avant.

L'après-midi, il avait sommeillé. D'un œil, pas dans les bras de Morphée. Assez pour entendre Solange qui parlait à Claudie pour ensuite parler à Fabienne qui, elle, annoncerait la triste nouvelle à Marielle. Il se sentait le cœur en paix. Comme s'il déposait son mal dans toutes ces mains tendues pour lui venir en aide. Le fait de ne plus être seul avec son secret le délivrait de sa peur. Comme si un baume se répandait sur sa cheville enflée. Il ne voulait dépendre de personne, mais, malgré tout, le partage avait sa raison d'être. Lui, si sûr, si fier, avait compris depuis la veille qu'on avait parfois besoin des autres pour traverser les moments sombres. Il ne voulait dépendre, mais à l'heure de l'agonie, Robert Landreau tentait d'apprendre.

Le soir venu, plongé dans un Flaubert, un classique de sa jeunesse, il déposa le livre pour regarder Solange qui lui tenait compagnie tout en feuilletant un magazine.

– Tu sais, j'aurais une faveur à te demander.

– Allez, va, je t'écoute.

– J'aimerais me rendre au cimetière avec toi.

Solange avait pâli. Tremblante, émue, elle demanda:

– Pour… pourquoi?

– J'aimerais me rendre sur la tombe de Guillaume.

Sueurs au front, larmes sur le visage, elle demanda:

– Guillaume? Tu veux vraiment venir avec moi?

– Oui, si tu n'y vois pas d'inconvénient. Je sais que ça va me demander un effort, que le temps se fait de plus en plus froid, mais j'ai besoin de voir l'endroit où dort mon petit gars.

Elle pleurait à chaudes larmes; les mots ne sortaient pas. Ému jusqu'au plus profond de son être, il avait ajouté d'une voix tremblante:

– J'ai besoin de le voir. J'ai des choses à lui dire.

– Quand tu voudras, Robert, murmura-t-elle dans ses sanglots.

– Dès que possible, Solange, quand le cœur te le dira. Je sais que tu t'y rends souvent. Permets-moi d'en être la prochaine fois.

– Bien sûr, la semaine prochaine, dès la première journée ensoleillée si tu t'en sens la force, si tu t'en sens capable…

– Ne t'en fais pas, ça ira. Tu veux bien me faire signe un peu à l'avance?

Puis, soupirant d'aise, il replongea dans sa lecture d'évasion, et reprit où il l'avait laissé son roman de naguère.

Mardi, 15 novembre, un soleil éclatant. Robert ne s'était pas senti bien la veille, mais la nuit lui avait redonné des forces grâce à un sommeil à peine interrompu. Solange, ayant regardé par la fenêtre s'était surprise à penser: «Pourquoi pas aujourd'hui, s'il en a la force?» Il terminait son déjeuner, elle le rejoignit, il lui sourit:

– Dis, pour Guillaume, ça t'irait ce matin… ou cet après-midi?

– Oui, très à point, je me sens bien ce matin. C'est toi qui conduiras la voiture si tu veux bien. Je crains pour mes réflexes, et puis tu connais le chemin. En fin d'avant-midi, peut-être. Le temps de me raser, de m'habiller…

– Prends ton temps, nous avons toute la journée. Plus les heures passent, plus le soleil réchauffe, tu sais.

– Je préférerais ce matin. L'après-midi, c'est la sieste. Je me lève si tôt, je ne dors pas toujours bien et il y a ces fichus médicaments à prendre.

Vers onze heures, le couple était prêt à partir. Amaigri, Robert avait eu à trouver un pantalon qu'il pouvait encore ajuster d'une vieille ceinture à mailles. Il flottait dans son veston et, pour ce qui était des chaussures, pas question d'en porter. Il avait plutôt enfilé des bottes trop grandes pour lui, ce qui évitait de rendre douloureuse l'enflure et de nuire à la circulation du sang. Ayant mis le nez dehors, il s'était écrié: «Beau, mais frisquet, l'automne tire à sa fin.» Solange conduisit prudemment pour ne pas qu'il soit nerveux, lui qui était habitué d'être au volant et non du côté du passager. Elle arrêta quelques instants pour acheter une gerbe de fleurs qu'elle plaça entre ses mains pour remettre le moteur en marche. Elle emprunta, le plus loin possible, une allée du cimetière Côte-des-Neiges et immobilisa le véhicule à quelque cent pas du coin de terrain où reposait seul, son petit ange. Robert avait noté que son épouse aurait pu faire le parcours les yeux fermés. Elle s'y était rendue tant de fois. Parfois seule, parfois avec Fabienne ou Marielle, et une seule fois avec Claudie lorsqu'elle était petite, qu'elle ne savait pas encore lire, et que Solange lui avait dit que c'était là que «dormait» son grand-père. Jamais avec Gervaise qui, par solidarité pour son fils, avait péniblement choisi d'oublier «l'incident».

Marchant avec difficulté, Robert, à quelques pas du petit monument gris, se culpabilisait de n'être jamais venu s'y agenouiller. Un tout petit rectangle, une petite pierre de granit, avec le nom de l'enfant, son jour de naissance, celui de sa mort. Seul, isolé, non loin d'un arbre, entouré de pierres tombales avec les noms et les âges… de vieillards. Comme un petit trésor entouré d'une multitude de grands-parents. À l'abri, protégé par ces doyens qui veillaient sur lui. Solange se pencha, déposa sa gerbe dont une rose resta collée sur le nom de l'enfant. Elle était émue, chagrinée, prête à fondre en larmes tout comme elle l'avait fait tant de fois depuis trente ans. Elle ne disait rien, fixait la pierre, détournait la tête, cheveux au vent. Lui, le père de cet aîné qu'il avait abandonné, se tenait derrière elle. Plus loin, comme s'il craignait d'entendre venant de terre un pleur d'enfant amer. Solange s'éloigna, cédant ainsi la place à Robert qui était resté muet, cloué sur place. Dans un murmure, elle chuchota: «Il repose en paix… il est heureux.» Robert sentit une larme glisser sur sa joue. Il s'avança et, étranglé par l'émotion, demanda à sa femme:

— Tu veux bien me laisser seul avec lui? J'ai des choses à lui dire…

— Bien sûr, je t'attendrai dans la voiture. Ne reste pas trop longtemps, le temps est frais, et dans ton état…

Ce à quoi, il répondit à voix basse:

— Tu sais, c'est ma première et ma dernière visite. Laisse-moi le temps qu'il faut. Laisse-moi me recueillir. Va, je te rejoins.

Seul face à la pierre tombale, il se mit à genoux dans l'herbe froide et jaunie. De sa main droite, il toucha la pierre, la caressa et, de ses doigts, il sillonna chaque lettre du prénom de son fils. Sous ses genoux, la terre semblait s'affaisser. Comme si son petit, enfoui six pieds sous terre, tentait de l'atteindre de sa petite main glacée. Des larmes coulaient. En abondance. Sans éclater, jamais Robert n'avait autant laissé déborder de son cœur l'océan de sa peine. Pour ne pas être entendu d'une dame qui fleurissait une tombe à quelques pas, il parla dans sa tête, sans entrouvrir les lèvres.

«*Cher petit. Pauvre petit! Papa est là, tu sais. J'ai mis bien du temps à venir te dire que je t'aime, mais j'espère que tu as demandé au bon Dieu de me pardonner. Bientôt, je serai avec toi. Tu n'auras plus à craindre. Je dormirai à tes côtés, ici, tout contre toi, mais là où tu es, là où mon âme rejoindra la tienne, je te prendrai dans mes bras. Pauvre petit! Un si court séjour sur terre sans l'amour de ton père. Heureusement, maman était là, mais je ne t'ai pas donné la joie de me connaître. Dieu me pardonne, mais j'aurais dû, au moins, une fois, te presser sur mon cœur. Pour que tu sentes ma chaleur, pour que tu ne partes pas sans avoir tenu dans ta petite main, celle de celui qui t'avait donné la vie. C'est loin tout ça, pour moi. Mais je me demande si, pour toi, mon petit ange, ce n'est pas hier que tu as eu à peine le temps de prendre un grand respir et de partir. S'il est vrai qu'on a tous l'âge du Christ dans l'au-delà, tu es un homme à présent. Je sais que de l'autre côté, on ne juge pas, mais demande au bon Dieu de me pardonner. Dis-lui que je suis prêt à souffrir pour réparer le mal que je t'ai fait. Dis-lui...»*

Robert éclata en sanglots. Il sortit un mouchoir pour étouffer ce cri du cœur. La dame près de la tombe voisine s'était retournée. Elle l'avait regardé avec tant de tendresse qu'il en avait rougi. Elle imaginait, sans doute, le père qui ne s'était jamais remis de la perte de son enfant. Et il avait honte. Honte d'être là pour la première fois après toutes ces années. Honte d'avoir laissé ce bébé seul dans la noirceur du cimetière. Honte de n'être jamais venu lui dire qu'il le protégerait de sa présence. Repentant d'être là, sans excuses, devant la pierre tombale de son premier-né qu'il avait, un jour, renié. De sa voiture, Solange ne le quittait pas des yeux. Elle sentait qu'il souffrait. Non pas des douleurs du corps, mais de la brisure de l'âme. Elle le voyait pleurer et elle en était émue au point de détourner la tête. Mais elle était si heureuse de voir Robert, enfin agenouillé sur la tombe de ce petit être rejeté. Heureuse qu'il soit venu lui dire un mot d'amour avant de le rejoindre. Incapable de se relever, genoux trempés par la rosée encore fraîche, Robert Landreau avait les jambes soudées, à peine séparées par la terre, au cercueil de son enfant. Une signe de croix, une paupière essuyée de la manche et il lui murmura, entrouvrant les lèvres cette fois:

«Dors bien, mon petit ange et n'aie pas peur. D'ici peu de temps, je serai avec toi. Papa ne te quittera plus, je te le promets.

Et tu n'auras plus à faire de cauchemars puisque ton petit corps frêle dormira sur le mien. Je demanderai à maman de me déposer sous toi pour que tu puisses sentir le souffle de mon âme dans ton cou... Ce sera l'hiver, tu sais, ce sera froid, mais ne crains rien, cette fois, ton papa te réchauffera de son cœur. Parce que, même éteint, il aura encore de la chaleur pour toi. Dors bien, petit trésor, ne pleure plus, papa s'en vient...»

La tête entre les mains, Robert pleurait à chaudes larmes. Solange qui visionnait la scène s'était avancée doucement.

– Viens, Robert, tu te fais mal. Viens, tu vas empirer ton état.

Il se releva avec peine et, avant de partir, il saisit une fleur qu'il déposa dans le creux que ses genoux avaient formé dans l'herbe.

– Celle-là sera juste à la hauteur de son cœur, murmura-t-il.

– Viens, tu trembles, tu n'es pas bien...

– Je le serai, Solange, quand je serai à ses côtés. C'est ici que je veux être enterré. Avec lui pour toujours. Tu me le promets? On s'en est parlé, Guillaume et moi.

Il marcha de peine et de misère jusqu'à la voiture et le retour s'effectua dans un silence qui voulait tout dire. Bouleversé, incapable de s'ouvrir, Robert regardait les feuilles mortes et piétinées, bientôt ensevelies sous les neiges de l'hiver.

– Je suis heureux, Solange. Je me sens mieux. Je ne peux pas le jurer... mais je pense que le petit m'a souri.

Mercredi, 23 novembre, ô surprise! Première neige, présage de l'hiver à venir. Pas la tempête, mais un sol blanc. Très froid cependant avec ce vent qui soufflait à pleins poumons. Robert ne se sentait pas bien. Il frissonnait, il se cala dans son fauteuil, couverture de laine sur les épaules. Il dormait de plus en plus mal. Ses nuits étaient entrecoupées par des réveils constants. Il faisait des cauchemars; il se levait souvent. Malgré lui, même s'il avait déposé les armes, il avait peur de la nuit. Peur de la noirceur et de ces silences auxquels il s'était pourtant habitué. Et lorsque le jour paraissait, qu'il sentait la vie autour de lui, que Solange s'affairait, il se détendait et reprenait les heures de sommeil perdues. Tout comme l'enfant qui s'endort sans crainte quand sa mère veille sur son berceau. Solange le suivait des yeux sans cesse. Un œil sur son tricot, l'autre sur ses moindres gestes. Il le sentait, ça l'ennuyait, mais ça le rassurait.

— Tu as vu comme c'est beau ce tapis blanc? Une première neige, c'est toujours féerique, lui dit-elle en lui servant un café.

— Oui, mais les autres? La froidure de janvier?

— Je sais, je sais, mais ne m'enlève pas ma joie du moment. L'hiver, c'est si long quand…

Elle se retint. Elle avait presque oublié que pour lui…

— Ne te retiens pas tout le temps, Solange. Ce n'est pas parce que je m'en vais que tout s'arrête. Tu as les enfants, le petit Frédéric…

— Arrêtons, tu veux bien? Ne parlons pas de ces choses aujourd'hui.

Robert s'alluma une cigarette, grimaça de douleur à une crampe ressentie au mollet, reprit son souffle et lui demanda timidement:

— Dis-moi, tu as des nouvelles de Stéphane de temps en temps?

Solange, stupéfaite, n'osait le regarder en face. Depuis leur discorde à son sujet, jamais Robert n'avait reparlé de leur fils cadet.

— Stéphane? Oui, je lui ai parlé il y a deux jours.

— Il est au courant me concernant?

– Oui, je le lui ai appris. Il en est navré, profondément at-tristé.

– Il va bien, il travaille toujours avec…

– Oui, n'aie pas peur des mots, Robert. Il travaille toujours avec Michel Vauquelin et ils vivent ensemble, heureux, l'un pour l'autre. Ils ont même fait l'acquisition d'une troisième boutique de décoration. Ils sont allés visiter la Grèce, l'Italie… Stéphane m'appelle régulièrement.

Robert, songeur, ne savait par où commencer pour extirper cette douleur.

– Tu sais, je ne le juge plus. Non pas que je comprenne encore, mais je ne le juge pas. Plus maintenant, Solange. J'ai lu dans *Rodgers* que la base de la psychologie était de compren-dre. Je voudrais bien, ça viendra sans doute, mais j'ai quand même eu une prise de conscience.

– Que veux-tu dire?

– Qu'ils sont peut-être plus heureux ensemble qu'on a pu l'être tous les deux. Ce n'est pas parce qu'on est hétérosexuels…

– Heureuse de te l'entendre dire, parce que, avant tout, nous sommes tous des êtres humains. Avec nos forces et nos faibles-ses, nos succès et nos échecs. Si tu savais tous les couples dits «normaux» qui se déchirent, qui se…

– Tu as raison. N'en sommes-nous pas un peu la preuve?

– Ne revenons pas sur le sujet, je t'en prie. Plus maintenant. Tournons la page, Robert. Définitivement. Place à aujourd'hui, si tu veux bien. Tu sais, les couples marginaux ont aussi leur part de succès et d'échecs. Plusieurs ne vont pas loin ensemble et ça se comprend. Ils n'ont pas d'enfants en cause, eux, ils sont plus libres…

– Et pourtant, ça semble marcher pour Stéphane et son…

– Son ami, Robert, son compagnon. Je sais qu'il t'est diffi-cile de poser un nom sur la situation, mais ils sont bien ensem-ble, ils se complètent.

– Même avec la différence d'âge? Stéphane n'a jamais eu envie…

– De le plaquer pour un plus jeune? Non! C'est mal connaître ton fils que de lui prêter une telle intention. Entre deux hommes, il n'y a pas que la sexualité, Robert, il y a aussi le cœur. Tu sais, le physique… Ils ont des sentiments plus forts que bien des couples qui prétendent s'aimer éternellement. De plus, c'est lui qui me l'a avoué, ils ne se cachent rien. Ils dialoguent quand ça ne va pas, ils vont au fond des choses…

– Ce que nous n'avons jamais fait, toi et moi, murmura-t-il.

– Pas que nous, Robert, combien d'autres! Des couples de notre génération, des couples qui se mariaient… Et puis, changeons de sujet. Je t'ai dit que je ne voulais plus revenir en arrière. Cessons de penser à nous, tu veux bien? Pensons à eux, aux autres, à ceux qui nous survivront.

– Stéphane a-t-il manifesté le désir de me voir?

– Non, mais je sens qu'il n'attend que ton bon vouloir. Après cinq ans, tu sais, il ne viendra pas forcer la porte…

– Tu crois qu'il accepterait de venir… heu… sans lui?

– Il te connaît, tu sais. Bien sûr qu'il viendra sans lui. Jamais il ne t'imposera son ami. Sa vie n'est pas la tienne, il en est conscient. Ton fils n'est pas du genre à insister, tu devrais le savoir. Mais, revoir son père, lui parler, lui tendre la main…

Robert détourna la tête et murmura:

– On verra, Solange. Laisse-moi encore un peu de temps.

Le lendemain soir, Mylène était rentrée plus tôt que d'habitude. Sa mère qui avait des courses à faire avec Fabienne, l'avait priée d'être là, de ne pas laisser son père seul, mais de faire en sorte qu'il ne se rende pas compte que le coup avait été monté. Robert, encore fier, n'aurait jamais accepté que sa fille lui serve de gardienne. Il avait dit à Solange: «Sors, prends ton temps, il y a un film qui semble intéressant à la télévision et puis… j'ai

174

des papiers à mettre en ordre.» Mais, Solange refusait de le laisser seul. Serait-il arrivé quelque chose qu'elle se le serait reproché jusqu'à la fin de sa vie. Robert, fort intrigué de voir sa benjamine rentrer si tôt, lui demanda:

– Tu n'avais pas une soirée de prévue avec des amies, toi?

– Si, papa, mais elle a été annulée. Trois d'entre elles ont la grippe et la partie est remise à vendredi prochain.

Un pieux mensonge qui fut absous par le clin d'œil complice de sa mère.

Mylène soupa en silence pendant que son père tentait de s'intéresser au film qu'on présentait. Une sordide histoire de mœurs qui n'avait rien pour le sortir de l'apathie dans laquelle il se trouvait. Il sautait d'une chaîne à l'autre; il s'arrêta quelque peu sur un opéra, mais décida de fermer l'appareil lorsqu'il sentit que sa fille s'apprêtait à regagner sa chambre. Il ne voulait pas rater l'occasion de se rapprocher d'elle, de lui dire ce qu'il retenait au fond de son cœur depuis des années.

– Mylène, tu veux bien me préparer un café?

– Bien sûr, papa, sans sucre avec du lait écrémé?

– Oui, et si tu en prenais un avec moi, ça me ferait plaisir. J'aimerais bien causer avec toi, profiter de ce tête-à-tête si le cœur t'en dit.

Mylène, ravie et méfiante à la fois, s'exécuta et alla le rejoindre au salon. Pour détendre l'atmosphère, Robert faisait tourner en sourdine quelques valses de Chopin. Ce qu'il fallait pour feutrer les moments trop intenses.

– Tes études vont bien à ce que ta mère m'a dit. Je suis fier de voir que nous aurons une diplômée dans la famille. Non pas que je dénigre Claudie et Stéphane ou que je prétende qu'ils aient raté le bateau, mais sais-tu que tu seras la première Landreau à se faire tirer le portrait avec le mortier sur la tête?

Mylène souriait. Pour une fois, de bons mots, des compliments pour elle.

— Tu sais, Mylène, contrairement à ce que tu crois, je n'ai jamais eu de préférence. Tu m'es aussi chère et précieuse que Claudie…

— Je t'en prie, papa. Oublie le passé, pense à toi…

— Non, écoute-moi bien et laisse-moi m'ouvrir le cœur. J'ai agi comme si, j'en conviens, mais laisse-moi t'expliquer la raison de mon attitude. Je sais ce que ta mère a pu te dire et je ne lui en veux pas, mais il y a un revers à la médaille…

— Est-ce bien nécessaire, papa?

— Si, si, j'insiste. Je me dois d'être franc, d'être juste et de t'éclairer sur ce qui a provoqué cette distance entre toi et moi. Ta mère n'a pas tort quand elle me reproche d'avoir jeté mon dévolu sur Claudie; j'ai été inconscient, mais je n'ai pas pu faire autrement. Pour le bien-être de ta mère, je t'ai négligée et c'est toi, pauvre petite, qui en as souffert.

— Que veux-tu dire, papa?

— C'est une longue histoire. J'ai souvent songé à m'amender, à lui expliquer ce qui m'avait poussé à agir de la sorte, mais je n'ai jamais osé. C'eût été avouer ma faute et comme j'étais fier, peu porté à m'excuser, j'ai préféré me taire. Mais, comme tu as été la victime de mon entêtement, c'est à toi, Mylène, que je vais me dévoiler. Juste avant, sache, ma grande, que je t'ai toujours aimée. Autant que Claudie, mais en silence. Il était trop tard pour que je revienne sur mes pas.

— Je ne comprends toujours pas. Est-ce trop te demander…

— Non, non, j'y arrive. Il est grand temps que je me soulage de ce tourment. Écoute-moi et ne m'en veux surtout pas. Je n'aurais pas voulu que ce soit ainsi. C'est le hasard qui m'a rendu fautif…

— Papa, je t'en prie…

– Bon, voilà. Lorsque Claudie est née, je m'en suis emparé comme un voleur. Tellement que je l'ai ravie à sa mère. J'ai été ignoble, Mylène, mais cette enfant, je la voulais pour moi. Elle était belle, elle était dodue, une vraie poupée. Éprouvé par la perte de Guillaume, Dieu me pardonne, je suis devenu possessif, avare de tout partage, gourmand de son affection. J'étais à la maison trois fois par jour, je la prenais, je la cajolais. Je l'enlevais même des bras de sa mère pour qu'elle soit ma petite fille à moi. J'ai si bien fait et si mal fait à la fois, que Claudie refusait les caresses de sa mère pour se blottir dans mes bras. Je lui ai même appris à dire «papa» avant qu'elle ne prononce «maman». Je me suis emparé de ma «p'tite» sans même laisser de place, dans ce cadre, à l'affection de ta mère. Lorsque je partais, Claudie pleurait. Toute la journée parfois, pour retrouver le sourire dès que je rentrais. Ta pauvre mère, épuisée, meurtrie, a fini par s'en détacher pour me la laisser tout entière. Non pas qu'elle la négligeait, loin de là. Ta mère a été la meilleure mère qui soit pour ses enfants. Elle la soignait, voyait à ce qu'elle soit belle et en santé… pour son papa. Tu comprends? Elle avait fait son deuil des petits bras que la petite ne lui tendait pas. Comme elle a dû souffrir! J'ai été un monstre d'égoïsme, Mylène! Je n'aurai même pas assez de la fin d'une vie pour m'en repentir. Heureusement, le temps a fait que Claudie s'est rapprochée d'elle, mais quel être inhumain j'ai été de priver ainsi une mère des plus beaux moments, des plus belles années avec son enfant. Lorsque Stéphane est arrivé, inconsciemment, j'ai suivi le même stratagème. J'avais enfin le garçon que je désirais. En forme, beau, solide. Je n'ai pas délaissé la «p'tite» pour autant, c'était mon adoration. Mais, j'ai tenté de ravir un fils à sa mère. J'ai réussi tant bien que mal. Avec Stéphane, la tâche fut plus ardue. Un garçon, c'est très près de sa mère. Le petit l'aimait et il s'accrochait à ses jupes. Je crois aussi que ta mère m'a livré un combat cette fois. Avec raison, crois-moi. J'ai quand même réussi à m'emparer du fiston malgré lui. Je l'ai constaté beaucoup plus tard, tu comprends? Il me suivait parce qu'il me craignait. Pas d'emblée comme Claudie. Il se jetait dans mes bras parce qu'il voyait sa sœur le faire. Son petit cœur était pris entre deux feux. Il désirait, je le sentais, se blottir dans les bras de sa mère, mais il venait vers moi, influencé par l'attitude de Claudie. Plus exigeant envers lui, il répondait sans cesse: «Oui, papa» et je savais que ta mère en pleurait. Combien de fois l'ai-je surpris sur ses genoux, la tête appuyée sur un sein, calme, serein. Dès qu'il m'apercevait, il se levait. Comme s'il était en faute d'aimer sa mère. Et son regard n'était plus aussi tendre quand il montait sur mes genoux. De force et non de gré, voilà comment il m'a aimé, ton frère. C'était par peur et non par instinct qu'il quittait chaque fois les bras sa mère. Je l'ai compris dès le départ, mais j'insistais. J'en étais même rendu à le lui arracher rien qu'à le regarder, les sourcils froncés. Plus monstrueux, cherche-le, Mylène. Un enfant tenu par la peur et une femme qui se taisait par crainte, par insécurité, par effroi de tout perdre. Et j'ai compris beaucoup plus tard, trop tard, que Stéphane n'avait jamais été le «p'tit gars» à son père. Je t'épargne les détails, tu les connais.

— Papa, tu te fatigues, tu as des sueurs au front.

— Qu'importe, laisse-moi poursuivre, j'en ai encore la force. Je savais, je sentais qu'en ne pensant qu'à moi, je faisais du mal à ta mère. Je n'avouais pas mes torts, mais je sentais que j'en avais gros sur la conscience. D'autant plus que ta mère m'avait dit un soir: «Tu ne me laisses même pas être aimée de mes enfants. Je n'ai eu que Guillaume à moi, que lui, parce que...» et je l'avais interrompue. La brève réprimande m'arrivait tel un dard. Elle n'avait eu que lui parce qu'elle l'avait porté et qu'il... Je l'avais interrompue sachant que je ne pourrais me défendre. Claudie grandissait et je n'avais d'yeux que pour elle. Stéphane suivait, je le voulais, je l'aimais bien mon «p'tit gars», jusqu'au jour où ta mère m'a annoncé qu'elle était de nouveau enceinte. Et tu es née, Mylène. Sans même que j'aie un mot à dire sur le choix de ton prénom. J'avais fait si mal à ta mère que, durant sa grossesse, je m'étais juré que le prochain serait à elle. Fille ou garçon. À elle seule, en guise de réparation. Et j'ai tenu parole au détriment de tes sentiments. Tu me tendais parfois les bras, mais je te rendais vite à ta mère. Comme pour me faire pardonner de lui avoir volé les deux autres. Pour Claudie, c'était irréversible: elle ne jurait que par moi. J'ai donc fermé les yeux sur toi pour ne les ouvrir que sur elle. Mais, je te le jure, par abstinence et non par préférence. Car, si je m'étais écouté, je me serais emparé des trois sans même penser à ta mère. Comme si, en épouse soumise, elle n'était là que pour les faire et me les donner. Je t'ai sacrifiée, Mylène, pour le bien-être de ta mère. Je me suis privé de toi; je t'ai privée d'un père et, pour que tu sois moins seule, je me suis détaché de ton frère. Il est vrai que je partais avec Claudie, que je vous laissais derrière, mais je n'y pouvais rien. Je ne voulais plus blesser ta mère et j'étais incapable de retrouver le juste milieu. Elle m'a laissé Claudie pour s'emparer de plus en plus de vous deux. Un champ de bataille. Voilà ce qu'était la famille. Un duel constant. Voilà ce qu'était notre couple. Nous nous étions aimés, nous en étions à nous combattre. Elle, en silence, moi, armé jusqu'aux dents. Comme elle a dû pleurer, Mylène. Comme elle a dû pleurer ta mère. Fils unique, je ne connaissais rien à l'unité d'une famille. Elle, venant d'une famille unie, ne comprenait rien à ce carnage que je faisais avec la nôtre. Un désastre! Un naufrage! Voilà ce que j'ai fait de mon mariage, de mes enfants. Et le temps l'a vengée puisque je vous ai perdu tous les trois. Par ma faute, mea culpa. Oui, tous les trois, même

Claudie qui a fini par comprendre que le bonheur, ce n'était pas moi…

– Assez, papa, je ne veux pas en entendre davantage, tu remues des cendres…

Robert avait la larme à l'œil. À bout de souffle, il continuait:

– Mais je t'aimais, Mylène. Comme un père aime sa petite fille. Tu étais si jolie, si docile. Combien de fois ai-je voulu te prendre, t'étreindre, te dire que je t'aimais en t'embrassant, mais je me retenais. Je ne voulais pas que ta mère sente, en ces gestes, une menace. Elle avait perdu une fille, elle se devait de protéger l'autre. C'eût été la faire mourir que de tenter de te ravir, ne fût-ce qu'une fois ou deux. Ta mère t'avait en laisse… à cause de moi. Et tu as grandi dans l'envie, la jalousie et peut-être le mépris. À cause de moi, à cause du monstre que j'ai été envers ta mère et toi. Sans cesse avec elle, tu as eu droit à toutes ses confidences, à ses pleurs, à son chagrin. Comme tu as dû me haïr et comme tu as eu raison de le faire. Et je t'aimais, Mylène, comme je t'aime encore aujourd'hui. Sauf qu'avec les ans, j'étais devenu incapable de te le dire. L'aurais-je fait que ta mère aurait pu te dire: «Il ment.» Car, vois-tu, je n'ai jamais ouvert mon cœur sur ce malaise. Pas même à elle, honteux, perdant, d'avoir agi de la sorte. Mais sache que je t'aime, Mylène, et que je suis fier de toi. Sache que je t'ai toujours aimée et sache que je regrette, que je…

Il pleurait. Mylène était songeuse mais ses yeux étaient secs.

– Et ça t'a pris tout ce temps pour me le dire, papa?

Elle le toisait du regard. Avec tendresse et rancœur à la fois.

– Et comme tu vois, papa, Claudie a fini par retrouver une mère après avoir bénéficié d'un père. Je n'ai pas eu cette chance, moi. Stéphane non plus, papa. Nous avons eu tous deux quatorze, quinze et seize ans, sans que rien de tout ce que tu regrettes aujourd'hui ne se ressente. Sans que rien ne laisse espérer…

– J'aurais voulu… balbutia-t-il dans ses larmes.

Mylène, prise de compassion malgré ce qu'elle avait sur le cœur, lui suggéra avec douceur:

– Va, repose-toi, tu es agité. Tu désires un autre café?

Robert était perplexe. Attentive, secouée, Mylène était quand même restée de marbre.

– Tu m'as écouté? Tu as saisi, dis?

– Oui, papa, je comprends. J'avais d'ailleurs compris depuis longtemps.

Robert était inquiet. Mylène était-elle à ce point meurtrie qu'elle était devenue de glace? Elle ne s'était même pas informée de son état de santé. Aucune allusion à son départ imminent… Aucune émotion ou si peu, dans un souffle, à peine un instant. Elle avait tout compris, mais sa compréhension était, lui sembla-t-il, pleine de brèches. Se pouvait-il que la mort de son père lui soit une délivrance? Allait-elle renaître? Trouver sa joie de vivre quand il ne serait plus là? Elle n'avait ni ami ni amant. Que pensait-elle des hommes? Qu'ils étaient tous comme son père? Avait-elle grandi dans la haine du mâle face au maître? Robert se sentait coupable. Même si aucune réponse ne justifiait ses questions.

Et pourtant, elle aimait. En silence, muette comme sa mère dans la joie comme dans la tourmente. Un étudiant de son âge. Différent de son père. Un type dont elle parlerait à sa mère lorsque son père ne serait plus là. Jamais Robert ne saurait que sa fille était amoureuse. Pas de son vivant. On n'ouvre pas son cœur à celui qui n'a jamais ouvert ses bras. Mylène refusait ce partage. Mylène vivait, riait, souriait, mais secrètement, pour elle. Que pour elle.

– Je me sens mieux, je t'ai tout dit. Je sens que tu comprends. Puisses-tu seulement me pardonner.

– Papa, tu es épuisé, au bout de la corde. Tu ne devrais pas…

– Puis-je au moins te demander de m'embrasser, ma grande?

Elle le regarda. Curieusement. Avec des yeux dans lesquels se mêlaient la réticence et la compassion. Elle se leva, s'approcha de son fauteuil et déposa furtivement un baiser sur son front en lui murmurant:

– Tu devrais aller dormir, maintenant. Maman va rentrer.

Robert se sentit soulagé, pardonné, même si «sa grande», la benjamine de la famille, n'avait fait mention du doux pardon.

Il avait neigé toute la nuit. Une neige lourde qui, au matin, fondait pour laisser dans les rues un ruisseau dans lequel les enfants jouaient. Plus que deux jours et novembre allait céder sa place au mois des festivités. Lundi. Le jour de la semaine que Robert n'aimait pas. Celui où les gens s'en vont travailler, celui où les petits, sac au dos, regagnent les bancs d'école. Lundi, le jour où l'on s'ennuie de la veille, de la visite, du brouhaha, du souper en famille. Claudie était venue avec Jean-Yves et Frédéric; le petit avait épuisé son grand-père. Robert, malgré son peu de force, avait même accepté, à genoux, d'être son cheval de bois. Claudie, sa «p'tite», sa bien-aimée, était si belle dans son tailleur vert que son père en avait été ébloui. Ils avaient longuement causé tous les deux. De tout, sans trop s'attarder sur sa maladie. Elle lui avait certes parlé d'une dame qui, à l'aide de produits naturels, faisait des miracles. Il avait souri, hoché de la tête en lui disant: «Non, merci, tout ce que veulent ces charlatans, c'est notre argent.» Elle avait tenté une seconde fois de le convaincre de consulter, d'aller voir si le docteur Laurent ne pourrait pas… et il lui avait répliqué: «Il sera là quand j'aurai besoin de lui. Pouvons-nous parler d'autre chose, Claudie?» Elle avait soupiré, lui avait passé la main dans les cheveux, l'avait embrassé en lui disant: «J'aurai au moins essayé, papa. Juste essayé…»

Puis, ils avaient soupé. Mylène s'était jointe à eux et causait avec sa sœur des nouvelles méthodes dans le domaine de l'éducation. Cette dernière, peu intéressée, préférait l'entretenir des tendances de la mode. La robe qu'elle convoitait pour les Fêtes, le petit sac à main du soir qu'elle avait vu dans une boutique, les mèches blondes que lui suggérait Henri, son coiffeur. Et Mylène, perdant tout intérêt, s'évada de ces propos futiles en allant jouer avec l'enfant. Jean-Yves parlait à son beau-père de politique, des taux de change, de placements, mais ce dernier, ennuyé au plus haut point par les affaires, répondait évasivement à ses questions. Décidément, entre le beau-père et le gendre, l'harmonie n'était guère au diapason. Robert n'avait jamais rien trouvé… à lui dire.

En ce lundi, quelque peu déprimé, mal de tête, doigts qui fendillaient depuis quelques jours, jambes faibles, il était trop mal pour faire quoi que ce soit. La nuit avait été longue et brève à la fois. Les yeux ouverts, rivés au plafond, Robert Landreau avait vu mille et une choses défiler sur ce vaste écran. Et il avait eu peur. Comme chaque nuit depuis quelque temps. De ce silence, du souffle du vent, de l'absence, et de la fin de tout… la fin de rien. Un jus d'orange, une bouchée de croissant, pas même un café. Il avait mal à l'estomac, avoua-t-il, sans dire qu'il avait mal partout, que le rongeur lui tabassait le cou pour ensuite descendre jusqu'aux genoux.

— On dirait que l'hiver s'annonce, murmura Solange.

— Oui, un signe que les Fêtes approchent. As-tu pensé aux cadeaux du petit? Un ourson, un camion, un bas de Noël, peut-être?

— J'y verrai, ne crains rien. Nous avons encore du temps devant nous.

Songeur, Robert leva la tête en direction de Solange.

– Tu as eu des nouvelles de Stéphane, hier?

– Oui, il m'a téléphoné. Il s'informait de toi, de ta santé.

– J'aimerais le revoir, Solange. J'aimerais lui parler, l'avoir à notre table le dimanche. Ça fait cinq ans… Il doit avoir changé.

– Tu veux que je l'invite? Il n'attend qu'un mot de toi, tu sais.

– Oui, appelle-le, demande-lui de venir. Ce soir, si possible.

– Ce soir? Ils ont… il a peut-être quelque chose de prévu.

– Ce soir, demain, n'importe quand, mais dis-lui que j'aimerais qu'il passe.

– Tu veux être seul avec lui, je présume?

– Non, non, sois-là pour le recevoir. Invite-le à souper, même. Après, plus tard dans la soirée, laisse-le moi. J'ai des choses à régler avec lui… et ma conscience.

Dès que Robert éprouva le besoin d'une sieste, Solange s'empressa de téléphoner à Stéphane à son travail. Ce dernier, fort surpris de l'invitation, ne savait que répondre devant son ami qui, mine de rien, écoutait la conversation.

– Ce soir, maman? Si vite? J'avoue ne pas être prêt mentalement.

– Écoute, Stéphane, ton père n'en a pas pour longtemps. S'il fallait…

– Tu as raison, je ne me le pardonnerais pas. Depuis le temps que j'attends ce moment… Je viendrai, maman, même si je sens que je ne serai pas à l'aise.

– Tu n'as rien à craindre; ton père a beaucoup changé: il n'est plus le même.

– Bon, je serai là, mais pas pour le souper. Juste un café dans la soirée.

– Voilà qui va le rendre heureux. Ne sois pas surpris si je te laisse en tête-à-tête avec lui. Il me l'a demandé.

– Pourquoi? Pas pour des reproches, j'espère. Avec lui…

– Non, ne t'inquiète pas, il veut parler, te parler Stéphane. Ne lui dis surtout pas qu'il a maigri. Ne t'aventure à parler de son état de santé. Laisse-le aller, suis-le, tout viendra de lui, tu verras.

Stéphane raccrocha. Pensif, il regardait dans le vide; il fut tiré de son embarras par Michel Vauquelin qui le questionna.

– Ton père veut te voir, n'est-ce pas?

– Oui et ça m'inquiète. Il y a si longtemps…

– Vas-y, Stéphane, ne lui refuse pas cette joie. Un père, on n'en a qu'un, quel qu'il soit. Ce qui s'en vient pour lui n'est pas facile, tu sais. Il a l'intention de partir en paix, de revoir ceux qu'il aime…

– Est-ce vraiment le cas avec moi?

– N'en doute pas: un père, c'est un père. Et je sens que tu te meurs d'envie de le revoir. Peut-être qu'après cinq ans, il aura compris…

– Il n'a invité que moi, Michel, pas toi. Je me demande…

– C'est normal, voyons. Il veut revoir son fils, pas celui qui le lui a pris. Sa déception a été amère, souviens-toi. Il ne me porte pas dans son cœur, tu sais, et ce n'est pas à son âge qu'on va le convaincre qu'on est heureux, toi et moi. Ne le déçois pas, ne parle pas de nous. Ne tente pas d'avoir son approbation, laisse-le être lui-même. Dans son état, il a sûrement autre chose à te dire.

– Sans toi, Michel, je me demande bien ce que je ferais.

– Ne parle pas ainsi, mon petit, ce n'est que l'expérience de la vie. Tu vois? J'ai déjà des cheveux gris, moi!

Stéphane lui sourit, l'enlaça, l'embrassa sur la joue.

– Oui, je sais, tu es presque aussi vieux que lui!

– Je ne te le fais pas dire. Dans dix ans…

Stéphane lui mit un doigt sur la bouche et murmura:

– Chut! Je plaisantais. Pour moi, tu n'auras jamais d'âge!

Le soir venu, Stéphane se donnait un dernier coup de peigne. Complet bleu, chemise blanche, cravate de soie avec motifs, imperméable sur les épaules, il se regardait dans le miroir pendant que son ami, pyjama du soir, robe de chambre de prix, l'observait avec admiration.

– Tu es très beau. On dirait un homme d'affaires.

Stéphane sourit. Il était nerveux, anxieux, agité même.

– Ne t'en fais pas, tout se passera bien, tu verras… lui chuchota Michel.

– Je l'espère, mais ça m'angoisse. Après cinq ans, tu sais…

– Cesse de penser, cesse de t'en faire. Depuis le temps que tu songes à ces retrouvailles. Et là, c'est lui qui te demande, qui t'appelle.

– Tu as raison… Je suis bien? Pas trop «carte de mode»?

– Tu es exactement comme il t'espère. Sans doute comme lui dans le temps.

– Bon, je me sauve, mais attends-moi, je ne rentrerai pas tard. Dans son état, je doute que mon père étire la soirée.

– Prends tout le temps voulu, je t'attendrai. J'ai si hâte de savoir comment a été ta soirée. Tu crois que je vais dormir? Je vais regarder un film, deux s'il le faut, mais je serai debout lorsque tu rentreras.

Stéphane se pencha, prit la tête de son ami entre ses mains et l'embrassa sur les lèvres. Passionnément. Puis, reculant vers la porte, il lui souffla un second baiser de la main en lui disant: «Je t'aime. Si tu savais comme je t'aime!»

– Moi aussi, mon petit. Va, ne le fais pas attendre. Nous avons toute la vie, toi et moi. Et sois prudent, la chaussée est glissante.

C'est avec une certaine appréhension que Stéphane sonna à la porte de la maison familiale. Il avait hésité quelques instants, le temps de prendre une grande bouffée d'air. Tout comme le comédien qui a le trac avant le lever du rideau. Il y avait belle lurette qu'il s'était rendu à Vimont, sauf pour un saut de temps à autre, l'après-midi, quand son père n'était pas là et qu'il avait envie d'embrasser sa mère. Dès le tintement du carillon, Solange s'était précipitée. Souriante, heureuse de ce moment tant attendu.

– Stéphane! Entre vite, viens te défaire de ton imper.

– Bonsoir maman, lui dit-il en l'embrassant.

Imperméable enlevé, dernier regard dans le miroir et sa mère de lui dire:

– Comme tu es beau! Impeccable comme toujours! Ça va bien, toi?

– Oui, maman, très bien. Il… il est au salon?

– Oui, mais passe d'abord à la cuisine. Tu prendrais un bon café?

– À vrai dire, non. J'ai soupé, j'ai pris le café. Ne me fais pas attendre et m'énerver encore plus. Laisse-moi le voir. Il est déjà tard et, dans son état…

– Bon, va le rejoindre au salon. Il t'attend fébrilement lui aussi. Moi, je reste à l'écart. Si tu as besoin de quoi que ce soit, tu me fais signe.

Stéphane se dirigea vers le salon. Son père, assis de dos à la porte, ne l'avait pas entendu venir. Il écoutait de la musique, plongé dans un livre. Mais, percevant le souffle de son fils, il se retourna.

– Bonsoir papa, je peux entrer? Je ne te dérange pas?

Robert l'examina furtivement et s'empressa de lui répondre:

– Viens, prends ce fauteuil. Je suis si content de te voir.

Intimidés, confrontés l'un à l'autre, ils ne s'étaient même pas serré la main. Stéphane fut surpris par l'image qui s'offrait à lui. Son père, jadis robuste et fort bel homme, n'était plus que l'ombre de lui-même dans ce fauteuil devenu trop grand pour lui. Vêtu d'un pyjama, d'une robe de chambre, pas rasé depuis deux jours, il avait tout du spectre. Stéphane fit semblant de ne pas s'en apercevoir et n'en laissa rien paraître, même si son cœur n'avait fait qu'un bond. De son côté, Robert était fort surpris de la fière allure de son fiston. Cheveux jusqu'aux épaules, bouclés, une mèche rebelle sur le front, les traits parfaits, vêtu comme un prince, svelte, belle carrure, il retrouvait en son fils le jeune homme qu'il avait été jadis. La ressemblance était assez frappante sauf que Stéphane était encore plus beau. Parce qu'il avait dans le regard, la tendresse de sa mère.

– Heureux de te revoir. Tu as l'air en forme, mon fils. Quelle élégance!

– Merci papa, mais le plaisir est pour moi. Ça fait si longtemps…

Le malaise persistait. Comme si l'un ne savait que dire à l'autre.

– Je peux t'offrir un verre? J'ai encore tout ce qu'il faut.

– Un peu de rhum, mais ne bouge pas, je me sers. Je connais encore l'endroit, tu sais. Je t'offre quelque chose, papa?

– Non, j'ai un verre d'eau. Avec les médicaments, je ne peux rien prendre.

– Je vois. Et toi, papa, tu n'es pas bien n'est-ce pas? On me l'a appris; j'en suis navré… Mais, j'imagine que tu ne veux pas qu'on parle de ton état…

– Pour ce qu'on aurait à en dire… non, pas vraiment. Mais je ne suis pas amer, j'ai eu une bonne vie. Un jour ou l'autre, chacun son tour…

– Oui, mais aujourd'hui, avec le progrès de la science, les découvertes…

– Pour certains, oui, pas pour moi. Pas quand la fin est… Et puis, ne parlons pas de ça. Je ne t'ai pas demandé de venir ici pour nous apitoyer sur mon sort. J'avais tellement envie de te revoir.

Stéphane ne savait que dire. L'ambiance était lourde, son cœur battait la chamade. Il était là, devant son père, mais, après ces années, c'était comme si cet homme qu'il reconnaissait à peine était un étranger. Il buvait à petites gorgées. Un rhum pur, sans cola, n'était guère dans ses habitudes, mais il n'avait pas voulu déranger sa mère.

– Ta mère m'a dit que ça allait bien pour toi, que tu gagnais bien ta vie.

– Oui, aucun problème. Les affaires sont bonnes; j'ai ma voiture…

Il était de plus en plus mal à l'aise. Il craignait quelque chose, il était sur ses gardes.

– Et dans ta vie, heureux? Je veux dire, ta vie personnelle…

– Heu… oui, très heureux, répondit-il en regardant n'importe où sauf dans les yeux de son père.

– Allons, Stéphane, ne me fuis pas; il y a longtemps que j'ai compris. Je n'ai plus peur des mots, tu sais. L'important, c'est d'être heureux, de se sentir bien dans sa peau. Ce qui m'attriste, c'est de ne pas te l'avoir dit avant. Pourquoi faut-il que ce soit maintenant, à l'agonie…

– N'en parlons plus, papa. Ne laisse rien te bouleverser.

– Au contraire, parlons-en. Crois-tu que je t'ai invité pour te parler de la pluie et du beau temps ou de ma maladie? Il est temps pour moi de faire amende honorable. J'ai été dur avec toi, sans merci, sans ne rien vouloir comprendre. Si tu savais comme je regrette.

– C'est oublié, papa. Ce qui importe, c'est que nous soyons là tous les deux.

– Oui, mais toutes ces années, ce temps perdu à ne pas te voir, ce temps qu'on ne peut rattraper. Je donnerais je ne sais quoi pour revenir en arrière, agir en véritable père. J'ai été impitoyable envers toi…

Stéphane ne disait mot. Les larmes sur les joues de son père l'avaient paralysé d'émotion. Et, victime de ce même sentiment, une larme s'échappa de sa paupière.

– J'espère une chose, Stéphane, une seule, c'est que le bon Dieu va me pardonner. J'espère qu'il m'ouvrira son ciel car, depuis deux mois, ma conscience me fait vivre un véritable enfer. Je ne pensais jamais avoir autant à payer sur cette terre. Ce que j'expie dans mon cœur, c'est pire que le mal qui me ronge le corps.

– Allons, papa, ne te mets pas dans cet état.

– Laisse-moi parler à cœur ouvert, mon fils. Laisse-moi aller au bout de moi-même. Je ne m'en sentirai que mieux. Mes fautes, je les confesse une à une. Avec ta mère, avec Claudie, avec Mylène. Je ne te parlerai pas d'elles; je pense avoir réglé la note. Mais, ce soir, il me reste à me délivrer du remords envers toi. Après, j'aurai sans doute meilleure conscience, même si les mots d'un soir ne peuvent réparer les torts d'une existence. Je t'ai fait mal, je le sais. Beaucoup plus mal que le mal que j'endure présentement. Je t'ai empêché de vivre, d'être toi, de t'épanouir, d'être heureux. Pire, je t'ai renié. Peux-tu seulement savoir ce que ça peut faire au cœur quand on le réalise à la fin de sa vie? Je ne reviendrai pas sur tout ce que je t'ai fait, ça me ferait trop mal et ça risquerait de réveiller certaines blessures en toi. Tu sais, Stéphane, l'approche de la mort nous fait comprendre ce que la vie n'a pas su nous apprendre. Pourquoi faut-il que ce soit dans les derniers moments que l'on retrouve sa raison? C'est drôle, hein? Le cancer ronge le corps, et, en même temps, le cerveau se réveille. Il m'a fallu ce drame, cette condamnation, pour que je voie dans le miroir le monstre que j'ai été. Comme si l'annonce de la mort était, hélas, la dernière chance. J'aurais pu, bien avant, il y a longtemps…

– Papa, n'en dis pas plus, je me sens mal! J'ai le cœur serré, j'étouffe!

Ce cri du fils avait percé les quatre murs du salon. Parce que Stéphane, dans son appréhension, s'attendait à tout… sauf à voir pleurer son père.

Robert Landreau n'était plus aux yeux de son fils l'homme fort, le maître, le tyran, le bourreau. Il n'était qu'un être humain avec ses faiblesses. Comme celle de pleurer devant son fils, lui qui n'avait jamais versé une larme, pas même devant le cercueil de son défunt père. Stéphane n'avait plus devant les yeux ce père autoritaire, cet homme qui se tenait au-dessus de tout, qui l'avait traité de mauviette lorsqu'il avait appris que son fils délaissait le hockey. Et encore moins le monstre qui, d'un coup de pioche en plein cœur, l'avait traité de «tapette» lorsqu'il avait appris qu'il était amoureux… d'un autre homme. Il avait en ce jour, devant lui, l'être humain avec ses tripes, ses larmes, son âme et sa générosité. L'être qu'il aurait dû être toute sa vie. Le père qu'il aurait tant chéri, du même sang, qu'il aurait tant aimé. Et dire qu'une telle sensibilité était cachée sous une si dure carapace. Stéphane aurait donné sa vie pour vivre jadis un tel moment avec lui. Rejeté par ce père, il avait tant souffert, tant pleuré. Et c'est dans les bras d'un autre homme qu'il avait appris à aimer. Que de fois il avait dit à sa mère: «Si seulement papa m'avait serré sur son cœur. S'il m'avait aimé comme toi tu l'as fait, maman.» Bien sûr qu'il aurait aimé Michel tout autant. L'absence d'amour d'un père ne crée pas forcément le penchant. Stéphane était né avec son homosexualité. Comme d'autres avec un souffle au cœur ou un rein infecté. Mais, sans la moindre chance d'en guérir. L'homosexualité, il l'avait appris, n'était pas une maladie.

Oui, Stéphane aurait souhaité que son état d'âme ne soit pas si atroce à assumer. Il aurait aimé que son père comprenne au moment où il avait hésité entre… vivre ou mourir. Dans sa rage lors de l'aveu, son père lui avait crié: «Regarde à la télé tous ces pédés déguisés. Tu trouves ça normal, toi? Regarde-les manifester avec des brassières, des talons hauts, des boucles d'oreilles. Tu veux qu'on les accepte, ces tapettes? Tu veux qu'on leur donne les mêmes droits qu'obtiennent les gens qui, à la sueur de leur front, vivent dans les normes?» Stéphane avait tenté de lui dire: «C'est la minorité, papa. Ne juge pas sur ce que tu vois.» Et le père, courroucé, avait répliqué: «Va, fais-la ta vie! Va jouer à la roulette russe avec le sida. Va vivre avec ton vieux salaud! Embrasse une moustache, couche avec une queue!» Solange avait crié: «C'est assez! » et c'est là, dans sa terrible colère, que son père l'avait renié. Cinq ans s'étaient écoulés depuis le soir où Stéphane avait tant pleuré. Sans sursis, sans plaidoyer. Et là, devant les larmes de son père, il était bouleversé. Il aurait souhaité l'avoir aimé comme il l'aimait en ce moment. Toute sa vie et non… à l'agonie.

– Viens mon fils, viens mon petit, approche-toi de moi.

Stéphane sécha ses yeux, but d'un trait son doigt de rhum et alla s'installer, par terre, au pied de son père, le coude appuyé sur son genou. Robert lui passa la main dans les cheveux et lui murmura, le souffle entrecoupé par les sanglots:

– Peux-tu seulement me pardonner, Stéphane? Le peux-tu vraiment?

– Papa, ne me rends pas plus malheureux que je ne le suis…

– Non, loin de moi l'idée de te mettre à l'envers, mais j'ai besoin de savoir. Dis-moi que tu me pardonnes tout le mal que je t'ai fait. Dis-le moi Stéphane, si tu le penses vraiment.

– Mais oui, papa, du fond du cœur, je te pardonne. Avais-tu vraiment besoin de l'entendre? Ne suis-je pas venu te voir…

– Oui, j'avais besoin de l'entendre. De ta bouche, Stéphane. Ce n'est pas au jugement dernier qu'on obtient le pardon de son enfant. Mourir, ce n'est rien, tu sais. Pas quand on a dans le cœur une telle absolution. Ce qui est pire, c'est de partir avec dans sa valise qu'un repentir, qu'un acte de contrition. Qu'est-ce donc que le regret si on n'a pas le pardon…

– Tu as l'air fatigué, papa, tu t'es épuisé…

– Oui, c'est vrai, mais je vais bien dormir cette nuit. Beaucoup mieux qu'hier, mon p'tit gars.

– Puis-je faire quelque chose pour toi? J'ai des moments libres…

– Non, ça va, ta mère s'occupe de moi. Une chose me ferait plaisir cependant et ce serait de te voir à notre table au souper de Noël.

Stéphane hésitait à répondre et, constatant son embarras, Robert ajouta:

– Avec lui, Stéphane, avec ton ami.

Ils s'étaient fait l'accolade et Robert l'avait serré dans ses bras. Stéphane avait promis d'être là, de trancher la dinde, de prendre un bon verre de vin avec lui. Et son père avait ajouté:

– Si Dieu le veut, ce sera mon plus beau Noël en famille.

Épuisé, ayant lutté contre la douleur, le père s'était retiré dans sa chambre. Le combat du cœur lui avait fait oublier celui du corps. Mais le mal reprenait, sournois, dans sa jambe, dans son cou, dans son ventre. Il atteignit son lit, s'étendit, avala un calmant et s'endormit dans ses pleurs.

Resté seul, Stéphane s'empressa de rejoindre sa mère qui, discrète, s'était retirée dans sa chambre. Apercevant son fils qui essuyait une larme, elle se jeta dans ses bras.

– Pauvre enfant! Cher petit! Ça s'est bien passé, au moins?

– On ne peut mieux, maman. Papa n'est plus le même. Ça m'a remué jusqu'au fond de l'âme, et quel baume que sa main dans la mienne!

– Tu lui as dit que tu partais en voyage?

– Non, je lui ai promis d'être là à Noël.

– C'est lui qui te l'a demandé? Il t'a invité, Stéphane?

– Oui, maman… avec Michel.

De retour chez lui, Stéphane ne fut nullement surpris de voir Michel qui l'attendait en visionnant un film qu'il interrompit, anxieux de connaître le résultat des retrouvailles. Stéphane souriait, mais ses yeux trahissaient son émoi.

– Ça s'est bien déroulé? Pas malheureux de ta soirée?

Stéphane se jeta dans les bras de son ami et pleura à chaudes larmes sur sa poitrine. L'autre le consolait, en lui massant le cou, le dos.

— Allons, allons, qu'est-ce qui ne va pas?

— Promets-moi que tu ne me quitteras jamais, Michel.

— Quelle idée… Pourquoi cette crainte soudaine? C'est moi qui devrais être inquiet. J'ai vingt ans et quelques poussières de plus que toi, tu sais. Un jour, qui sait? Tu…

— Non, jamais! Toi et moi, c'est à la vie, à la mort! N'est-ce pas ce que l'on s'est juré? J'ai tellement peur, tellement peur de te perdre.

— Mais, dis-moi, bon Dieu, ce qui t'a mis dans un tel état? Tu as parlé de nous avec ton père? Que s'est-il passé, Stéphane?

— Rien en ce sens. Excuse-moi: je suis bouleversé, c'est tout. Si tu le voyais! Non, tu ne le connais même pas. Un moribond, Michel, ça m'a crevé le cœur. Il a été tendre; il a mis sa main dans la mienne; il m'a même demandé pardon. J'avais la chair de poule; je croyais rêver. Je ne sais comment j'ai fait pour ne pas éclater.

— Allons, calme-toi. Tu veux que je te verse une bière?

— Oui, si tu veux, ça me remettra, j'en ai grand besoin.

Stéphane se détacha de l'étreinte de son ami et ce dernier s'empressa de lui servir une bière. Puis, lui dénouant sa cravate, il le pria de s'asseoir, de reprendre son souffle, de se détendre.

— Tu crois qu'on pourrait annuler notre voyage, Michel?

— C'est que, oui, bien sûr… C'est si sérieux?

— Je m'en voudrais s'il partait pendant que je suis au loin. Et puis, après l'avoir vu, je serais incapable de m'amuser, de jouir de ces vacances. Je risquerais de gâcher les tiennes, Michel. Tu comprends?

— Bien sûr, on remettra ça à plus tard. Le Portugal sera encore là l'an prochain. Comment se sont déroulées les retrouvailles? Tu es encore tout secoué…

— C'est l'émotion, pardonne-moi, je me sens encore mal. Moi qui croyais que mon père ne m'aimait pas. Moi qui pensais ne jamais le revoir. C'est incroyable ce que sa maladie a pu le transformer. Je n'osais plus le quitter. Pour la première fois de ma vie, j'avais un père. Un véritable père avec des sentiments, Michel. Il avait dans les yeux une tristesse si profonde que j'avais peine à soutenir son regard. Il m'a invité pour le souper de Noël. Avec toi, Michel!

L'autre avait froncé les sourcils, penché la tête, puis avoué:

– Avec moi? Je ne sais pas… Est-ce vraiment du fond du cœur…

– Oui, je te l'assure. J'ai senti qu'il avait envie de te connaître, de rencontrer l'homme qui me rendait heureux, celui que j'aime…

– Ne sois pas si naïf, mon petit. Ne lui prête pas des pensées qui ne sont que les tiennes. Tu étais heureux, ravi qu'il pense à moi et c'est là que tu t'es inquiété pour nous deux? Ton euphorie a côtoyé la détresse? Tu as vraiment pensé…

– Je sais. Trop sensible comme dirait ma mère, mais que veux-tu… J'ai été rejeté par mon père, je le retrouve et voilà que je vais le perdre. Tu comprends? Je ne veux plus jamais perdre personne par la suite. Si ça m'arrivait, j'en mourrais. Tu comprends, Michel? Je t'aime…

– Je comprends, mon petit, mais dissipe cette angoisse. T'es-tu déjà demandé ce que moi je ferais sans toi? J'approche de la cinquantaine…

– Ne parle pas d'âge, je t'en supplie. Tu n'en as pas, toi. Je suis à toi depuis le premier jour. Aucun autre avant et jamais un autre après, je te le jure. Seule la mort nous séparera et je prie le ciel de partir avant toi. Je n'ai jamais été aussi heureux qu'avec toi. Je n'ai jamais aimé…

– Allons, allons, tu te mets dans un bien triste état. Calme-toi, mon petit, viens près de moi, pose ta tête sur mon épaule.

Tel un petit garçon en quête d'affection, Stéphane se blottit dans les bras de son ami. Sur sa joue, une larme. De la main, il caressait la poitrine velue de l'homme qu'il aimait. Puis, levant les yeux vers lui, il lui demanda affectueusement:

– Tu viendras à Noël, Michel? Tu seras là avec moi, dis?

– Si tu insistes, oui. Sèche tes larmes. Je serai toujours avec toi, mon petit.

«Mon petit», ce terme affectueux que Stéphane adorait. Comme l'adolescent qu'il était dans sa tête, comme l'enfant dans son cœur.

– Je suis si content d'avoir revu mon père, murmura-t-il.

– J'en suis heureux pour toi. Tu es fatigué, nous devrions aller nous coucher…

Stéphane leva la tête et de ses grands yeux de gamin demanda:

– Puis-je dormir blotti dans tes bras, tout contre toi, tes lèvres sur mes paupières, toute la nuit, Michel?

Chapitre 7

Gervaise Landreau s'inquiétait drôlement. Son fils ne lui donnait pas de signe de vie et elle recevait peu de nouvelles de la part de sa bru. Seule dans son vaste appartement, abattue, délaissée… Triste portrait de vieille dame. «Comment pouvait-on l'ignorer à ce point? Elle était de la famille, non?» songeait-elle. Noël qui venait, aucun projet, aucune invitation, du moins, pas encore. Et, comme tout être esseulé, elle s'affola. Craintive dans l'isolement de l'âge d'or, l'octogénaire composa le numéro de Claudie.

– Allô, Claudie? C'est ta grand-mère.

– Grand-mère! Comment allez-vous? Heureuse de vous parler.

– Vraiment? Ce ne sont pourtant pas les nouvelles qui affluent, ma petite fille.

– Que voulez-vous dire? Maman ne vous a pas parlé dernièrement?

– Oh, oui, mais si brièvement, que je ne sais rien de ce qui se passe. Ton père n'a même pas daigné prendre la ligne. Ça fait un mois que je n'ai pas entendu le son de sa voix.

– Allons, grand-mère, vous exagérez. Le temps ne passe pas si vite…

– Qu'importe le temps! Mon fils devrait m'appeler réguliè-rement. Quand on a du cœur, on n'oublie pas sa vieille mère.

– Tiens! Vous vous êtes levée du mauvais pied? Votre arthrite, sans doute?

– Non, mon arthrite se porte bien, ma chère! C'est le si-lence qui m'indispose. Depuis combien de temps n'es-tu pas venue visiter ta grand-mère, toi? Et ton petit, quand donc vais-je le revoir? Le jour de sa confirmation?

– Grand-mère, s'il vous plaît, ne vous en prenez pas à moi. Papa a tellement besoin de nous de ce temps-ci.

– De vous autres et pas de sa mère, si je comprends bien!

– Pour l'amour, quelle mouche vous pique? Je ne vous ai jamais vue dans un tel état. Papa ne remonte pas la côte si c'est là ce que vous désirez savoir. Sa fatigue le mine; il est intolé-rant, maman est éprouvée…

La grand-mère se mit à pleurer, puis, se mouchant, elle chan-gea de ton.

– Pardonne-moi, Claudie, mais je suis dans tous mes états. Je suis seule, sans nouvelles, et je m'emporte. Je ne devrais pas, je sais que vous prenez bien soin de lui, mais je suis sa mère, je désespère…

Et Gervaise se remit à pleurer de plus belle. Avec tant de peine que Claudie comprit qu'elle souffrait et qu'elle avait be-soin d'appui.

– Grand-mère, ne pleurez pas; ça me brise le cœur. Vous avez raison, papa ne devrait pas vous laisser dans l'anxiété. Je vais lui parler; je vais demander à maman de vous donner de ses nouvelles chaque jour, je vous le promets. En attendant, que diriez-vous de me voir arriver chez vous avec le petit?

– Oh, Claudie! Tu ferais cela? Ce serait pour moi le para-dis. Je me sens si seule, si loin de vous. Je comprends ce que vous traversez, mais pourquoi ton père ne réagit-il pas? Une fatigue chronique, ce n'est pas une opération à cœur ouvert! Ça ne lui ressemble guère de ne pas se remettre plus vite que ça. Il a peut-être besoin d'être bousculé, mon p'tit gars! Je l'ai secoué maintes fois, tu sais. A-t-on idée de traîner un tel malaise sans même s'aider? Ça ne...

— Grand-mère, s'il vous plaît, ne vous en mêlez pas. C'est nous qui absorberons les coups plus tard. Pensez à maman, à Mylène, elles partagent son quotidien et ce n'est pas toujours facile, croyez-moi. Laissez-le nous, grand-mère, vous avez fait votre part autrefois. Si ce n'est que la solitude qui vous tourmente, je vais vous la meubler, moi! Vous verrez qu'avec le petit, vous ne vous ennuierez pas. Il a le diable au corps, ce garnement. Et si le cœur vous en dit, pourquoi ne pas passer la fin de semaine avec nous? Jean-Yves en serait très content...

— Non, non, pas un tel dérangement. Vous avez votre vie, votre enfant. La grand-mère en plus? Non, Claudie, merci quand même, mais ta charmante visite me suffira. Avec toi pour quelques heures, j'aurai l'impression d'être avec ton père. Vous vous ressemblez tant.

— Bon, j'enfile un manteau, j'habille Frédéric et j'arrive. Mais je vous préviens, vous allez apprécier votre tranquillité après notre visite.

— Arrive avec ce petit chenapan! Je suis certaine que c'est un petit ange. Et puis, il est temps qu'il apprenne qu'il a une arrière-grand-mère, cet enfant-là!

Claudie avait téléphoné à sa mère. Lui expliquant le désarroi de Gervaise, sa mère avait murmuré: «Pauvre vieille... elle a raison. On la laisse dans son coin et son fils unique se meurt. Ce n'est pas charitable; je vais parler à ton père, Claudie. D'ici là, occupe-toi d'elle si tu veux bien. Aucune mère sur terre ne mérite un sort pareil.» Elle tenta de persuader Robert, mais ce dernier, troublé, refusait de meurtrir le cœur de sa mère en lui apprenant la triste nouvelle.

— Tôt ou tard, il faudra bien qu'elle sache, tu ne crois pas?

— Oui, Solange, mais le plus tard sera le mieux. Une telle révélation serait un long calvaire pour elle. Attendons encore un peu, si tu veux…

— Mais elle se morfond, elle pleure… Si au moins tu la rassurais. On ne peut pas laisser sa mère à l'écart d'une telle situation. C'est l'éprouver davantage, pire que de lui avouer la vérité. C'est ta mère, Robert.

— Je sais, tu n'as pas tort, et je vais l'appeler, la rassurer. Mais pour rien au monde, je ne voudrais qu'elle sache. Pas pour l'instant. Ça la tuerait, Solange.

Lundi, 5 décembre 1994. Il pleut à boire debout. Quelle drôle de température, quelle triste journée. Surtout pour celui qui s'est levé mal en point après avoir passé la nuit à jongler, à se détériorer, à prendre des calmants pour oublier ce mal persistant dans le dos, dans les jambes, dans les jointures des doigts dont la peau fendillait au moindre effort. Robert avait la mine basse. Et cette pluie avivait son désarroi. Cette pluie qu'il imaginait, tombant à verse sur la pierre tombale de son petit ange, bientôt la sienne. Cette toute petite pierre qui, il l'avait constaté, avait juste assez de place pour un autre nom, le sien. «Quel maudit temps!» s'écria-t-il en grommelant. Solange comprit que la nuit avait été dure et que la journée n'allait pas être facile.

— Tu as encore de tes anti-inflammatoires? demanda-t-il à sa femme. Ça pourrait peut-être me soulager…

Gardant son calme, elle avait répondu:

— Pourquoi ne pas appeler le docteur Laurent? On ne prend pas n'importe quoi comme ça et… il est peut-être temps de te soulager de ces douleurs. Tu sais, les tranquillisants, ça fait dormir, mais de là à soulager le mal, j'ai des doutes.

Il avait réfléchi, baissé la tête, grimacé en dépliant sa jambe et répondu:

– Non, pas pour l'instant. J'aime mieux endurer et garder toute ma tête. Je tiens à voir Noël les yeux grand ouverts, pas dans les vapeurs de la drogue. Après, on avisera, pas avant.

Il avait la tête dure, mais Solange n'ajouta rien. Elle comprenait que son mari voulait fêter son dernier Noël avec son cœur, nonobstant la douleur. Et il avait de la résistance, l'invincible d'autrefois. Même dans les durs moments, il ne se plaignait pas. Il suait la nuit, il aurait parfois voulu crier quand la douleur lui traversait le corps comme un poignard, mais il se retenait. Solange se devait de dormir, de se reposer, elle qui, jour après jour, veillait sur lui. De l'Aspirine, du Valium, le Lectopam, le Tylénol, tout ce qui lui passait sous la main, mais jamais une plainte. Même quand le mal le figeait d'effroi en partant de l'épaule pour descendre au mollet.

Il passa la journée à dormir. Il avait du sommeil à rattraper et comme c'était lundi, il ne tenait pas tellement à vivre cette journée. Solange avait peine à le voir souffrir. Il s'était assoupi sur le divan du salon et, l'observant, elle pouvait voir surgir aux commissures des lèvres, un rictus causé par la douleur quand ce n'était pas une hideuse grimace. Il s'était réveillé en sursaut et elle l'avait entendu s'exclamer: «Shit... de marde!» en se frottant le bras. Puis, comme si de rien n'était, il lui avait souri en lui demandant sous un faux prétexte:

– Tu voudrais bien me faire un café et une rôtie avec de la confiture?

Elle avait froncé les sourcils.

– Que ça, Robert? Tu n'as rien avalé de la journée. Tu dois refaire tes forces.

Il avait maugréé:

– Je n'ai pas faim, je n'ai pas d'appétit. Je ne suis quand même pas pour me forcer. Et puis, est-il possible d'être plus maigre que je le suis?

Elle n'avait pas insisté. Ce n'était vraiment pas sa journée. Et celle qui allait suivre n'allait guère être mieux. Robert souffrait tellement qu'il endormait son mal à coups de sédatifs et de somnifères. Dormir, dormir, ne serait-ce qu'une heure. Tel était son désir quand il sentait qu'en lui le rongeur s'éveillait après un court répit. Enfin, le 7, le mercredi, le pire était passé. Comme si le mal avait décidé de lui laisser reprendre ses forces pour mieux récidiver. Il avait lu; il avait tourné en rond; il n'avait guère parlé, peu dormi. Il craignait que durant une sieste le cancer ne se réveille. Le soir venu, avec Solange, devant le téléviseur, il avait pitonné sans cesse. Si souvent qu'elle en était irritée, mais elle ne le laissa pas paraître. Il se brancha sur une émission qui lui semblait assez sérieuse pour l'intéresser, mais après trois minutes, il changea vite de chaîne. On y parlait de dépression. Lui qui sombrait, qui se battait, qui luttait contre cet effet de la maladie.

– Pourquoi ne regardes-tu pas une chaîne anglaise? On présente un gala en l'honneur du président Clinton et de son épouse. Céline Dion sera parmi les invités. Tu l'aimes bien cette jeune chanteuse, non?

– Ouais, dans quelques chansons d'amour, mais ce n'est pas elle qui me fera oublier Dalida. Je préfère les voix graves. Tu te rappelles Barbara?

– Oui, oui, Barbara, Eva, Juliette Gréco, Édith Piaf… mais c'était à une autre époque. Les chanteuses d'aujourd'hui ont la voix plus claire…

— Non, plus criarde et c'est ce qui m'agace. Et les textes ne veulent rien dire. Quand on a connu Brel, Aznavour, Adamo, Ferrat, Léveillée, Ferland et…

— Dalida! Oui, je sais! Même si elle n'était qu'une interprète, celle-là. Remarque que je n'ai jamais compris ton engouement pour elle… Mais le passé a fait place au présent, Robert.

— Et je te le laisse, Solange. J'aime encore mieux mes vieux microsillons que ces petits disques compacts que tu achètes pour être à la mode. Je suis fatigué, je vais me coucher. À toi, monsieur Clinton et ses invités.

Solange restée seule était songeuse. Se pouvait-il, qu'à deux pas du trépas, on veuille entendre chanter les morts? Parce qu'on va les rejoindre? Elle en avait le frisson. Se pouvait-il qu'on se nourrisse ainsi que du passé? Elle en eut la conviction lorsqu'elle entendit de la chambre de son mari, la voix de Joe Dassin. C'est elle qui dut se rendre fermer le tourne-disque. Emporté par les balades, Robert dormait d'un sommeil profond et l'aiguille était restée accrochée dans une encoche du disque, sur le même mot d'une chanson.

Jeudi à l'aube, un tapis blanc. Il avait neigé toute la nuit. Robert qui avait eu à combattre son mal le mercredi, s'était levé de meilleure forme ce matin. Comme si la neige, par magie, l'avait regaillardi. Il était même de bonne humeur, chose rare dans son état, répit pour Solange. Mylène était déjà partie. Un examen de première heure. On ne la voyait guère ces derniers temps. Le nez dans les livres, elle étudiait minutieusement. La fourchette dans une main, le stylo dans l'autre. Robert s'en rendait compte. Ses études… avant lui! Jamais un mot sauf un «bonsoir papa» comme s'il ne souffrait que d'une migraine. Il sentait qu'avec elle la partie n'était pas gagnée. Elle s'entretenait avec sa mère, mais, dès qu'il apparaissait, elle s'esquivait. Non pas qu'elle était indifférente, mais elle ne savait quoi lui dire. Indulgent, sans même chercher la cause, il se disait: «Elle a sans doute mieux à faire que de voir son père avec une face de carême.» Et pourtant, il faisait des efforts. Il lui souriait, elle lui rendait son sourire, puis elle se réfugiait dans ses livres. Au point que Robert, aussi compréhensif qu'il tentait d'être, s'interrogeait. Sa benjamine avait-elle saisi la portée profonde de leur dialogue? Avait-elle pardonné? Il se rappelait qu'elle était partie sans rien dire. Tout comme sa mère, jadis, à défaut de s'ouvrir.

Seul avec Solange, le nez dans un album de photos jaunies par le temps, il sombrait dans la nostalgie. Sa femme tricotait, il furetait, tournait les pages et, devant une photo en noir et blanc retenue par quatre coins collés, il lui murmura:

– Regarde, nous n'étions pas encore mariés. Tu te souviens? C'était lors de notre première soirée où nous étions allés danser. C'était au Mocambo, je crois, la danse, le show, la crème de menthe que tu aimais. Regarde, tu portais une crinoline, des talons hauts. Dieu que tu étais belle, Solange. Les gars te reluquaient, j'étais jaloux…

– C'est bien loin tout ça. Ta jolie fleur a fané, n'est-ce pas?

– Oh, non! Tu es encore belle, tu sais. Moins jeune, mais toujours aussi belle. Et là, regarde! Quel beau couple nous formions le jour de notre mariage.

– C'est vrai et j'étais si heureuse… Le temps était frais, mais à ton bras…

Sans porter attention à la remarque plus que tendre, il s'écria:

– Vois! Sur la photo de groupe. Regarde Fabienne! Les épaules larges, on dirait celles d'un gendarme.

– Robert, voilà qui n'est guère gentil pour elle.

– Avoue qu'elle a changé, qu'elle est devenue mince, plus femme…

Puis, refermant l'album, les yeux encore dans les souvenirs, il lui demanda:

– Tu te souviens de nos samedis au cinéma? C'était un rituel. Première rangée du balcon qu'on appelait «les loges» au *Palace*. Le long métrage, le restaurant, la *coconut cream pie* que j'aimais tant et toi, ton *banana split*. Tu te souviens du premier film qu'on était allé voir ensemble? C'était avec Audrey Hepburn, je ne me rappelle plus du titre…

– Moi non plus, il a coulé tellement d'eau sous les ponts depuis et on a tellement vu de films… C'est de cette façon que j'ai appris l'anglais, tu sais. Tu avais horreur des films français, même si j'avais un faible pour Jean Gabin et Alain Delon. Mais tes goûts passaient avant les miens, il me fallait te suivre même quand on présentait des films d'horreur. Tu te souviens de la fois où j'ai crié de peur? Un film terrible avec Vincent Price. J'ai fait sursauter le balcon. J'étais rouge de honte.

– Tu étais tellement peureuse. Ce n'était que du cinéma…

– J'aimais les films romantiques, les comédies musicales.

– Oui, je sais et je ne pliais pas. J'imposais et tu te taisais. Vois-tu? C'est maintenant que je réalise que je ne pensais qu'à moi. Ah, Solange, je n'ai que des regrets. Mon Dieu que j'étais égoïste!

– Comme tous les hommes, Robert. Du moins, ceux de ton époque. Le fait de payer, de sortir sa blonde donnait tous les droits, et elle n'avait qu'à suivre sans rien dire.

– On a quand même eu du bon temps. Rappelle-toi de la *Casa Loma,* des «shows» à *La Feuille d'Érable* que nous regardions trois fois. Alys Robi, Louvain, la danseuse Taïka… Tu te souviens de notre table tout près de la scène quand Luis Mariano est venu chanter au *Faisan Bleu* ? Ça m'avait coûté un bras. Et nous dansions si bien tous les deux. Nous faisions l'envie des autres, on nous admirait. Dans un tango, toi et moi, c'était Valentino et Helena Domingues. Et lorsque Fabienne sortait ses disques de Carlos Ramirez, elle n'en revenait pas. La rhumba, la samba, les *slows* joue contre joue. Combien de fois avons-nous dansé, collés, amoureux, sur *La Première Étoile* de Mireille Mathieu quand on organisait un *party*? Le disque était si usé qu'il nous a fallu en acheter un autre. Ah, que de souvenirs, Solange. C'est si loin, et pourtant, il me semble que c'est hier pour moi…

Il rouvrit l'album, le feuilleta et s'écria:

– Regarde, regarde celle-là. On était à l'*Hôtel Central*. Tu te souviens de Gilles et Madeleine? Je me demande bien ce qu'ils sont devenus, ces deux-là.

– Envolés, comme plusieurs autres. Tu changeais d'amis comme de chemise, toi.

– Sans doute parce qu'ils ne voulaient plus rien dire pour nous…

– Non, pour toi, Robert. Et je n'avais pas d'autre choix que de les rayer de mon carnet d'adresses.

Robert nageait dans l'euphorie. Sans même percevoir les reproches.

– Tiens, le mariage de ta sœur Marielle. Tu te souviens de Paul et Jacqueline? Un couple qui n'a pas fait long feu…

– Elle s'est remariée avec quelqu'un de mieux.

– Ah, c'était l'bon temps. Quelles belles années! Je n'avais que toi dans le cœur. Pourquoi a-t-il fallu…

Il s'arrêta net, mais malgré son trouble, Solange enchaîna:

– Que ça se détériore? Oui, pourquoi? Le mariage sans doute? Dès lors, fini le bon temps avec moi. C'est avec tes amis que tu sortais. Les effeuilleuses du *Café Roméo*, le *Rockliffe*, les autres femmes…

– Nous étions jeunes, nous étions fous, nous étions saouls…

– Oui et nous les femmes… sobres! Nous vous attendions avec les enfants.

Robert sortit de sa nostalgie. Comme s'il avait reçu un coup de masse sur la tête, il se rendit compte que Solange allait remuer les cendres.

– Mais, je n'aimais que toi, je te le jure. Je n'ai toujours aimé que toi. Jamais une autre ne m'a fait oublier celle que j'avais choisie.

– Allons, Robert, pas même pour une nuit?

– J'ai butiné, peut-être, mais je ne t'ai jamais trompée. Pas au sens profond du verbe en tout cas. Pas ivre-mort, titubant, écrasé sur un lit… Encore aujourd'hui, je n'aime que toi. Et ce n'est pas à deux pas de partir que je vais te mentir. Nous avons eu des accrocs, certes, comme tous les couples, mais je n'ai aimé que toi, Solange, sur mon honneur.

– À ta façon, j'imagine, à ta manière, mais passons, veux-tu? Nous avons vidé le sujet, tourné la page. Quelle bêtise d'y revenir.

– J'ose espérer que tu me crois… Je partirais bien malheureux…

– Je te crois, tu le sais, sens-toi rassuré. Tu n'as aimé que moi, mais je n'ai jamais compris… Au fait, tu voudrais que je te prépare quelque chose? Tu n'as encore rien avalé.

– Oui, pourquoi pas? J'ai gagné un peu d'appétit. Une salade au poulet, peut-être? Oui, pourquoi pas! Avec un petit pain de blé entier.

Robert avait accepté l'invitation pour s'éloigner de la pente dangereuse. Un calendrier de plus et c'était les années dures, les années creuses, l'indifférence, les absences, la vie aventureuse. Il avait préféré refermer l'album sur les derniers succès sur disque de Rosemary Clooney, sur l'arrivée d'Elvis Presley.

Car si *Le tango des roses* n'avait été que pour elle, le rock'n'roll en avait fait danser bien d'autres. Et, ces années, Robert ne voulait pas les raviver. De peur que, cette fois, Solange creuse sa fosse en le pointant du doigt.

Un dîner vite avalé, des pilules pour contrer les attaques sournoises, et Solange se rendit compte qu'il boitait. La jambe gauche avait peine à suivre la droite en équilibre. Il se cramponnait à une chaise, rejoignait l'autre.

– Qu'as-tu? Tu as de la difficulté à marcher. Des douleurs?

– Non, non, J'ai été trop longtemps assis. La circulation ne se fait pas. Ce fauteuil me coupe le genou. Sais pas…

– Il te faudrait un peu plus d'exercice. Tu ne sors pas, tu ne mets jamais le nez dehors.

– Il fait froid, Solange, et j'ai peur de casser en deux.

– Allons donc, je ne parle pas de faire du jogging mais d'une petite marche avec moi, le tour du carré, quoi! Tu ne vas même plus louer tes films et le club vidéo n'est qu'à un coin de rue.

– Les gens me dévisagent, ils posent des questions. Pas facile de dire que ça va bien avec la tête que j'ai. Les voisins chuchotent entre eux… Non, je n'ai plus envie de voir personne.

– Bon, libre à toi, mais je persiste à dire que ça te ferait du bien.

Robert préféra changer de sujet, éviter que Solange replonge dans ses remontrances. Il avait l'impression qu'elle s'habituait à sa maladie. Elle n'agissait plus comme la femme d'un homme qui va mourir. Elle avait de ces petites rechutes verbales. La fatigue, sans doute.

– Dis donc, tu as pensé au souper de Noël? Comment ça va se passer tout ça? Pas trop de monde, j'espère?

– J'aurais souhaité une grande réunion familiale, mais dans ton état, j'ai opté pour le minimum. Ta mère, Claudie, Jean-Yves et le petit, Mylène, Stéphane et son ami.

– Ah, oui, j'oubliais. Je l'ai invité, celui-là...

– Pourquoi «celui-là»? Tu ne vas quand même pas changer d'idée?

– Non, non, mais n'empêche que ce sera le seul étranger.

– Pour toi, Robert, pas pour nous. Nous avons tous rencontré Michel Vauquelin. Un homme charmant, tu verras, et pas tout à fait un étranger puisqu'il partage la vie de Stéphane depuis cinq ans.

Robert n'osa rien ajouter. Il acceptait la situation et, selon lui, il la comprenait, mais de là à la vivre ne serait-ce qu'une journée...

– Les enfants aimeraient savoir ce que tu désires en guise de cadeau.

– Bah, rien de spécial. Que veux-tu que je leur demande?

– Il y a bien quelque chose que tu aimerais? Pense un peu, aide-les.

– Peut-être une veste de laine. Chaude, boutonnée. J'ai déjà froid en décembre. Imagine ce que ce sera avec les tempêtes de janvier. Ce n'est pas que la maison n'est pas chauffée, mais avec le carburant qu'il me reste, j'ai froid même sous mes couvertures. Oh! j'y pense! Il y a aussi autre chose qui me plairait. Le gars du vidéo m'a dit qu'on vendait de plus en plus de vieux films sur cassette. Si quelqu'un pouvait en trouver, je ne détesterais pas un film ou deux de Rita Hayworth. Elle a toujours été ma préférée. Quelle belle femme elle était... Tu te souviens de son film *Gilda* avec Glenn Ford? Oui, ça me plairait d'avoir de ses films, celui-là en particulier.

– Voilà qui serait une bonne suggestion pour Stéphane. Son ami est un collectionneur de films anciens. Il connaît les endroits où on les vend. Mais, ceci mis à part, que puis-je t'offrir, moi? Et Mylène?

— Toi? Ta présence me suffit. Le don de toi est mon plus beau cadeau.

Solange sentit une émotion lui parcourir l'échine.

— Soyons terre à terre, Robert, j'aimerais t'offrir un présent. Mylène est très embarrassée également.

— Bah, une petite surprise, un petit rien, quelque chose à déballer au pied du sapin. Non, vraiment, je ne sais pas…

— Rien dont tu n'aies vraiment besoin?

— Non, non, répondit-il impatiemment. Rien de spécial. Je ne suis tout de même pas pour vous demander de la morphine!

Mylène rentra très tard cette nuit-là. Elle avait garé sa petite Honda, était entrée sur la pointe des pieds de peur de réveiller, mais sa mère qui ne dormait pas chuchota:

— C'est toi, Mylène? J'étais inquiète, les rues ne sont pas sûres…

— Pas encore couchée, maman?

— Non, je lisais. Ton père dort, mais moi, tant que tu n'es pas là…

— Voyons! Vas-tu m'attendre ainsi jusqu'à mes trente-cinq ans? Je ne suis plus une enfant, maman. Il faudra t'y habituer, désormais.

— Tu es allée au restaurant? À moins qu'une réunion…

— Non, trêve de questions, j'ai ma vie moi aussi. Et comme tu sembles vouloir tout savoir, j'ai un ami, maman.

— Quoi? Oh! comme je suis heureuse! Tu l'as rencontré à l'université?

— Oui, mais ne m'en demande pas plus pour l'instant.

— Allons, nous sommes si proches l'une de l'autre. Tu le connais depuis longtemps?

– Heu… oui, quelque temps. Un type charmant.

– Petite cachotière! Et tu ne me l'as pas encore présenté?

– Je n'y tiens pas, maman. Plus tard, peut-être, si ça devient sérieux.

– Tu pourrais l'inviter à Noël, ton père serait si fier…

– Justement, je n'y tiens pas. En voilà un que papa ne connaîtra pas.

Solange avait frémi. Mylène avait lancé cette dernière phrase d'un ton presque insolent. Comme si elle était sûre que son père allait mourir. Comme si rien, pas même un miracle, ne pouvait le retenir. Et ces mots lancés avec un tel sang-froid, un tel désintéressement…

– C'est assez cruel ce que tu viens de dire là, ma fille.

– Non, réaliste, maman. Tu ne penses tout de même pas que ses calmants vont lui sauver la vie, non? Allons, reviens sur terre, maman. Il est condamné, il ne passera pas l'hiver.

– Mylène!

– Quoi? On a encore peur de s'exprimer dans cette maison? On a peur de regarder la vérité en face? Est-ce si cruel de se rendre à l'évidence, d'accepter, de prévoir? Papa n'est plus que l'ombre de lui-même. Réveille-toi, maman! Vois les choses comme elles sont. Son état est irrémédiable..

– Peut-être, mais tant qu'il y a de la vie…

– Oui, je connais l'adage, mais dans son cas, c'est un mirage.

– Raison de plus pour adoucir ses jours. Si ton ami venait…

– Non, n'y compte pas! Mon ami sera le seul que papa n'aura pas connu, le seul qu'il n'aura pas diminué, abaissé. Tu as vu comment il a traité Jean-Yves depuis qu'il a marié Claudie? C'est à peine s'il lui adresse la parole et pourtant Jean-Yves est un bon gars. Non merci, je ne tiens pas à ce que mon ami soit regardé de haut, jugé, passé au tamis puis méprisé. Je connais trop mon père.

– C'est drôle, Mylène, mais j'ai l'impression que tu n'aimes pas ton père, que son départ qui te semble imminent te laisse froide. Vous avez pourtant parlé tous les deux.

– Bien sûr, maman, après vingt-deux ans! Non, tu as tort. Ce n'est pas que je n'aime pas papa. Tu veux que je te dise le fond de ma pensée? Soit! Papa abuse de la situation. Parce qu'il est malade, parce qu'il nous a dit qu'il était fini, il faudrait que nous soyons tous à quatre pattes devant lui!

– Mylène! Il va mourir!

– Oui, je sais, mais ce n'est pas parce qu'il arrive à la fin de sa vie que, pour les autres, tout s'oublie. Je n'ai rien contre lui, maman, je suis consciente de son état, mais je ne ressens rien. J'ai beau faire des efforts; je ne ressens rien. Je ne suis tout de même pas pour faire semblant de pleurer pour être de la famille. Je me suis posé des questions, je me suis demandé pourquoi je n'étais pas touchée comme les autres et je n'ai pas trouvé de réponse. J'ai parlé avec lui, je l'ai écouté et j'ai été incapable de pleurer. Comme si ses bonnes intentions, comme si ses regrets ne m'atteignaient plus, maman. J'ai tout fait pour ressentir quelque chose, et je n'ai rien senti. Le voir malade me désole, mais je ne sais comment t'expliquer, je… je reste de marbre. J'ai pitié de lui, mais de la même façon que j'aurais pitié d'un étranger. Je ne le connais pas, maman. Il n'a jamais été là pour moi. Il m'a donné la vie puis il m'a foutue dans tes bras. Il me l'a dit, maman. Il a agi de cette façon pour que l'un de tes enfants t'appartienne. Sans même penser que, pendant ce temps, une petite fille était privée de l'amour de son père. C'est toi que j'ai appris à aimer, maman, pas lui. Quand il rentrait, je me cachais sous ton tablier, rappelle-toi. J'avais hâte de le voir partir avec Claudie pour être seule avec toi, toute à toi. Parce que la grande sœur avait l'affection des deux, elle. Son père et sa mère. Moi, je n'avais que toi, maman. Si, toi tu étais dans son état, j'en pleurerais jour et nuit. Je serais brisée, anéantie, parce que je t'aime, maman. Comprends-tu? Je t'aime parce que tu m'as appris à t'aimer, pas lui!

Solange était stupéfaite. Mais, du fond de son cœur, elle comprenait. Mylène ne ressentait rien face à lui et, au rappel du passé, elle ne pouvait la condamner. Elle même avait failli ne pas être touchée bien que, au gré de ses souvenances, elle l'avait aimé et il l'avait aimée. Elle n'osait le confesser cependant. Mais l'aveu de sa fille lui ouvrait les yeux. Ils s'étaient battus tous deux, très égoïstement pour la possession des enfants. Et Mylène, benjamine, en avait payé l'addition. Sa mère ne savait que dire…

– Pourtant, Stéphane…

– Stéphane a le cœur tendre, maman. J'aimerais être comme lui, être pourvue de tous ses bons sentiments, mais je ne les ai pas. Je donnerais je ne sais quoi pour être comme lui, mais ce n'est pas mon cas, maman. Je pourrais feindre, je pourrais mentir… Remarque que je le fais. Maladroitement peut-être, mais je le fais. Surtout lorsqu'il me regarde d'un air sceptique… Papa n'est pas un sot. Dans sa nouvelle philosophie, il étudie ce qui l'entoure, il ressent les choses et les êtres. C'est sans doute là un don du ciel qu'obtiennent les mourants. Il me surveille, il m'a à l'œil, je sens qu'il réalise que je ne suis pas de tout cœur avec lui. Je m'y efforce, mais je ne peux pas, maman.

Mylène était secouée. Une larme perlait au coin de sa paupière.

– Ne serait-ce que par compassion, Mylène.

– Ne t'inquiète pas, j'en ai, maman. Je ferai tout en sorte pour ne pas envenimer ses derniers jours. Je ne suis pas un monstre, maman! J'essaierai d'ouvrir mon cœur, je ferai tout mon possible pour qu'il parte en paix, mais je suis incapable de pleurer. J'ai essayé… ça ne vient pas. Quand il m'arrive d'avoir une larme, c'est à toi que je pense, maman. À toi qui t'es donnée, qui as tout sacrifié…

– Nous avons quand même eu nos bons jours, tu sais…

– Oui, maman, toi, tu peux être indulgente. Ne serait-ce qu'au nom de l'amour, aussi lointain soit-il. Toi, tu peux, mais moi, je n'ai aucun souvenir.

– Bon, ne parlons plus de tout ça. Va te coucher. Je n'aurais pas dû…

– Non, tu as bien fait d'ouvrir ce chapitre. Si tu savais comme ça me fait du bien de m'ouvrir le cœur moi aussi. Et je n'ai que toi pour le faire.

Solange prit sa fille dans ses bras, l'étreignit, versa des larmes.

– Ma petite, ma chère petite, si tu savais comme je t'aime. Ce que l'on s'est dit restera entre nous, tu veux bien? Je serai toujours là pour toi. Il est temps que tu sois heureuse, Mylène. Il est grandement temps qu'un sourire illumine ton visage. Il est bien ce type au moins?

– Un don du ciel, maman. Un homme comme il ne s'en fait pas.

Dimanche, un autre tapis blanc et le déneigeur était venu déblayer l'entrée du garage et l'escalier. «L'hiver prend de la force», avait murmuré Robert. «Déjà? Il sera long…» avait répliqué Solange. En début d'après-midi, Claudie, Jean-Yves et le petit étaient arrivés, ravis de voir l'enfant s'attarder, ramasser de la neige, la lancer dans les airs et la recevoir sur la tête. Dans sa candeur, rien, même le froid, ne pouvait faire obstacle à sa joie. Solange avait décidé de monter le sapin, de le garnir, avec l'aide du petit Frédéric qui lui tendait les boules; peu après, il jouait avec le petit Jésus qu'on allait déposer dans la crèche. Robert regardait son petit-fils donner du fil à retordre à sa femme et esquissait un sourire. Se tournant vers Claudie, il lui dit:

– Ah! Si seulement c'était à refaire… Je pense que j'ai manqué le meilleur d'un enfant. C'est fou comme je m'amuserais avec lui, cette fois, si j'étais son père…

– Le lot de tous les grands-pères, papa. Quand on n'a qu'à les choyer, on leur passe tous leurs caprices. Tu t'émerveilles chaque fois que tu le vois, mais à longueur de journée, ce n'est pas la même histoire. Demande à Jean-Yves.

– Je suis certain qu'il est un meilleur père que je l'ai été. Les temps ont changé et je les vois, ces jeunes pères d'aujourd'hui. Ils sont plus près de leurs enfants. Ils ont un instinct paternel que nous n'avions pas.

– Non, ce n'est pas que ça, papa, c'est le partage qui s'est manifesté. Dans ton temps, les femmes étaient à la maison avec tout sur les bras, même les enfants. De nos jours, comme les mères travaillent, un juste partage est né et, en plus de s'occuper des petits, les maris font la vaisselle, la lessive, le ménage. Pour l'instant, je ne travaille pas, mais lorsque je reprendrai le boulot, Jean-Yves aura décroché son brevet dans l'art de mettre la main à la pâte.

– Tu comptes retourner travailler, Claudie?

– Bien sûr, papa. Quand on a pris goût à la vie de bureau, à l'esprit d'équipe, à l'échange avec les autres, on n'a guère envie d'être une femme au foyer à temps plein.

– Pas sûr de ça, moi. Les femmes, les mères…

– Dans les années cinquante, papa, plus maintenant. Je ne tiens pas…

Elle s'arrêta, mais son père, intuitif, poursuivit:

– À avoir la vie de ta mère? C'est ce que tu voulais dire, n'est-ce pas?

– Pas seulement la sienne, mais celle des femmes de sa génération. Oui, voilà ce que je voulais dire. Autres temps, autres mœurs, papa.

Claudie était allée au secours de sa mère qui ne contrôlait plus son petit bout d'chou qui dévissait les lumières du sapin et qui éparpillait la paille de la crèche. Resté seul avec son gendre, Robert lui demanda:

— Tu désires prendre une bière? Ne te gêne pas, sers-toi.

— Non merci, monsieur Landreau, pas pour le moment.

— Tu travailles fort, Jean-Yves? Encore du temps supplémentaire?

— Il le faut bien. La maison, le petit…

— Encore un peu de temps et vous n'aurez plus de problème. Du moins, avec la maison.

— Ne parlez pas comme ça. De toute façon, on s'arrange assez bien.

— Je ne te l'ai jamais dit, Jean-Yves, mais sais-tu que tu es un maudit bon gars? L'aurais-je voulu que je n'aurais pas pu mieux choisir pour ma fille.

— Merci du compliment, mais faut dire que Claudie est extraordinaire.

— Une perle, Jean-Yves! Je t'ai donné la perle de mon écrin.

— Oui, je sais, je n'aurais pu espérer mieux. Vous avez de bonnes filles, monsieur Landreau. Mylène est également une charmante jeune fille.

— Oui, mais ce n'est pas Claudie. Elle est plus hargneuse, plus distante. Bonne fille, oui, mais avec le caractère de sa mère. Et têtue à part ça. J'aurais tellement souhaité qu'elle soit aussi féminine, aussi attrayante que sa grande sœur. Faut croire que la coquetterie n'est pas donnée à toutes.

— Mylène a quand même un beau genre. Claudie est très belle, super élégante, mais elle coûte pas mal cher à habiller, votre fille!

Jean-Yves avant lancé la blague en riant, mais Robert de répondre:

– Ne t'en plains pas. C'est de cette façon qu'une femme demeure la maîtresse de son mari. Il y en a tellement qui se laissent aller, qui s'imaginent qu'avec la bague au doigt, tout est réglé. Une femme intelligente comme Claudie, ça ne court pas les rues, tu sais. Regarde-là! As-tu vu une vedette de la télévision plus belle qu'elle, toi? Sois à la hauteur, Jean-Yves, tu es privilégié, tu as un joyau entre les mains.

– Je sais, monsieur Landreau, et, ne craignez rien, j'en prends soin.

– Pour ça, aucun doute. Claudie semble heureuse avec toi.

– Je fais tout mon possible. Je n'ai pas les moyens de la gâter comme vous le faisiez, mais elle ne s'en plaint pas. Faut croire que j'ai d'autres qualités. Là, si elle le voulait, nous aurions un autre enfant.

– Elle ne veut pas? Elle n'y tient pas?

– Pas sûr… Je pense qu'elle en a plein les bras avec Frédéric.

– Et elle a bien raison. Un p'tit diable comme celui-là, ça prend de la place. Et puis compte-toi chanceux. La grossesse déforme le corps d'une femme, ce qui n'a pas été son cas. Avec un autre enfant, qui sait?

– Bah! je l'aimerais tout autant. Vous savez, moi, la taille…

– Toi, oui, mais elle? Elle a de la fierté, ma fille. Elle est orgueilleuse.

– Pas à ce point-là. À la maison, elle est bien ordinaire. C'est quand elle vient vous voir qu'elle se met sur son trente et un. Pour ne pas vous déplaire, monsieur Landreau. Vous l'examinez des pieds jusqu'à la tête.

– Elle te l'a dit?

– Non, mais je m'en rends compte. Sa garde-robe de luxe, c'est pour vous. À la maison, sans être négligée, elle n'a pas les ongles vernis. Je sens qu'elle met tout en œuvre quand elle vient vous voir. Elle ne voudrait pour rien au monde vous décevoir.

— Petite bougresse! Et toi, ça ne te plaît pas de la voir comme une princesse?

— Je la trouve belle, c'est vrai, mais je l'aime pour son cœur, ses qualités, sa simplicité. En *jeans* avec une queue de cheval, c'est aussi beau pour moi. J'aime Claudie même quand elle se lève, cheveux défaits, sans maquillage. Je dirais même que ça m'arrange parce que moi…

— Oui, je sais, ce n'est pas l'élégance qui t'étouffe, toi! Oh! excuse-moi, j'ai dit ça à la blague, sans arrière-pensée.

— Pas d'offense, monsieur Landreau. À chacun ses qualités et ses défauts.

— Je n'ai pas toujours été le beau-père aimable que tu souhaitais, pas vrai?

— Pas grave, c'est la fille que j'ai épousée.

Il avait lancé la boutade en riant, mais Robert en avait été contrarié. Mal vus étaient ceux aux yeux de qui il pouvait rester indifférent. En guise de représailles, il lui servit la phrase clé, sa flèche:

— T'a-t-elle déjà dit que je lui avais trouvé un avocat avant toi?

Et, Jean-Yves, même s'il sentait la moutarde lui monter au nez, répondit avec tact:

— Oui, oui, un médecin aussi, mais n'empêche que c'est moi qu'elle a choisi.

Réalisant que la conversation risquait de tourner au vinaigre, Robert préféra se taire. Pour Claudie, pour le petit. Le gendre, quelque peu mal à l'aise de son audace, bifurqua et demanda à son beau-père.

— Et si moi je vous offrais une bière? Ça vous est permis, non?

– Rien ne m'est interdit, mon garçon. C'est moi qui décide, mais pour l'instant, je préfère aller m'étendre un peu. Tu diras à ma femme de me réveiller avant le souper. Je veux jouer avec le petit avant qu'il ne s'endorme dans les bras de Claudie.

Robert se leva et quitta en boitant ce gendre qu'il s'efforçait d'apprécier. Sans même le saluer, le laissant là de but en blanc. «Comment a-t-elle pu épouser un gars comme ça!», pensa-t-il en se dirigeant vers sa chambre. «Un prolétaire! Un gars du peuple, sans grande instruction, sans charisme et même pas beau à part ça! Qu'a-t-elle pu lui trouver? Bon mari, peut-être, mais je ne peux pas comprendre qu'elle puisse dormir amoureusement à ses côtés. Quand je pense à ce que j'aurais pu lui décrocher! Elle a sans doute voulu me tenir tête, la p'tite. Elle en avait assez que je décide pour elle.» Puis, dans son cœur qu'enjoignait sa raison, un propos plus décent. «De quoi j'me mêle! Si elle l'aime? C'est quand même pas un mauvais gars.» Le drame de Robert Landreau avait toujours été que sa Claudie ne soit pas la femme d'un richissime millionnaire qui l'aurait luxueusement entretenue. Car, selon lui, même si ce n'était pas le cas, c'était pour le contrarier qu'elle avait marié… un tout nu!

Chapitre 8

— Robert, c'est ta mère au téléphone. Elle insiste pour te parler, lui dit Solange, alors qu'il déjeunait d'un croissant en fouinant dans un journal.

Il fronça les sourcils, mais, d'un regard tendre, sa femme insista.

– Allô, maman?

– Robert! Enfin! Tu me négliges comme ce n'est pas possible. Je me fais du mauvais sang, je m'inquiète, tu m'ignores, je suis sans nouvelles…

Il l'interrompit pour lui dire avec douceur:

– Chère maman! Comme si je ne pensais pas à toi souvent! À cause de mes médicaments, je dors beaucoup et, lorsque je suis debout, c'est toi qui es au lit.

– Je veux bien le croire, mais ne viens pas me dire que tu dors du matin jusqu'au soir. Je suis une lève-tôt, moi. Tu aurais pu m'appeler…

– Maman, maman, je m'excuse. Je m'excuse humblement. J'ai eu tort, j'en conviens, mais je m'occupe aussi du bureau. Oh, très peu, de loin, mais ça me demande un tel effort. Je sais que ce n'est pas là une raison, mais essaie de me comprendre. Avec ces damnés tranquillisants, il m'arrive d'oublier le temps, de ne plus avoir toute ma tête.

— Es-tu sûr que ça t'aide, ces trucs-là, mon p'tit gars? Moi, j'ai toujours dit que les calmants, ça nous rendait plus bas. Rappelle-toi lorsque ton père est mort. J'ai failli tomber en dépression avec ce qu'on me faisait avaler. Es-tu sûr que ton médecin sait ce qu'il fait? Pourquoi ne vas-tu pas en consulter un autre? Un psychologue, peut-être? C'est pas normal, Robert, tu ne remontes pas la côte. J'en parlais avec Claudie, mais elle, qu'est-ce qu'elle connaît de ces choses-là à son âge? Tu sais, mon expérience…

— Maman, je t'en prie, c'est toi qui t'énerves, là. Pense à ta haute pression. Il n'est pas bon pour toi de t'alarmer de la sorte.

— Je sais que je dois éviter les émotions, que j'ai le cœur fragile, mais avoue que tu ne m'épargnes guère avec ta façon…

— Maman, maman, pardonne-moi, je ne voudrais pour rien au monde…

— Bon, puisque je t'ai enfin au bout du fil, parlons d'autre chose, veux-tu? Dis-moi, tu as des chances de te sortir de ce *burnout*, au moins?

— Bien sûr, ce n'est qu'une question de temps. Je remonte la pente, tu sais, demande à Solange. De jour en jour, ça s'améliore. D'ici un mois ou deux, je serai de retour au travail; je le sens, je me connais.

— J'ai tellement hâte de te revoir sur pied. Je n'ai que toi…

— Cesse de toujours dire ça, maman. Tu as une grande famille; il n'y a pas que moi. Solange et les enfants font partie de ta vie eux aussi.

— Oui, je sais, mais la grand-mère, ce n'est pas toujours celle qu'on veut voir dans le décor. J'ai tellement peur d'être encombrante. Avec toi, je n'ai pas cette gêne; tu sais, une mère qui n'a qu'un fils…

— Oui, je sais, maman, je comprends, mais les enfants t'aiment tellement. Claudie est allée te voir avec le petit? Tu as passé de bons moments?

– Oui, oui, il est adorable, cet enfant-là. Espiègle, mais si beau. Claudie a été bien fine de venir me rendre visite, mais ce n'est pas comme si je te voyais, toi. Tu m'appelais tous les jours, tu t'occupais de moi.

– Oui et je vais recommencer à le faire, ne crains rien. Le temps de me remettre… Et puis, encore quelques jours et nous serons tous ensemble pour le souper de Noël. Ce sera la première fois depuis longtemps que la famille entière sera réunie.

– La famille entière? Tu veux dire que…

– Oui, Stéphane sera là. Il est venu me voir. On a discuté. Ce fut un beau moment.

– Comme je suis heureuse! Ce cher enfant! Il était si désemparé. Je ne t'en parlais pas, mais je le souhaitais. Tu sais, pour ne rien te cacher, il a toujours été mon préféré celui-là. Moi, mon petit Stéphane… Remarque que j'adore autant Mylène et Claudie, mais ce petit-fils… Il te ressemble tellement physiquement. Il est venu me rendre visite plusieurs fois, mais je n'osais pas te le dire. Ah! comme je suis contente de savoir qu'il sera là.

– Oui, et avec son ami, maman.

Gervaise, dans sa stupeur, murmura à peine, comme si elle avait peur d'être entendue:

– Un homme charmant. Je l'ai rencontré une fois. Bien élevé, à part ça.

Robert n'osa renchérir sur cette dernière phrase et demanda:

– Que pourrait-on t'offrir comme présent, maman? Solange se creuse la tête, moi aussi…

– J'ai tout ce qu'il me faut. Que votre amour et votre affection, rien de plus. Et peut-être une boîte de chocolats. Je suis encore gourmande, ajouta-t-elle en ricanant.

– Bon, bien, on va arranger tout ça, maman.

– Et toi? Quelque chose que ta vieille mère pourrait t'offrir?

– Non, mais comme je sais que tu n'arriveras pas les mains vides, peut-être qu'un livre… Tu sais qu'on a réimprimé de vieux classiques? J'aimerais relire *Le Père Goriot* de Balzac. On le vend chez Garneau, je crois.

– Que ça? Ça ne me coûtera pas cher, mon p'tit gars.

– Avec ta tendresse et ton affection. Voilà qui n'a pas de prix, maman.

Un vent très doux en cette veille de Noël. Pas un flocon au sol sauf à quelques endroits; des rares traces de la dernière tombée. Seul avec Solange qui emballait les cadeaux… c'était le calme plat. On tournait, bien sûr, à la radio, les cantiques de Noël, des chansons plus commerciales et même *L'Enfant au Tambour* que René Simard avait enregistré avec les Disciples de Massenet en 1973, alors qu'il avait à peine douze ans. Douce nostalgie! Robert écoutait cette voix venue du ciel et se revoyait à l'époque, avec les microsillons du petit prodige sous le bras. Ce petit rossignol avait été l'idole de sa Claudie.

Solange avait la main à la pâte. Elle se préparait pour le lendemain. Le festin se devait d'être à la hauteur des invités. Robert la regardait et son cœur était triste. Loin du jour présent, il voguait dans l'euphorie de ses Noëls d'antan. Il se revoyait dans sa vingtaine en train de préparer le réveillon qui se déroulait chez Solange. Marielle qui lui disait: «Tu as besoin de me faire danser ce soir» alors que Solange, possessive, répliquait: «Toi, lâche mon chum et va t'en trouver un.» Ils avaient fêté toute la nuit. Jusqu'à ce que l'aiguille du phono soit usée. Il avait bu, il s'était endormi, vêtu, sur le lit de sa bien-aimée, complet dernier cri froissé, le *Brylcreem* des cheveux imbibé par l'oreiller. Puis, quelques années plus tard, les réveillons avec les enfants. La *Barbie* de Claudie, le camion de pompier de Stéphane, le petit cheval berçant pour Mylène. Solange, belle comme une reine, portait les anneaux d'or 18 carats qu'il lui avait offerts dans un écrin superbe. La bière, le vin, la tourtière, Jean Dubord avec sa Thérèse et ses fistons, Fabienne, Marielle et son vieux mari… Ah! que d'images, que de souvenirs, quand le corps et le cœur s'offrent une valse… dans l'agonie.

Robert souffrait. Il avait peine à remuer le bras tellement la douleur était intense. Un calmant, un onguent inutile. Il aurait voulu hurler. Solange le suivait des yeux. Comme il devait être brutal, ce mal qui le rongeait. Impuissante, triste, démunie, elle lui suggéra tout doucement:

– Tu devrais te coucher tôt ce soir. Demain, la journée ne sera pas facile pour toi.

– Je verrai, je verrai… je suis écœuré d'être toujours couché. C'est pire lorsque je suis inerte. La douleur se répand partout et je passe la nuit debout. Je verrai, mais ne t'en fais pas pour moi. Tu comptes aller à la messe de minuit avec Mylène?

– Non, plus tôt, pour les cantiques, pour prier… mais je ne veux pas me coucher tard. J'ai tout emballé, j'ai cuisiné toute la journée…

Robert la regardait, il avait le cœur au bord des lèvres. On pouvait discerner une larme accrochée au coin de l'œil. Solange le remarqua.

– Tu souffres, n'est-ce pas? C'est une mauvaise journée?

– Non, non, ça peut aller. J'en ai vu d'autres, des pires que celle-là.

Elle s'approcha, se pencha au pied de son mari et lui demanda:

– Qu'est-ce donc alors? Pourquoi cette tristesse dans tes yeux?

Il la regarda. Sur sa joue, la larme accrochée avait glissé. Suivie de plusieurs autres. D'une voix éteinte, il murmura:

– C'est mon dernier Noël, Solange. J'y pense et ça me fait pleurer.

– Allons, comme s'il était écrit que…

– Mon dernier Noël, insista-t-il. Le dernier à être parmi vous, à fêter avec vous. Le dernier à partager avec toi, avec les enfants, avec mon petit-fils. J'ai une boule dans la gorge… Je m'étais pourtant préparé mentalement, mais là, dans le silence, avec ces chants, l'odeur de ta cuisson, le tic tac de l'horloge, ça me chavire, ça me met à l'envers. Je fais des efforts pour n'en rien laisser paraître, mais j'ai mal, Solange. J'ai le mal des sentiments. Un mal pire que celui de ma jambe ou de l'estomac. J'ai mal à mes émotions.

Solange pleurait; elle lui massait doucement le bras.

– Je ne pensais jamais en arriver à pouvoir te dire tout ça, mais ces pilules, leurs effets… J'avais le vin triste autrefois, tu t'en souviens? Mais là, c'est le cœur qui se vide. J'aimerais arriver au fond, mais c'est comme s'il se remplissait au fur et à mesure de mes angoisses. Et ça ne me ressemble pas, moi qui étais si fort jadis.

– Non, si fier, Robert. Par orgueil, tu n'as jamais rien laissé sortir. Mais tu es un être humain, un être entier, avec ses joies, ses peines, son désarroi…

– Oui, je sais, je me suis trop retenu. Trop longtemps. Pourquoi, bon Dieu?

– Parce que tu fais partie de ces hommes à qui l'on a appris à tout combattre. Tu n'es pas le seul, hélas. Ce qui me peine, c'est qu'il faut qu'on en soit arrivé là pour être capable de se parler. Que de temps perdu… Celui d'une vie, Robert.

– Je sais, je me haïs, je m'en veux… Maudits hommes qui n'ont jamais appris à pleurer! Jusqu'à ce que la fin nous redonne un cœur d'enfant.

– Ne te tourmente pas, n'y pense pas, ne laisse pas ce Noël te mettre dans un tel état. Demain, les enfants, ta mère… Il te faudra être fort, Robert. Comme jadis, avec sang-froid, pour que la joie…

– Ne crains rien, j'ai encore ce semblant de force dans les veines. Je veux que ce soit pour tous un Noël dont on se souviendra. Ma dernière cène à moi, quoi!

– Si toutefois, tu ne te sens pas bien, si c'est trop, si tu n'es plus capable…

– Non, je tiendrai jusqu'au bout. Un Landreau ne courbe pas l'échine. D'autant plus que ma mère sera présente. Prépare-toi, Solange, la noirceur est déjà là.

– Et toi, que feras-tu pendant notre absence? Tu préfères que je reste avec toi?

– Non, surtout pas. Va avec Mylène. Quand je suis seul, les morceaux se replacent dans ma tête. Il y a du patinage artistique à la télé; ça va me changer les idées. Ça va me permettre de m'évader, je vais arrêter de jongler.

Lorsque Solange et Mylène rentrèrent après avoir assisté à la messe et prié pour Robert, elles trouvèrent ce dernier endormi dans son fauteuil préféré. À la télévision, les patineurs s'exhibaient pour les murs du salon. Fatigué, à bout, Robert n'avait pas tenu le coup. Mylène s'était retirée dans sa chambre et Solange, avec tendresse, secoua délicatement son mari.

– Tu veux te rendre jusqu'à ta chambre?

Il ouvrit les yeux, lui sourit et répondit:

– Déjà revenues? Oui, je vais aller me coucher. J'ai abusé de mes forces aujourd'hui.

Elle le soutint. Il boitait de plus en plus. Il s'étendit sur son lit et, sans même se départir de ses vêtements, il s'endormit tel un enfant. Chemin faisant, il avait cru noter que Solange avait les yeux rougis. À l'église, le nez dans son missel, elle avait pleuré à l'insu de sa fille. Au moment où les chantres entamaient *Adeste Fideles* et qu'elle se revoyait, trente ans plus tôt, jeune mariée, agenouillée, avec, à ses côtés, Robert... qui l'aimait.

Un temps si beau, si doux, en ce matin du 25 décembre 1994, que l'esprit des Fêtes n'était guère à l'honneur. Du moins pour Robert qui avait dit à Solange après l'avoir embrassée et lui avoir transmis ses vœux: «On dirait plutôt le jour de Pâques! Le monde est à l'envers. Les saisons se chamaillent.» Il avait passé une nuit assez ardue. Réveillé à maintes reprises par des douleurs sournoises, il s'était gavé de tranquillisants, ce qui n'aidait guère ses humeurs quand les effets se manifestaient. Solange sentait que la journée ne serait pas facile pour lui. Souffrant, il allait faire des efforts et tenter de ne rien laisser paraître, mais sa femme qui le connaissait mieux que quiconque, sentait qu'il allait la garder... sur les nerfs. Dans les yeux de Robert, il y avait une tristesse, un défaitisme, l'envie de ne rien voir de la fête, le goût de dormir, de souffrir en silence et non d'affronter les rires, la joie et le... Joyeux Noël qu'il ne ressentait pas. Comble d'anxiété pour lui, sa mère serait là. Cette mère dévouée pourtant, mais qui avait le don de l'irriter par ses propos démesurés, par sa façon d'être, par ses bévues et sa langue trop bien pendue. Pour ne rien gâcher, ou du moins tenter de ne rien perturber, Robert trouva la force de se laver, de se raser, de s'habiller proprement d'un pantalon et d'un smoking; il fut toutefois incapable de chausser ses souliers. Ses pieds enflés ne lui permettaient que les pantoufles qui s'étaient étirées au fur et à mesure par la poussée des gonflements.

Mylène s'était levée plus tôt pour aider un peu sa mère. Elle sentait que cette dernière perdait des forces; elle n'était plus aussi alerte et ses nuits devaient être brèves. Après avoir serré sa mère dans ses bras, elle s'avança vers son père, déposa un baiser sur son front et lui murmura:

– Joyeux Noël, papa.

– À toi aussi, ma fille... lui répondit-il timidement.

Sans emphase de part et d'autre. Parce que Mylène l'avait embrassé comme on le fait avec un parent éloigné et son père s'en était rendu compte. Lorsqu'elle décida d'aller se changer, de se parer, Robert souhaitait la voir se métamorphoser... mais elle revint dix minutes plus tard, proprement vêtue bien sûr mais pas plus, comme si c'était un jour comme les autres. Son père en fut déçu. Mylène le lut dans ses yeux. Un pantalon de qualité d'un noir jais sans apparat, une blouse blanche sans dentelle, sans fioritures, les cheveux tirés en arrière avec une queue de cheval retenue par un chiffon de satin noir et pas même un collier ni de boucles d'oreilles. Jolie, simple, discrète, mais sans ce brin de coquetterie qu'il espérait. Dans ses pieds, des souliers plats, lacés, sans une touche de féminité. Un peu de rouge aux lèvres, aucune autre touche de maquillage, comme si elle allait avec ses copines, après l'université, prendre un café dans un bistrot populaire. «Bah, je ne la changerai pas... songea-t-il. On ne fera jamais un mannequin d'un soir avec celle-là!» Il se tut, quoique son regard avait tout dit. Solange qui était allée chez le coiffeur la veille était resplendissante dans une robe de satin vert avec un velours beige aux manches et au collet. Maquillée avec soin, parfumée de son *Ysatis* de *Givenchy,* elle arborait un collier et de jolies boucles d'oreilles plaquées or, avec des pierres scintillantes pour les rehausser. À son poignet, un bracelet serti d'émeraudes que Robert lui avait jadis offert. Les ongles polis d'un ton orangé, bagues aux doigts et escarpins de suédine dans ses petits pieds, elle avait, avec sa taille de guêpe, l'élégance de ces femmes d'un certain âge qui savent mettre en valeur les charmes que le temps s'efforce de dissiper. L'apercevant, il lança: «Je ne t'ai jamais vue aussi belle! Les ans n'ont pas de prise sur toi.» Solange sourit, le remercia, et Mylène qui assistait à la scène, comprit qu'elle ne recevrait pas le moindre compliment de lui.

Aux alentours de quatorze heures, c'est Claudie, Jean-Yves, le petit et la grand-mère que le couple avait prise en passant qui arrivèrent les premiers. Madame mère, altière, vêtue comme une reine douairière dans sa robe de dentelle mauve, affichait tous les bijoux reçus de son défunt mari. Encore droite, maquillée avec soin, elle avait gardé de sa jeunesse l'art et le savoir-faire quand il s'agissait d'être élégante. Les effusions, les accolades, les présents sous l'arbre, Gervaise, plus agitée que le petit Frédéric, fêtait avec son fiston, joie au cœur, un Noël d'antan. «Très belle, maman», lui avait dit Robert. Car, amaigri, défait, peu porté sur le chic de ses belles années, Robert Landreau avait encore cette passion de l'artifice chez les autres. Les yeux avant le cœur, hélas, même au seuil de la noirceur. C'était plus fort que lui. Un bref regard sur Jean-Yves qui portait le complet de l'an dernier, la cravate dénouée, et il maugréa entre ses dents au risque d'être entendu: «Comme si un complet neuf, c'était trop cher pour lui.» Cheveux ébouriffés, souriant, Jean-Yves contemplait sa femme que le paternel regardait avec les yeux presque sortis de la tête. Une apparition! Une déesse de la beauté! Jamais Claudie n'avait tant mis en œuvre pour plaire à son père. Cheveux bruns soyeux, un adroit coup de brosse de son coiffeur avait créé les franges qui tombaient folles sur son front. Un maquillage digne d'une esthéticienne, les lèvres pourpres, le rimmel prononcé, l'ombre à paupières d'un gris perle argenté, on pouvait distinguer à travers ses mèches tombant sur ses épaules, des boucles d'oreilles de prix. Aussi grosses que belles. Serties de pierreries, des boucles qui lui allongeaient le cou gracieux et dénudé de tout collier. Sur sa robe moulante de mousseline bourgogne, une broche spectaculaire et, dans ses pieds de fée, des souliers à talons aiguilles ornés de pierres. Chevilles élevées, on pouvait discerner sur les bas noirs qu'elle portait, des motifs en relief. «Une starlette de cinéma!», songeait Robert à l'insu de tous. Et, pour faire honneur à sa mère, le petit Frédéric était vêtu tel un petit prince. Avec une chemise de dentelle et un gros nœud papillon qui se perdait dans la chair rose de son dodu menton. «Ça vaut une photo!» s'était exclamé le père, en priant Claudie et l'enfant de se placer devant l'objectif de sa caméra. Sans demander à Jean-Yves de compléter le trio pour ne pas faire une tache dans le portrait. Claudie et le petit. Eux seuls sur cette photo: la fille et le petit-fils. Puis, une autre, avec Solange et Gervaise à leurs côtés. Sans penser à Mylène et à son gendre qui, exclus des *flashes*, comprenaient qu'ils n'étaient pas à la hauteur de ces «toiles» du «maître». Robert était heureux, souriant; Claudie venait de lui donner la force de traverser cette journée. Qu'importaient donc les autres? Claudie était là dans toute sa splendeur et Robert, tel un paon, s'enorgueillissait de la vision. Sans penser un instant que le miroir l'écartait comme une fausse note… du diapason.

Gervaise parlait, Gervaise parlait trop: sa mère le rendait déjà très nerveux.

– Tu as tellement maigri que tu as à peine la peau et les os. Lâche tes pilules mon p'tit gars et plonge dans la tourtière ce soir. Ça n'a pas de bon sens, on dirait un mort en vacances! A-t-on idée de se laisser aller comme ça? Une simple fatigue et tu as l'air d'un homme qui s'en va à son enterrement. Regarde, pas même de souliers. Tu as les pieds enflés, toi! Tes médicaments, je suppose? Prends-en moins, Robert, je te le répète, ces pilules, ça remonte ou ça tue. Dans ton état, juste à te voir, je n'ai pas l'impression qu'elles ont l'effet voulu sur toi. Moi, si j'étais toi, j'irais consulter quelqu'un d'autre. Un médecin de famille, c'est bon pour la pression, pour l'examen de la prostate, mais dans ta condition, un spécialiste serait plus recommandable. Je ne te reconnais plus…

Exaspéré par ces remarques devant les membres de la famille, le fils faillit s'emporter, mais pour ne pas éveiller les soupçons, il se contenta de lui dire prestement, avec fermeté cependant:

– Maman, pour la dernière fois, laisse-moi m'arranger avec mon problème! Tu n'es quand même pas venue ici pour gâcher la joie des autres, non? Cesse de parler comme un moulin à vent, nous ne sommes pas en tête-à-tête. Un peu de respect, je t'en supplie. Arrête de te concentrer sur moi et occupe-toi des autres. Lâche-moi un peu, bon Dieu!

Gervaise resta bouche bée. Embarrassée, elle sentait que son fils venait de la rappeler à l'ordre. Sans détour, direct et d'un ton impatient. Vexée, humiliée devant sa bru et ses petits-enfants, elle ajouta:

– Bon, fais donc à ta tête. Tu ne pourras pas dire que je ne t'aurai pas averti.

Puis, se tournant vers son arrière-petit-fils, elle l'invita de ses bras tendus. Mais, l'enfant, qui connaissait sans trop la connaître son arrière-grand-mère, se précipita plutôt dans les bras de sa grand-mère. Bras pendants, faisant mine de sourire, Gervaise s'écria: «Pas de succès avec mes hommes, aujourd'hui!»

Aux environs de seize heures, Stéphane arriverait en compagnie de Michel Vauquelin. Ce dernier, le matin même, hésitait encore.

— Je ne sais pas pourquoi, Stéphane, mais mon intuition me dit que ça ne se passera pas exactement comme tu le prédis. Ton père, sans le connaître…

L'autre lui avait mis un doigt sur les lèvres.

— Cesse de t'en faire. Tu connais toute la famille, ma grand-mère incluse. Voilà qui devrait te mettre à l'aise face à papa.

— Tu as sans doute raison, mais j'ai le trac. Tu sais, je n'ai même pas une décennie de différence avec ton père.

— Ah, non! Tu ne vas pas recommencer avec ça, toi!

Réalisant que son jeune ami semblait irrité par sa dernière remarque, le quadragénaire de lui passer la main dans les cheveux pour ajouter:

— Tu as raison, excuse-moi. Dis, tu as emballé les cadeaux?

— Oui, oui, tout est fait. Si tu prenais ta douche maintenant?

— Bon, j'y vais. Je vois que tu as déjà pris la tienne, toi.

— Oui, en me levant. Je ne voulais pas perdre une minute.

— Tu aurais pu attendre, on la prend ensemble d'habitude…

— Michel! Voyons! Le jour de Noël! Insatiable, monsieur mon patron?

On leur réserva un chaleureux accueil. Solange s'était jetée dans les bras de son fils, l'avait étreint sur son cœur en lui disant: «Merci d'être venu, mon grand, c'est le plus beau Noël de ma vie.» Puis, serrant la main de Michel après les vœux d'usage, elle avait ajouté: «Sentez-vous comme chez vous, Michel. Venez, tout le monde vous attend.» Claudie et Jean-Yves se montrèrent fort enthousiastes de sa présence et de cette réunion inusitée. Le petit Frédéric, accroché à la robe de sa mère, observait son oncle, et Stéphane, l'apercevant, s'écria: «Hé! Quel beau petit bonhomme! Comme il a grandi! Tu viens voir mon oncle, mon trésor?» Gervaise Landreau avait embrassé son petit-fils en lui disant: «Comme tu es beau! Plus tu vieillis, plus tu ressembles à ton père quand il avait ton âge.» Se tournant vers Michel, elle lui fit la bise en ajoutant «Joyeux Noël, monsieur. Heureuse de vous revoir.» Mylène, plus discrète, s'était approchée de son frère pour l'embrasser pour ensuite dire à son compagnon: «Ne te sens pas perdu, Michel. Si Stéphane est trop occupé avec la famille, je te servirai d'escorte.»

Michel Vauquelin, complet gris, chemise blanche, cravate à fleurs, cheveux grisonnants, avait plutôt l'air du père de Stéphane que de son conjoint. Le jeune homme, dans son chandail à col roulé et son veston sport, avait l'allure de l'éternel étudiant arrivant avec... son professeur. Michel avait apporté un bouquet de poinsettias qui allait servir de centre de table et une bouteille de champagne pour le moment des échanges de vœux. C'était là sa contribution modeste, selon lui, pour souligner l'événement. Robert, assis au salon dans son fauteuil préféré, avait certes entendu les éclats de voix, les mots de bienvenue, les compliments, mais il n'avait pas encore aperçu celui qui partageait la vie de son fiston. Il n'était pas à l'aise. Il s'était pourtant promis, il s'était juré... mais quelque chose l'étouffait. Une retenue qui ne pouvait dissimuler son... Stéphane s'avança vers lui suivi de son compagnon. Robert tendit la main à son fils qui lui demandait de ses nouvelles, mais ce dernier se rendit compte que le paternel avait d'abord posé ses yeux sur l'intrus.

– Papa, je te présente Michel. Michel, mon père.

Vauquelin s'avança, lui tendit la main et très respectueusement, lui dit:

– Heureux de vous connaître, monsieur Landreau. J'ai beaucoup entendu parler de vous.

Robert était resté de glace. Il lui avait donné la main sans même esquisser un sourire et il répondit simplement: «Enchanté, monsieur.» Un accueil assez froid qui mit le cœur de Stéphane aux aguets. Pour contrer son malaise, Stéphane ajouta vivement:

— Tu sais, tu peux l'appeler Michel, papa.

— Bien sûr, de renchérir le conjoint passablement mal à l'aise.

Robert ne répondit pas. Regardant son fils, il ignora l'autre et déclara:

— Tu as bonne mine, Stéphane. Bien habillé, à part ça. Tiens, si tu veux un verre, il y a tout ce qu'il faut dans le bahut que tu connais.

Sans même rien offrir à l'autre, laissant ce soin à qui de droit.

— Je peux te servir quelque chose, papa? Un petit Martini, peut-être?

— Non merci, rien pour moi.

— Allons, c'est Noël! Un petit verre pour l'occasion…

Le père le regarda dans les yeux et, sans le moindre sourire, lui répliqua:

— Pour l'occasion? Quelle occasion, Stéphane? Tu parles de Noël, j'espère… Non, pas pour l'instant. Je me permettrai un verre de vin en mangeant.

Michel, embarrassé, blessé par la remarque, se sentit mal dans ses souliers. Fort heureusement, Mylène qui n'était pas loin et qui avait tout entendu le sortit de cette mauvaise posture en lui disant:

— Dis donc, Michel, tu n'as pas fait le tour du propriétaire… Viens, laisse-moi ce soin, j'ai l'habitude, j'ai déjà été guide dans un musée.

Ceci dit en riant pour que l'invité retrouve le sourire et pour que Stéphane, accaparé de son côté par Claudie, oublie vite le fâcheux incident.

Une heure plus tard, c'était la distribution des cadeaux. Grand-mère était comblée par les perles, le châle, les huiles de bain et… sa boîte de chocolats! Solange déballa des cadeaux de toutes sortes de la part des enfants, puis une jolie bague en or sertie d'une opale, cadeau de son mari. Émue, elle l'avait embrassé, remercié, mais il s'était empressé d'ajouter:

– Heureux qu'elle te plaise, c'est Claudie qui l'a choisie. Moi, dans mon état…

Le petit Frédéric, comblé comme l'aurait été un petit prince, n'en finissait plus de déballer ses présents dont la plupart étaient des jouets. Et ce fut, devant la surprise et la joie de l'enfant, le premier sourire que Robert daigna offrir. Jean-Yves reçut des gants et un foulard de ses beaux-parents pendant que Claudie ouvrait une enveloppe dans laquelle elle trouva une carte de son père avec un bon d'achat de 1000$ dans une boutique de vêtements de qualité.

– Oh, papa! C'est trop! Mais j'ai vu à cet endroit une de ces robes…

Robert était ravi. Claudie serait plus belle que jamais laissée aux bons soins de madame Rochefort à qui il avait téléphoné pour le cadeau. Sa Claudie, sa «p'tite», qui n'aurait rien à envier aux mannequins les plus en vogue. Un cadeau qui avait réduit à néant le plat de cristal reçu de sa mère. Pour Stéphane, des chandails de la part de sa mère et une montre en or de son père. Très belle, certes, mais Michel lui en avait offert une l'année dernière. À Mylène, une robe de nuit et des serviettes de bain de la part de maman. Son père, plus généreux, lui offrit un forfait d'une fin de semaine dans une auberge des Laurentides. Pour une personne seule, pour une personne solitaire. Dans cette même auberge où elle était allée tant de fois avec ses parents. Rien d'original, rien de recherché. Au point qu'elle songea sans l'exprimer: «Une bonne façon pour lui d'avoir la paix pendant trois jours!» Puis, ce fut au tour du paternel d'être comblé. Il ne voulait pas déballer ses cadeaux, prétextant qu'il n'avait besoin de rien. Orgueil mal placé, il fallut qu'on insiste. Solange lui offrit une chemise de prix et une superbe cravate de soie. Il la remercia et pensa: «Voilà qui me donnera fière allure dans mon cercueil. Toujours aussi maladroite! Comme si j'avais besoin de ça désormais.»

Sa mère lui offrit une robe de chambre à motifs abstraits. Se tournant vers elle, Robert lui dit: «Bien pensé, maman», au grand désespoir de Solange. Claudie et Jean-Yves lui donnèrent des chandails pour le tenir au chaud. Ravi, souriant, il avait dit à sa fille, ignorant le gendre: «Voilà qui va me servir, janvier s'en vient, j'ai toujours froid. Comme tu as eu bon goût, le vert est superbe!» Mylène avait pensé à son eau de cologne préférée, la *Royal Copenhagen,* et maladroit, il la remercia en ajoutant: «J'espère avoir le temps de l'entamer; j'en ai encore de l'an dernier», sans penser que sa mère ne savait rien de son état. Heureusement pour lui, Gervaise placotait avec Solange et n'avait rien saisi. Stéphane s'avança et lui offrit un cadeau qu'il déballa. Des films sur cassettes, trois en plus et bien choisis. *La Dame de Shanghai, Gilda* et *Les Amours de Carmen,* avec en vedette, bien entendu, nulle autre que son idole, Rita Hayworth.

– Merci, Stéphane, ça va me rappeler des souvenirs, ça va me faire passer le temps.

– Je ne les ai trouvés qu'en anglais. Ça te va quand même?

– Bien sûr, c'est dans leur version originale que je les voulais.

– Tu sais, je ne la connaissais pas tellement cette vedette-là. C'est Michel qui s'en est chargé.

Robert ne répondit pas, faisant mine de lire le résumé à l'endos des emballages. Michel, pour tenter de briser la glace, osa intervenir:

– Vous savez, ce sont des films que j'ai vus également.

Robert, sans lever les yeux, murmura:

– Je n'en doute pas.

Et Michel, croyant gagner la partie, sans même se sentir gêné de la remarque, ajouta:

– Moi, mes idoles, c'était Clark Gable, Tyrone Power et Cary Grant.

Affichant un sourire narquois, Robert leva les yeux sur lui et répliqua:

– Ah… je vois, les grands séducteurs de l'écran. Tout comme Solange, quoi!

Michel resta bouche bée. Solange aurait voulu fondre. Mylène était décontenancée. Pour sauver la situation, Claudie s'empressa d'intervenir:

– Il te reste le cadeau du petit, papa. Pas grand'chose, mais ça vient de lui.

L'enfant lui tendit une petite boîte que Robert s'empressa d'ouvrir. Il y trouva un hochet, celui qu'il lui avait offert alors qu'il était au berceau. Tous s'esclaffèrent de rire, mais Robert, ému, prit l'enfant dans ses bras pour lui dire affectueusement:

– C'est pour moi? Tu le donnes à grand-papa?

L'enfant hocha de la tête et Robert le serra dans ses bras.

– C'est mon plus beau cadeau! T'as le don de me mettre à l'envers, toi, mon p'tit crapaud. Ta mère était pareille lorsqu'elle était petite.

La gifle n'aurait pu être plus cinglante pour les autres. Solange, désemparée, ne s'attendait pas à une telle volte-face de son mari en plein jour de Noël. Attribuant cette attitude, ce manque de tact, aux calmants qu'il prenait, elle reprit vite les rênes pour s'écrier:

– Bon, tout est réglé? On passe à table, maintenant?

La grande table de la salle à manger était montée, parée, ornée. Solange avait sorti ses plus belles choses. De ses candélabres de cristal jusqu'à sa vaisselle importée qui ne servait qu'aux grandes occasions. Robert, dans le fauteuil capitaine, présidait cette réunion familiale, tandis qu'à l'autre bout, dans un fauteuil semblable au sien, on avait installé sa mère qui, heureusement, ne pouvait le voir en entier, la vue bloquée par les poinsettias. À sa gauche, Solange, et à côté d'elle, Mylène et Stéphane. À sa droite, tout près de lui, Claudie avec le petit sur les genoux, ensuite, Jean-Yves et Michel qui était face à l'homme de sa vie et aux prises avec le verbiage de la grand-mère. Les amoureux avaient choisi de ne pas être côte à côte, de façon à éviter les regards posés sur eux. On déboucha le champagne et Michel, s'adressant à Robert:

— À vous l'honneur de le goûter, monsieur Landreau.

— Non merci, pas pour moi, je n'aime pas le champagne. Versez-le à Jean-Yves, il est plus près de vous.

— Juste pour trinquer, pour les souhaits coutumiers, monsieur Landreau.

— Merci, je le ferai avec mon verre d'eau, répondit-il sèchement.

Michel se rendit compte qu'il ne devait pas insister. Le regard de Stéphane lui avait indiqué de ne pas trop s'imposer. À tel point que Michel Vauquelin réalisa, qu'à cette table, il était le seul étranger. On mangea, et la conversation allait bon train. De l'un à l'autre, du voisin de table à la voisine et réciproquement. De Gervaise qui parlait de fleurs avec Michel, de Mylène qui parlait tout bas à son frère, de Solange qui s'occupait de son gendre Jean-Yves. Et lui, le paternel, s'entretenait avec Claudie en ayant comme prétexte le petit qui jouait dans leurs assiettes. Au moment du vin, ce fut à Stéphane de servir.

— Un soupçon, papa? Un fond de verre, peut-être?

– Oui, verse un peu, mon gars. Je le boirai à ta santé et à ton avenir.

Un silence régna quelques secondes.

– Robert, je ne te vois pas avec ces fleurs, ce vase… Vous pouvez le pousser un peu, monsieur Vauquelin?

Michel s'apprêtait à être agréable à la grand-mère lorsque Robert lui lança:

– N'en faites rien, c'est bien comme ça.

Puis, s'étirant pour voir sa mère, il lui dit:

– On ne sera pas à table toute la soirée, maman. On se parlera au salon. Pour l'instant, occupe-toi de monsieur et laisse ton fils avec le petit.

À la radio, en sourdine, des cantiques de Noël se succédaient. À l'audition de *Venez, Divin messie,* Michel Vauquelin de dire:

– Comme c'est beau! Ça me rappelle ma jeunesse.

Et Robert, de renchérir, comme pour verser du fiel dans son ivresse:

– A-t-on idée de passer ce cantique le soir de Noël? Des imbéciles, ces tourneurs de disques. On ne passe pas *Venez, Divin messie* quand il est arrivé depuis la veille. Il n'y a pas autre chose, Stéphane? Depuis deux semaines qu'on entend les mêmes rengaines.

– Je pourrais peut-être placer un compact dans l'appareil…

– Non, utilise plutôt le phono que j'ai installé dans le vivoir.

– Des chansons de Noël plus joyeuses? de lui demander Vauquelin.

Ce à quoi, Robert ne répondit pas, en demandant spécifiquement à son fils:

– Regarde sur la rangée du haut, Stéphane. Il y a du Glenn Miller.

Michel Vauquelin sentait qu'il n'était pas le bienvenu dans le cœur du «beau-père». Stéphane, mal à l'aise, déçu, n'en laissa rien paraître pour ne pas offenser sa mère et perturber l'harmonie familiale. Mylène fulminait. Elle se retenait pour ne pas faire une esclandre. Elle aurait voulu se lever, rappeler son père à l'ordre, lui dire que malgré le mal dont il souffrait, il n'avait pas à être abominable. Elle aurait voulu lui dire publiquement qu'il manquait de savoir-vivre, mais regardant sa grand-mère qui levait son verre avec entrain, elle se retint. Parce que la vieille dame semblait si heureuse d'être de la fête. Parce que grand-mère ne savait pas qu'elle célébrait Noël avec son fils pour la dernière fois. Soudain, au moment du dessert, Robert eut un léger malaise. Un étourdissement qui n'échappa pas à Claudie.

– Tu veux te retirer, papa? Ça ne va pas, je crois.

Gervaise qui avait entendu, s'écria:

– Qu'est-ce qu'il y a? Robert! Tu es blanc comme un drap!

– Rien maman, le vin sans doute. J'ai trop mangé…

– Voyons donc, tu as à peine picoré dans ton assiette. Tu ne manges pas assez, c'est là le drame. Mange, bon sens! Prends des forces!

– Maman, assez, je t'en prie. Excusez-moi, je vais me rendre au salon, ajouta-t-il à l'endroit des autres sans lever les yeux pour ne pas défaillir.

Claudie l'aida à se lever, le prit par le bras et le conduisit jusqu'à son fauteuil préféré. Tous l'avaient regardé partir en boitant, le dos courbé, la mine défaite. Gervaise, affolée, avait crié à Solange:

– Faudrait peut-être appeler son docteur? Quel état que le sien…

– Non, non, madame Landreau, ce ne sera pas nécessaire. Robert a parfois des vertiges. Il a dépassé l'heure de ses médicaments. Claudie s'en occupe, il se reposera et, vous verrez, tout ira mieux ensuite. Encore du café, Stéphane? Et vous, Michel?

Robert s'était allongé dans son fauteuil à bascule. Claudie l'avait recouvert de l'édredon laissé par terre.

– Tu n'es pas bien, n'est-ce pas? C'est trop pour toi?

– Non, ça va, j'ai froid, c'est tout. Laisse, Claudie, laisse-moi, va rejoindre les autres pour ne pas gâcher le souper. Donne-moi un tranquillisant et va avant que le petit te rejoigne et que tous les autres sortent de table.

– Tu es souffrant? Ta jambe? Ton dos?

– J'ai mal partout, mais j'ai du nerf. Laisse-moi, je suis habitué d'endurer. Va vite, j'entends le petit qui se démène pour quitter les genoux de son père.

Alors que les convives bavardaient encore à la table, Solange en profita pour rejoindre Robert. Peu heureuse du déroulement de la soirée, elle voulait tirer les choses au clair.

– Robert, pourquoi cette attitude avec Michel Vauquelin?

– Quelle attitude?

– Allons, ne me prends pas pour une sotte. Depuis qu'il est entré, c'est à peine si tu l'as regardé. Tu as tout fait pour être désagréable avec lui. Tu l'as nargué, tu l'as mis mal à l'aise à plusieurs reprises, tu l'as traité comme s'il n'était pas des nôtres. Au point que Stéphane...

Robert s'emporta.

– Des nôtres, lui? Ce décorateur aux cheveux gris qui entretient mon fils? Tu veux rire ou quoi? Juste à les voir ensemble, à les voir se regarder...

– Tu avais pourtant promis. Tu avais même accepté la situation. Et je te ferai remarquer que c'est toi qui as demandé à Stéphane de l'inviter.

Robert baissa la tête, la releva, regarda sa femme et échappa:

– Je l'sais, je l'sais, mais que veux-tu, j'suis pas capable, Solange. J'aurais beau faire des efforts; j'suis pas capable de voir mon fils avec un homme. Le seul fait de penser qu'ils… Je me retiens, mais c'est plus fort que moi, ça ne passe pas. On a beau être plus indulgent quand on tombe malade, mais moi, des hommes aux hommes, c'est contre mes principes. Je m'en veux, je me déteste d'être comme ça, mais on n'enterre pas ses préjugés parce qu'un mal nous ronge. L'as-tu vu? Il est presque de mon âge, il a l'air aussi vieux que moi! C'est à se demander si Stéphane ne se cherchait pas un père lorsqu'il l'a rencontré.

– Et si c'était le cas?

– Je t'en prie, ne bûche pas sur moi parce que je suis sans défense. J'ai déjà assez de remords comme ça. Je sais que je n'ai pas été un père pour lui, on s'est expliqué et il me l'a presque dit. Mais de là à aller se jeter dans les bras d'un homme qui pourrait être son père…

– C'est fait Robert, depuis cinq ans, au cas où tu l'aurais oublié. Stéphane n'est plus un enfant. Sa vie lui appartient.

– J'en conviens! J'ai accepté le fait qu'il soit homosexuel; je lui ai même demandé de me pardonner de l'avoir rejeté. S'il vivait avec un gars de son âge, je serais plus compréhensif, mais avec cet homme de presque cinquante ans, je ne peux pas, je suis incapable d'accepter ça.

– Parce que tu as l'impression que Michel t'a ravi ton fils? Si c'est le cas, tu te trompes. Rappelle-toi qu'il était comme un chien errant quand tu l'as foutu à la porte. Il s'en est remis, il a pris sa vie en main, il a croisé le bonheur en chemin…

— Un chien errant? Vois clair, Solange! Son vieux l'attendait! Il n'était pas dans la rue, le fiston. Il était déjà le gigolo de son riche patron!

— Et leur bonheur, leur amour, tu n'y crois pas?

— Bien sûr que ça existe, même entre hommes, je ne suis pas né de la dernière pluie… Mais mon p'tit gars, mon fils… Si seulement il pouvait s'ouvrir les yeux.

— Pas lui, Robert, toi! C'est toi qui devrais regarder la vie en face. Telle qu'elle est, pas comme tu voudrais qu'elle soit. C'est toi qui devrais…

— Arrête, arrête, je suis souffrant. Ne vois-tu pas que ça m'a pris tout mon p'tit change pour être de la fête? Pour le temps qu'il me reste…

— Justement, Robert! Tu devrais au moins t'appliquer à être bon. Je suis désolée, mais ce n'est pas parce que ta vie s'en va qu'il nous faut fermer les yeux sur tes injustices et les dégâts que tu as causés… Avec toi, c'est tantôt oui, tantôt non, et nous devons composer avec tes improvisations. Ta maladie nous afflige, Robert, nous en sommes tous affectés mais, de grâce, ne fais pas de ce temps qu'il te reste un hiver à nous damner. C'est déjà assez dur, assez éprouvant pour nous… Tu devrais comprendre. Tu t'en vas, Robert, et, peu à peu, nous nous y résignons. Mais, as-tu seulement pensé qu'après ton départ, nous te survivrons? As-tu pensé, Robert, que nous aurons à nous battre contre l'avenir? As-tu pensé que nous, ta mère, ta femme et tes enfants, seront encore vivants? À t'écouter parler, on dirait qu'il n'y a que toi sur terre, que les autres n'existent pas, que tout va s'écrouler avec toi, que c'est la fin du monde, quoi!

Robert l'avait regardée, épongeant du revers de sa manche, une larme qui perlait au coin de l'œil. S'apercevant qu'elle était allée trop loin, se rappelant que c'était Noël, Solange balbutia:

– Excuse-moi, mes paroles ont dépassé mes pensées. Je ne voulais pas…

Robert resta muet. Comme s'il voulait que germe en elle un sentiment de culpabilité. Comme autrefois, jadis et toujours depuis qu'elle était devenue sienne. Solange essuya de l'index quelques larmes et murmura:

– J'ai sûrement le cœur fort pour être encore sur pied.

– Que veux-tu dire?

– Rien, passons, veux-tu? Tout ce que je te demande, tout ce dont je t'implore, c'est de ne pas gâcher ce Noël de retrouvailles. Si tu ne le fais pas pour moi, fais-le au moins pour les enfants.

– Parce que c'est encore moi la bête, n'est-ce pas? Celui à blâmer?

– Ce n'est pas ce que j'ai voulu dire, mais nous sommes tous là, Robert. Ta mère, tes enfants, le petit…

– Oui et rejoins-les, je ne vais rien gâcher. J'ai fait l'immense effort d'être de la fête et j'ai souri malgré la douleur. Va et ne crains rien, Solange, je ne vais rien gâcher. Je m'en vais me coucher!

Solange retourna à la salle à manger et, à sa mine basse, Claudie comprit que quelque chose s'était passé. Attirant sa mère jusqu'à la cuisine pendant que les autres riaient et s'amusaient, elle lui demanda tout bas:

– Tu sembles songeuse, maman, où est papa?

– Parti se coucher. Il n'en pouvait plus et c'est peut-être mieux comme ça.

– Il est souffrant?

– Sans doute, mais sa souffrance est plus morale que physique ce soir. À pic, les nerfs à vif.

– C'est Stéphane, n'est-ce pas? C'est ça qui le dérange?

– C'était à prévoir, j'aurais pu le jurer, mais il n'y a pas que ça: tout le dérange. Sa mère, les rires… Non, crois-moi, il valait mieux qu'il se retire.

De la salle à manger, Jean-Yves s'écria:

– Tu viens, Claudie? Tu manques le meilleur. Ta grand-mère a de ces histoires… Le petit veut descendre, il veut aller te rejoindre.

– Oui, oui, j'arrive. J'aide maman avec le café et les digestifs.

Ce souper de Noël se prolongea jusqu'à minuit. Gervaise Landreau, quelque peu pompette, s'amusait comme une enfant. Pour une fois qu'on la sortait de sa solitude, elle n'avait guère laissé sa langue sur une tablette. L'heure du départ se fit sentir, le petit dormait dans les bras de son père.

– Il faut y aller, maman, Frédéric ne sera pas du monde demain. Il a été si dérangé ces derniers jours. Le père Noël, les sorties, ça l'a épuisé.

Tous se levèrent et passèrent un à un au vestiaire. Mylène leur remettait les manteaux, les gants, des sacs pour les cadeaux. Soudain, comme sortie de sa torpeur, la grand-mère s'écria:

– Mais, où donc est Robert? Où est mon chenapan de fils?

– Il est couché, grand-mère, il était fatigué… lui répondit Claudie.

– Sans même dire bonsoir? En voilà des manières! Il pourrait au moins se lever pour m'embrasser, saluer ses invités…

– Non, non, laissez-le se reposer. La journée a été très active; il a été pris d'un violent mal de tête. Il est au repos, vous savez.

– Oui, que trop! C'est d'un coup de pied au derrière qu'il aurait besoin celui-là! Il s'écoute trop, il ne fait pas d'efforts, il se laisse aller. Il y a quand même une limite, non? Comme si je l'avais mal élevé, ce garçon!

– Grand-mère, vous vous agitez, ce n'est pas bon pour votre angine. Laissez-le donc à son oreiller. On s'est bien amusés, non? Demain, j'irai faire un tour chez vous. Jean-Yves gardera le petit et nous bavarderons toutes les deux.

– Oh, là, tu me fais plaisir, Claudie. Dans ce cas, qu'il aille au diable, mon fils! Je lui ferai part de son manque de savoir-vivre demain!

Personne ne parlait. Tous savaient, sauf elle, la pauvre vieille. Claudie et Jean-Yves se chargèrent de la déposer chez elle en passant. Stéphane était déjà sur le palier, attendant que son ami en ait fini avec ses remerciements, sa gratitude, son éloquence. Solange en fut ravie et s'écria: «Vous reviendrez, n'est-ce pas? La porte vous est toujours ouverte.» Mylène l'embrassa, le remercia pour les fleurs et le champagne et, départs accomplis, elle ferma la lumière extérieure et tira les tentures du salon. Puis, regardant sa mère, elle lui dit tendrement: «Allons nous coucher, maman. La vaisselle, le rangement, on fera ça demain.» Sans lui parler du paternel, sans s'enquérir, sans ne rien dire de plus que: «Bon, un autre Noël de passé. Enfin! Et ce n'est pas moi qui vais m'en plaindre.»

Dans la luxueuse voiture de Michel Vauquelin, sur le chemin du retour, le silence était total ou presque. Stéphane regardait son ami, ce dernier avait les yeux sur la route.

– Tu n'as rien à dire? Pas un mot depuis que nous sommes partis.

– Je suis attentif, Stéphane. Le vin, le champagne, les digestifs. Tu sais, les lois sont sévères. Je suis en état de conduire, mais si j'avais à subir l'ivressomètre, je ne sais pas si je serais dans les normes.

– Tu veux que je conduise? J'ai à peine pris quelques verres.

– Non, non, ça ira. Mets de la musique, ça réveille, et laisse-moi me concentrer. Encore deux coins de rue et nous serons rendus.

Stéphane obtempéra et ne dit mot jusqu'à ce que l'auto soit bien rangée dans le garage. De retour à l'appartement, manteaux enlevés, déchaussés, Stéphane se versa un dernier verre, histoire de ne pas clore la veillée.

– Tu n'as pas apprécié ta soirée, n'est-ce pas?

– Oui, oui, que vas-tu chercher là? Ta famille est la mienne et que dire de la grand-mère! Je n'ai jamais autant ri de ma vie.

– Je parlais de papa, Michel.

L'autre fit comme s'il n'avait pas compris et enchaîna:

– Superbe, ta sœur Claudie. Et son mari, un amour de garçon, ce Jean-Yves. Mylène est moins somptueuse que Claudie mais, je ne sais pas, on dirait qu'elle est plus vraie, plus elle-même. L'autre est belle mais un peu plus distante…

– Et mon père, Michel, pourquoi ne parles-tu pas de lui? Il ne t'a pas plu, n'est-ce pas? Tu pensais qu'il serait plus affable, plus aimable…

– Non, non, il a été correct. Il faut le comprendre, c'est un homme malade.

– Sois franc, Michel. Peu importe son état, tu ne t'attendais pas à un accueil aussi froid. N'aie pas peur, j'ai senti la même chose, ça m'a déçu…

Michel prit le visage de son copain dans ses mains et le fixa droit dans les yeux.

– Écoute-moi bien, mon petit. Ton père n'accepte pas la situation et il ne l'acceptera jamais. Ce n'est pas parce qu'on est à l'agonie que les principes se dissipent. On s'efforce d'avoir des sentiments, on tente de déjouer son cœur, mais le fond est là, pareil, le même. J'ai senti qu'il t'aimait, qu'il était heureux que tu sois là, mais moi, c'est autre chose. Il t'accepte les yeux fermés, mais pas quand il les ouvre et qu'il voit un homme avec toi. Encore moins si ce dernier a les cheveux gris. Je l'ai noté, c'est la première chose qu'il a regardée. Son p'tit gars avec un homme de sa génération. Imagine! Pense à ce qu'il doit ressentir quand, dans sa tête, dans son livre à lui, il te voit dans mes bras, dans le même lit. Ton père a une sainte horreur de l'homosexualité. Ça le dépasse et c'est son droit. Sur son lit de mort, il ne comprendra pas encore. Je l'ai saisi dès le premier regard, Stéphane. J'étais de trop dans sa maison et un vil intrus dans ta vie. Il n'a rien dit de désagréable même si certaines de ses allusions… Mais, je le savais, je le pressentais; je n'aurais pas dû me laisser convaincre à t'accompagner. Je l'ai fait pour toi, Stéphane, parce que je t'aime, mais je savais que ce serait un dur moment à passer pour lui comme pour nous.

— Il m'avait pourtant promis. L'invitation venait de lui…

— Ne lui en veux pas, il tenait tellement à ce que tu sois là. C'est son dernier Noël, tu sais. Il était sans doute sincère, de bonne foi, sauf…

— Qu'il n'a rien compris! Son fils avec un homme, quel scandale! Imagine ce qu'il pense de moi dans le fond de son cœur. Et dire que je lui ai tout pardonné. Si j'avais su…

— Non, pas de rancœur, mon petit. Tu as fait ce qu'il fallait faire. On ne laisse pas son père mourir sans lui offrir un doux sourire. Un vrai, avec amour, avec respect. Comme tu l'as fait, Stéphane, avec la tendresse que je te connais, avec ta sensibilité, avec ton besoin de faire la paix.

— Oui… et vois ce que ça a donné.

— Pas grave, rien qui ne soit impardonnable. Consacre-toi à lui, Stéphane. Enjolive les derniers mois de sa vie.

– Ce qui veut dire que tu ne reviendras pas? Tu vois? Tu lui en veux…

– Comme tu es jeune, parfois, si jeune que j'ai l'impression de parler à un petit garçon. Je ne lui en veux pas, Stéphane, je le respecte, je le comprends. Ce que je veux, c'est lui laisser toute la place pour le temps qu'il lui reste. Ton père ne tient pas à partager son fiston avec… un autre père.

– Encore ton âge? Tu vois, tu n'en sors pas! Et tu me fais me sentir comme un enfant.

– C'est ce qu'il a pensé, crois-moi, avec raison cette fois. Si au moins le gars de ta vie avait été du même âge que toi… Mais non, il fallait que ce soit un homme presque de son âge à lui. Et de là, la compétition, comprends-tu? Je suis certain que ta mère l'a senti…

– À t'écouter, on dirait que c'est moi qui suis trop jeune pour toi! Tous les autres comprendraient… sauf moi! Mon père, ma mère, pourquoi pas ma grand-mère, un coup parti? Comme si, à vingt-cinq ans, on n'avait rien dans la tête. Tu m'expliques tout comme si j'étais encore au primaire…

– Allons, on ne va quand même pas gâcher une si belle nuit…

Stéphane baissa les yeux, mais dans un dernier effort, tempêta:

– J'ai compris, tu sais. Toi, tu n'es pas trop vieux pour moi, je te l'ai dit cent fois. C'est moi qui suis trop jeune pour toi. Un jour, tu vas te lasser, tu vas rencontrer quelqu'un de plus mûr, de plus intelligent…

– Stéphane, ça suffit. Si tu n'as rien de mieux à dire, mieux vaut aller se coucher. Ce qui se passe maintenant est pire que ce qui s'est déroulé chez tes parents.

– Admets que tu n'as pas aimé ta soirée.

Michel, épuisé d'expliquer, se contenta de rétorquer:

— Le début de la soirée, que le début, si ça peut te faire plaisir.

Stéphane ne répondit pas. Il boudait. Tout comme jadis quand son père partait avec Claudie, Mylène et lui abandonnés derrière.

— Allons, viens te coucher, on reparlera de tout ça au petit matin et tout sera plus clair.

— Non, je n'en ai pas envie. Je reste ici, je me sers un autre verre.

— Comme tu voudras, lui dit Michel. Prends le temps de réfléchir à tout ça, mais, dis-toi bien que, pendant qu'on se chamaille pour un rien, ton père est en train de mourir.

Michel referma la porte de la chambre derrière lui et Stéphane, tout habillé, étendu sur le divan, un verre dans la main, pleurait sans faire de bruit. Pour la première fois depuis cinq ans, dans son tourment, il doutait. Pas de l'autre, de lui.

Au même moment ou presque, à Vimont, dans une chambre obscure d'une spacieuse maison, un moribond, les yeux ouverts, fixait le plafond éclairé par la lune, à l'heure où l'on festoyait encore dans les maisons voisines. Depuis qu'il s'était retiré, Robert Landreau n'avait pas réussi à s'endormir. La réprimande de Solange, même si cette dernière savait qu'il n'en avait pas pour longtemps, l'avait vertement secoué. Comme si la raison faisait fi de la compassion. Les paroles de sa mère qu'il avait entendues malgré lui. Ses jérémiades. Mais elle avait l'excuse, sa mère, de ne pas savoir que son fils se mourait. Le bruit des lumières qu'on éteignait, les égards de Mylène pour Solange. Mylène qui irait dormir sans même être passée près de sa chambre, et sans avoir murmuré: «Ça va, papa?» Le cœur en boule, les nerfs à fleur de peau, Robert s'en voulait d'avoir fait fi de ses bonnes intentions. Il était souffrant, certes, mais tant qu'à avoir la force d'endurer, il aurait pu se montrer charmant. Pourquoi s'en était-il pris à cet homme qui rendait son fils heureux? Par remords de n'avoir pu le faire lui-même? Et cette distance entre Mylène et lui, cette quasi-indifférence, comme si elle s'entêtait à oublier qu'il titubait sur les derniers pas de sa vie. Claudie avait été la plus compatissante. Sa Claudie. «Sa p'tite!» Celle qui, de ses yeux bleus, répandait dans son âme la couleur merveilleuse des cieux. Ce petit bonhomme, ce petit-fils adoré qui, sautant sur lui d'une jambe à l'autre, le faisait grimacer de douleur derrière un sourire pour tout dissimuler. L'homme était triste. Face à lui plus qu'aux autres. Qu'importaient Stéphane et son vieil ami, les souffre-douleur de son cœur. C'est sur lui, sur lui seul que Robert pleurait. Et pas dans un égoïsme à outrance cette fois, mais dans une mélancolie, dans une crainte, dans l'impuissance. Son dernier Noël! Il eût tant souhaité ne jamais avoir à le vivre en connaissant son état. Heureuses étaient les morts subites. Ces morts qu'on ne vit pas avec sa tête, ni dans la torture de l'âme, ni dans la douleur physique, ni dans la certitude d'avoir été et de ne plus être. Mais pas conscient de l'imminence de la fin, à presque cinquante-huit ans, alors qu'il y a à peine un an, il entrevoyait déjà la retraite dorée de ceux qui ont sué pour enfin profiter des lilas, du sapin, des rosiers. Pas avant d'avoir vu la sagesse et la sérénité extirper de son être l'injustice incrustée. Blessé dans sa fierté, Robert Landreau en voulait à la vie de l'avoir sournoisement trahi. Et, dans ses pleurs, dans sa rage, il en voulait à Dieu dont le châtiment sur terre lui faisait douter du ciel et de… l'éternité. Il en voulait à tous d'être là alors que, pour lui, à quelques pas… Larmes apaisées, aucune envie de prier, il se surprit à murmurer: «Pardonne-moi, Stéphane. Encore une fois, si tu le peux. J'avais promis…» Puis, en proie à une douleur naissante dans la région du foie, il mordit son drap, mouilla son oreiller de sueur pour ensuite, le mal passé, se dire en déposant les armes: «Il faut que j'appelle Pierre. Il faut que j'appelle mon docteur. Le temps est venu d'avoir recours à des médicaments qui seront plus de taille. Ce cancer vient de vaincre… mes tranquillisants.»

Lundi, 26 décembre, Claudie était sur pied de très bonne heure. Jean-Yves, encore sous l'effet du brouhaha de la veille, avait peine à ouvrir les yeux.

– Déjà debout et maquillée? Qu'as-tu donc de si pressant, ma chérie?

– Je vais chez grand-mère, je veux prendre un café avec elle.

– Si tôt? Tu risques de la réveiller, il n'est que dix heures, elle a fêté…

– Non, elle m'attend: je lui ai téléphoné.

– Toi, tu mijotes quelque chose, je le sens. Tu ne vas tout de même pas lui dévoiler l'état de santé de ton père, au moins?

– Si, Jean-Yves. Il est grand temps qu'elle le sache. Je ne veux plus l'entendre vociférer contre papa comme elle l'a fait hier soir. Elle en est rendue à ne plus croire en lui, à le traiter presque de malade imaginaire. Il faut qu'elle sache afin de changer d'attitude. On ne va quand même pas la leurrer jusqu'à la fin. Pour moi, c'est réglé. Grand-mère se doit de nous épauler.

– En as-tu parlé à ta mère? Le sait-elle?

– Maman n'a rien à voir dans ma démarche. Je l'aviserai à mon retour. Oublie ma mère, Jean-Yves, c'est de la mère de mon père dont je te parle. Elle n'a que lui et je n'attendrai pas qu'il soit un moribond pour lui dire que son fils s'en va, qu'elle va le perdre, et qu'elle ne le reverra peut-être plus. Ce ne serait pas charitable.

– Pense à son cœur, Claudie. Et puis, ton père t'en voudra…

– Pas plus qu'il m'en a voulu lorsque j'ai enquêté sur lui pour apprendre ce qu'il nous cachait. Pour ce qui est de grand-mère, malgré son angine, elle saura résister à la nouvelle. Tout comme elle a résisté aux excès qu'elle s'est permis hier soir. Elle est beaucoup plus forte qu'elle ne le laisse croire. Elle se plaint d'angine depuis vingt ans. La plupart du temps, c'était lorsque papa passait deux jours sans prendre de ses nouvelles. Finaude, la grand-mère, crois-moi. Mais j'irai en douceur, je vais l'épargner, la rassurer. Je sais qu'elle est âgée et je sais comment m'y prendre avec elle, mais elle se doit de connaître la vérité. C'est trop injuste de la laisser dans l'ignorance. S'il fallait qu'il parte avant qu'elle ne le sache, elle le suivrait peu après. Le choc serait pire que celui qu'elle aura quand je lui apprendrai dans quel état est papa. Je me dois de l'aider, de la préparer, de lui dire que nous serons là… Il est ignoble de laisser une mère ignorer que son fils s'en va.

– Bon, à ta guise, tu as sans doute raison. Tu rentreras en fin de journée?

– Je l'espère bien mais, si tu étais gentil, tu irais chez tes parents avec le petit. Juste au cas où je serais retenue. Je ne sais pas à quoi m'attendre…

– Va, ne t'inquiète pas, je sortirai avec Frédéric. Un tour de voiture et ensuite, chez ma mère. Si tu veux me rejoindre, je serai là.

– D'accord chéri, et pardonne-moi. Je sais que je te néglige de ce temps-ci, mais on se reprendra. Quand on a la vie devant soi…

– Ne t'en fais pas, Claudie, je suis loin de me sentir négligé. Si tu savais comme je t'aime. Je te regarde et je te désire comme au premier jour. Va, bon courage, tu as du cran, toi! Si tu savais comme je t'admire, mon amour.

Gervaise Landreau était debout depuis le chant du coq. À son âge, quelques heures de sommeil suffisent pour affronter le quotidien. Et comme le sien consistait à ne rien faire, pas même le ménage, elle qui avait une bonne depuis des années, ce n'était pas la fatigue qui la minait. Devant son téléviseur ou le nez plongé dans un roman, voilà comment s'écoulaient les heures de son… dur labeur. Lorsque Claudie sonna à sa porte, elle lui ouvrit vêtue d'une robe d'intérieur de soie bleue piquée de perles. Coiffée, poudrée, l'excentrique grand-mère avait déjà, aux lobes d'oreilles, des grappes de perles satinées et, dans les pieds, des pantoufles de satin ornées de gros pompons de plumes soufflés par les courants d'air.

– Claudie! Comme tu es belle! Tu pars en voyage ou tu déjeunes avec ta grand-mère?

– Bah, rien de compliqué, grand-mère. C'est vous qui êtes en beauté.

Claudie retira son manteau et offrit au regard ébahi de sa grand-mère un tailleur vert signé de la griffe d'un couturier avec, sur un foulard noué au cou, une broche en forme de croissant. Sans parler du savant maquillage, de ses cheveux coiffés d'un adroit coup de peigne et du parfum qui envahissait la pièce.

Gervaise avait préparé le café dans une cafetière d'argent digne d'un grand hôtel. Les biscottes, les raisins, les fromages, les confitures importées, tout y était. Tout comme au temps où madame, du vivant de son mari, recevait des amis de la bourgeoisie. Assises toutes deux dans le grand salon meublé de style Récamier, elles causèrent du temps doux, de ce Noël qui ne ressemblait en rien à ceux d'autrefois, à ces tempêtes de jadis, du petit Frédéric, de Jean-Yves que la grand-mère aimait bien, du somptueux repas de la veille, de la noblesse et du charme de Michel Vauquelin. Claudie la laissa s'extasier devant le tralala qui lui était si cher avant de clore le sujet et de lui dire tout en essayant d'éviter son regard:

– J'ai à vous parler de choses plus sérieuses, grand-mère.

– Ah! Pas une mauvaise nouvelle, au moins! Folle que je suis! Je parie que tu es enceinte! s'exclama-t-elle en riant.

Claudie avait gardé son sérieux, ce qui intrigua sa grand-mère.

– Non, pas de petit en route. Frédéric prend toute mon énergie. Non, je suis ici pour vous parler de papa, grand-mère.

La vieille dame fronça les sourcils et s'écria:

– Ah! celui-là! Attends que je l'apostrophe! Plus impoli que ça…

Claudie l'interrompit gentiment:

– Justement, grand-mère, vous n'aurez rien à lui reprocher. Papa est un être merveilleux et sa façon d'agir ne dépend pas de lui.

– Que veux-tu dire?

– Il est malade, grand-mère. Il faut le comprendre et cesser de le juger.

La vieille se leva et arpenta la pièce les bras croisés.

– Je veux bien le croire, Claudie, mais ce n'est pas une raison pour manquer de savoir-vivre. Comme si sa fatigue pouvait excuser toutes ses bévues.

– Assoyez-vous, grand-mère, gardez votre calme. Ce que j'ai à vous dire n'a rien à voir avec son attitude et sa fatigue chronique.

– Tiens, tu m'intrigues, toi. Qu'as-tu donc à me dire que je ne sais déjà?

– Papa est très malade, gravement malade.

Gervaise resta interloquée. Du regard, elle questionnait sans vouloir interrompre.

– Ce que j'ai à vous dire va vous chagriner, grand-mère. Je vous demande d'être forte, de prendre sur vous, de garder votre sang-froid.

La vieille s'impatienta.

– Allons, parle! Il n'est quand même pas à l'article de la mort à ce que je sache?

Claudie baissa la tête et murmura:

– Oui, grand-mère, même si ça risque de vous causer un choc, vous avez misé juste.

La vieille dame croyait rêver. Elle avait peine à entrouvrir les lèvres et Claudie profita de la stupeur pour trouver la force de lui annoncer:

– Il est atteint du cancer, grand-mère. Il se bat contre la maladie depuis des mois.

Les doigts de la vieille dame s'enfoncèrent dans les bras du fauteuil. Surprise, tremblant de tous ses membres, elle ne put que murmurer:

– Quoi? J'ai bien compris, Claudie?

– Hélas, oui. Papa m'en voudra beaucoup de vous l'avoir dit. Il voulait vous épargner ce chagrin jusqu'à la fin, mais je trouvais inacceptable que sa propre mère…

– Tous le savaient, sauf moi? questionna-t-elle d'une voix faible.

– Oui, mais depuis peu. Il nous avait caché la vérité. Il m'a fallu le déjouer, enquêter pour apprendre la vérité. Il a fini par tout nous avouer.

Gervaise ne bougeait plus. Comme si ses membres étaient paralysés. Claudie s'approcha d'elle, la serra dans ses bras et la vieille lui murmura:

– Va vite sur ma commode, j'ai des pilules dans une fiole. Va vite me les chercher, Claudie, avant que mon cœur s'arrête.

Remise à peine, le visage ridé, inondé de larmes, Gervaise ne pouvait comprendre que son fils unique, son p'tit gars bien à elle, lui ait caché une si triste vérité. Déçue, ébranlée, elle demanda à Claudie:

– On peut certes le sauver. Il y a des spécialistes aux États-Unis…

– Non, grand-mère, pas dans son cas. Le mal est partout, ses jours sont comptés. Comprenez-vous maintenant pourquoi il endure tout sans parler, sans se plaindre?

– Tu veux dire qu'il est condamné? Qu'il ne verra même pas l'été?

– J'en ai bien peur, grand-mère, c'est pourquoi je ne pouvais plus tarder à vous le dire. C'est mon père, mais c'est avant tout votre fils. Personne n'osait vous le dire, mais moi, avec tout le courage que j'ai pu trouver, j'ai poussé l'audace jusqu'à vous l'avouer parce que je sais qu'il aura autant besoin de vous que de nous.

La grand-mère s'effondra dans une mer de larmes.

– Claudie, Claudie, dis-moi que je rêve! Ça ne se peut pas! Pas Robert! Il était si fort, il n'a jamais été malade. Mon fils se meurt et je n'en savais rien. Et dire, qu'hier encore, je le vilipendais. Je me préparais même à lui donner le coup de pied… J'ai tant de peine, tant de remords.

– Non, grand-mère, vous n'avez rien à vous reprocher. Comment le pourriez-vous? Vous ne saviez même pas…

– Je devrais vous en vouloir de me l'avoir caché. Je suis sa mère!

Elle pleurait, s'essuyait les yeux de son mouchoir de dentelle.

– Vous m'avez épargnée, vous avez voulu me ménager, je le sais, mais j'ai maintenant si peu de temps. Te rends-tu compte de tout ce que j'aurais pu faire? Je l'aurais traîné de force jusqu'en Californie, en Suisse…

– Peine perdue, je vous le répète. Croyez-vous que papa ne l'aurait pas fait de lui-même ce voyage s'il avait conservé l'espoir d'une guérison? Et nous avons de très bons spécialistes ici, papa en est conscient. C'est lui qui a refusé toute forme de traitement quand on lui a dit que le mal était fait. C'est son corps, grand-mère, c'est lui qui le sent. Papa n'est quand même pas suicidaire. Il ne s'en va pas le cœur en fête, mais il s'est résigné, il a accepté, il veut partir entouré d'amour.

— Pauvre petit, comme il doit souffrir. A-t-il les médicaments qu'il lui faut? Où donc se cache ce fichu cancer? Au foie? Aux poumons?

— C'est généralisé, grand-mère. De jour en jour, ça se répend. Il n'en dit rien…

— Aveugle que je suis! Il maigrissait à vue d'œil, il avait peine à se tenir sur ses jambes. J'aurais dû m'en rendre compte. Pauvre folle que je suis! Tu vois, Claudie? Avec le temps, on s'imagine qu'il ne peut rien arriver à d'autres qu'à soi. On ne voit rien parce qu'on attend, parce qu'on est, si on se fie à l'âge, sur la liste des suivants. Avec raison, car là, c'est moi qui devrais partir et c'est lui qui s'en va. Mon p'tit gars! Ma seule raison de vivre! Quelle épreuve… J'ai le cœur à l'envers, mais je te jure que je vais retrouver mes forces et que je vais être à son chevet jour et nuit.

— Surtout pas, grand-mère, voilà ce qui l'achèverait. Maman est là, nous sommes là et, la plupart du temps, il insiste pour être seul. Il ne veut pas souffrir devant nous, ses enfants. Comment le ferait-il devant sa mère?

— Mais, je ne suis quand même pas pour rester ici à ne rien faire?

— Ce dont il aura le plus besoin, ce sera de votre amour et de vos prières. Vous savez, la prière est parfois plus puissante que la science.

— Je ne peux pas croire que je vais perdre mon fils unique, Claudie.

– Nous allons perdre notre père, grand-mère. Maman va perdre son mari. Quand un être cher s'en va, on perd tous quelque chose de soi.

– Si je m'habillais, tu voudrais bien me conduire jusqu'à lui?

– Grand-mère, pas maintenant! Papa ne sait même pas que je suis ici! Ne le mettez pas en rogne contre moi. Son moral n'est pas tellement bon ces jours-ci. Prenez le temps de vous remettre, de vous allonger. Attendez à ce soir et appelez-le. Au bout du fil, ça minimise les effets. Faites-le pour moi, grand-mère. Pour moi qui ai eu la force de tout vous dire.

Voyant quelques larmes sur le visage de sa petite-fille, Gervaise se calma.

– Pauvre enfant, pauvre petite. Oui, pour toi, je vais me contenir. Tu es la seule qui s'occupe de moi, toi. Pareille à ton père…

Elle lui passa la main sur la joue et lui demanda entre deux sanglots:

– Que vais-je devenir? Que ferai-je quand il ne sera plus là?

– Grand-mère! Comment pouvez-vous dire une telle chose… Nous serons là, nous, je serai là, moi. Vous avez une grande famille. Maman vous aime, nous vous aimons. Comment pouvez-vous penser un seul instant à l'abandon?

La journée fut longue pour Gervaise. En cinq heures, elle avait vieilli de cinq ans. Le cœur meurtri, seule dans le noir, elle revoyait sa jeunesse avec cet enfant blond sur les genoux. Elle se souvenait de la première fois où il avait murmuré dans ses bras… maman! Octogénaire, flétrie, s'accrochant encore à la vie pour lui, voilà qu'elle le perdait. Dans une longue agonie. Son p'tit gars, son Robert, ce fils qu'elle aimait plus que le fils de Dieu.

À la brunante, n'en pouvant plus, elle réunit ce qu'il lui restait de forces et composa le numéro d'une main tremblante. Au son de sa voix, Solange qui savait par Claudie que sa belle-mère avait appris, causa à peine avec elle et lui passa son mari.

– Bonjour maman, remise de ta soirée?

Gervaise éclata en sanglots et d'une voix chevrotante lui murmura:

– Robert, mon petit, j'ai tout appris. Claudie est venue... J'ai le cœur en miettes...

Réalisant ce qui s'était passé à son insu, la sentant à bout de force, Robert garda son calme.

– Ne t'en fais pas, maman, ça ira. Un Landreau, ça résiste longtemps.

– Oh, Robert! Si j'avais su. J'ai peine à parler, j'ai peine à croire...

– Sois forte, maman, sois-le pour moi. Les enfants auront besoin de toi...

– Bien sûr, mais toi, tu... Dis, tu souffres beaucoup, mon chéri?

– Pas autant que toi, je le sens. Mais ne t'en fais pas, ne souffre pas pour moi. Dis maman, ça te dirait de passer la journée avec moi demain? On pourrait se parler, se tenir la main...

Chapitre 9

Le nouvel an, selon la météo, allait naître avec de la neige et du vent. Juste assez pour faire état que c'était l'hiver et que les mois seraient longs même si la saison froide ne s'étirait pas plus que les autres au calendrier. Un jour de l'An qui allait être sobre, discret, dénué d'éclat chez les Landreau. Depuis qu'elle avait été informée du mal incurable qui rongeait son fils, Gervaise était venue chaque jour, au grand désespoir de Solange qui trouvait que sa belle-mère occupait beaucoup trop les lieux. Elle arrivait en taxi et, parfois, prétextant le mauvais temps, elle s'invitait pour la nuit, ce qui confinait Mylène au sous-sol, dans la chambre occupée jadis par son frère. «N'est-ce pas trop gras pour lui, ce que vous lui préparez?» «Lui avez-vous donné son médicament, aujourd'hui?» «Baissez le volume de la radio, Solange, ça pourrait le réveiller.» «Pourquoi ne sortez-vous pas? Je suis là.» ou «Mylène, ne fais pas autant de bruit, ton père sommeille.» Mylène s'accommodait malgré tout de la grand-mère puisqu'elle partait tôt le matin pour ne rentrer que tard le soir. Pour Solange, c'était une autre histoire. Aux prises avec sa belle-mère à longueur de journée, elle n'en pouvait plus d'être à ses ordres et de la voir prendre toute la place. La sienne. Car, depuis ses allées et venues régulières sous leur toit, Gervaise agissait comme si les autres n'existaient pas. Elle couvait «son p'tit gars», sursautait au moindre son qu'il émettait, courait vite vers lui dès qu'il ouvrait les yeux après une sieste. Si attentionnée que Robert, irrité quoique compréhensif, finit par lui demander d'espacer ses visites.

– Reste chez toi demain, maman. Claudie vient avec Jean-Yves et le petit, et Solange est épuisée.

Ce à quoi Gervaise avait répondu:

– Mais c'est le jour de l'An, mon chéri. Je ne peux pas ne pas être là! Je suis de la famille, moi aussi.

Robert lui fit comprendre que rien de spécial n'était prévu, que la table serait sans artifice, que c'était finalement un jour comme les autres. Gervaise se sentit frustrée. Sa bru n'était même pas intervenue en sa faveur.

– Allons maman, tu es venue chaque jour depuis une semaine. Peux-tu me laisser ce jour de l'An à moi tout seul? Puis-je le passer comme je le désire, sans tambour ni trompette, seul à seul avec ma femme?

– Je veux bien, mais si c'était là…

– Le dernier? Ça changerait quoi? Ne serait-ce pas une raison de plus pour que je le partage avec Solange? Tu sais, un couple…

– Mais, je suis ta mère, Robert!

– Je le sais, maman, tu me répètes cette phrase depuis cinquante-sept ans. Mais j'ai aussi une femme et des enfants. Le temps est précieux. Nous avons des choses à nous dire, Solange et moi.

– Bon, puisque c'est comme ça, je ne m'imposerai pas. Je viendrai sur appel de ta part, mon fils. Comme une infirmière!

– Je n'ai besoin ni d'infirmière ni de ma mère pour préparer ma mort! lui lança-t-il impatiemment. Je suis assez vieux pour mourir comme je le veux, non? Je t'aime, maman, tu le sais. Je sais que tu m'aimes, mais trop, c'est trop. J'ai besoin d'être seul, de me reposer, de me détendre. Laisse-moi au moins ce droit. Tu es trop accrochée à moi, ça m'énerve, ça me stresse. Regarde Solange, elle est là, sans bruit, pas dérangeante. Voilà ce dont j'ai besoin, maman, voilà…

– Parce que je dérange? Dis-le! Ne te gêne pas!

– Madame Landreau… tenta Solange.

– Non, ne dites rien, j'ai compris. Mon fils n'a plus besoin de sa mère. Faites-moi signe quand il sera mieux disposé.

Gervaise enfilait son manteau, attachait ses bottes, pendant que sa bru la regardait.

– Vous devriez comprendre. Dans son état, on a des impatiences…

– Oui, oui, avec sa mère… pas avec les autres! On est gravement malade et on oublie que sa vieille mère est toute seule. On oublie qu'elle pleure, qu'elle s'inquiète.

– Robert n'oublie rien, madame Landreau. Il est reconnaissant de ce que vous faites pour lui mais, certains jours, et je suis bien placée pour le savoir…

– Libre à vous d'endurer sans rien dire. Il vous a toujours fait taire! Mais ce petit jeu-là, ça ne prend pas avec sa mère.

Le taxi arrivait, elle sortit et sur la dernière marche de l'escalier, elle se retourna pour lancer à sa bru:

– Vous auriez dû le rappeler à l'ordre quand il était encore temps. Il serait peut-être moins insolent!

Solange n'avait pas été blessée par la remarque de sa belle-mère. Sans doute avait-elle raison, mais comme on ne rattrape pas le passé… Elle était quand même peinée pour elle. La pauvre vieille! Elle allait perdre son fils unique et, en elle, la colère grondait. Elle n'acceptait pas, ne se pardonnait pas. Tout comme elle, jadis, jeune mère, avec son petit Guillaume dans les bras, alors qu'elle était incapable de le laisser aller, incapable de le céder à l'au-delà. Solange était triste pour elle, mais elle comprenait Robert. Sa patience avait fait place au découragement. Sa mère l'angoissait, sa mère… le faisait mourir avant son heure. Ce qui lui avait fait dire à Claudie le soir même: «Tu vois? Tu croyais bien faire en lui révélant tout mais, avec son dévouement, elle va m'envoyer au cimetière avant mon temps.» Puis, réalisant qu'il avait navré sa fille au bout du fil, il s'était amendé: «Non, tu as bien fait, ma p'tite. Si j'étais parti sans qu'elle ne sache rien, elle serait morte de chagrin.» Pour ensuite ajouter: «Elle s'emporte, mais je la connais bien. Elle oublie vite et elle revient, le cœur sur la main.»

Le jour de l'An s'était déroulé tel que prévu. Un petit tour de la part de Claudie, Jean-Yves et le petit. Quelques heures, les vœux d'usage, les baisers. Le jeune couple était invité à souper chez les parents de Jean-Yves cette fois. Mylène avait embrassé sa mère, offert ses souhaits à son père et quitté la maison pour rejoindre des amis. Il y avait fête chez l'une d'elles ce soir-là, avait-elle dit en s'excusant de ne pas être là plus longtemps. Vers dix-sept heures, Stéphane s'était présenté. Seul, sans son ami. Solange ne questionna pas et Robert, ravi, lui tendit la main, lui offrit un verre et parla avec lui de mille et une choses sauf… de «l'autre». Stéphane avait compris. Michel avait raison. Sa place n'était pas dans cette maison.

— J'imagine que tu soupes quelque part, toi aussi? lui demanda sa mère.

— Oui, au restaurant, avec Michel et deux de nos employés, répondit-il.

Pour que son père qui n'avait pas daigné s'informer de son ami sache qu'il était encore avec lui. Robert n'ajouta rien, souhaita une Bonne Année, une bonne soirée, puis, seul avec

Solange, en tête-à-tête, le malade murmura: «Enfin, seul avec toi.» On aurait pu croire que c'était là un mot d'amour, mais elle connaissait bien son homme. «Seul avec toi» voulait dire qu'il aurait la paix parce qu'elle n'était pas «dérangeante», comme il l'avait souligné à sa mère. Un léger repas, son fauteuil préféré, puis, allumant une cigarette, il dit:

— Ce soir, on va passer une belle soirée. Depuis le temps que j'ai envie de revoir *Gilda* avec Rita Hayworth.

Comme si Solange était intéressée. Comme si sa femme n'aurait pas préféré sortir, aller souper chez Marielle ou Fabienne, aller manger avec Stéphane et ses amis. Non, Solange, soumise, devait encore se taire et regarder ce film du temps de la guerre avec Robert, sans une parole, sans un sourire. Narquoise, voulant lui démontrer à quel point, même à l'article de la mort, il pouvait être égoïste, elle ajouta:

— Et pourquoi pas les disques de Dalida après le film?

Le ton était pourtant ferme, sarcastique même, mais Robert, ravi, lui répondit:

— Tiens, pas bête ça! Ça va nous rappeler de beaux souvenirs.

Lundi, 16 janvier 1995. Solange sortait pour se rendre chez l'épicier. À peine rendue sur le trottoir, par malchance, elle croisa la voisine de droite.

— Bonjour, madame Landreau. Un hiver pas trop dur, n'est-ce pas?

— En effet et mal vus seraient ceux qui s'en plaindraient.

— Dites donc, on voit pas souvent vot'mari de c'temps-là. Le dépanneur me disait justement…

Vive comme l'éclair, Solange répondit:

— Il est en convalescence, on l'a opéré, il récupère.

— Ah, oui? Rien de grave, j'espère?

— Non, madame Paquette, des pierres à la vésicule biliaire.

– Ouch! Pas facile! On lui a fait ça par le nombril?

– Heu… non, l'opération régulière. Son cas était avancé, il avait trop tardé.

– Dommage, parce que par le nombril, y sont sur pied trois jours après. Moi, ma sœur…

– Ce qui ne sera pas son cas, il en a au moins pour un mois, sinon plus.

– C'est pour ça qu'on voit la grand-mère si souvent! Mon mari me disait qu'il la voyait arriver pis r'partir tous les jours. Un coup d'main, j'suppose?

– Oui, c'est ça. Elle s'occupe de lui, ce qui me permet de faire mes courses.

– Ça fait longtemps qu'on l'a pas vu d'la f'nêtre. Y'est au lit?

– Assez souvent, mais il se lève. Pour ce qu'il y a à voir dehors…

– C'est drôle, on s'est aperçu de rien. Pourtant, Achille voit tout c'qui s'passe.

– Mon mari n'est quand même pas parti en ambulance. Question de hasard tout simplement. Il faut croire que votre Achille était affairé ce jour-là.

– Lui? Y fait rien d'la journée! La télévision, le chassis, la pelle quand y'a d'la neige, pis…

– Excusez-moi, madame Paquette, mais je suis pressée. J'ai plusieurs courses à faire.

– Ben correct, allez-y, pis bonne année même si j'suis en r'tard…

«Pareillement et bonne santé», lui répondit Solange en pressant le pas et en marmonnant entre ses dents: «Maudite commère!»

Robert avait passé une mauvaise nuit. Le souffle plus court, il s'était levé à plusieurs reprises en proie à des douleurs pénibles qui se manifestaient dans les jambes, le dos, la poitrine, le cou. Des douleurs qui rampaient tels des serpents d'une partie du corps à une autre. Les tranquillisants avaient fait place à la morphine sous forme de comprimés obtenus sur ordonnance. Il avait résisté le plus longtemps possible avant d'insister pour l'ultime médicament qui endormait le mal d'une manière passagère. De plus, depuis quelques jours, la constipation l'indisposait, lui donnait des crampes, l'empêchait de manger. Et la morphine lui faisait des effets qu'il n'aimait guère. Il délirait, ses facultés étaient affaiblies, sa mémoire vacillait. Et, comme il avait peur de la nuit, ce n'était qu'au petit matin qu'il pouvait enfin jouir de quelques heures de sommeil, jusqu'à ce que les effets de ses médicaments se soient dissipés. Les journées étaient longues, les nuits abominables. Si bien que, depuis une semaine, il se disait: «Si seulement l'infarctus se manifestait avant que le vorace n'atteigne les os.»

Solange était sortie pour une raison précise en ce matin de janvier. Elle voulait trouver un cadeau, quelque chose de beau pour l'anniversaire de Robert qu'on soulignerait discrètement le lendemain. On avait craint que le malade n'atteigne pas ses cinquante-huit ans, qu'il ne soit plus là le 17 janvier, mais, têtu comme le Capricorne qu'il était, le malade allait voir son an de plus révolu, avant de s'enliser tout doucement dans un autre monde. Non pas qu'il y tenait, mais il était fort et solide, ce gaillard, malgré son peu d'énergie, sa maigreur, à peine la peau et les os. Il avait dit à Solange la veille: «Je sais que ma fête s'en vient, mais ne la souligne pas, je t'en prie. C'est ma dernière et l'émotion me tuerait plus vite que le cancer. Demande aux enfants d'être discrets. Demande à tes sœurs de ne pas

m'offrir leurs souhaits… Je ne saurais pas quoi leur répondre.»
Mais Solange tenait à souligner cette fête d'une façon intime.
Ne serait-ce qu'entre elle et lui, elle voulait, pour ce dernier
anniversaire, un baume de tendresse sur son cœur. Elle voulait
qu'il sache… qu'elle l'aimait encore.

Le lendemain, jour de la bougie de plus, Robert souffrait
moins. Comme si le ciel avait décidé de lui offrir un cadeau
pour sa fête. Il s'était levé plus en forme, avait déjeuné avec
Solange, s'était même rasé et avait troqué le pyjama pour une
chemise de flanelle et un pantalon propre. La veille, Solange
avait trouvé chez un antiquaire un magnifique cadre ovale, vieil
or, orné de roses ciselées. Pendant qu'il dormait, elle avait choisi
dans un album la plus belle photo de leur mariage et l'avait
soigneusement découpée pour qu'elle prenne la forme du cadre ovale. Emballé, décoré d'un chou blanc, le cadeau avait été
déposé sur le fauteuil de son mari, sachant qu'il allait le trouver. À peine avait-il franchi le seuil du salon, il aperçut le colis.
D'une main tremblante, nerveuse, il le déballa. Devant le joli
portrait encadré d'un lit de roses, il resta stupéfait. Malgré lui,
une larme glissa sur sa joue. Cette belle photo où, vêtue de sa
superbe robe blanche, Solange, accrochée à son bras, le regardait en souriant. Et lui, jeune et beau, lui rendait ce sourire
avec, dans les yeux, cette flamme… Il était sidéré, à la fois
consterné et affectueusement remué. Sur un carton rose où était
gravée une rose rouge, il put lire: *Tout comme au premier jour,
avec le même amour… Heureux Anniversaire*. Et c'était signé:
Tendresse, Solange. Elle était là, près de la porte, à peine dis-
simulée pour qu'il sente sa présence. Il la regarda, il était ému.

– Solange, c'est le plus beau cadeau de ma vie.

Elle s'approcha, les larmes au bord des yeux, se pencha,
l'embrassa sur le front.

– Bonne fête, chéri. Merci d'être encore là pour me permettre de partager ce jour avec toi.

Il prit sa main dans la sienne, la serra, la porta à sa poitrine et murmura en lui désignant la photo:

– Tu sais, tout comme en ce jour-là, toute ma vie, je n'aurai aimé que toi.

Elle détourna le regard pour qu'il ne se rende pas compte que, de ses yeux, coulaient les larmes du cœur. Timide face à l'aveu, elle répliqua:

– Je n'en ai jamais douté. Je te connais, va.

Gervaise avait téléphoné. La grand-mère avait depuis belle lurette effacé leur désaccord, et compris que son fils avait besoin de vivre certains moments seul. Alitée, grippée, elle lui avait dit de sa voix enrhumée:

– Bonne fête, mon p'tit gars. Un an de plus? Quel beau cadeau pour moi. Tu sais, je ne t'ai rien acheté, je n'ai pas pu sortir…

– Voyons maman, comme si à mon âge…

– Tout ce que je t'offre, Robert, c'est mon cœur de mère. Il est usé, il bat péniblement, mais ce qu'il contient, c'est pour toi, seulement pour toi.

– Repose-toi, maman, tu n'es pas bien, je le sens.

– Bah, ce n'est rien, si je le pouvais, je changerais de mal avec toi. C'est moi qui devrais être où tu en es, Robert. J'ai tellement vécu, ça fait si long…

– Ne dis pas de bêtises, chacun son tour et ce n'est pas le tien.

– Robert, il n'est pas normal pour une mère de voir partir son enfant avant elle. C'est une bien cruelle épreuve que le ciel…

– Maman, je t'en prie, pas aujourd'hui, c'est ma fête…

– Je sais, excuse-moi, c'est plus fort que moi. Je t'aime, mon p'tit gars, je pense à toi à tout instant. J'ai peine à fermer les yeux, je pense, je songe…

– Repose-toi, maman, je te le répète. Je t'aime aussi et il te faut reprendre des forces. J'aurai besoin de toi, tu sais…

– De ta mère? C'est vrai, Robert? Tu as encore besoin de moi?

– N'est-on pas toujours un enfant pour sa mère? Bien sûr, maman…

– Comme tu me rends heureuse. Si tu savais… Dieu que je t'aime!

Claudie était venue en fin d'après-midi. Une courte visite avec le petit pendant que Jean-Yves travaillait. Elle avait embrassé son père, lui avait offert ses vœux et lui avait remis en son nom et en celui de son mari un superbe album rempli de photos en noir et blanc des plus grandes vedettes de l'écran des années de la Seconde Guerre. De Gary Cooper à Humphrey Bogart, de Joan Crawford à Hedy Lamarr. Robert en avait été ravi.

– Comme c'est bien pensé. Tout à voir et presque rien à lire sauf un court commentaire sur les films qui ont marqué leur carrière. Bien pensé, Claudie, car je n'ai plus la force de lire des bouquins.

Puis, feuilletant l'album, il tomba sur une photo de Rita Hayworth.

– Regarde comme elle était superbe! Tiens, là où elle est, je vais peut-être avoir la chance de la rencontrer! s'exclama-t-il en s'efforçant de rire.

Claudie lui sourit gentiment et lui chuchota:

– Ne pense pas à cela aujourd'hui, papa. Tu as bonne mine et tu es bien vivant.

– Mais oui… Pourquoi faut-il que je gâche toujours le moment présent avec ce qui n'est pas encore pour aujourd'hui? Je me demande si tous ceux et celles… Non, je n'ajoute rien. Viens mon petit, viens voir grand-papa, ajouta-t-il en tendant ses longs bras maigres à l'enfant.

Le soir venu, Stéphane lui présenta ses vœux et lui offrit une plante verte qu'il déposa près de la fenêtre. Ce fut plus fort que lui, Robert murmura:
– J'en prendrai soin, grand soin, puisqu'elle me survivra.
Son fils avait froncé les sourcils.
– Excuse-moi, Stéphane. Pourquoi faut-il toujours…
– Ça va, papa, c'est normal, ce n'est pas grave. Michel m'a chargé de t'offrir ses meilleurs vœux.
Effleurant la plante, la retournant de tous côtés, le paternel fit mine de n'avoir rien entendu.

Mylène, qui rentra plus tard, l'embrassa et lui souhaita une… heureuse fête.
– Tu as passé une bonne journée? Tous sont venus, papa?
– Heu… oui, discrètement, comme je l'avais demandé.
Elle lui offrit un petit colis plat, emballé, enrubanné. Il l'ouvrit et trouva, sur disque compact, *Les Quatre Saisons* de Vivaldi.
– Je sais que la musique classique, ce n'est pas ton fort, mais Vivaldi, ça détend, ça fait dormir…
– En autant que ça me soulage de mes douleurs!
Phrase lancée sans songer qu'il pouvait annihiler la joie éprouvée par sa fille à choisir ce cadeau venu du cœur. Se ravisant, il ajouta:
– Je ne dédaigne pas la musique classique, tu sais. J'écoute souvent le FM de Radio-Canada l'après-midi. C'est vrai que

c'est bon pour le moral. Merci Mylène, ton geste me touche beaucoup.

— De rien, papa, bonne fête encore une fois. Tu as quel âge, déjà?

Les jours s'écoulaient, pénibles, difficiles à subir parfois pour celui qui, avec effroi, apercevait dans son miroir un visage émacié. Les nuits étaient insupportables. La peur du silence, la crainte du néant, ses cauchemars, le spectre, ses sueurs et ses atroces douleurs. La morphine, à forte dose, lui offrait un paradis artificiel, pour ensuite perdre de son effet et lui faire vivre un enfer. Ses jambes le soutenaient de moins en moins et, devant les efforts, devant les rictus causés par la douleur, Solange lui suggéra un fauteuil roulant. Il s'y refusa d'abord, par orgueil, puis, peu à peu, sentant que ses genoux lâchaient sous le poids du corps, il finit par accepter et se retrouva dans cette chaise qu'il poussait de ses mains osseuses pour se déplacer. Conscient que le cerveau risquait d'être attaqué, il insista pour que Solange soit au courant d'une autre vérité.

— Je ne te l'avais pas encore dit, mais j'ai vendu toutes mes parts à Dubord.

— Quoi? Tu ne fais plus partie de l'entreprise? Depuis quand?

— Depuis le commencement de la fin, dès que j'ai su que j'étais condamné. J'ai tout cédé, Solange, pour que vous ne soyez pas inquiétés après mon départ. Tout a été fait en bonne et due forme. Non pas que je n'avais pas confiance en lui, mais je voulais tout régler. Tu sais, la succession, c'est souvent un problème quand un homme d'affaires part. Je l'ai vu chez des confrères qui sont morts subitement. Du trouble à n'en plus finir pour la veuve et ce, même avec un testament. Moi, j'ai au moins la chance de tout mettre en ordre, de ne pas vous laisser avec des papiers que vous ne pourriez même pas déchiffrer.

– C'est pour ça que tu es sans nouvelles de lui, qu'il ne vient pas te voir? Jean Dubord, ton associé depuis trente ans.

– Non, ne le juge pas de cette façon, Solange. Il m'a téléphoné à maintes reprises, il a insisté tant de fois pour venir. C'est moi qui ai sans cesse refusé. Je veux qu'il garde le souvenir du collègue qu'il a connu. Je ne veux pas le bouleverser et je ne veux surtout pas qu'il me voie. Je ne veux pas l'imaginer ensuite en train de dire aux employés: «Vous devriez le voir. Il fait pitié.»

– Il pourrait au moins prendre de mes nouvelles, me téléphoner, s'enquérir de moi. Depuis le temps qu'on se connaît…

– Il l'a fait, Solange, mais lors de ses appels, tu n'étais pas là. Ne lui en veux pas. Il a même appelé Claudie pour prendre de mes nouvelles.

– C'est curieux, elle ne m'en a pas parlé.

– À moi non plus, c'est lui qui me l'a dit. Elle a sans doute eu peur que je sorte de mes gonds. Tu n'oublies pas qu'elle lui est toujours tombée dans l'œil, notre Claudie, non? Surtout quand sa Thérèse avait le dos tourné. Bon, trêve de balivernes, je ne fais plus partie de la compagnie et tout mon avoir est placé. Ce que je veux maintenant, c'est que tu convoques le notaire: je veux rectifier mon testament.

– Le convoquer ici?

– Et pourquoi pas? Au prix que je le paie! T'en fais pas, il va se déranger. Les notaires, ça ne roule plus sur l'or de nos jours.

Ce qui fut dit fut fait et, dans les jours qui suivirent, le notaire de Robert Landreau se présenta à la maison avec son adjoint en guise de témoin. Des heures à discourir, à changer, à modifier, et ils partirent heureux du temps alloué… fort bien rémunéré. Après leur départ, Robert avait demandé à Solange de se joindre à lui pour un tête-à-tête, avec le café-croissants. C'était l'une de ces journées où les affaires semblaient avoir mis le mal dont il souffrait dans un tiroir.

– J'ai tout changé, Solange. J'ai fait un juste calcul, j'ai révisé mes legs et, bien sûr, tu restes la première de mes bénéficiaires. La maison sera à ton nom avant mon départ, ce qui évitera tout délai qui pourrait survenir par la suite. De plus, je te laisse tout ce que je possède, Solange, pour être sûr que tu ne manqueras de rien. Je veux que tu voyages, que tu te prépares une vieillesse aisée, sereine, sans souci. À défaut de ne pouvoir la partager avec toi, vis-la pour nous deux, Solange, cette dernière saison de la vie que je ne connaîtrai pas, que je…

– Arrête Robert, tu me mets le cœur à l'envers. Cesse de tourner le fer dans la plaie. J'ai si mal, si mal pour toi depuis que je sais. Ne me tourmente plus, je t'en supplie. Tu passes des nuits blanches, je le sais, mais sais-tu seulement combien de fois je n'ai pas fermé l'œil de la nuit? Je me demande ce que je ferai lorsque, seule dans ma chambre, je n'entendrai plus ton souffle venant de la tienne. J'aurai l'impression que tu es encore là, que tu te lèves en pleine nuit et ça ne sera plus qu'un mirage. Je me suis habituée à être avec toi, Robert, jour et nuit, à l'affût du moindre bruit. Le silence de cette maison sera lourd à porter.

– Mais, tu ne seras pas seule, tu auras Mylène…

– Je ne l'aurai pas jusqu'à ma mort, Robert. Mylène va finir par partir, faire sa vie. Elle ne sera pas le bâton de vieillesse de sa mère.

– Pas partie… pour partir, la Mylène. J'ai l'impression qu'elle…

– N'en sois pas si sûr. Mylène n'est pas un livre ouvert. Mylène ne s'ouvre pas comme Claudie, mais elle suit son destin, elle aussi. Je peux la perdre d'un jour à l'autre. Tout comme ma famille m'a perdue lorsque je t'ai rencontré, souviens-toi.

278

– Si la chose se produit, n'hésite pas, vends la maison. Ne reste pas ici avec tes souvenirs. La nostalgie est parfois une dure maladie. Tu pourrais t'acheter un condo, te rapprocher de Claudie ou de Stéphane, ne pas te sentir loin de tes enfants qui t'aiment…

– Dis, as-tu pensé à ta mère dans ton testament?

– Allons donc, ma mère a plus d'argent qu'elle peut en avoir besoin pour le temps qu'il lui reste. Elle est plus riche que moi, Solange. Et je sais, pour l'avoir conseillée en ce sens, qu'elle laissera son héritage à nos enfants. Tout est planifié depuis longtemps, ne t'en fais pas. Tout ce dont elle aura besoin, c'est qu'on s'occupe d'elle, qu'elle ne se sente pas abandonnée. Indépendante de fortune, elle ne l'est pas de sentiments. Moi parti, il ne lui restera que toi et les enfants. Promets-moi de veiller sur elle, Solange. Je sais qu'elle n'est pas toujours facile, mais ce sera un dur coup pour elle que de se retrouver complètement seule. J'étais son seul appui.

– Ne crains rien, elle ne sera pas négligée. Claudie veille déjà sur elle. Même si elle ne le manifeste pas trop, je sens qu'elle est sa préférée. Parce qu'elle te ressemble, Robert, parce que ta fille pense comme toi et que ta mère te retrouve en elle. Claudie sera toujours pour elle la prolongation du fils qu'elle adorait. Ne crains rien, elle sera choyée.

– Au fait, Solange, j'ai modifié mon testament en vue de laisser une assez forte somme à chacun des enfants.

– N'était-ce pas déjà fait?

– Oui, mais… j'avais changé des clauses. J'ai eu des moments de doute, tu comprends? Là, je me suis ravisé et mes trois enfants toucheront un héritage à part égale. Stéphane et Mylène auront le même montant que touchera Claudie.

– Ce qui n'était pas le cas?

– Non, je l'avoue. Au point où j'en suis, autant opter pour la sincérité. Dans un excès de rage, j'avais déshérité Stéphane.

Si j'étais mort d'un infarctus, tu m'en aurais voulu pour le reste de ta vie d'avoir agi ainsi. Et puis, je léguais beaucoup plus à Claudie qu'à Mylène. C'était injuste, je le sais, et ne me demande pas de t'expliquer le geste. Là, tout est rentré dans l'ordre. J'ai trois enfants, trois enfants que tu m'as donnés et que j'aime. Trois enfants qui n'auront plus à douter de mes sentiments.

Solange, le cœur déchiré, avait les larmes aux yeux.

– Je bénis le destin qui a voulu que je prépare mon départ. Si tu savais comme il fait bon s'amender. Ça évite à l'âme d'être damnée.

– Tu t'es vraiment réconcilié avec la vie, n'est-ce pas?

– Vraiment, je ne saurais dire, je vais la perdre, Solange. Mais, malgré le cruel verdict, aujourd'hui, je remercie le ciel de m'avoir averti de ma mort.

– Tu as faim, Robert? Tu veux que je te prépare quelque chose?

– Non, pas pour l'instant. J'ai un autre sujet à aborder, une autre mise au point à effectuer, si tu veux bien.

– Je t'écoute, va, les heures ne comptent plus pour moi.

– Solange, je voudrais entendre une dernière promesse de ta bouche, une seule.

– Laquelle? Je ne veux rien te refuser, mais qu'attends-tu de moi?

– J'aimerais que… après ma mort, tu refasses ta vie.

– Que veux-tu dire?

– Que tu ne portes pas le deuil jusqu'à la fin des temps. Je te demande d'ouvrir les yeux, de rencontrer, de rebâtir ta vie avec un…

Elle l'interrompit brusquement.

– Non, ça, jamais! Je n'ai aimé que toi. J'ai vécu à tes côtés pendant trente ans. Jamais un autre homme ne prendra ta place, Robert.

– Mais, tu n'as que cinquante-sept ans, Solange. Tu pourrais…

– Je n'y tiens pas et, crois moi, ce n'est pas que pour être fidèle à ta mémoire. J'ai été heureuse, parfois malheureuse, mais je ne traîne aucune blessure de ma vie avec toi. Plus maintenant, le ciel l'a voulu, merci. Après toi, aucun autre homme n'entrera dans ma vie. Je ne dis pas cela dans le but de protéger ta place, mais après toutes ces années, après notre vie intime, après le naufrage et la séparation des corps, je me suis habituée à un rythme de vie qui m'a fermé le cœur et les entrailles. J'ai mes enfants, mon petit-fils, d'autres petits-enfants que je verrai peut-être naître et je serai comblée, Robert. Je suis à quelques printemps d'être sexagénaire. Je n'ai ni l'envie ni la force de recommencer à m'habituer au partage. J'aurai Fabienne, Marielle, j'ai des amies, je voyagerai, mais jamais je ne me remarierai, je te le jure.

– C'est justement ce que je ne voulais pas entendre. Qui sait si la prochaine fois, tu ne rencontreras pas l'homme qui te rendra heureuse? Ai-je été si odieux pour que tu ne croies plus au bonheur?

– Mais j'y crois, Robert. Je crois au bonheur, mais à un bonheur planifié. Les enfants sont toute ma vie et je vivrai en vertu d'eux désormais. Je n'aurai besoin de personne pour combler le vide, car ce vide n'existera pas. Tu le combleras, Robert, d'où que tu sois. Je t'ai aimé, j'ai douté et voilà que je t'aime encore. Ne me demande pas de te faire une promesse contre ma volonté. À mon âge, la tendresse, l'affection, voilà tout ce que mon cœur demande à la vie. Ne me parle plus jamais de ce sujet. J'ai fait une croix depuis longtemps sur le rêve. Je suis au terme de la réalité. Après toi, aucun autre, ça, je peux te le jurer.

– Le ton me porte à croire que tu en as eu assez, que j'ai gâché…

– Non, j'ai eu maintes fois l'occasion d'y penser. Et je ne te dis pas ces choses par dépit, crois-moi. Ma vie s'en va, moi aussi, je le sens, je vieillis. Et le voudrais-je que je ne pourrai jamais aimer comme je t'ai aimé. Même si ce verbe se conjugue au passé. Je t'ai aimé de toute mon âme, je t'ai aimé sans jamais le regretter. Et je t'aime encore même si une corde de l'archet s'est brisée. Je vais te sembler dure, Robert, mais va, pars, et pour une fois ne gère pas ce qui te survivra.

– Tu as raison. Voilà que j'en suis encore à donner des ordres alors que mon corps est presque mort. Tu vois, Solange? C'est comme un cancer. On ne guérit pas du mal de vouloir tout diriger. On persiste jusqu'à en crever et on ne s'en aperçoit même pas.

Un long silence. Ce qui voulait dire que le sujet était clos dans la tête de Solange. Pour elle, tout était réglé. Après le départ de Robert, sans amertume, sans pensée empreinte de méchanceté, pour la première fois de sa vie de femme, Solange… s'appartiendrait.

Il allait se lever. Il se rappela qu'il était en chaise roulante. Désireux d'avaler un comprimé afin de tuer la douleur qui revenait, il poussa les roues jusqu'à sa table de chevet. Chemin faisant, il s'arrêta et regarda sa femme.

– Une dernière chose, Solange, je voudrais qu'on prépare ensemble mes funérailles.

– Robert! Tu n'y penses pas? Pas ça!

– Oui, oui, si tu veux bien. J'ai tout écrit dans mes dernières volontés, mais sous l'effet du choc, on se laisse souvent aller, on se laisse prendre au jeu des sentiments. On devient victime des frais funéraires. J'ai ici la carte d'une dame à qui j'ai téléphoné. Elle n'attend que mon appel pour les arrangements. Tu sais, dans la vie, on ne prépare jamais sa venue. On arrive, on n'a rien à dire, on est victime des circonstances. Mais quand on a la chance de préparer sa sortie, je t'en prie, ne m'enlève pas ce dernier coup de maître. Et là, ne t'en déplaise, je ne gère rien d'autre que… mon départ. Je veux que ce soit simple et respecté. Je veux que tu sois là avec moi quand la dame viendra. Tu verras, ce ne sera pas long. Que des formalités puisque je l'ai déjà mise au courant de mes intentions. Je veux partir en toute simplicité, Solange, en toute discrétion, anonyme comme lorsque je suis né, mais à ma façon. Tout ce que je veux et ça, tu le sais, c'est reposer à tout jamais auprès de notre petit garçon. Laisse-moi faire, seconde-moi, sois là, c'est tout ce que je te demande.

– Tu comptes la rencontrer quand, cette dame?

– Le plus tôt possible. Le temps presse. J'ai encore toute ma tête…

Solange pleurait. Acquiesçant à son désir, elle se contenta de répondre:

– Comme tu voudras mais, mon Dieu, que ça fait mal ce que tu me demandes là.

Un froid terrible en ce vendredi 27 janvier de l'an qui venait à peine de naître. Si froid qu'on pouvait sentir le vent glacial s'infiltrer par les fenêtres pourtant suffisamment isolées pour contrer les intempéries. Robert avait enfilé sur son pyjama un gros chandail reçu à Noël en plus d'un foulard qu'il noua autour du cou. À bout de sang pur ou presque, il se frottait les mains pour en sentir la circulation. Ses jambes sans force se contractaient et ses doigts secs se fendillaient au niveau des jointures. Comme si ses membres se détruisaient d'eux-mêmes. Il souffrait d'un affreux mal de tête et avait peine à se déplacer en fauteuil roulant. Il buvait du café pour se réchauffer et grillait une cigarette après l'autre. Il était mal en point, mais il résistait, car c'était ce même matin, par un froid pareil, que madame Ferrier, représentante de la maison funéraire, devait venir chez lui.

Ponctuelle mais transie, lunettes givrées par la froidure, elle se présenta au moment prévu. Solange lui ouvrit, l'accueillit près du foyer, lui versa un café. «Dommage de vous déranger par un temps pareil» lui avait dit madame Landreau. «J'en ai vu d'autres, soyez à l'aise. De toute façon, ce vendredi, c'est mon seul rendez-vous. Après, je rentre et je me terre pour la fin de semaine.» Robert la regarda de son petit vivoir. Il murmura: «Pas jolie, grassette, sans artifices. Bonne représentante pour les croque-morts.» Présentations faites, la dame remarqua que son «client» n'en menait pas large. Prise de sympathie, elle dit en le regardant: «Je ne prendrai pas beaucoup de votre temps, monsieur Landreau. Vous pourrez vous reposer après mon départ. Je n'ai pas l'habitude d'insister lorsque les choix sont fixés.» Robert songea: «Pas jolie, mais agréable, charmante, courtoise.» La dame avait des brochures, des catalogues, et Solange, pétrifiée par le sujet dont on allait parler, se tenait à l'écart. Elle voulait certes écouter, mais ne rien voir. Robert lui débita d'un trait: «Je désire n'être exposé qu'un seul soir, cercueil fermé. Le cercueil dont vous m'avez parlé et que je peux louer.»

– Quoi? de s'écrier Solange. Un cercueil loué? Mais pourquoi?

– Parce que ma dernière volonté est d'être incinéré, ma femme.

– Voyons Robert, pas ça… Tu disais que tu voulais être enterré…

– Oui, mais j'ai réfléchi depuis, et notre petit trésor comprendra. Ça fait trente ans qu'il repose en terre cet enfant. Que reste-t-il de ce petit corps frêle? Et comme la fosse n'est pas grande… Tu sais, dans un cadavre ou dans ses cendres, le cœur y est encore, et c'est ça que Guillaume attend de son père qu'il n'a pas connu. Ce que je veux, c'est qu'on dépose l'urne sur son petit cercueil blanc s'il en reste une trace. Pour que mes cendres, lorsque l'urne de terre cuite se brisera, puissent glisser et se mêler aux siennes pour le réchauffer. Je t'en prie, Solange, ne dis plus rien. Laisse-moi choisir moi-même mon dernier chemin. J'y ai longuement songé et j'ai décidé d'être sur lui et non lui sur moi. Pour le protéger, Solange, pour le sentir à l'abri, apaisé, rassuré. Pour être son bouclier. Et sans lui écraser les os, il est si fragile et je serai si léger… Je veux me répandre en lui, Solange, en douceur, sans bruit, sans fracas… Pour que nos âmes s'étreignent et qu'il puisse discerner dans cette poussière, un visage…

Solange, muette, tremblante, pleurait à chaudes larmes. Entre deux sanglots, elle parvint à murmurer:

– Il en sera ainsi, Robert. Selon ta volonté. Parce qu'un étrange frisson m'a traversé le dos. Comme si c'était Guillaume qui t'avait chuchoté à l'oreille tous ces mots…

– C'est possible, Solange. Il me parle chaque nuit depuis quelque temps…

La dame, quoique habituée à ce genre de propos, était très mal à l'aise. Cet échange si tendre la touchait profondément. Pour rompre le silence, elle enchaîna:

– Et si j'ai bien compris, monsieur, pas de service à l'église, pas de corbillard…

– Non, une courte messe en chapelle ardente le lendemain de l'adieu et, sans perdre de temps, je veux rejoindre le petit.

Puis, se tournant vers Solange:

– J'ai choisi l'urne. Elle est brune et elle est gravée à l'effigie d'un ange.

Solange pleurait doucement. Mouchoir à la main, elle le portait à ses yeux. Jamais elle n'avait entendu un discours qui la brisait autant. Touchée, émue, faisant tout pour se contenir, elle écoutait en silence. Elle restait muette et quasi immobile.

– La chapelle n'est pas grande, vous savez.

– Je sais, mais il n'y aura que la famille, que les proches.

– Vous… vous occupez vous-même des vêtements?

– À cercueil fermé, qu'importe la tenue vestimentaire.

Puis, regardant Solange, il ajouta d'une voix à peine audible:

– Mon complet bleu, la cravate que tu m'as donnée…

Solange n'en pouvait plus. Elle se leva, s'excusa, se retira délicatement. C'était trop pour son cœur. Elle craignait de perdre conscience. Elle tremblait de tous ses membres. Comment pouvait-il garder un tel sang-froid, faire preuve de tant de courage? Comment pouvait-on… choisir, encore vivant, sa mort?

– Allons, madame, poursuivons sans elle, je lui remettrai les papiers.

– Vous désirez que ce soit nous qui nous occupions de mettre l'urne en terre?

– Évidemment! Qui d'autre? Certainement pas ma femme. Quelle question!

– Excusez-moi, je ne voulais pas vous ennuyer, mais ça fait partie du formulaire. Vous acceptez qu'on publie un avis de décès dans les pages de la nécrologie?

– Oui, une seule fois, sans photo.

– Désirez-vous qu'on s'abstienne de l'envoi de fleurs?

– Non, surtout pas, et pour une bonne raison. Je tiens à en recevoir afin qu'elles soient déposées sur le terrain où je dormirai avec mon petit Guillaume. Beaucoup de fleurs. Je les veux toutes sur le site, sur la pierre tombale, partout. Même s'il neige, même si on est en plein cœur de l'hiver. Un arc-en-ciel de couleurs sur la neige blanche. Un printemps en hiver, quoi! Pour que mon petit garçon en sente l'odeur et la chaleur.

– Et… après la cérémonie, une petite réunion pour ceux…

– Non, rien de tout cela. C'est païen, cette manie-là. Pleurer et rire, c'est le rituel des Grecs orthodoxes, pas le mien. Non, qu'on retourne à la maison, qu'on se réunisse, qu'on se souvienne, mais pas de réception.

– Nous pouvons nous occuper de la gravure sur le monument.

– Alors, faites-le, mais comme il n'y a pas beaucoup de place, je ne veux comme inscription que mon nom, l'année de ma naissance, celle du décès. Juste sous celle de mon petit garçon. Et, s'il vous plaît, demandez au graveur de nettoyer les incrustations de la sienne: c'est à peine si on peut lire son nom.

– Lors de la mise en terre, une voiture pour vos proches?

– Oui, deux même, très confortables. Des limousines luxueuses et bien chauffées.

– On n'oublie rien, monsieur Landreau?

– Non, tout est dit, rien d'autre. Oh, si… Ma femme n'est pas là?

– Heu… non, je ne la vois pas.

Robert sortit un bout de papier froissé sur lequel le petit Frédéric avait tracé des lignes en rouge. Claudie l'avait aidé à former son petit cœur. Il l'avait offert à son grand-père avec un gros baiser lors de sa dernière visite.

– Prenez ce papier, ce dessin, je veux dire, et quand viendra le moment de sceller l'urne, pliez-le et glissez-le parmi mes cendres. Je veux partir avec ce geste d'amour de mon petit-fils que je pourrai montrer à mon fiston.

Puis, se penchant vers la dame de peur d'être entendu, il lui murmura:

– Entre enfants, vous savez, on se comprend.

La dame glissa le dessin dans son cartable et assura monsieur Landreau que tout serait exécuté selon son désir et ses choix. Debout, prête à partir, Solange revint pour lui remettre son manteau.

– Si l'auto est trop froide avec ce vent, vous pouvez la laisser réchauffer…

– Non, très aimable à vous madame, mais j'ai l'habitude.

Elle serra la main de son client et sentit qu'elle était aussi froide que celles de ceux qu'elle revoyait en pensée, yeux clos, inertes. Elle tressaillit, dégagea sa main, releva le col de son manteau et disparut dans la bourrasque.

Restés seuls, Solange et Robert se regardèrent. Elle avait les yeux rouges, elle tremblait d'effroi, non de froid.

– Je n'ai jamais vécu un moment aussi douloureux, lui dit-elle.

Il pencha la tête, ajusta son foulard.

– Je me sens mal, Robert, j'ai des palpitations…

Il ne répondait pas, il s'apprêtait à rouler sa chaise.

– Je me demande comment tu peux être aussi calme…

Robert se contenait. Les yeux levés dans le vide, il fixait le plafond.

– J'espère ne jamais avoir à revivre cela… murmura-t-elle.

Elle se retourna, regarda son mari qui avait tenu le coup, qui tremblait. Et, vaincu par l'émotion, Robert Landreau éclata en sanglots.

Chapitre 10

Dimanche, 12 février 1995. Il faisait froid, terriblement froid. L'hiver dans toute sa force. Robert allait mal, de plus en plus mal. Il restait au lit de peur qu'en se levant, le monstre se réveille et se glisse dans tous ses membres. La nuit, il se servait de l'urinoir que Solange avait obtenu d'un endroit où l'on vend de l'équipement pour les malades aux soins palliatifs. Il ne dormait pas, il ouvrait la radio, il la refermait. Les émissions de nuit étaient déprimantes. Des alcooliques, des drogués, des «tout croches» qui se racontaient à une animatrice. Ça le révoltait parce qu'eux, bien en vie, avaient des chances de s'en sortir sans, bien souvent, faire le moindre effort. Lui, condamné, n'avait pas le moindre espoir. Il souffrait de plus en plus, endurait en s'agrippant à son matelas, en étouffant ses cris de douleur dans l'oreiller pour ne pas réveiller Solange... pourtant éveillée. Elle avait maigri, elle avait les yeux cernés à force de faire le guet et de partager d'instinct ses nuits blanches. Depuis quelques jours, une infirmière venait sur appel lui injecter de la morphine. Les comprimés avaient fait place à l'aiguille. Et Solange dut apprendre à lui injecter sa dose, à le soulager. La médecine à domicile ne pouvant être aux abois vingt-quatre heures sur vingt-quatre. Nombreux étaient les malades, trop peu les intervenants. Une infirmière privée? Robert n'y tenait pas. «Une garde-malade tout le temps, ça sent l'hôpital», avait-il dit à Solange. Pour ensuite la supplier: «Quand viendra le moment, n'appelle pas l'ambulance, n'interviens pas, je veux mourir ici. Dans mon lit! Jure-le moi!» Et elle avait juré. Fabienne avait offert ses services pour que sa sœur puisse se reposer. Robert avait refusé. «Pas de belle-sœur dans mon intimité. Pas elle, pas ta sœur, les yeux sur moi, sur mon corps, sur…» Il était abattu voire, exécrable quand le mal, par moments, lui tenaillait les os. Il sentait venir la phase la plus douloureuse de cette fin abominable. Il avait de l'endurance, mais il n'en avait pas moins murmuré: «Même un cheval ne passerait pas à travers ça!» Solange était découragée, anéantie, brûlée par les efforts et le dévouement dont elle faisait preuve. Mylène tentait de prendre la relève, mais son père, face à elle, résistait. «Ça va, ma grande, va te coucher» lui disait-il, même quand il se tordait et que les dents serrées lui rendaient les joues encore plus creuses. Il avait son orgueil. Celui du père qui, devant sa fille, ne voulait montrer signe de défaillance. Ce n'était qu'avec Solange qu'il se laissait aller. Parce qu'avec elle, jadis, il avait tout partagé.

Il avait ses heures de répit. Peu nombreuses mais suffisantes pour prendre son fauteuil, avaler une soupe, causer avec sa femme.

– Tu crois que Dieu existe, toi?

– Voyons, Robert, quelle question! Bien sûr que Dieu existe et qu'il y a un ciel. Il m'arrive d'y voir Guillaume entouré d'anges.

– Illusion, mirage, Solange! Je pense qu'après, hélas, il n'y a que ce qui reste six pieds sous terre. Si le bon Dieu existait, il ne permettrait pas que je souffre de la sorte, que des enfants meurent assassinés…

– Robert, je t'en prie, ne perds pas la foi. Pas au moment où la vie s'en va, où l'au-delà… Pas avec Guillaume dans ton cœur.

– Je sais, je ne devrais pas, mais je suis rongé par le doute. Aucun mort n'est revenu pour nous dire ce qui se passe après, ce qu'est l'éternité.

– Sans doute parce que le paradis ne se partage pas avant d'y être. C'est un mystère et il faut que ça demeure un mystère. Imagine tous les malheureux de la terre s'ils avaient la certitude que, un pas plus loin, c'est le bonheur éternel. L'inconnu n'attire pas et c'est tant mieux comme ça. C'est ce qui fait qu'on apprécie la vie jusqu'à son dernier souffle. C'est ce qui fait qu'on s'y accroche…

– Moi, je décrocherais vite si je savais…

– Tu vois? Ne pas savoir, c'est garder l'espoir…

– Quel espoir? De guérir? Allons donc! Je n'ai pas cet espoir, pas plus que j'ai celui de la vie après la mort. J'ai peur, Solange, ce n'est que ça: de la peur.

– Peur de la délivrance, Robert? Ou du face à face…

– Avec Dieu? Dis-le, ne te retiens pas. Non s'il existe, si c'est vrai que le ciel existe, j'y serai après cet enfer.

Elle préféra se taire de peur qu'il en arrive à blasphémer. Dans un état second, sous l'effet de sa forte drogue, Robert ne composait plus vraiment avec la réalité.

– Un purgatoire, Solange. Voilà ce que je vis! Je sais que j'ai des choses à expier sur terre, mais à ce point? Ai-je été aussi fautif? Qu'est-ce que j'ai donc fait pour être châtié aussi sévèrement? Ai-je mérité de périr à petit feu, de subir les coups de lance du diable comme une acupuncture maudite? Un purgatoire, c'est pire que l'enfer. J'aurais préféré brûler vif!

– Robert, ne parle pas comme ça. Puisse Dieu ne pas t'entendre…

– Qu'il m'entende, je m'en sacre! C'est pire que son calvaire ce que je vis là!

– Robert, pour l'amour…

– Pour l'amour de rien! Me crois-tu assez naïf pour croire que «tes anges» m'attendent et que saint Pierre va me tendre la main? Moi, je crois en Guillaume, parce que je serai à ses côtés, qu'il a existé, que je l'ai vu, lui!

Sans savoir pourquoi, Solange laissa échapper:

– L'as-tu seulement vu, cet enfant?

Il n'avait rien répondu. Touché en plein cœur, il s'était tu et des images défilaient dans sa tête. Pour les chasser, il roula son fauteuil avec peine jusqu'à la fenêtre et, après un long silence, murmura:

– J'ai bien peur que Claudie ne vienne pas aujourd'hui. Avec ce froid…

– Non, elle ne viendra pas. Le petit est malade, il est fiévreux. Une grippe, une toux affreuse. J'avais oublié de te prévenir.

– Jean-Yves est pourtant là?

Solange, indisposée, fatiguée, répliqua telle une brimade:

– Dans ces moments-là, c'est de sa mère qu'un enfant a besoin. C'est dans ses bras qu'il fait ses poussées de fièvre. Si quelqu'un le sait, c'est moi!

Mylène s'était levée d'humeur maussade. Elle avait mal dormi, elle souffrait d'une migraine. Passant près de son père, il lui lança:

– Tiens! On dirait que tu as pris du poids, toi!

Elle se retourna, le dévisagea et lui répliqua:

– Non, papa! Je n'ai jamais été mince comme Claudie, moi! C'est ce que tu voulais dire, n'est-ce pas?

– Pourquoi cette riposte? Ce n'est pas ce que je voulais dire. Au contraire, je trouve que ça te va très bien. Tu as l'air plus en santé, plus en forme, plus femme, ma grande.

– Peut-être, mais pas autant que ta «p'tite» n'est-ce pas?
Solange intervint:

– Mylène, tu dépasses les bornes. Ton père ne voulait rien insinuer. Encore à pic, toi? Comment peux-tu dans son état…

Mylène, sans rien dire, avait regagné sa chambre, un verre de lait dans la main.

– Pas facile, celle-là! Que lui ai-je donc fait? On dirait qu'elle me déteste.

– Non, non, Robert, ce sont les études, les examens. Pas facile pour elle, tout ce stress…

– Ce n'est pas une raison pour s'en prendre à son père. Je me meurs, bâtard! Est-elle aveugle? A-t-elle une roche à la place du cœur?

Gervaise avait téléphoné, elle était souffrante. L'angine l'avait minée toute la nuit et elle tenait à parler à Robert qui, dans une saute d'humeur, avait crié à Solange:

– Ah, non! Je ne file pas, je ne veux pas l'entendre se plaindre.

– Robert, c'est ta mère, elle est inquiète, elle n'est pas bien.
Contenant sa mauvaise humeur, il s'empara de l'appareil.

– Oui, maman, ça ne va pas? Encore un malaise, je suppose?
Gervaise sanglotait. Elle se mouchait, elle toussait.

– Mon angine, mon p'tit gars, j'ai les gencives engourdies.

– Bien oui, depuis vingt ans, maman, mais c'est un mal qui ne tue pas. Comment peux-tu te plaindre à moi qui endure plus que ça en silence?

– Je sais, je ne devrais pas, mais à qui d'autre veux-tu que je parle? J'ai demandé à Claudie de venir; elle ne peut pas…

– Ça se comprend, son petit est malade! Il n'y a pas que toi qui écope d'un rhume de temps en temps. Les autres aussi ont leurs problèmes!

Solange lui avait fait de gros yeux et Robert se ravisa.

— Ce que je veux dire, c'est qu'avec ce froid-là, les microbes attaquent. Tu sais, ça ne gèle pas un microbe. Pas plus qu'un cancer…

— Robert, ne me parle pas comme ça. Je suis âgée, je suis malade.

— Excuse-moi, maman, mais tu tombes sur une mauvaise journée. Ma nuit a été difficile, la double dose de morphine n'a pas donné le résultat escompté. Je suis fatigué, épuisé, j'ai le moral à terre, c'est l'hiver…

— Mon pauvre petit gars! C'est ton état qui me cause de l'angine. Je ne fais que penser à toi. Ah, Seigneur! Si seulement le bon Dieu pouvait venir me chercher avant toi. Je ne peux pas me faire à l'idée de te perdre. Je n'en dors pas.

— Maman, un peu de courage, je t'en supplie. J'essaie d'oublier mon mal, de ne pas y penser, et il y a toujours quelqu'un pour me le rappeler. Même toi.

Gervaise pleurait mais, en ce jour de février, Robert semblait à l'abri des émotions. Il voulait tellement dormir, ne plus l'entendre.

— Je te passe Solange si tu veux bien. Je manque de souffle.

— Pourquoi n'appelles-tu pas le médecin? Tu ne peux…

Robert avait éloigné l'écouteur de son oreille. À bout de nerfs, à deux doigts de craquer, il avait tendu l'appareil à sa femme.

— Parle-lui, dis-lui n'importe quoi, je n'ai plus la force de le faire, moi.

Une courte sieste d'après-midi. Solange s'était éreintée en l'aidant à se glisser dans son lit. Des courbatures, des muscles endoloris. La pauvre femme, qui ne faisait guère le poids, multipliait les efforts chaque fois qu'il s'agrippait à son bras. Il dormait les yeux quasiment ouverts. Des grognements, des plaintes constantes. Robert souffrait même dans sa somnolence. Puis, réveillé, encore sous l'effet des calmants, il demanda à se relever, à rouler sa chaise roulante jusqu'à son fauteuil. Solange avait déposé son tricot pour l'aider.

– Éteins le téléviseur, ça me dérange, on ne s'entend pas parler.

– On ne s'est même pas dit un mot… Tiens, je veux bien, voilà, c'est fait.

– Tu sais, à bien y penser, mourir, c'est rien. C'est venir au monde qui est écœurant!

Surprise de ce brusque sursaut de la part de son mari, elle ne savait que dire. Les sourcils froncés, rides au front, il poursuivit:

– On travaille comme des chiens, on gagne son pain, on sue comme des cochons, on se bat pour survivre et, si on réussit, les autres nous envient. On se tue à l'ouvrage comme des bêtes, on bâtit et les guerres viennent tout détruire. À bien y penser, c'est pas le paradis que d'être en vie.

– Allons, Robert, tu divagues, je ne te suis plus…

– Tu sais, mourir, c'est rien, on était tous morts avant d'être nés. Ne me regarde pas comme ça, c'est vrai. Où donc étais-je, moi, en 1925 alors qu'on dansait le *Charleston*? Dans l'autre monde, non? Et la terre tournait sans moi exactement comme elle tournera quand je ne serai plus là. J'étais mort avant d'être né et je n'ai pourtant pas vu le bon Dieu dans mon au-delà. C'est étrange, tu ne trouves pas?

– Tu devrais fermer les yeux, t'allonger dans ton fauteuil, tu transpires…

– Tiens! On parle de réincarnation. N'est-ce pas assez bête? Si on se réincarne sans cesse, où donc est ce repos éternel que l'Église nous promet? Où donc est l'éternité si on revient sans arrêt pour en arracher sans même se rappeler de ce qu'on a fait d'une vie à l'autre? On n'est quand même pas des mouches qui gèlent l'hiver pour dégeler au printemps, non? Puis, quand j'entends les prêtres nous parler de notre âme qui s'envole, de notre âme que le bon Dieu attend…

— Robert, tu t'épuises, tu ne sais plus ce que tu dis.

— Tu penses? Pourquoi les chiens, les chats qui sont plus pacifiques, plus intelligents que les hommes vont-ils dans les poubelles et nous au ciel? Parce qu'elles n'ont pas d'âmes ces petites bêtes? La belle affaire! Tu trouves ça juste, toi, qu'un chien d'aveugle qui a passé sa vie à guider son maître n'ait pour toute récompense qu'un trou en terre quand ce n'est pas un sac à vidanges? Il fait une bonne vie, il se dévoue et il aurait le même sort que le petit maudit caniche gâté pourri par des gens riches? Où donc est la justice? Les animaux ne sont pas tombés des arbres, c'est quand même Dieu qui les a créés, non? Pourquoi un ciel pour nous et pas pour eux?

— Robert, ne compare pas les animaux aux êtres humains…

— Parce qu'ils ne sont pas des humains, selon toi? Des chiens de porcelaine, peut-être? Tu vois bien, Solange, que tout ça, ce n'est que des chimères. Tu vois bien pourquoi personne ne revient. Tu sais pourquoi, au moins? C'est parce qu'il n'y a rien après la mort et c'est ça qui me choque. Que tu fasses une bonne vie ou non, le cimetière! Point final. Et l'on nous parle de Dieu, du Créateur, de sa mère qui l'a enfanté tout en étant vierge. Conçue du saint-Esprit! Quelle farce on nous a fait gober, quel beau conte de fées. Les enfants finissent par décrocher du père Noël et nous, on reste accroché à ces idioties parce que les prêtres nous font encore des simagrées le dimanche. Tout ce qu'on veut, c'est nous tenir en haleine, nous faire croire à un ciel qu'on regarde en levant les yeux. Et pourtant, ce n'est que l'espace, le néant qu'on fixe. D'où ça vient tout ça, je ne le sais pas. Les étoiles, les planètes, personne ne sait, personne ne cherche, mais Dieu, ce Dieu qu'on nous fait prier pour une vie éternelle… D'où sort-il celui-là? De la cuisse de Jupiter? Qui donc l'a créé, lui? Et ça, il faut le croire les yeux fermés. Pourquoi c'est lui et pas moi, Dieu? Comment un être peut-il être au-dessus de nous et avoir tous les privilèges? Qui donc l'a fait? Le soleil ou la lune, peut-être? Un Dieu de miséricorde! Mon œil, quand je suis là à souffrir, à endurer jusqu'à la corde. Un Dieu de bonté quand des bébés meurent sous les bombes, quand des enfants naissent difformes…

– Robert, assez, tu blasphèmes! Tu es au bord de la folie! Comment peux-tu parler d'enfants difformes…

– J'ai tout vu ça dans mes rêves. Je souffre, mais je vois, je ne suis pas aveugle, moi!

Solange, les larmes aux yeux, s'était levée. Il discourait encore et elle n'était plus dans la pièce. Réalisant qu'il était seul, il avait crié pour être entendu de sa femme, réfugiée dans la cuisine:

– Penses-tu que j'avais envie de devenir vieux, moi? D'être comme ma mère, aux crochets de mes enfants, même avec de l'argent? D'attendre d'être édenté comme le bonhomme d'en face, de parler de la pluie, du beau temps, des tomates et de mes rhumatismes en me berçant? Non, merci! C'est peut-être moins souffrant que ce que j'endure, mais c'est un purgatoire ça aussi. Long en maudit! L'ennui, c'est pire que la maladie. Regarde ma mère…

Il s'était arrêté comme si un neurone fugitif s'était éteint. Solange s'était rendue jusqu'à la chambre de Mylène qui, ayant prêté l'oreille, avait entendu la longue tirade de son père. Voyant sa mère en larmes, elle se jeta dans ses bras.

– Pauvre maman, pauvre toi, c'est insupportable.

– Mylène, prends sur toi, garde ton calme, va causer avec lui, change-lui les idées. Il est dans une de ces journées… Je n'en peux plus, moi. Je suis crevée. Je veux bien faire tout ce que je peux, mais là, c'est moi qui vais tomber malade. J'ai de la peine, je le vois souffrir, je le sens mourir…

– Maman, tu es à bout, repose-toi. On n'entend plus rien; il s'est peut-être assoupi. Allons, couche-toi, détends-toi, prends un calmant. Je vais aller le voir, je vais m'en occuper.

Mylène entra dans le salon où, dans son fauteuil, son père se tordait de douleur. L'apercevant, ayant oublié tout ce qu'il venait de dire, il murmura:

– Tu veux bien me donner mes pilules, ma grande? Là, sur le bahut…

Mylène prit la fiole, sortit deux comprimés et lui versa un verre d'eau.

– Avec ça, je me sentirai mieux. Ça ne guérit pas, mais ça soulage un peu. C'est moins pire que la morphine. Ça ne cause pas tant de dégâts.

– Tu devrais essayer de dormir, papa, ne serait-ce qu'une heure ou deux.

– Je ne fais que ça depuis des mois. Essayer de dormir sans même y parvenir.

– Laisse-moi t'aider à t'allonger, à te couvrir de l'édredon. Laisse-moi m'occuper de toi. Je resterai à tes côtés, si tu le veux.

Robert s'était laissé border, couver, comme un enfant malade.

– Tu es bien fine, Mylène. Heureusement que je t'ai, toi.

– Si tu fermais les yeux? Que dirais-tu d'écouter Vivaldi, ses *Saisons*?

– Non, ça me déprime cette musique-là. Ça m'angoisse, ça me fait pleurer. Si tu voulais être fine, tu approcherais mon petit lecteur de cassettes et puis, regarde là, juste à côté du cendrier, j'ai une cassette de Dalida.

Le jour de la saint-Valentin s'écoula sans la moindre manifestation. Lui qui, l'an dernier encore, faisait parvenir des fleurs à Solange, avait complètement oublié ce jour de la fête des cœurs. Même si, à la radio, on en faisait mention. C'était comme si, déjà, il était ailleurs, loin de la réalité. Dans son piètre état, il n'avait même plus connaissance du calendrier. Il lui arrivait même, quand le temps était doux, de demander à sa douce moitié: «Sommes-nous en avril ou en mai?» Solange ne s'était pas exprimée par un vœu ni une carte. Elle craignait de le troubler davantage, lui, déjà si confus dans les heures et dans les dates. Stéphane avait téléphoné à sa mère pour lui murmurer des mots d'amour puis, ajouter: «J'ai un petit présent pour toi, mais je te le remettrai discrètement lorsqu'on se verra, maman. Je sais que papa dégringole de plus en plus, qu'il n'a pas toujours la notion du temps et j'ai peur de l'indisposer.» Après une brève conversation, il avait demandé: «Mylène est là? J'aimerais lui parler.» La sœurette qui préparait ses effets pour le lendemain prit l'appareil.

— Oui, allô.

— Bonjour Mylène, comment vas-tu?

— Assez bien, je survis comme tu vois. Quel bon vent t'amène?

— J'aimerais te rencontrer, te parler. Tu as un soir de libre prochainement?

— Heu… laisse-moi voir. J'ai des examens, des rencontres avec des copains d'université. Que dirais-tu de vendredi soir?

— Ça m'irait à merveille. Après une dure semaine, ça me détendra. J'aimerais t'inviter au restaurant. Tu serais libre pour dix-neuf heures?

— Bien sûr, où donc pourrions-nous nous rejoindre?

— Pas très loin, au *Bordelais*, sur le boulevard Gouin. On y mange bien, c'était le restaurant préféré de papa.

– Oui, ça me convient, mais n'oublie pas que je suis ton invitée. Ton étudiante de sœur n'est pas fortunée.

Il éclata de rire et répliqua:

– Je sais, une étudiante, ça ménage son argent pour des voyages en Europe.

Elle ricana puis, sérieuse, l'interrogea:

– Toi, je le sens, quelque chose ne va pas. Il n'est pas dans tes habitudes d'inviter ta sœur au restaurant. Et puis, pourquoi moi et pas Claudie?

– Parce que c'est avec toi que j'ai passé ma jeunesse, petite sœur. Parce qu'on s'est toujours confiés l'un à l'autre. Parce que Claudie n'a jamais été dans mes secrets et que c'est à toi que j'ai à demander…

Il s'était arrêté.

– Demander quoi?

– Dis donc, tu manges ou non avec moi? Crois-tu que tu vas tout savoir du bout du fil…

– Excuse-moi, je déraille. Où donc ai-je la tête? Tu sais, dans cette maison, c'est assez pour la perdre.

– Mylène, ne plaisante pas avec le triste état de papa.

– Je compatis, tu ne peux pas savoir, mais il y a de ces jours… Et, malgré son attachement et son amour, ce n'est pas Claudie qui vient le plus souvent. Le petit est malade, Jean-Yves travaille, elle en a des excuses! C'est drôle, mais elle se montrait le nez plus souvent quand papa lui payait sa garde-robe.

– Mylène, ne sois pas vilaine. Je pense qu'une sortie te fera du bien.

– Bon, j'y serai, à l'heure précise. Réserve une table, c'est très achalandé le vendredi soir. Dans la section des non-fumeurs, loin des cheminées…

– Désolé, mais je fume, moi. Tu fais une concession pour cette fois?

– Bon, ça va, que puis-je te refuser… À vendredi, Stéphane, mais, de grâce, sois à l'heure. Tu es réputé pour tes retards, toi!

Le stationnement était achalandé, mais Mylène reconnut la voiture de son frère arrivé plus tôt qu'elle. Elle n'en croyait pas ses yeux. Elle passa au vestiaire, donna le nom de son frère à l'hôtesse et cette dernière la conduisit sur la petite mezzanine où Stéphane l'attendait à une table tout près d'une fenêtre. En bas, au rez-de-chaussée, il y avait fête, c'était bruyant. Une dame âgée célébrait avec sa grande famille ses quelque quatre-vingts années. Seuls tous les deux, loin de cette foule, plus à l'écart, il lui tira galamment sa chaise.

– Tu es arrivé depuis longtemps?

– Non, à peine cinq minutes. Tu m'as demandé d'être à l'heure.

– Mon Dieu, pour une fois, toi qui te fais toujours attendre!

Ils commandèrent la salade verte, le rôti de bœuf, et Stéphane opta pour une bouteille de *Beaujolais* pour arroser le repas. Le vin que Mylène préférait. Il s'informa de ses études, il lui parla de son boulot; ils parlèrent de Claudie et, à brûle-pourpoint, Stéphane lui demanda:

– Ça va toujours bien entre elle et Jean-Yves?

– Quelle question! C'est elle qui mène, qui dirige tout. Bien fin, Jean-Yves, mais un agneau. Claudie, c'est comme papa, les guides en main, le contrôle, quoi!

– Bon, ça va… Et papa, comment est-il de ce temps? Ça se détériore?

– Oui, Stéphane. Je crains qu'il ne se rende pas à la fin de l'hiver. Il souffre de plus en plus, il a des pertes de mémoire, il est confus. Pas facile pour maman.

— Tu sais, j'irais le voir chaque soir, mais il n'a jamais rien à me dire. La dernière fois, il dormait, la fois d'avant, il écoutait un disque et j'ai senti que je le dérangeais.

— Oui, je sais. Un disque de Dalida sans doute. Il les possède tous. Il peut écouter trois fois de suite la même chanson dont j'oublie le titre, mais je connais la mélodie par cœur. Je ne sais pas ce qu'elle lui a fait, cette chanteuse, mais elle a sûrement marqué sa jeunesse. Il lui arrive d'écouter Adamo, Brel et Aznavour, mais toujours des chansons à faire pleurer. Sais-tu que je viens de découvrir qu'il était un sentimental? Lui qui ne l'a jamais affiché. Maman m'a dit qu'autrefois il pouvait danser le même *slow* à plusieurs reprises. Pas pour la serrer dans ses bras, mais pour écouter les mots, les fredonner. Tu sais, on l'a si peu connu tous les deux que ça prenait ce mal incurable pour apprendre qu'il était sensible. Je tente de me rapprocher, je fais des efforts, Stéphane, mais comment oublier… Quelque chose m'arrête à chaque fois.

— Et pourtant, c'est là, à l'agonie, qu'il a besoin d'amour…

— Oui, je sais, et je laisse la place à maman. C'est elle qui a tout à reprendre, elle qui a tant souffert, elle qui a tant pleuré, jadis. Et encore, malgré ses efforts pour lui plaire, il n'est pas toujours agréable avec elle…

— Pauvre maman, pas facile ce qu'elle traverse. C'est une dure épreuve.

— Oui, mais elle s'y complaît. Comme si elle désirait qu'ils se quittent en bons termes. Crois-le ou non, elle se reproche encore de l'avoir malmené avant de savoir qu'elle allait le perdre. Lui, il a tout oublié, mais elle, c'est comme si elle avait péché. Et Dieu sait qu'elle n'a rien à se reprocher. Elle s'est vidé le cœur, ça l'a délivrée, mais si elle avait su, je suis certaine qu'elle n'aurait jamais rien dit, quitte à le voir partir, muette, les mots pris dans la gorge, étranglée.

– Elle m'a dit qu'il avait vu à ses affaires, qu'il avait tout réglé…

– Paraît-il, mais on aura tout le temps voulu pour parler de lui. Tu ne m'as pas invitée à souper pour me parler de papa, je le sens.

– Tu as raison, mais je ne sais par où commencer.

– Ne cherche pas la forme. Un échange, ce n'est pas un bouquet de fleurs. Laisse parler ton cœur, dis-moi ce qui ne va pas.

– Ben… heu, j'ai besoin de toi pour m'éclairer, Mylène. Depuis quelque temps, je songe sérieusement à quitter Michel.

– Quoi? Après ces années de vie à deux? Que s'est-il passé? Tu ne l'aimes plus?

– Non, au contraire, il est toute ma vie.

– Donc, c'est lui qui se désiste? Tu le sens s'éloigner de toi?

– Absolument pas, il est plus près que jamais. Il m'aime comme au premier jour. Il m'a même dit qu'il ne pourrait jamais vivre sans moi.

– Alors, où est le problème? Pourquoi voudrais-tu le quitter?

– Parce que… parce que ce n'est pas une vie, Mylène.

– Que veux-tu dire?

– Deux hommes, en couple, cette marginalité… Je ne sais plus, je suis mêlé.

– Allons donc, Stéphane. Après cinq ans? Ne viens pas me dire que tu as changé, que tu t'es trompé sur ton orientation. Il était pourtant clair…

– Ça l'est encore, ne crains rien. Il n'y a pas de virage… et je n'ai rien contre le fait d'être comme je suis, crois-moi. De plus, aucun malentendu entre nous deux qui aurait pu… Je n'ai jamais cherché ailleurs, Mylène, je n'ai jamais regardé un autre homme.

– C'est quoi, alors? Ça veut dire quoi, «ce n'est pas une vie»?

– J'avais pensé à vivre seul pour quelque temps, pour voir, pour songer…

– Je t'arrête tout de suite. Je te connais assez pour savoir que tu n'as pas besoin de remise en question. Surtout pas si votre couple va bien. Je sais ce que tu trames, Stéphane. Je sais pourquoi tu songes à quitter Michel et te retrouver seul pour quelque temps.

– Psychologue maintenant? Pourquoi alors?

– Pour papa! Pour te donner bonne conscience.

– Non, pas vraiment…

– Ne mens pas, Stéphane, pas à moi. Dis-moi que je vois clair.

– Ben… disons que depuis Noël, depuis le regard de papa sur Michel…

– Tu vois? J'avais raison! Tu quitterais ton ami pour plaire à ton père? Tu laisserais, quitte à le perdre, l'homme que tu aimes pour que papa puisse mourir en te croyant délivré de ce qu'il appelle une maladie? Es-tu tombé sur la tête, Stéphane? Pourquoi cette comédie? À qui la jouerais-tu? À lui? Tu te trompes! C'est à toi que tu la jouerais, toi seul que tu bernerais. Tu crois que de te sentir loin de Michel va lui faire oublier que tu as partagé sa vie? Il s'inquiéterait plutôt de savoir qui serait le suivant. Papa est affranchi, Stéphane. Il sait que son fils est homosexuel, il sait très bien que ce n'est pas qu'un malaise passager. Il a tenté de l'accepter et tu l'as senti incapable de le faire. Tu as été blessé, j'en conviens, mais ce n'est pas une raison pour tenter de le gagner en lui laissant croire que tu es «guéri», que tu changes de sentier. Un coup parti, pourquoi ne pas lui dire que tu vas te marier avec une charmante jeune fille. Tant qu'à essayer de le leurrer, Stéphane…

– Et vlan! Si je m'attendais à cela… Tu n'y vas pas de main morte, toi!

– C'est pour ton bien, mon frère. Tu voulais mon avis? Je te le donne! Sans réserve, d'un coup sec, tu me connais? Et pas besoin d'être psychologue quand on sent à la ronde la supercherie. Voyons, Stéphane, tu es plus brillant que ça! Tu ne vas pas risquer de briser ton bonheur et ta vie dans le seul but de te rehausser aux yeux de ton père? Je ne peux même pas croire que ça t'a traversé l'esprit. Michel n'est pas au courant de cette folie, j'espère?

– Bien sûr que non. Jamais je n'aurais agi sans t'en parler. Michel pense que je suis avec toi pour parler de maman, de papa, pas de lui.

– Alors, ne reviens jamais sur la question, Stéphane. Tu as trouvé la perle rare. Je n'ai jamais vu personne aimer quelqu'un comme Michel t'aime. Pas même chez les couples hétérosexuels. Je dirais même que votre vie à deux est plus honnête, plus sincère, que celle de Claudie et Jean-Yves. Celle-là, si elle était tombée sur un homme plus fort qu'elle, ça ferait longtemps qu'elle aurait pris le bord! Un échange, un partage comme le vôtre, c'est denrée rare.

– Tu as raison, Mylène. J'ai failli perdre la tête…

– Pour rien à part ça. Papa dépérit, Stéphane. De jour en jour, il en perd. Ses facultés s'affaiblissent. Ce cancer lui mine le cerveau, je le sens. Bientôt, il ne saura même plus si c'est Claudie ou moi qui se tient devant lui. Je le vois tous les jours, moi. J'observe et je ne suis pas folle. Il m'arrive de m'emporter à propos d'une remarque désobligeante et, quelques heures après, il a tout oublié. Il me parle comme si je venais d'arriver. Je m'en rends compte et c'est pourquoi je lui pardonne. Il a des sautes d'humeur, il invective maman, il s'emporte contre grand-mère et, cinq minutes après, il s'informe pour savoir si elle a téléphoné. Tu aurais dû l'entendre parler contre Dieu. C'était incohérent, inadmissible. Après avoir renié sa foi, il me demandait de lui faire tourner une cassette de Dalida. La morphine le détruit plus vite que son cancer. Sauf qu'il souffre moins. Il est imprévisible, incontrôlable parfois. Il a réglé toute sa paperasse juste à temps. Aujourd'hui, il en serait incapable. Je te le jure, Stéphane, il ne se rappelle même plus du nom de ton ami. La preuve? Tu viens le voir seul, il ne s'informe pas de lui. Je croirais même qu'il pense que tu vis seul, que tu joues encore au hockey, que tu poursuis tes études. Les ravages sont considérables, le pire est fait. Ce qui soulage un peu maman et ce qu'elle espère de tout cœur, c'est qu'il puisse mourir sans s'en rendre compte. Dans un moment où un neurone défaillira, où une artère aura éclaté… Parce que là, on le sent, son terrible cancer s'attaque de plus en plus aux os.

— Arrête, tu me fais frémir. Quoi qu'il ait fait, il n'a pas mérité de souffrir, de perdre la raison, de partir dans ces conditions.

— Je sais, mais il y a de ces purgatoires sans merci…

— Comme s'il méritait d'expier de cette façon. Comme si sur terre…

Mylène baissa les yeux, joua avec un sachet de sucre et murmura:

— Ne dit-on pas que tout se paye sur terre?

— Tu es dure, Mylène. C'est de ton père qu'il s'agit.

— Oui, mais c'est maman qui est anéantie. C'est elle qui souffre jour après jour. C'est sa santé à elle qui chancelle. Et, je regrette Stéphane, mais il n'y a pas de morphine pour une souffrance comme la sienne. On se penche, on pleure sur celui qui s'en va, mais on oublie celle qui reste. Maman vit un calvaire. En voilà une qui ira droit au ciel.

— Ne parle pas comme ça, ne me demande pas d'être de ton avis. Je veux bien respecter ton état d'âme, mais cela ne change rien au drame que je vis. Moi, je vois mon père qui a mal et, je te le jure, j'ai plus mal que lui.

– Ne nous aventurons pas sur ce terrain glissant, veux-tu? J'aimerais bien ressentir ce que tu ressens, mais moi, c'est dans les bras de ma mère que j'ai grandi.

– Bon, passons, parlons d'autre chose, veux-tu?

– Donc, c'est réglé? Avec Michel, plus de pensées malsaines?

– Non, j'ai compris. Grâce à toi, je suis rassuré. J'aurais commis la plus grande bêtise de ma vie. Je l'aime cet homme, comme je n'ai jamais aimé. Avant de partir d'ici, de nous quitter, dis-moi, à moi qui te dis tout; tu as quelqu'un dans ta vie, petite sœur?

– Heu… non, pourquoi cette question?

– Tu hésites, Mylène, tu me caches quelque chose, toi.

– Bon, si tu me jures que ça va rester entre nous… Oui, j'ai quelqu'un, je suis amoureuse, j'ai trouvé…

– Tiens, tiens, on peut savoir de qui il s'agit?

– Pas pour l'instant, mais quand viendra le moment, je ne te cacherai rien. Laisse-moi encore un peu de temps, veux-tu?

– Il est bien, au moins?

– Passablement bien, tu verras. Quand tu sauras, tu comprendras.

– Je suis heureux pour toi, Mylène, vraiment heureux.

– Je suis heureuse aussi, mais le sujet est clos pour l'instant.

Le serveur revint s'enquérir du digestif et Stéphane de lui dire:

– Non, merci, ça ira comme ça. L'addition s'il vous plaît.

Au moment où Mylène et Stéphane mangeaient et discutaient, Robert, seul avec Solange, venait à peine de sortir d'un sommeil quasi réparateur. Un sursaut d'énergie, le confort du fauteuil roulant, la musique de Vivaldi, le cadeau de sa benjamine… enfin! Sous l'effet de ses pilules, il souriait tendrement, gentiment, doux sursis entre deux attaques sournoises. Elle tricotait des mitaines pour Frédéric tout en feuilletant dans un magazine reçu dans le courrier.

— Tu as encore l'image de la sainte Famille dans ta chambre, Solange?

Surprise, elle faillit en échapper ses broches. Bouche ouverte, elle restait muette.

— Tu sais, celle que tu as depuis des années dans le miroir de ta chambre?

— Oui, oui, elle est toujours là, pourquoi?

— Tu voudrais bien aller me la chercher, me la prêter?

Solange, méfiante, s'exécuta ne sachant trop où il voulait en venir. Elle avait senti que Robert était dans un état second, sous l'effet des médicaments. Elle lui tendit l'image sainte qu'il regarda longuement avant de s'exprimer.

— Jésus, Marie, Joseph… Penses-tu qu'ils seront aussi beaux quand je les verrai en personne?

— Plus beaux, sans doute, répondit-elle avec une larme au coin de l'œil.

— Tu sais, quand j'étais jeune, on nous disait qu'on aurait tous trente-trois ans, l'âge du Christ, quand on arriverait au ciel. Est-ce encore vrai?

— Heu… sans doute. Ce qui a été dit ne change pas. Oui, en effet.

— Guillaume aussi?

Solange était perplexe, elle ne savait que répondre.

— Donc, si c'est vrai, c'est un homme que je retrouverai et non un enfant. Nous aurons le même âge, nous serons des amis. Et je présume que le bon Dieu l'a délivré de son infirmité. Ne rend-il pas les êtres parfaits?

Solange pleurait sans trop le laisser voir.

– Réponds-moi, je te questionne. Tu connais tellement ton catéchisme, toi.

– Ce qui a été dit sera, c'est ce que j'ai appris, Robert, tout comme toi.

– Donc, il n'y a qu'au cimetière que je le retrouverai enfant, que je pourrai être son père. Ça fera drôle, un bébé sous terre, un homme au paradis.

– Oui… parce que le corps et l'âme…

– Mais on n'est pas qu'une âme, non? Regarde l'image, ce sont des êtres humains comme toi et moi, cette famille.

– Bien oui… je suis confuse, tu me mêles avec tes questions.

– Il y a quelque chose de drôle dans tout ça.

– Rien de drôle, Robert, c'est un mystère. Et toi, tu le perceras avant moi parce que tu seras là… Tu veux qu'on change de sujet?

– Non, dis-moi, te souviens-tu de la statue de plâtre du Sacré Cœur, les mains jointes et percées, le cœur à découvert, que ma mère m'avait donnée?

– Heu… non, c'est sans doute loin, tout ça.

– Je me rappelle de l'avoir échappée, de l'avoir brisée. Demande à ma mère, j'avais à peine six ans, c'était un cadeau de première communion.

– Oui, je lui en parlerai. Peut-être s'en souviendra-t-elle.

– Tu sais ce que j'aimerais, Solange? C'est en avoir une autre semblable. Un Sacré Cœur comme celui à qui je parlais. C'est ça que j'aurais aimé recevoir pour ma fête. Tu penses qu'on en fait encore des statues comme ça?

– Bien sûr, j'en ai vu à l'Oratoire; il y en a même dans quelques magasins.

– Ça ne te dérangerait pas de m'en acheter une en passant? Tu sais, tout ce que je lui demandais, il me l'accordait. C'est quand j'ai arrêté de lui parler que je l'ai senti s'éloigner. Ce n'était pas de ma faute, je l'avais brisé en morceaux lorsque je l'ai échappé.

— Ta mère ne l'avait pas remplacé?

— Non, elle m'avait prêté sa statue de sainte Thérèse, mais ce n'est pas à elle que je voulais me confier. Moi, c'était mon Sacré Cœur. Entre gars, on se comprenait.

— Je te promets de t'en trouver un autre pas plus tard que demain. Je dois sortir; je me rendrai au centre-ville pendant que l'infirmière sera là.

— Ah non, pas elle! Je ne l'aime pas, elle a une face de bois.

— Pour quelques heures seulement, pour t'aider jusqu'à mon retour.

Robert, les yeux hagards, était songeur.

— Tu connais les apôtres, Solange? Pourquoi Judas n'est-il pas devenu un saint? C'est le seul à ne pas avoir d'auréole sur la tête. On n'a même jamais vendu des images de lui. Moi, je ne comprends pas! Jésus ne lui a donc pas pardonné de l'avoir vendu pour trente deniers? Pourtant, dans sa miséricorde...

— Faut croire que ce Judas n'a pas fait son acte de contrition, qu'il n'a pas demandé pardon. Dieu est juste, tu sais.

— Pas Judas, Solange, c'est Judas Iscariote qu'il s'appelait. Ce qu'il a fait n'était pourtant pas si méchant... Il a eu une faiblesse tout simplement. Se peut-il qu'il soit en enfer pour un péché véniel?

Solange était abasourdie. Robert semblait délirer et, pourtant, il s'exprimait avec aisance, comme un enfant sage, un premier de classe.

— Ce n'est pas à nous de juger. Le bon Dieu l'a sans doute pardonné.

— Ça me surprendrait puisqu'il n'est jamais devenu un saint. On dirait un escroc, un larron. As-tu remarqué qu'aucun garçon n'a jamais été baptisé de son prénom? Pourquoi, Solange?

— Je me suis laissé dire que chez les Juifs...

– Qui te parle des autres religions? Chez nous, chez les catholiques...

– Ah, je ne sais pas! Tu as de ces questions... Remarque qu'aucun enfant d'ici ne porte le prénom de Jésus également.

– Lui, c'est pas pareil, c'est le bon Dieu! On ne donne pas le nom du fils de Dieu à n'importe qui. C'est solennel, c'est un prénom surnaturel.

Solange, désarmée, avait du mal à se sortir de la conversation.

– Ce qui me chicote, c'est que saint Pierre l'a renié trois fois avant qu'on le crucifie. Trois fois, Solange! Ce qui n'est guère mieux que Judas. Pourtant, il est devenu saint, des enfants portent son prénom, on dit même qu'il a été le premier pape et qu'il est le portier du ciel. Jésus avait-il des préférences? Curieux qu'il se permette ce qu'on reproche aux hommes. Toi, tu m'as reproché toute ma vie de préférer Claudie. Il l'a bien fait, lui? Il avait des préférences, non?

– Robert, je ne te suis plus. Dieu est juste et bon. Pourquoi toutes ces questions quand les réponses se trouvent de l'autre côté? Je ne suis pas la Bible, moi.

– Moi non plus, mais je me rappelle de mon missel. Celui avec un signet...

Il était loin, perdu dans ses pensées, hanté par ses souvenirs d'enfant.

– Je n'ai plus de chapelet, n'est-ce pas?

– À vrai dire, non. Depuis des années, Robert.

– Tu veux bien m'en acheter un en même temps que la statue?

– Bien sûr, mais pourquoi ce renouveau, cet excès de piété?

– Je ne sais pas. J'ai envie de prier. J'ai le goût de parler à Jésus, j'ai des choses à lui dire. Il m'écoutait dans le temps, j'obtenais tout de lui.

– Lui parler de quoi, Robert?

— De moi, de toi et de Guillaume aussi. J'aimerais qu'il nous donne d'autres enfants, qu'il nous fasse oublier. J'aimerais aussi lui demander qu'il m'enlève mes douleurs, qu'il me laisse dormir. J'aimerais toucher son cœur.

Plus confuse que lui, Solange ne put qu'ajouter:

— Compte sur moi, tu l'auras ton Sacré Cœur. Et ton chapelet aussi.

— Bon, merci, c'est tout ce que je voulais. C'est drôle, Solange, mais ça me fait moins mal aujourd'hui. C'est comme si la bête s'était endormie. Chut! Ne la réveille pas, ne fais pas de bruit.

Au retour de Mylène, Solange, bouleversée, lui raconta la scène.

— Il vire à tout vent, maman. Tu vois bien que c'est son état, ses médicaments. Ce qu'il t'a dit ce soir, il ne s'en souviendra pas demain.

— Avoue que c'est plus agréable que de l'entendre blasphémer, renier Dieu, parler comme un athée.

— En effet, sauf que papa n'a jamais été le plus croyant des hommes.

— Pas pratiquant, je te l'accorde, mais pas croyant, j'en doute. Ne serait-ce que la foi de son enfance et ce serait déjà pour moi un soulagement.

— Moi, ça m'inquiète. Il ne vit plus au présent, il retourne en arrière. Tu te rends compte? Il t'a parlé d'avoir d'autres enfants, maman.

— Parce qu'il ne s'est jamais remis de la perte de Guillaume. Parce qu'il n'a jamais oublié, Mylène. Crois-moi, il y a des choses que seule, moi, je sens.

— Bon, tant mieux. Peut-être en viendra-t-il à se rappeler qu'il a eu d'autres enfants. D'autres après Guillaume… et Claudie.

– Mylène, je ne te comprends pas! Ton père se meurt et je sens encore de l'amertume dans ton cœur. À ton âge, tu devrais avoir mûri, compris…

– Oui, j'ai mûri et compris, maman. J'ai compris que sans toi et ton amour, j'aurais pu mal tourner. Aussi cruel que cela puisse paraître, je ne lui dois rien. Rien d'autre que de m'avoir conçue un soir où il avait à se faire pardonner pendant que toi, j'en mettrais ma main au feu, tu pleurais. Je m'efforce, maman, je fais tout ce que je peux pour avoir de la compassion mais ne m'en demande pas plus. Ce n'est pas parce qu'il t'a parlé du petit Jésus comme un enfant qui a une montée de fièvre que tu te dois de tout oublier. Achète-la, sa statue, cours vite chez le marchand! Tu verras, demain, ce sera une autre histoire.

Faisant fi des propos de Mylène, Solange se dirigea le jour suivant chez un marchand d'objets de piété. De retour, elle entendit Robert gémir, souffrir, s'engueuler avec l'infirmière, la sommer de partir. Elle s'avança, lui tendit le colis, l'ouvrit pour lui et, surpris devant la statue, il s'écria:

– Tiens! Tu es allée chez ma mère, toi! C'est elle qui t'a remis ce Sacré Cœur? Bah! Pauvre vieille. Dépose-le sur mon bureau, ça lui fera plaisir et ça ne pourra pas nuire.

Puis, devant le chapelet, il fronça les sourcils.

– Il ne manque plus que le prêtre! Que veux-tu que je fasse avec ça? Je ne me rappelle même plus de mon *Je vous salue Marie*. Bah! Donne tout de même.

Il était conscient, il avait même retrouvé quelque peu ses esprits, mais Solange garda toutefois une lueur d'espoir. Malgré l'orgueil, en dépit de l'agonie, son mari n'avait pas tout à fait perdu la foi.

Chapitre 11

Dimanche, 12 mars 1995. Robert allait de plus en plus mal. Il était alité. Il ne se levait guère, de peur de ressentir cette douleur qui l'avait fait hurler d'horreur la nuit précédente. Le cancer, après avoir fait ses ravages sur le foie, sur les reins, un peu partout, s'était propagé jusqu'aux os. Les points les plus sensibles du corps humain. Quand ce n'était pas dans la jambe, c'était dans l'épaule, à la hauteur de la hanche, bref, Robert ne savait jamais où le poignard s'enfonçait tellement les avenues étaient multiples. Ses jambes étaient de plus en plus enflées, ses pieds si gros qu'il ne pouvait plus chausser ses pantoufles. Il devait se contenter de gros bas de laine, les uns par-dessus les autres, que Solange lui enfilait avec difficulté. Et il n'osait plus se lever la nuit de peur de réveiller «les morts» qui lui laissaient un peu de répit faisant allusion aux souffrances aussi soudaines que malsaines qui l'assaillaient. Depuis deux jours, c'était Fabienne, sa belle-sœur, qui venait chaque jour lui injecter sa morphine. Avec la bénédiction du docteur Laurent qui voyait son patient entrer dans sa phase la plus pénible. Robert avait accepté que Fabienne s'occupe de lui car Solange, plus angoissée qu'il ne pouvait l'être lui-même, ne parvenait pas à injecter la morphine sans trembler de tous ses membres. De plus, la constipation lui donnait des crampes abominables. Le gros intestin écrasait de son poids le petit intestin, d'où la difficulté à évacuer. Jambes et mollets enflés, mais un visage si émacié, en contrepoint, les yeux sortis de leur orbite. Robert faisait peur. Dans un dernier élan d'orgueil, il avait supplié Solange de retirer le miroir de la commode de sa chambre. Pour ne plus se voir. Pour ne plus reculer de frayeur devant le spectre que la glace lui rendait.

Le temps était doux, calme, beau même. La fin de l'hiver n'était pas trop rigoureuse et on aurait pu croire que, déjà, le lilas étirait les bras pour offrir ses fleurs. Mirage, mais doux présage… Fabienne, brave infirmière, avait réussi à convaincre Robert, calmé par l'effet de la médication, de sortir du lit. Avec l'aide de Solange, elle l'avait allongé sur le divan du salon pour qu'il puisse voir autre chose que les quatre murs de sa chambre.

– Tu veux que j'ouvre le téléviseur, Robert? lui demanda Fabienne.

– Oui, mais laisse le son bas. J'ai mal à la tête.

Avec la télé-commande, d'une chaîne à l'autre, elle sautait. Il lui dit:

– Rends-toi à PBS, ils ont de vieux films l'après-midi.

Elle s'exécuta. C'était un film en noir et blanc déjà commencé. Robert scrutait les acteurs, cherchait à les reconnaître et, comme le passé prenait le pas sur le présent, il lui dit:

– Je ne me souviens plus du film, mais elle, c'est Paulette Goddard. Tu la connais? L'une des épouses de Charlie Chaplin.

– Tu veux le regarder?

– Oui, oui, c'était le bon temps, l'époque où les films étaient sans violence. Laisse, il se peut que je m'endorme. Tu n'as pas été avare sur la dose, toi. L'autre, celle qui me piquait avant toi, me donnait ma morphine au compte-gouttes. Tu aurais dû lui voir la face! On aurait dit qu'elle prenait plaisir à me voir souffrir.

Mylène était sortie. Un rendez-vous avec des copines, avait-elle prétexté. La raison véritable était qu'avec tante Fabienne à la maison et Claudie qui s'en venait, elle n'avait guère le goût d'assister à une réunion familiale. D'autant plus que Stéphane n'allait pas être là, qu'il allait souper chez la sœur de son ami. Robert regardait le film, fermait les yeux, les ouvraient, combattait le sommeil.

– Maman a téléphoné, Solange?

– Oui, encore ce matin. Elle n'est pas bien. Son médecin lui interdit de sortir. Elle m'a demandé de tes nouvelles, je lui ai dit que ça allait mieux, que ça s'améliorait…

– En plein ce qu'il faut lui dire, la pauvre vieille, sans toutefois la berner au point qu'elle pense que je puisse guérir. Tente de la garder loin de moi, fais tout ce que tu peux pour qu'elle ne surgisse pas ici. Je ne veux plus qu'elle me voie avant que je parte. Ça la tuerait et moi, ça réveillerait mon mal. Quand je la vois, je deviens stressé, tendu, et le cancer attaque. Tu restes là, Fabienne, hein? S'il fallait que ça me reprenne. Tiens! Regarde Paulette Goddard. Regarde ce visage de près. Pas mal, cette jolie brunette. Elle avait du chien, celle-là!

Claudie arriva au moment où le film prenait fin. Se rendant compte que l'état de son père s'était encore aggravé, elle fit mine de rien, s'avança, l'embrassa et lui dit:

– Bonjour papa. On dirait presque que l'hiver s'en va.

Il la regarda, lui sourit et demanda:

– Recule un peu, laisse-moi te regarder.

Claudie recula de quelques pas et, faiblement, son père murmura:

– Dieu que tu es belle! Où as-tu déniché une robe comme ça?

– En faisant du lèche-vitrines au centre Rockland. Elle te plaît?

– Ce n'est pas le mot, tu es divine. Plus belle que toi, ça ne se fait pas.

Voyant qu'il était enticé de sa fille, qu'elle l'absorbait entièrement, Solange et Fabienne en avaient profité pour aller se préparer un café. Assise sur le tabouret, la main dans la sienne, Claudie lui passa la main dans les cheveux en lui disant affectueusement:

– Quand les beaux jours reviendront, je te sortirai, tu viendras voir notre maison. Jean-Yves a tout rénové de ses mains.

– J'aimerais bien, c'est gentil, mais je ne serai plus là, Claudie.

– Ne parle pas comme ça, tu es fort, tu...

– Non, pas de chimères, ma chérie. Je suis à l'article de la mort ou pas loin, je le sais. Ne fais pas de projection. Ce qui importe, c'est que tu sois là, aujourd'hui, à côté de moi, avec ta main de soie dans la mienne.

Claudie lui sourit, retint ses larmes. La souffrance de son père la dardait en plein cœur. Ce père, ce bel homme d'hier, n'était plus que l'ombre de lui-même.

– Je ne parlerai pas fort pour ne pas que ta mère entende, mais sais-tu que tu es la seule de mes enfants qui ne m'a jamais causé de soucis?

– Ne dis pas cela, papa. Stéphane et Mylène ne t'ont pas donné de cheveux gris, eux non plus. Tu parles comme si...

– Tu étais la seule que j'aimais? Ce n'est pas cela, mais pas loin. J'aime tous mes enfants, même Mylène avec son drôle de tempérament. Elle n'est pas toujours agréable avec moi, elle ne l'a jamais été, même enfant, mais, que veux-tu, c'est son caractère et je ne lui en veux pas. Toi, tu as toujours été mignonne, affectueuse, gentille et même ratoureuse. C'est peut-être pour ça que je t'ai plus gâtée, mais tu es devenue ce que je voulais, une femme entière, une fille digne de son père.

– Je ne suis pas devenue ce que tu voulais, papa, je suis devenue celle que je désirais être. Si ça tombe dans tes cordes, tant mieux, mais je ne suis pas comme je suis seulement pour te plaire. Rappelle-toi, je t'ai quand même tenu tête quand tu m'as dit que Jean-Yves n'était pas un gars pour moi. Tu voulais me jeter dans les bras d'un homme riche et, moi, je cherchais l'homme que j'aimerais. Je t'ai tenu tête, ne l'oublie pas.

– Oui, tête dure, pareille à ton père!

Il souriait, pressait sa main dans la sienne.

– Mais tu ne m'as pas déçu pour autant. Jean-Yves est un maudit bon gars. Il t'aime, il fait tes quatre volontés…

– Non, papa, Jean-Yves n'est pas un dominé, c'est un homme complet. Il a ses idées, j'ai les miennes et nous ne sommes pas toujours d'accord. Nous avons nos différends comme tous les couples sauf que, de nos jours, on dialogue, on s'explique, on se comprend. J'aime être bien vêtue, il préfère le jeans et un chandail. M'as-tu déjà vue insister pour qu'il devienne une carte de mode? Non, papa. Vivre et laisser vivre, voilà notre devise. J'ai mes défauts, il a les siens. Il veut un autre enfant, je n'en veux pas pour l'instant. On a parlementé et j'ai accepté d'en avoir un autre à trente ans. Tu vois? Il y a toujours moyen de tout régler. Suffit de se parler.

– Ce que je n'ai pas su faire, malheureusement. Comment aurais-je pu? Ta mère ne disait pas un mot.

– Parce que tu ne lui en donnais pas la chance, papa. Et encore moins la permission. Les couples de votre temps, quelle catastrophe!

– C'est vrai que nous n'étions pas les seuls dans notre cas. Les hommes étaient les maîtres… Mais faut dire qu'elle a fini par se délier la langue, ta mère. Elle ne m'a pas manqué au début de mon long congé.

– Ça t'a fait mal? Tu lui en veux?

– Mal, oui, parce qu'elle avait raison. Sur toute la ligne, Claudie. Du moins, en ce qui concernait les enfants. Mais, je ne lui en veux pas. Il fallait que ça sorte un jour ou l'autre. Elle étouffait avec ce ressentiment collé au cœur. Là, puisque le temps s'en va, je suis content. Oui, je suis content de l'avoir délivrée de son fardeau. J'ai été blessé, j'ai même pleuré de honte, mais ça va me mériter des indulgences.

– Papa, tu parles comme si c'était demain la fin…

– Peut-être pas demain, mais pas loin. Tu sais comment je me sens, Claudie? Comme un futur pendu qui connaît le jour et l'heure de son exécution mais qui s'interroge encore et se demande quel sera le moment précis, s'il a un sursis. Bon, assez parlé de ça. Je déprime tout le monde avec mes histoires.

– Tu ne souffres pas trop? Ça s'endure?

– En ce moment, oui, parce que Fabienne est là avec ses piqûres. Mais, quand l'effet se dissipe… Tu sais ce qui va me manquer quand je ne serai plus là?

– Non…

– C'est de ne plus te voir, ne plus t'admirer dans ta splendeur, ne plus voir la petite fille que j'ai bercée et qui est devenue une femme superbe. Tes apparitions sont comme un baume sur mes plaies. Ne plus te voir, ne plus m'éblouir de ta beauté…

– Encore orgueilleux, esthète, fier… Et mon cœur, papa?

– Je sais qu'il est aussi beau que tes yeux, mais ça, ça ne m'inquiète pas. Il paraît qu'un cœur, on le voit du haut des cieux.

Pour éviter de le perturber avec une leçon de morale, Claudie préféra le serrer dans ses bras. Elle frôla sa joue contre la sienne en lui disant:

– Je t'aime, papa, je t'aime.

Elle pleurait et il se mit à pleurer avec elle en lui murmurant:

– Et voilà que c'est toi, maintenant, qui me berces…

Puis, humant son parfum, il ajouta:

– Comme ça sent bon… la tendresse.

Claudie était partie. Jean-Yves et le petit l'attendaient. Le soir était tombé et Fabienne, après avoir soupé, s'était réfugiée au sous-sol pour visionner un documentaire à la télévision. Robert s'était contenté d'un bouillon de soupe, d'un biscuit sec. La constipation, les lavements, quelle humiliation. Solange était auprès de lui. Elle tricotait en écoutant en sourdine de la musique classique pendant que son homme dormait. Paisiblement, pas encore malmené par l'odieuse machine de ses cruels malaises. Il avait ouvert les yeux et, encore somnolent, avait demandé à sa femme:

– Quelle heure est-il? Pas la nuit, j'espère? Fabienne est encore là?

– Oui, elle couche ici. Il n'est que vingt-deux heures, tu veux que j'ouvre le téléviseur?

– Non, pas ce soir, Claudie m'a dit qu'il n'y avait rien qui vaille…

Il la regardait, elle se sentait épiée. Gênée, elle tourna les yeux vers lui.

– Comme tu es belle, Solange. Le même profil, les mêmes traits, la même jeune fille que j'ai épousée.

– N'exagère pas, je suis fanée. Pas laide, mais je n'ai plus trente ans…

— Te souviens-tu de tes cheveux blonds, de ton postiche, de ta taille de guêpe? Te souviens-tu du jour où, dans ta robe brune avec le col à pierres dorées… Comme tu étais superbe ce jour-là, ton étole de vison sur les épaules. Je sentais que tous les hommes te regardaient. C'était aux noces de, de…

— C'est dans l'album du passé, Robert. Celle que je suis n'est plus celle que j'étais, hélas. À chacun son tour de briller. Place à d'autres, place à la relève, moi, ça ne me dérange pas. Prendre de l'âge, c'est afficher son charme et non ses artifices. C'est faire place au cœur…

— Et tu en as, ma femme. Ne serait-ce que pour m'avoir enduré.

— Je n'ai rien enduré, Robert, nous avons vécu des hauts et des bas, nous avons eu nos bons et nos mauvais moments. C'est ça, la vie de couple, finalement.

— Avoue que tu aurais pu trouver mieux…

— J'aurais pu trouver pire. Tu as eu tes bons côtés, tu m'as rendue heureuse. Je n'ai pas cherché que tes défauts, tu sais, j'ai su voir à travers ces années tes qualités. Et je n'ai pas toujours été de tout repos, j'ai eu mes torts moi aussi. Sans le vouloir, je t'ai peut-être poussé…

— Non, Solange. J'ai provoqué, j'ai profité, j'ai même abusé de ton silence. Mais, ce que je veux que tu saches, c'est que je ne t'ai jamais trompée. Tu es la seule que j'ai toujours aimée. J'ai eu des bravades, j'ai cédé parfois à la flatterie, mais jamais avec toute ma tête, que dans des moments d'ébriété. Et si tu savais comme j'avais du remords lorsque je rentrais tard et que je voyais ta tête d'ange, ton visage sain sur l'oreiller. Je me sentais comme le plus vil des monstres d'avoir dansé, de m'être collé joue à joue sur une autre pendant que la plus belle d'entre elles m'attendait dans mon lit. Je me suis haï, Solange, à en vomir de rage, pas de boisson. Ce n'est pas le foie que j'avais en compote, mais le cœur. Toi, si forte, si courageuse. Toi qui ne disais rien de peur d'éveiller ma colère. Toi qui aurais pu trouver…

– Ne reviens pas sur ce sujet, tout a été dit, tout a été ressassé, Robert.

– Je le sais, mais c'est plus fort que moi. Je n'aurai pas assez du peu qu'il me reste de vie pour m'excuser. Je t'ai rendue malade, Solange. Par l'angoisse, par la tension, sans penser que d'un mot tendre et d'un geste amoureux, j'aurais pu tourner la page, te rendre heureuse. Je m'en voudrai jusqu'en enfer d'avoir gâché ta vie.

Solange, tricot sur les genoux, était émue, remuée. Robert pleurait de tout son cœur. Avec sincérité, avec regret, avec le mal de l'âme.

– Une dernière chose, une dernière fois, si tu le permets.

Son silence faisait état de son consentement.

– Tu sais, l'avocate? Le voyage? Je te jure pour la dernière fois que c'était le fruit du hasard. Et je te jure sur ma souffrance qu'il ne s'est rien passé entre elle et moi. Rien, moins que rien, sauf… une danse.

– Je te crois, Robert, je te le jure à mon tour, je te crois. N'en parle plus jamais. Je t'aimais tant, j'étais jalouse, je ne partageais pas. Même une danse! J'ai eu mes torts moi aussi, je le redis. Pardonne-moi.

Il avait pris sa main dans la sienne, l'avait portée à ses lèvres et lui avait murmuré tout en versant des larmes sur ses doigts:

– J'ai peur. J'ai peur de partir, de te laisser derrière moi. J'ai peur de m'ennuyer de toi. Je donnerais tout ce que j'ai pour avoir la chance de tout recommencer avec toi. Autrement cette fois, comme cela aurait dû être. Je donnerais tout pour ne jamais te quitter…

Solange, un frisson lui parcourant l'échine, lui essuya les yeux de la paume de sa main.

– Arrête, tu te fais mal. Tu t'angoisses, tu risques de réveiller…

– C'est fait. Je sens le cancer qui me ronge l'os de la jambe.

Il grimaçait, il se tordait, il retenait son souffle comme pour provoquer un arrêt brusque du cœur.

– Appelle Fabienne, vite, demande-lui de venir. Une piqûre, vite!

Alertée, Fabienne monta en vitesse et lui injecta la dose nécessaire. Dix minutes plus tard, après s'être courbaturé à force d'endurer, il avait fini par s'assoupir.

– Il endure le martyre, Solange! C'est épouvantable ce qu'il vit.

– Je sais, mais que pouvons-nous faire de plus?

Fabienne, seringue à la main, regarda son beau-frère et s'écria:

– Ah! Si seulement c'était permis! On ne laisserait même pas un chien souffrir comme ça!

Mardi, 21 mars. Robert avait ouvert les yeux et réclamait Fabienne.

– Elle n'est plus là, tu n'as plus besoin d'elle. Tu as ton déclencheur, Robert, l'as-tu oublié? Depuis cinq jours, tu t'injectes toi-même. Les doses sont mesurées, calculées, prévues.

Rictus au coin de la lèvre, assommé par le rongeur de plus en plus tenace, l'homme appuya et, peu à peu, la vilaine bête s'endormit dans son corps, engloutie par la morphine. Ce qui avait pour effet de le replonger dans un néant où les rêves n'étaient pas des rivières dans lesquelles se baignaient des naïades. Cloué au lit, le moribond ne se levait plus et ne voyait le jour que d'un coin de fenêtre de sa chambre. Sa chambre sombre, sa chambre aux rideaux souvent fermés. Celle où il avait choisi de mourir. Sur appel de Fabienne, on était venu préparer les dernières heures. Son beau-frère souffrait trop pour être soumis au moindre effort. Faible, pâle comme le drap, ayant peine à tenir un livre, il survivait, s'accrochait, dans cette peur qu'ont les agonisants de partir. Un infirmier était de garde jour et nuit. Pour les besoins, pour les dégâts, pour le tourner dans son lit quand la douleur persistait. Dans un ultime sursaut d'orgueil, il avait réclamé un homme. Pour qu'une femme ne voie pas son corps presque décomposé. Lui, qui avait tant séduit par ses charmes, ne pouvait s'imaginer, devenu une loque, entre les mains d'une femme. Et encore moins devant ses yeux qui verraient la charpente de son corps osseux. Robert Landreau, tel qu'il avait été, tel qu'il était encore. Fier, altier, même dans un état second, cerveau brouillé.

Gervaise avait téléphoné à chaque jour. Elle pleurait, elle insistait, elle devinait de son cœur de mère qu'on lui cachait quelque chose. Il ne voulait pas qu'elle vienne; il suppliait Solange de l'en empêcher. Il ne voulait pas que sa mère crève d'angine à la vue du mort vivant qu'il était. Il voulait, par sympathie, lui épargner l'horreur de sa dégradation. Il voulait qu'elle garde l'image de celui qui, encore beau quoique malade, l'avait à Noël serrée dans ses bras. Et c'est Claudie par ses visites et son support qui réussissait à garder sa grand-mère loin du squelette qu'était devenu son père. Mylène, sentant la fin venir, incapable d'y faire face, s'était réfugiée chez son frère. Michel et Stéphane lui avaient offert la chambre d'invité, confortable, décorée pour une reine. Claudie lui avait également offert l'hospitalité, mais elle avait gentiment refusé. Il y avait Jean-Yves, le petit… Excuse valable, mais Mylène, depuis toujours, préférait les bras de son grand frère.

Une heure de sommeil, quelques soubresauts et Robert, soulagé par la drogue, avait ouvert les yeux pour sourire à Solange. L'infirmier, discret, s'était retiré dans une autre pièce après s'être assuré que monsieur n'avait rien à lui faire nettoyer.

– Quel jour sommes-nous? Quel mois? Je n'ai plus la notion du temps.

– C'est mardi, le 21 mars. L'hiver qui prend fin, Robert.

Il songea, regarda le plafond, rassembla sa mémoire et murmura:

– C'est Jacques Brel qui disait dans une chanson qu'il était dur de mourir au printemps?

Solange était bouleversée. Après toutes ces doses de morphine, Robert avait encore sa tête. Elle avait tant souhaité qu'il parte en n'ayant plus sa raison.

– Heu… oui, mais ce n'est qu'une chanson.

– Ne t'en fais pas, moi, je ne trouverai pas ça dur. Quand on souffre jusqu'à sa dernière heure, quand on en vient à ne plus compter ses douleurs, qu'importe la saison. L'hiver ou le printemps, qu'est-ce que ça change… Nous serions en juillet que j'aurais hâte d'en finir. Maudit que c'est long, mourir! Plus long que le plus long des accouchements quand on sort du ventre de sa mère. Moi qui pensais que d'un hoquet… Mais non! Je dois avoir un cœur de bœuf, moi, une couenne de cheval, quoi!

– Calme-toi, ne t'agite pas. Tu as besoin de quelque chose?

– De quoi pourrais-je avoir besoin, prisonnier d'un lit, une aiguille dans la veine? De quoi, de qui, Solange, à part toi? Tu as les yeux cernés, ma femme, tu n'as pas bonne mine. C'est moi qui pars et, à te regarder, j'ai l'impression que c'est toi qui t'en vas. Est-ce que ça va bientôt finir? J'ai hâte que tu ressuscites, toi!

– Ne parle pas comme ça, ne me déprime pas davantage.

– Il n'y a personne dans cette maison? Que l'infirmier et toi? Où donc sont les enfants?

– Ils ont passé la soirée ici hier, à tes côtés. Claudie est chez ta mère, Stéphane est allé travailler.

– Et Mylène? Je ne l'entends pas, je ne la vois pas.

– Mylène est à l'université. Elle travaille fort. Dans quelques mois, elle va obtenir son diplôme. Tu voulais que la vie continue, n'est-ce pas?

Robert baissa les yeux et marmonna entre ses dents:

– Oui, mais j'aimerais bien les voir de temps en temps. Quand je suis réveillé, pas quand je suis assommé. Stéphane surtout. J'ai encore des choses à lui dire. Crois-tu qu'il pourrait venir me voir entre deux doses de ma morphine?

Solange appela Stéphane qui ne se fit pas prier pour accourir au chevet de son père l'après-midi même. Michel lui avait dit:

– Va, mon petit. En autant que ça ne te bouleverse pas trop.

Stéphane était là depuis une heure à attendre que son père ouvre les yeux. L'infirmier, un homme dans la quarantaine, lui avait dit:

– Je suis désolé, mais il m'a fallu lui donner sa dose. Il souffrait trop. Sachant que vous veniez, je n'ai pas poussé trop fort. Je me reprendrai quand la douleur reviendra et que vous serez parti.

Robert avait fini par sortir de son euphorie et, apercevant son fils, il lui sourit en lui disant:

– Tu es là? Comme je suis content.

Il regarda sa femme puis l'infirmier et tous deux comprirent qu'il désirait être seul avec son fils. Discrètement, ils se retirèrent en refermant la porte derrière eux.

– Comme tu es beau! Ça te va bien cette petite barbiche et cette moustache. Tu ressembles à Errol Flynn dans ses films de cape et d'épée.

– Merci papa, toi aussi tu sembles…

– Non, non, pas de faux encouragements, Stéphane. Tu es gentil, mais je sais que je suis abominable. Et je n'ai pas besoin d'un miroir pour le savoir.

– Avoue que tu es solide, que tu es fait fort, que ta résistance…

– Je résisterai, Stéphane, jusqu'à ce que je n'aie plus rien à dire. Je t'ai demandé de venir parce que j'ai l'impression que c'est la dernière fois qu'on pourra échanger quelques mots toi et moi.

– Ne parle pas comme ça…

Son père toussa, s'étouffa avec sa salive, cracha et demanda:

– Tu n'aurais pas une cigarette sur toi?

– Quoi? Tu peux encore fumer? Tu es au lit, papa.

– Allume-la, laisse-moi prendre une bouffée ou deux, juste pour me donner de l'assurance. L'infirmier le fait parfois.

Stéphane s'exécuta, son père prit une bouffée, une autre et lui dit:

– Bon ça va, tu peux la fumer maintenant, je te la laisse.

Stéphane préféra l'écraser. L'air pur de la chambre ne devait pas être pollué.

– Tu sais, mon gars, j'ai réfléchi, sérieusement réfléchi. À Noël, quand tu es venu avec lui, avec…

– Michel, papa.

– Oui, avec Michel, je n'étais pas prêt. Je pensais l'être, mais lorsque je l'ai vu, j'ai eu comme un sentiment d'envie. Je l'ai vu comme un homme qui me volait mon fils. Comme un père qui prenait ma place.

Stéphane était surpris, embarrassé. Il ne pensait jamais que son père lui reparlerait de sa liaison. Il croyait, tout comme

Mylène, que son état lui avait fait oublier. Sur ses gardes, inti-
midé, il répondit:

– Ce qui n'est pourtant pas le cas. On n'a qu'un père, qu'une
fois, tu sais.

– Oui, j'ai compris par la suite, mais à le voir avec ses cheveux gris, sa sagesse, ses égards pour toi, j'ai senti qu'il réussissait là où j'avais jadis échoué. Je l'ai vu comme une espèce
de père adoptif…

– Quelle fausse image. Michel est mon ami, papa, mon ami
plus qu'intime, pas mon père. Michel est l'homme qui partage
ma vie…

– Oui, je sais, et j'ai dû le blesser par mon attitude, par mon
manque de savoir-vivre. Je l'ai ignoré comme on le fait d'un
étranger. Je l'avais invité sous mon toit et j'ai agi comme pour
le faire se sentir coupable. Il a dû être déboussolé, le pauvre. Il
a dû m'en vouloir terriblement.

– Rassure-toi, il s'est rendu compte de ce qui se passait.
Michel a une maturité que je n'ai pas encore. Il s'est mis à ta
place et il m'a dit: «J'aurais peut-être agi comme lui.»

– C'est vrai? Voilà qui me rassure. Mais pour me sentir en
paix avec moi-même, pourrais-tu m'excuser auprès de lui, lui
dire que j'ai compris, trop tard, hélas, et l'assurer que je regrette?

– Bien sûr, papa. Ce n'était pas nécessaire, mais ça lui fera
plaisir.

– Tu es heureux avec lui?

Très mal à l'aise d'un tel sujet avec son père, il répondit
évasivement:

– Oui… très heureux, comblé même.

– C'est là tout ce que je veux, mon fils. Et toi, rends-le
heureux, cet homme. Sois indulgent, ne regarde pas l'âge, ne
pense pas à plus tard…

— Je n'ai jamais regardé l'âge, papa. Et s'il a deux fois le mien, ce n'est qu'un pur hasard. Je ne cherchais pas un père, je te le répète. Je cherchais… je cherchais…

— L'amour? Allons, n'ayons pas peur des mots, sois à l'aise.

— Si tu veux, mais je préfère t'avouer que Michel est apparu et que j'ai su immédiatement qu'il était celui avec qui je passerais ma vie.

— Alors, soyez heureux tous les deux. Dis-lui de prendre soin de toi. Et toi, prends soin de lui. Plus tard, quand…

Robert n'alla pas plus loin, mais Stéphane avait saisi l'allusion.

— Plus tard, quand il ne sera plus là? S'il part avant moi?

— En quelque sorte, oui.

— Et qui te dis que ce n'est pas moi qui partirai avant lui? La vie ne respecte pas toujours l'ordre des générations. Tu le sais pourtant, grand-mère est encore là et toi…

— Tu as raison: qui sait? Guillaume n'aura jamais soufflé sa première bougie.

— Je te sens fatigué, souffrant, j'ai l'impression que ta drogue… Tu veux que j'appelle l'infirmier?

— Non, ne le dérange pas, vois, je n'ai qu'à appuyer…

L'autre moitié de la dose dans la veine, Robert fermait lentement les yeux.

— J'espère qu'on se reverra, Stéphane, sinon, je veillerai sur toi.

Les yeux embués de larmes, le fils embrassa son père sur le front en lui disant:

— Merci papa, merci de comprendre, merci de m'avoir dit…

Puis, soulagé, délivré de tout doute envers les sentiments de son père, il ajouta:

— Je t'aime, papa. Oh, si tu savais comme je t'aime…

Le paternel ouvrit les yeux, s'efforça de combattre le sommeil et, réalisant que Stéphane allait partir, il lui demanda:

– Stéphane, un tout petit service, tu veux bien?

– Oui papa, bien sûr, que puis-je faire?

– Regarde dans mes disques, le deuxième ou le troisième sur la pile.

– Oui, je l'ai, c'est un microsillon de Dalida.

– Tu veux bien le mettre sur le phono et placer l'aiguille à sa deuxième chanson, *Une vie*? C'est curieux, mais ça atténue ma souffrance quand je l'entends chanter cette vie qui aurait pu être la mienne.

Mardi, 28 mars 1995. Le mois tirait à sa fin et Solange se demandait si son mari allait voir la naissance d'avril. Robert était de plus en plus bas. Le docteur Laurent, son ami, était venu pour une visite. La dernière sans doute, car il repartit en hochant de la tête et en disant à Solange: «Je crois qu'on arrive à la fin. Il m'est pénible de le voir souffrir ainsi, mais d'ici la fin du jour, ce sera le coma. Son combat achève, madame Landreau. Robert aura été un bien vaillant guerrier.» Fabienne était venue pour la journée, remerciant ainsi l'infirmier qui avait bien accompli son devoir. Mylène était chez Stéphane et Claudie chez grand-mère. Tous étaient aux aguets. Stéphane aurait voulu être là, au chevet de son père, mais sa mère lui avait dit: «Non, Stéphane, laisse-le moi. Laisse-le moi pour cette dernière journée. Je l'ai tant partagé.» Claudie avait aussi compris lors d'un appel que sa mère voulait pour elle seule, en ce dernier jour ou presque, l'homme dont elle avait partagé la vie. Désir légitime auquel personne ne s'opposa. Et, pas davantage Mylène qui, loin de la scène, attendait avec chagrin et soulagement à la fois, que le rideau tombe. Avec Fabienne aux côtés de leur mère, rassurés, les enfants, anxieux, peinés, épuisés, n'avaient d'yeux que pour… le téléphone.

Robert souffrait terriblement. Les douleurs étaient si atroces qu'il ouvrait parfois les yeux pour les refermer et replonger dans l'inconscience. Mais Solange, à ses côtés, avait vu dans ses yeux tant d'effroi qu'elle avait peur qu'il se réveille, qu'il s'accroche à elle… Dans un ultime effort, il ouvrit les yeux, la regarda et lui chuchota d'un souffle court: «Je suis prêt, Solange. Je n'en peux plus. Que le bon Dieu vienne me chercher…» Ce qui devait s'avérer ses dernières paroles, son adieu, sans que Solange ne le sache encore. Les larmes aux yeux, le cœur au bord des lèvres, elle cria de rage à Fabienne: «Si c'est ça un purgatoire, je suis certaine qu'il ira au ciel tout droit!»

Fabienne ne la quittait pas d'un pouce. Elle avait peur qu'elle craque, que la crise vienne, qu'elle s'emporte contre Dieu ou le diable, qu'elle vocifère… Mais Solange, plus faible que rébarbative, retrouvant son calme, la pria de s'occuper du téléphone qui ne dérougissait pas. Jean Dubord, des collègues, des amis qu'elle ne connaissait pas, la grand-mère qui pleurait… Tous le savaient à l'heure du trépas. Seule avec lui, constamment sous l'effet de la morphine qui circulait dans ses veines, elle sentait que Robert ne reprendrait pas conscience, qu'il était drogué jusqu'aux os, qu'il ne réagissait plus ou presque dans sa souffrance. Elle aurait voulu dans sa générosité, d'un geste, tout injecter… Pour que la dose trop forte lui cause un infarctus et qu'elle puisse déceler un sourire sur ses lèvres gercées. La délivrance! Pour lui! Pas pour elle. Parce qu'elle ne savait pas si un cancéreux souffrait le martyre jusqu'à ce que le cœur s'arrête. Parce que Robert, inconscient, ne pouvait plus lui dire si ça faisait mal, si c'était insupportable ou s'il entrevoyait déjà, dans l'accalmie, le couloir qui mène au paradis. Elle ne savait pas si, dans son sommeil profond, il voyait en chair et en os, la sainte Famille de sa petite image. Ou si, lorsqu'il respirait d'aise, c'était Guillaume qui lui tendait les bras.

Une longue journée, sans fin, comme une éternité. Solange n'avait rien avalé sauf un calmant et deux tasses de café. Fabienne l'avait suppliée d'aller dormir un peu, ce qu'elle avait refusé. Elle lui prépara un divan qu'elle traîna jusqu'au pied du lit de son mari et lui dit: «Dors avec lui, mais dors au moins, sinon tu vas tomber.» Solange s'était recroquevillée et, les yeux fixés sur le visage livide de Robert, elle s'était assoupie. Dans la chambre, rideaux tirés, lumière éteinte, on n'entendait plus que deux souffles. Le souffle de la mort, le souffle de la vie. En écho, en harmonie, en même temps ou presque, quoique Solange, telle une mère, dans un sursaut, aux aguets, ouvrait parfois l'œil.

Claudie avait téléphoné à maintes reprises. Fabienne lui répétait que tout était au beau fixe et la «p'tite» à son père de gémir: «Je n'en peux plus… Grand-mère me rend folle! Elle n'arrête pas de me dire: «Appelle, informe-toi s'il est mort. Je meurs avec lui. Qu'on abrège ses souffrances. Ça n'a pas de bon sens de laisser un être humain endurer une telle torture.» Tu vois ce que je veux dire? Je suis à bout, ma tante!»

Dans un autre coin de la ville, les yeux fixant la fenêtre, Stéphane s'inquiétait, et Michel, tant bien que mal, le rassurait. Stéphane s'impatientait à nouveau, invectivait son ami, et c'était Mylène, plus calme, qui le raisonnait. «Je t'en prie, ne nous rends pas plus stressés que nous le sommes. Tante Fabienne va nous avertir. Décontracte-toi un peu, lâche Michel, tu vas le rendre fou!» Stéphane, hors de lui, sans mesurer ses paroles, lui avait crié: «Je ne te comprends pas, toi! On dirait que c'est le voisin d'en face qui s'en va!» Pour ensuite s'excuser, l'embrasser et lui dire: «Pardonne-moi, Mylène, je ne le pensais pas, je perds la tête, je ne sais plus ce que je dis.»

Minuit. Le 28 venait de faire place au 29 sur la page du mois de mars. Robert était toujours vivant, mais il n'avait pas repris conscience. Soudain, un sursaut, une grimace sans ouvrir les yeux, un son à peine audible, un râle et, Fabienne, habituée aux mourants, se tourna vers Solange pour lui dire:

– Il vient d'entrer dans le coma. Espérons que ce ne soit pas long.

Solange sortit, elle ne pouvait supporter la scène. Comme si son mari était déjà dans son cercueil. Elle demanda à Fabienne de rester, mais cette dernière lui répondit:

– C'est inutile, je viendrai voir de temps en temps. Et rassure-toi, il ne souffre pas. Le coma, c'est l'accalmie de l'agonie.

Ce à quoi, Solange avait répondu dans un moment d'énervement:

– Qu'en sais-tu? As-tu déjà perdu la vie de cette façon, toi?

La nuit fut longue pour Solange. Fabienne sommeillait à deux pas d'elle, appuyée sur le coussin d'un fauteuil. Dans la tête de madame Landreau, des images roses, des idées noires. Seule avec sa conscience, elle parlait avec ses yeux. Comme si un livre ouvert lui faisait la dictée. Elle revoyait Robert, beau jeune homme d'antan qui lui disait: «Vous accepteriez de sortir avec moi?» Elle se revoyait, heureuse, choisissant sa robe, sa crinoline, ses souliers rouges. Puis, son mariage, son retour de voyage de noces, le petit trois pièces qu'elle meublait avec soin, les sous qu'elle épargnait. Et Robert qui lui disait: «Un jour, nous aurons une grande maison avec un foyer, un sous-sol, une piscine.» Les fins de semaine dans cette petite auberge si chère à leur bonheur. Et il lui promettait le bout du monde. D'un ton sincère. Puis, peu à peu, elle s'était tue. Pendant trente ans… sans trop voir dans son livre d'images la destruction de leur si beau ménage. Comme si, à l'heure dernière, la beauté piétinait la laideur. Quel était donc l'éclair qui avait crevé le nuage d'un si beau rêve?

Trois heures du matin, Solange était en sueur. Comme si un autre livre s'ouvrait sur d'autres images. Elle se voyait plus vieille, récemment, en train de lui faire du mal, de le démolir, de le meurtrir. Pourquoi? Qu'avait-il fait? Puis, elle se revoyait, plus jeune, le repoussant alors qu'il voulait l'approcher. Sans même voir dans ses larmes l'image entière de ces drames. Sans même l'entendre lui dire: «Tais-toi ou pars.» Comme si les livres ouverts n'avaient pour but que de la miner de remords. Et comme pour mieux se convaincre qu'elle avait tous les torts, elle le revoyait, cheveux gris, lui dire qu'elle était la seule femme qu'il avait aimée. Muette, clouée sur place, était-il seulement trop tard? Cet aveu qui la torturait, elle qui n'avait jamais cessé de l'aimer…

Un bruit sec, elle se réveilla. Les livres d'images n'étaient qu'un rêve. Il faisait jour et le livreur de journaux avait lancé le leur qui avait heurté la porte. Un rêve terrible qui n'était guère à son avantage. Au sien, certes… Soudain, retrouvant ses esprits, elle poussa Fabienne qui dormait. Revenue de loin, elle réalisa que dans la chambre voisine, Robert… Elle poussa encore Fabienne.

– Vite, va voir, j'ai peur. Jamais je ne pourrais franchir la porte de la chambre.

Fabienne, fort mal à l'aise d'avoir sombré dans un sommeil interdit, se précipita dans la chambre. Poussant la porte, elle vit son beau-frère, le visage reposé, délivré de ses rides, comme si Dieu lui avait redonné sa jeunesse. Elle se pencha, l'ausculta, se rendit compte que la morphine était vide de sa dernière goutte et revint au salon où Solange l'attendait.

– Comment est-il? Il est encore en vie?

Fabienne baissa la tête.

– Il est parti, Solange, il ne souffre plus, c'est fini.

Solange se laissa choir, ses yeux s'inondèrent de larmes et elle se mit à divaguer:

– Sans que je sois là? Sans m'avertir? Tout seul?

– Non, avec la clémence de Dieu. Avec sa compassion, à l'heure et au moment où il a repris son âme sans avertir, ma petite sœur.

Solange pleurait de tout son être.

– Et dire que j'étais là, à deux pas…

– Il n'a plus mal, Solange, il ne souffre plus. Ne te reproche rien et pense à lui. Quelle joie que d'avoir franchi le couloir en laissant derrière lui, la bête immonde qui l'a dévoré.

Robert Landreau, tenace jusqu'à son dernier souffle, avait rendu l'âme à l'aube du printemps. Sept mois, jour pour jour, après le cruel diagnostic.

Épilogue

Gervaise Landreau avait laissé son cœur de mère s'épancher en apprenant le décès de Robert. Loin de mourir de son angine, elle avait murmuré à Claudie: «Sainte Thérèse prendra soin de lui. Comme je l'ai fait, moi. Je lui ai confié mon fils dans ma dernière prière. Elle m'a fait signe d'un oui de la tête.» L'octogénaire pleurait dans les bras de Claudie et, soulagée de savoir son fils unique entre bonnes mains, elle regarda sa petite fille droit dans les yeux.

– Tu ne vas pas m'abandonner, n'est-ce pas? Je n'ai que toi maintenant. Tu vas t'occuper de moi, dis? Comme ton père le faisait? Si je te le demande, c'est que je le retrouve en toi, Claudie. Tu es le portrait vivant de Robert.»

Claudie l'avait serrée sur sa poitrine, étreinte sur son cœur et lui avait affectueusement chuchoté à l'oreille:

– Ne craignez rien, grand-mère. Vous avez perdu un fils, vous venez de trouver une fille. Une petite-fille qui fera tout pour vous rendre heureuse.

Quelques minutes plus tôt, Claudie avait accueilli la nouvelle comme un choc. Elle savait, pourtant, que les heures étaient comptées, mais elle ne se résignait pas à perdre cet être cher.

Son père, son idole, qui partait dans la mort la plus horrible qui soit pour un homme de sa trempe. Lui, si fier, avait perdu jusqu'à la dernière once de sa dignité. Comme il avait été brave de tout traverser sans trop se plaindre de ces atteintes terribles contre son image. Car, elle savait au fond d'elle que la désintégration de son corps avait été pour lui un long calvaire. Elle le revoyait à trente ans, à quarante ans, beau comme un dieu, vêtu comme un prince, avec elle, sa petite fée à ses côtés. Elle le revoyait mais elle ne pouvait se défaire de la vision dernière. Ce corps squelettique, les joues creuses, les chevilles enflées, la peau qui séchait, qui tombait. Avoir été et ne plus être. Comme il avait dû se sentir humilié lorsque, la dernière fois, sur le pèse-personne, l'aiguille avait indiqué 78 livres. Lui, si costaud, si fort, si beau. Lui que tant de femmes avaient désiré. Lui qui se complaisait à plaire, lui qui s'aimait et qui avait vu sa chair tomber en lambeaux. Il n'était plus, Dieu merci! Le ciel avait mis un terme à la plus cruelle de ses épreuves. À la toute fin, pour lui, elle le savait, le miroir de l'orgueil s'était brisé.

Mylène, au coup de fil de sa mère, avait gardé son sang-froid. Elle était restée sidérée, incapable de parler. Elle avait passé l'appareil à son frère qui pleurait, qui souffrait, qui criait à sa mère: «C'est trop injuste. Il n'en était qu'à la moitié de sa vie. Nous aurions pu apprendre à nous connaître. Le meilleur était à venir, maman! Je ne m'en remettrai jamais…» Et c'était Michel qui l'avait sorti de son désarroi en le prenant dans ses bras.

Solange se sentait forte, prenant appui sur Fabienne qui ne l'avait pas quittée d'un pouce jusqu'à ce que sonne le glas. Marielle téléphonait, bien sûr, mais sa petite sœur, ce n'était pas du ressort de l'aînée pour Solange. Fabienne, avec sa résistance, son courage, l'avait soutenue comme l'aurait fait sa mère si elle avait été là. Solange s'était montrée forte devant le fait accompli. Parce que malgré sa faiblesse, elle avait traversé tous ces mois où son mari, repentant, agonisant, avait drainé toutes ses énergies en lui faisant revivre sa vie. La mort de Robert était un baume sur les tourments ressentis les derniers jours de son vivant. Tout son être, noué jusqu'aux entrailles, se décontractait peu à peu. Elle n'aurait plus à parler, à intervenir, à dialoguer, à se défendre et à riposter, elle qui, pendant trente ans, n'avait presque jamais dit un mot plus haut que l'autre. L'agonie de son bien-aimé fut pire pour elle que de le savoir dans l'autre monde. Sortie de sa coquille brutalement, sans le vouloir, elle avait eu à se battre contre sa propension au silence. Et Dieu sait que le combat avait été atroce. Elle qui, jadis, n'avait jamais trouvé les mots. Elle qui, désespérée, n'avait plus su que dire quand il lui avait avoué qu'elle avait été la seule femme qu'il avait aimée.

Ce dont elle était fière, c'est qu'il était mort selon ses dernières volontés. Chez lui, dans son lit, avec sa femme à ses côtés. Pas même l'extrême-onction. Il lui avait dit alors qu'il était dans un état second: «Pas de prêtre ici, pas d'encens. Je vais m'arranger directement avec Lui.» Elle avait suivi à la lettre la moindre de ses réquisitions. À quinze heures, l'après-midi même, le corps était sorti de la maison. La morgue était venue, à la grande surprise des voisins, surtout de la commère et de son mari qui n'avaient rien su, rien appris, en ouvrant bien souvent les rideaux de leur cuisine. À l'insu de tous, à l'abri des chuchotements. Comme depuis trente ans alors que certains avaient tenté de l'approcher. Robert Landreau n'avait que salué sans jamais devenir familier. Pas même avec le dépanneur du coin. Pas même avec le proprio du club vidéo qui n'avait droit qu'à de brèves conversations quand il était à la recherche d'un film ancien.

Jean Dubord éprouvait un vif chagrin. Il n'avait pas revu son collègue depuis son départ. Que des conversations téléphoniques. Robert avait coupé les ponts. Dubord était un associé, pas tout à fait un ami. Il l'avait redouté dès qu'il l'avait vu poser les yeux sur Claudie. Sur d'autres, Robert s'en foutait. Que lui importait donc la Thérèse! Mais sa fille, jamais.

La tristesse régnait au sein de la famille en ce jeudi 30 mars 1995. Parce que le temps était clément, que ça sentait le printemps et que Robert ne verrait pas le lilas dont il aimait couper les fleurs pour les déposer dans un vase. Et parce que le petit Frédéric allait chercher son grand-père quand viendrait l'été pour s'endormir au creux de ses bras dans la balançoire du vaste patio.

Mylène, de très bonne heure, s'était empressée de téléphoner à Claudie.

– Je m'excuse de te déranger, mais j'ai besoin de toi. J'ai pris quelques kilos dernièrement. J'ai été gourmande et je ne rentre plus dans mes vêtements. Tu n'aurais pas une robe à me prêter pour ce soir, pour demain?

– Heu… je voudrais bien, mais comment le pourrais-je? J'habille du huit ans, Mylène. Comment pourrais-je t'aider?

– Bien… tu n'as pas gardé ta robe verte et ample garnie d'un col roulé beige?

– Ma robe de velours? Oui, mais c'est celle que je portais au début de ma grossesse. Remarque qu'elle n'a rien d'une robe de maternité. On fait même des modèles du genre de nos jours dans les robes habillées.

– Bon, voilà, tu vois? Ça pourrait donc aller. Tu veux bien me la prêter?

– Avec plaisir, Mylène; elle est nettoyée, rangée dans ma garde-robe, intacte.

– Merci Claudie, tu me sauves la vie. Stéphane passera la prendre d'ici une heure.

– Aucun problème et si tu as besoin de quoi que ce soit d'autre…

Le petit salon où était exposé Robert était tel que l'avait voulu le défunt. Des tentures d'un bleu azur, des fauteuils confortables et, autour du cercueil, des fleurs de toutes les couleurs. Des couronnes, des croix de roses, des gerbes de lys, bref, ce qu'il avait souhaité pour son… petit Guillaume. Sur le cercueil fermé, une photo du disparu. Une superbe photo dans la splendeur de sa santé. Et au centre, trois lys, quelques roses rouges et des pois de senteur formaient un petit bouquet noué d'un ruban bleu. Avec comme inscription: *Adieu, grand-papa. Ton petit-fils unique, Frédéric.* Les gens étaient venus de partout lui rendre un dernier hommage. Des collègues de travail, des clients, des amis de Jean-Yves et Claudie et même la commère d'à côté et son mari qui, gênés, avaient dit à Solange: «Nos sympathies, madame Landreau.» Tant de monde et Solange n'en connaissait pas la moitié. Et que dire de Gervaise, la mère de son «p'tit gars» qui ne quittait pas le cercueil des yeux tout en acceptant les condoléances des gens sans même les voir tellement ses paupières étaient lourdes. Mylène, chignon tressé, sans maquillage, avec la robe de Claudie sur le dos, se tenait à l'écart. Quelques amis de l'université s'étaient présentés. Solange, de noir vêtue, les traits tirés, avait fait de son mieux pour être présentable. Entourée de ses sœurs, elle recevait les gens et leur tendait une main moite et épuisée. Sans trop parler, en se taisant ou presque, heureuse de retrouver ce silence d'antan. Soulagée d'être une fois de plus dans l'ombre du géant qui, même mort, était vénéré de toutes parts. Jean Dubord était venu accompagné de sa Thérèse. Profitant du fait que sa femme conversait avec Marielle, il s'était éloigné du groupe pour s'approcher de Claudie qu'il avait embrassée pour ensuite lui dire:

– Je suis si désolé. Voir partir un ami… un homme de mon âge ou presque.

– Merci d'être venu, monsieur Dubord. Et merci pour tout. Sans vous, nous aurions su si tard. Peut-être trop tard. Merci de ce que vous avez fait.

– C'était la moindre des choses, Claudie. Et si je peux encore faire quelque chose pour toi, n'hésite pas. Je serai toujours là.

Elle lui sourit en guise de remerciement pour son dévouement et, profitant du fait qu'ils étaient à l'écart, il lui murmura:

– Sais-tu que ton père serait très fier de toi s'il te voyait ce soir?

– Que voulez-vous dire? Je ne comprends pas…

– Je sais que ce n'est pas le moment, mais puis-je te dire, comme il te l'aurait dit, que tu es très jolie?

Elle baissa les yeux, les releva, lui sourit:

– Merci, monsieur Dubord. De la part de papa, j'accepte le compliment.

Et Dubord n'avait pas tort, même si le moment n'était guère choisi pour faire une cour… discrète. Dès qu'on entrait, dès que les gens s'approchaient, c'était d'abord sur elle que se posaient tous les regards. Coiffée de main de maître, maquillée discrètement avec un ton de beige sur les lèvres, Claudie avait un visage à faire tourner les têtes. Quand il lui arrivait de pleurer, elle s'empressait d'éponger les larmes d'un mouchoir, prenant soin de ne pas effacer son ombre à paupières. Robe noire de dentelle à manches longues avec petit col au cou orné de perles, un long sautoir de larmes de cristal entremêlées de perles se balançait sur sa poitrine. Taille de guêpe, la robe était assez moulante et juste à la hauteur du genou. Des bas noirs, des escarpins de soie garnis de perles, elle était du dernier cri. Des vêtements que Mylène n'avait jamais vus sur elle. Même dans le deuil, Claudie avait trouvé la force d'aller magasiner le matin même après avoir remis à Stéphane la robe de Mylène. Pour plaire à son père, pour qu'il la voie de là-haut, sans doute, mais également pour elle-même, aussi fière que lui dans l'art du… paraître. Jean-Yves avait revêtu un complet gris, le seul qu'il possédait. Claudie lui avait choisi une cravate. Et Stéphane, beau, solennel, causait avec les gens pendant que Michel, pour éviter tout commentaire, l'attendait au fumoir. Dernier jour du mois de grâce de l'an mil-neuf-cent-quatre-vingt-quinze. Le mois des dures épreuves. Celui dont Solange avait hâte de tourner la page. Non, Robert ne verrait pas l'an 2000. Lui, qui avait dit tant de fois à sa femme: «Ce sera un jour de l'An mémorable.»

Dans la chapelle ardente, le lendemain, tous étaient réunis autour du cercueil pour une dernière prière. Vêtus comme la veille sauf Claudie qui arborait un tailleur brun et des souliers qui allaient de pair. Un autre ensemble jamais vu. En plus d'une coiffure plus sobre, chignon incliné, comme si Henri, l'artiste de ses cheveux, s'était présenté chez elle au lever du soleil. Moins de monde, Solange avait insisté. Que les proches et de précieux amis comme Jean Dubord et le docteur Laurent qui s'étaient déplacés. Une courte cérémonie, une oraison funèbre, une homélie et les condoléances à la famille de la part du prélat attitré à la cérémonie. Comme l'incinération et la mise en terre n'allaient se faire que dans les jours prochains, les gens se retirèrent un à un, car aucune réunion, tel que demandé par le défunt, n'avait lieu dans le salon alloué pour les réceptions. Avant de partir, Solange s'empara de la photo de son mari qu'elle serra contre son cœur. Gervaise, marchant avec peine, soutenue par Claudie, lui avait murmuré:

– Vous voulez bien me la prêter? Vous avez tellement de photos de lui. Je vous la rendrai, vous viendrez la reprendre lorsque, à mon tour, je partirai.

Solange avait été émue par le ton de la vieille dame qui, telle une enfant devant une poupée, réclamait le portrait de cet être cher qu'elle voulait cajoler. Elle le lui tendit, l'embrassa et lui dit:

– Prenez-en soin, grand-mère, c'est un beau grand garçon que vous avez entre les mains.

La scène était touchante et se devait d'être suivie d'une autre lorsque Stéphane, ayant retenu ses pleurs, fondit en larmes agenouillé devant le cercueil de son père. C'est Michel qui, d'une main sur l'épaule, le pria de le suivre, de ne pas se faire souffrir. Solange jetait des coups d'œil furtifs sur les personnes présentes et remarqua au fond de la petite chapelle, à deux pas de la porte, un grand garçon qui baissa les yeux lorsqu'elle le regarda. Claudie avait également aperçu l'inconnu qui, timide, avait détourné la tête. Toutefois, à la sortie, regardant derrière elle, Solange aperçut Mylène qui causait avec lui. Elle avait même cru voir qu'il avait pris sa main dans la sienne.

Chacun planifiait de rentrer chez soi, quitte à se retrouver le lendemain pour accueillir, dans un semblant de joie, les balbutiements du printemps. La vie devait continuer, avec des rires et des sourires. Joie au cœur après tant de larmes. Claudie partit avec Jean-Yves et la grand-mère les suivit. Fabienne partit avec Marielle et son mari, non sans avoir dit à Solange: «Je te laisse avec les tiens, maintenant, mais si tu as besoin de moi, n'hésite pas.» Stéphane, après avoir embrassé sa mère, monta dans la voiture de Michel. Ce dernier, affable, attendri, peiné devant le chagrin de celui qu'il aimait lui suggéra:

– Que dirais-tu d'un petit brunch quelque part?

– Je n'ai pas faim. Je sens que je ne pourrais rien avaler.

– Allons, dans un buffet, une toute petite bouchée… un verre de vin.

– Bon, peut-être, j'ai tant de choses à oublier… Et je n'ai plus que toi, Michel, ne l'oublie pas. Mon père n'est plus là…

C'est dans la petite voiture de Mylène que Solange effectua le retour sans rien dire ou presque. L'une comme l'autre était au bord de l'épuisement. Arrivées à la maison, elles s'empressèrent de marcher jusqu'à la porte et de rentrer. Quelques voisins curieux faisaient les cent pas ou feignaient de nettoyer leur perron pour ne pas rater leur arrivée. Rideaux tirés, souliers enlevés, elles se laissèrent choir toutes deux dans des fauteuils en évitant, cependant, celui qui avait été si cher à Robert.

– Tu comptes vendre la maison, maman?

Surprise, à peine remise des émotions, Solange leva les yeux.

– Non, pourquoi? Ne sommes-nous pas encore là, toi et moi? Pourquoi cette question?

– Je demandais cela comme ça… Les souvenirs, l'odeur, l'ombre de sa présence.

– Un jour, peut-être, si je ne tiens pas le coup, mais pas maintenant…

Puis, se remémorant la scène qu'elle avait entrevue au sortir de la chapelle.

– Dis-moi, Mylène, qui était ce garçon à qui tu as parlé? Il te tenait la main…

Prise au piège, nerveuse puis… sereine, Mylène se redressa sur son fauteuil, fixa sa mère et lui avoua sans sourciller:

– C'est Bernard Douville, maman. Celui que j'aime depuis deux ans, l'homme que j'épouserai en juillet. Le père de l'enfant que je porte.

Solange faillit perdre connaissance. Se relevant avec peine, abandonnant sa position de détente, elle murmura:

– Ai-je bien entendu, Mylène? Je ne rêve pas?

– Non, maman et… je l'aime.

Solange se leva, marcha de long en large et, la regardant, lui demanda:

– Pourquoi n'en avoir rien dit? Pas même à moi, c'est inconcevable…

– Je t'ai déjà dit qu'il y avait quelqu'un, maman, mais nous n'avons jamais poursuivi. D'ailleurs, était-ce vraiment le moment? J'aurais voulu me confier, me jeter dans tes bras, partager avec toi ma joie, mais était-ce le moment, maman? Avec ce que tu traversais, avec l'épreuve, avec le peu de force qu'il te restait…

– Tu aurais dû, Mylène. Pour moi, pour l'amour de ton père. Te rends-tu compte à quel point il aurait été comblé de te savoir enfin heureuse?

– Je ne pouvais pas, je ne voulais pas, c'était mon bonheur à moi…

– Sans même penser à lui…

– Comment pouvais-je lui dire que j'allais donner la vie alors qu'il était en train de perdre la sienne? Comment aurais-je pu?

– Connaissant ton père, je suis sûre qu'il en aurait été ravi.

– C'eût été cruel, maman! À l'agonie, il aurait pu croire que son cœur allait cesser de battre pour qu'un autre le remplace.

– Oui, mais…

– N'ajoute rien, c'est mieux ainsi. Papa est parti, je suis soulagée pour lui. Et comme je suis croyante et que papa, sachant…

Mylène arrêta sec. Nerveuse, agitée, mal à l'aise, elle tentait d'effacer ce qu'elle venait de dire; elle détourna la tête.

– Mylène, tu n'es pas franche. Tu as interrompu ta phrase, tu es nerveuse. Et ne viens pas me dire que tu as cherché à l'épargner. Pas toi! Je te connais trop pour…

Mylène avait des larmes dans les yeux. De rage? De regrets? Solange ne pouvait le discerner, mais elle sentait que sa fille lui cachait une partie de la vérité. Avec douceur, la prenant dans ses bras, la serrant sur son cœur avec tendresse et affection, elle insista:

– Pourquoi Mylène? Sois franche, ne me cache rien. Ton père…

– Tu veux le savoir, maman? Tu veux vraiment le savoir? C'est parce que j'avais peur, terriblement peur…

– Mais, de quoi, pour l'amour du ciel?

Pleurant à chaudes larmes, blottie dans les bras de sa mère, Mylène hésita, puis, entre deux sanglots, lui murmura:

– J'avais peur maman… J'avais peur qu'au dernier soupir, il souffle les vapeurs de son âme… dans celle de mon enfant.

2 5 OCT 2004		
3 0 DEC 2004		
0 2 DEC 2005		
2 0 AVR		

M5

CC025

7206

Un purgatoire

364	20 mai 96	DEC 1 8 1997
395	MAI 2 4 1996	JAN 1 9 1998
34	MAI 3 1 1996	AVR 2 7 1998
463	JUI 2 7 1996	OCT 2 9 1998
379	JUL 1 8 1996	MAR -1 1999
		JUL 1 2 1999
329	AOU 1 9 1996	JUL 1 7 2002
455	SEP 2 1996	DEC 0 9 2002
77	MAI 1 6 1997	1 8 SEP 2003
178	JUL 1 2 1997	H88
133	AOU 1 6 1997	